大家

毕树志 ◎ 主编

吉林文史出版社

序

序

去年夏天，树志给我打电话，说他弄了一个微信公众号，叫"京津冀·春秋"，纯文学的。我笑他也学会追风赶潮之后，就提醒他，如今公众号满天飞，就不怕被冷落？树志一反平素的嘻嘻哈哈，认真地跟我说，他压根儿也没想有多热闹，就是想利用这样一个平台做点跟文学有关的事，他说他做好了甘于寂寞的准备。作为因文学相识相交相知的多年的兄弟，既然他要做，我也只好由着他，并且还要跟他绑在一起了。

公众号弄起来了，果然不热闹。然而，一个多月后，树志找到我，说公众号得改名，问他何故，他说不少京津冀之外的文友说公众号刊出的稿子不错，就是京津冀这个圈子画得太小，局限了自己，也挡住了别人。于是，我们俩又约了几位好友，几经商讨，最后确定把"京津冀·春秋"改为"大家文学苑"，并成立了编委会。河北作协主席关仁山先生欣然应邀做了公众号文学总顾问，陕西作协副主席张虹女士任编委会主任。树志在功能介绍一栏写下了这么一段话：我们推崇大家，更敬畏"大家"。这里不是比武的擂台，这里是展示自我、抒发情怀的天地。成熟有成熟的深厚，稚嫩有稚嫩的生机，在这个喧嚣浮躁的时代，我们依靠新媒体的活力，竭尽所能营造守护内心宁静的家园。

公众号改了名字，还是一如既往地不热闹，只是没有了划定的圈子，更多的甘于寂寞者闻讯而来，大家聚到一起，共守着一份寂寞。

光阴荏苒，逝者如斯，有梦的日子总是快的。不觉间，"大家文学苑"周岁了。尽管始终秉持宁缺毋滥、不以数量取胜的准则，"大家文学苑"还是推送了来自全国各地近百位文友的作品两百多篇。这期间，到一百期的时候，树志熬了几个通宵，弄了一个"百期作品集萃"，反响格外好。这让身为主编的树志欣慰且感动，欣慰的是心血没有白费，通宵没有白熬。感动的是，众多文友对他的理解和信任，还有那份对文学的热爱与坚守。于是，就萌生了给大家的作品出一本集子的想法。闻知此讯，众文友反响强烈，并给予全力支持。经过近半年的酝酿筹备，奔波劳神，凝聚着树志及编委会同人的心血，承载着"大家"文友热情期待的《大家》文集终于即将付梓。

文学是社会的良知，是心灵的备忘，写作是极富个性化的精神生活与内心呢喃。本书所收作品，涵盖了诗歌、小说、散文等写作样式，无论是哪种体裁，大抵逃不出对社会生活、世道人心的体察与剖析，对心灵世界、生命存在的省察与追问。以下，我就按单元试着对其中的几篇作品做一个简要点评。

第一单元"品味篇"，收入十二位作者的作品，贯穿着一条主线，就是以文学的表达观照生命存在和对生活的本体性认知。尽管题材、视角、言说方式各有各的风格特质，但其中的审美意境与内涵空间都值得读者仔细品味。

宁雨，是近年来被读者、评论界关注的散文作家。她的文字一如她的笔名，是宁静的雨，温雅柔和中尽显女性作家的淡然与宁和。《木色三章》写了夹竹桃、果树、玉兰，都是自然生活中的寻常所见，然而，透过作者淡雅从容的文字，我们不仅领略了木色之美，并且，相信读过它的人一定还会领悟出一种别样的意蕴。比如：夹竹桃有毒，本该归入冷艳那一拨，然而"家乡人却又莳养成风"。"后来，在同里见了一个咖啡馆，名字叫'毒药'。据说，来这里的多是青春男女，他们，是为着那杯爱情的毒药而来，咖啡馆的生意要多火爆有多火爆"。"'毒药'咖啡馆，令我豁然开朗，我的家乡人，爱夹竹桃如命，也是中毒不浅"。

果树开花，弄得满世界"花势汹涌"，然而，懂树的人却要给开得过盛的果树"疏花"，免得把果树累坏了。于是，作者就写下了这样的话："一株沙果树，遇到一个真正懂树爱树的邻人，是多么幸运。可惜，我不是一棵树，更不是一棵沙果树。不过，面对今年汹涌的花势，忽然发现，自己的脚步也是一天快似一天的样子，这也算是一点儿觉悟吧……""假如有机会繁花满枝，也应保持邻人那样一颗冷静的心，老老实实为自己疏花整枝"。宁雨写玉兰，居然想到了艺术创作，引发了一段自然贴切的联想，着实令人深以为然。限于篇幅，此处不多赘述，读者可从原文里领略作者玉兰般的文字品格。

《回乡偶记》是张同乐《风雅千古润人生（外二篇）》中的一篇。文章不长，记述了作者回到久别的故乡时的内心感受与情感波澜。然而，我们读出的，却是一种静水流深的深沉与内敛，作者的叙述是冷静的、沉缓的，那份对故乡热土的缱绻之情，走进故乡时的万千情怀似乎成了一片被文字堤坝阻住的大水，所有的汹涌与澎湃都躲到文字后面去了。作者的语言颇有民国之风，这不仅是作者文字功力使然，恐怕更是内心涵养与生命情怀的自然流露。

与上述作品风格迥然，工科女博士黄敏的《你听过葡萄叶掉落的声音么（外二篇）》带有明显的现代派味道。作品以第一人称的叙述视角，给我们讲述了一片从33层阳台上飘落的葡萄叶子在落地过程中的所见所感。涉及婚外情、基层乡村干部、底层劳苦大众等社会现象之种种，其中，最为人称道的还是作者的叙述

序

策略，第一人称，一片飘落的葡萄叶子——轻飘、脆弱，它带给我们的联想多元而又指向明确，不能不说，这个意向的选择，实在是作者的独具匠心与"狡猾"之至。

"要么旅行，要么读书，身体和灵魂，总有一个在路上。"尽管这话被人说烂了，依然很喜欢。跟行万里路、破万卷书一样，生命的价值体现在过程之中，也唯有在过程之中，我们才是自己的主宰，生之偶然与死之必然我们都不可把控，只有两者之间的过程完全取决于我们自己的态度与选择。意义的探求与价值的实现也只能在这个过程中得以完成。于是，古今中外，大凡不愿意枉活一世的智者、信者，都选择了出行与读书。大成至圣先师孔子的周游列国，佛祖释迦牟尼的游历苦行，凡此种种，不胜枚举。本书"行走篇"所收作品，大体是此等人生态度的践行与感悟。

《凄美而神秘的清东陵》是著名作家关仁山先生的一篇游历散文，凸显大家风范。字里行间，无不透出一位有担当、有格局的作家的家国情怀。作者几次走进清东陵，他的所见所思，远远超出了一般观光者的浅层欣赏与表象感慨，目之所及，心之所思，笔之所触，都是一种思接千百年，关照当下事，引领我们随着作者的幽思走进历史的深处，走进生命的旷野，走进人性的角落，然后，把目光投向辽阔的远方。

青年作家文浩在《水意百里峡》这篇获奖作品里，把野三坡百里峡喻作一位柔美的女子，从海棠花的传说入笔，一路写下来，百里峡就成了读者心目中一位明眸善睐、秋波如水、柔而不媚的可爱女子。虽是一篇不足两千字的游记，透出的依然是他洒脱中见内敛、严谨中见性情的文风。他把百里峡的水说成是海棠女儿的泪，把百里峡的潭喻作怀春少女的眼波；至于百里峡的瀑布，在作者笔下就成了妖娆善舞女子肩上手中的长绸，或者倩女甩出的长长水袖，并且，"这'水袖'的源头中还藏着只纤纤玉手，等着谁来相携吧"。

《只是因为人群中多看了你一眼》是一句歌词，却被青年女作家木木用来做了她文章的题目。木木给我们讲了一个忧伤的故事，一头小鹿的眼神，一个年轻人的突然逝去，即将面临拆迁后小鹿的命运……淡淡的文字后面，隐含着多少欲说还休的心事，我们从中读出了一份来自生命与生命之间的感动，木木用她美丽的文字告诉我们：无奈，会告诉我们很多，很多。

好的作品带给我们的阅读感受是美好的，愉悦的。

"天然之气，雨露之香。"这是儿童文学作家、《相声作文教案》系列品牌创始人冬雪在他的散文《菜包绿，饭包香》里的一句话。用这句话来概括冬雪的写作观，也是恰如其分的——"先铺开菜叶，两三张，抹上酱，撕上适量的香菜、葱，倒上饭，然后把菜叶下边往上折叠一下，包住'内容'，再一左一右，两折一卷，捧在手里，突然就有了成就感。包成了，忍不住咬上一大口，牙齿齐刷刷地切下菜包顶端的参差叶面，使青翠入口欲滴。满嘴都是清苦中的甜，甜中的清爽，就好像品尝风雨过后的阳光，别有滋味和洞天。谁说'阳光'以另外一种形式存在后，不可以咀嚼与吞咽……"如此这般的文字，的确会让人由内而外地清新与舒爽。冬雪的写作，有一个明显的特质，就是率性自然，我们从选入本书中的他的另一篇散文《烧卖，"鬼蓬头"》中可领略其人其文之风采。

《从猫想到狗（外二篇）》，是张俊雨的随笔，如果不做说明，仅凭作品的阅读感受，相信你无论如何也想不到，作者是一位脑瘫孤儿。他的文字，他的思绪，会使我们对生命顿生敬畏之情。

文学的魅力就在于作者通过个性化的表达，艺术性地再现生活，作品成为作者与读者之间达成某种情感交流与理性认知的媒介。这在小说作品上体现得最为典型。韩凤顺的短篇小说《乡情印记》就是这样一篇优秀作品，他以二十世纪六七十年代为背景，围绕主人公贺丰高中毕业回乡后的生活经历展开叙述，成功塑造了菊、张福来、人称"蛋书记"的刘有福等人物形象。小说语言有明清笔记体小说的风格，读来很有亲切感和现场感。

笔者曾在一篇创作谈里说过这样的话：写作是当下存在对生命记忆的观照。光阴流转，我们在过程中行走，迎来日出，送走晚霞，于是，生命就有了来路，某一时刻，我们被什么所触动，就开始怀想了。

李宏志，生长在内蒙古大草原的汉子，军营里练就了一身侠骨，然而却有着一副不改的古道柔肠。《落叶之静美》是他因怀念父亲引发出对生命存在的诗性思考。"生命总会消亡，它不过如树上的一枚叶子"。然而，"生命是不会被埋葬的。父亲呀，如果说您是那片飘落的叶子，那么，我和我的女儿以及女儿的儿子或女儿，都是您生命的一次次凯旋！""于是，思接百年，我好像读懂了泰戈尔那句话：生如夏花之灿烂，死如秋叶之静美。这话对么，父亲？"

怀想，是心灵借助记忆之手对生命温柔的抚摸。泪光盈盈里，我们看到了无边时空中曾经的过往。性情温雅的女作家荆淑英的散文《客居者（外一篇）》，记述了曾经客居在这座城市的一位从事裁缝工作的东北人和作者的母亲，客居者与母亲，两个毫不相干的人，却进入了作者的生命记忆之中。如果说客居者的朴实与良善是一道风景，让穿行于城市荒漠中的作者感到一份人性的温暖与美好，那么，一双双精致、耐用、舒适的鞋垫，就成了作者关于母爱记忆的索引，细细密密的针脚、柔软舒适的质感让我们跟随作者的娓娓述说感受着那份有如大地般博大深厚的母爱。

《布衣》是女作家巨凤霞写父亲的一篇散文。之所以说这是一篇写父亲的散文，而不是说是写父爱的，是因为作者在这篇文章里摒弃了先入为主的主题预设，而是用饱含真诚又十分克制的叙述语言，用一个个细节刻画出一个性格坚毅又温和，爱得深沉又仁厚的父亲的形象，或者叫中国乡村社会男人的形象。作者用颇具个性化的叙述语言把父爱分解成一个个细节，使读者在阅读中完成了对父亲、对父爱的情感认同。

"诗情篇"，是这本文集唯一一个以体裁分类的单元。所收十一位诗人的诗作，是"大家文学苑"所发诗歌的精品集录。

实力派诗人王克金的精品力作自不待言。女诗人张建丽的《我甚至连氤氲都过犹不及》，每一句诗行仿佛都是女诗人从心灵深处迸发出的呼喊与呢喃。每一个意象的选择，仿佛都有一个巨大的隐喻，让读到它的人心魂为之战栗——路，反复成像／我必须身披无尽的汪洋／如同我还在转世／缓慢地／我甚至连氤氲都过犹不及……这样的诗句，到底隐含着诗人怎样的悲怆？无须过多追问，它呈现给我们的该是一种生死间的巨大矛盾转换。接下来，诗人就又发出了这样的誓言——另一种灵魂深处／必须像少女／就是火种！相信读到这诗句的人，会从中体会到一种叫作生命之爱的力量在天地间无所顾忌地飞扬。

姜庆乙，满族，是一位用盲笔写作的诗人。12岁因病失明，曾经参加诗刊社第十八届青春诗会，诗作入选《诗刊五十周年作品选》等多种选本，诗集《盲道》获辽宁文学奖，《民族文学》年度诗歌奖。特殊的生存体验，使姜庆乙的诗有着明确的写作向度——对生与死的终极追问，生命意识的诗性表达与救赎。在追求阅读美感的同时，姜庆乙的诗呈现出明显的宗教情怀，因而也就显得无比虔诚和纯净。

青年女诗人柠檬说，写作如着装，首先要符合自己的审美，倘若恰好也符合了他人的审美，谓之幸运。她始终坚持无压力写作，读她的诗，你会感到一种源自生命天成的纯美与灵动——奔跑／不回头地奔跑／执拗地奔跑／丢掉那些起伏的过往／你不知道／我多么珍惜向前／投入远方／远方的湖水、堤岸、树丛、山峦／哪怕这过程充满了不可测的恐惧和孤单……不去追问几时到达／距离淡出我的视线……无须多做解释，这样的诗句，足以让我们为那个干净、纯美的生命鼓掌喝彩了……

时近子夜，想着如何为这篇序言收尾，踟蹰间，一位"大家"文友的话云一样飘过来——写作，一如既往地让生命希望着，美丽着！

是的，写作，一如既往地让生命希望着，美丽着！"大家文学苑"一如既往地寂寞着，守候着，坦然着……

是为序。

李东辉

2018年8月于廊坊无书有心斋

目　录

品　味　篇

行　走　篇

悦 读 篇

怀 想 篇

诗 情 篇

品味篇

离乡二百里

李东辉

这是一个尴尬的题目，也是一段尴尬的距离。我确乎不知该以怎样的心态对待"离乡"二字，该以怎样的心情数量这二百里的旅程。也真的说不清自己究竟算故乡人，还是异乡人，是游子，还是土著。然而，我和故乡的距离的确是二百里。并且，这二百里的旅程用去了我三十多年的光阴。

一

出走、离开、向远方等意识的觉醒，似乎是生命必绽的萌芽。它的到来好像比青春期还要早些。至少对我来说是这样。应该始于第一个梦醒来之后。

确切地说，是在我七岁或者八岁那年夏天。那年夏天的一个下午，家里来了三个女人。大的或者较老的四十岁上下，比母亲大些。母亲让我叫她"圈"娘。这样的称呼我懂是啥意思。"圈"是我称为娘的男人。这个"娘"定是"圈"的媳妇了。只是这个我该称之为"伯"的"圈"，不知是何许人也，我从未见过他。

中间那个女的十七八岁，跟我的小姑岁数相仿，只是比我的小姑长得脸要白，眉要秀，眼要俏。总之，加在一起比我小姑好看。我长到七八岁，还没见过这么好看的女的。然而，比她更好看的还有，就是三个女人中最小的那个。她跟我岁数一般大小，却要高出我半头。她叫玲玲，大我一岁，我该叫她姐姐。

玲玲是跟着母亲和姐姐从天津来的。她的姐姐叫秀清，初中毕业后，本该去东北建设兵团做一名知青。但她不愿意，说那里冷，还有吃人的熊瞎子。在家磨蹭了一年，还是躲不过，无奈之际，"圈"娘听老家的人说，"圈"的一个远方弟弟当了公社书记，就灵机一动，想出一个权宜之策，于是"圈"娘就带着两个女儿回到老家，找到她这位没见过面的小叔子，说要把女儿秀清送回村来当一名光荣的回乡知青，求她这位当了公社书记的小叔子多给点儿关照。她这位当了公社书记的小叔子就是我的父亲。

虽说"圈"伯人在天津，且已故去，但村上还有两间土坯房归他所有。那是祖上留下的产业。在父亲的张罗下，当家族门出了几个年轻人，把两间虽显破败但尚可住人的老房子收拾修缮一番。"圈"娘母女三人在到村后的第三天就住了进去。

那两天，我也跟着大人们一块儿忙活，不离玲玲左右。除了长得好看至极，玲玲说话的声音也好听，水水的、嫩嫩的。那声腔、那语调，我闻所未闻。以至她每跟我说一句话，我的心就忽悠一下，就像远方吹来的春风，轻轻摇动野地里的柳丝。懵懵懂懂地幸福着，兴奋着，那是生命莫可名状地在悸动，在喜悦！是将要醒来的征兆。

因了父亲的关照，村上干部把秀清安排到村小学做了音乐、美术老师。看看女儿的处境还好，"圈"娘便在几天后假装放心地回了天津。而玲玲却被暂时留了下来。一来是正值暑假，可以多陪姐姐几天；二来玲玲也愿意在村里住上一些日子，她的新鲜劲儿还没过；三来是有虔诚的祷告，尽管那祷告只有我一个人知道，但确是虔诚的，是从未有过的虔诚！那祷告很简单——"别让玲玲走，让她再陪我玩儿几天！"

二

我七岁或者八岁的那个夏天，是一个孤单的夏天。因为那个夏天，我只有一个玩伴。从早晨到黄昏，形单影只的我身边只有一个人。我俩或在广袤的田野上走走停停、寻寻觅觅；或在悠长的胡同里躲躲藏藏、窃窃私语。那个夏天又是最充实、最快乐、最令我怀想的夏天！以至许多年后，还能想起那凉凉的、带着嫩叶香的柳条帽，那钓鱼的玻璃罐头瓶，那村边老井水面的倒影；还有那澄澈美丽的双眸，甜甜的笑，柔柔好听的声音；还有她说起的那座城市，城市里到处乱跑的汽车、高楼……而这些城市、汽车、高楼，还有生活在那里的人，对我这个七八岁的孩子而言，是遥远的，缥缈的，不真实的。只有眼前这个仙子一般的女孩儿是真切的、可感的。于是，我挽着她的手说"我能去那里找你吗"，女孩儿笑着点点头。

夏天很快过去了，玲玲走了。从此，城市、汽车、高楼、好吃的糖果，还有那纯纯的笑，澄澈的眼眸，时常在梦里出现。从此，心开始随梦一起出走。

三

出走、离开、向远方的意识一旦觉醒，心就不再那么安分守己，总被一种似有若无的声音骚扰着、引诱着，终日不得安宁。然而，一个七八岁的孩子，毕竟太幼小了。他还不具备追梦的资格和能力，就像一株刚刚破土而出的嫩芽，只好将对天空的无限向往偷偷藏在心里，然后，在阳光雨露的滋润下，在凄风苦雨的折磨下一点点悄悄长大。

随着时光的流逝，童年的那个梦也一点点由清晰、具体变得遥远、缥缈了。时光的鼠标删去了某些细节，留下的只是一个具有象征意义的符号。然而，意识一旦觉醒就不再睡去，它已经变成一个时隐时现的声音，不时召唤我向着一个方向眺望。

十五岁那年冬天，我第一次离开那个偏远、闭塞的小村，带着简单的行李，走进了县城的中学。

走在通往县城的土路上，我一会儿回头看看小村，目光中又是依恋，又是决绝；一会儿望望缥缈、寂寥的远方，目光中又是茫然，又是憧憬。一颗年少的心，仿佛飘在半空中的风筝，既渴望飞得再高一点儿，又怕那细细的线突然断了。不知不觉中，泪光让眼前一片模糊。

如果说童年的梦是一株嫩芽，那么，青春期的梦就是一枚青果了。淡淡的苦涩中注满了躁动与饥渴。少年的梦时而如水中月、镜中花；时而如天上云、海中帆。他的心是戴着镣铐的舞者，飞翔的欲望与种种无奈组合成冰与火的炼狱，考验着他的意志与耐性。好在他还有一个出口，他可以透过这个出口，相信着一份渺茫的期冀与希望。这出口不是别的，就是远方和未来。他可以透过这个出口不时向外偷窥一眼。尽管他看不清外面的世界有着怎样的风景，也不知道未来在何处，但是，他知道未来有希望，远方有风景，甚至他的爱情也在远方某一个地方等着他。

两年高中所学的课程大都忘了，只有在同学中偷偷传看的一本小说至今记忆犹新。那本小说的名字叫《第二次握手》。如果问我那时最羡慕谁或者最嫉妒谁，我会毫不犹豫地告诉你——就是《第二次握手》中那个叫苏冠兰的男人。而丁洁琼这个名字也成了一个符号，成了一个梦。那时的我不知道这梦是否可以成真，但我知道这梦不在眼下，它应该在远方。所以，我要做的一切，就是要继续出走，继续向远方。

四

三年后，一张大学录取通知书，让我的出走变得冠冕堂皇、有恃无恐。其情状有如一个负气出走的浪子，在一夜暴富后衣锦还乡。所不同的是，浪子走的是归途，我则朝着一个相反的方向决绝而去。

其实，我还可以早一点儿出走（我们那时的高中还是两年制），但当时我只拿到一个中专录取通知书，那所中专就在我所属的那个地区专署所在地。那是一个比我所在县城大不了多少的城市，且离家只有二百里。这对一个自认是鸿鹄而非燕雀的狂妄少年而言，那个城市的天空太窄、太小了。我对它不感兴趣。我要去更远、更高的地方。

十八岁那年秋天，我开始了真正意义上的远行。一个人背着简单的行装，到千里之外的塞外古城宣化求学。从冀中平原我的家乡到塞外古城，我用了一天一夜的时间。然而，我却从夏末走到了深秋。

坐落在洋河岸边的校园与附近村落没有什么两样，甚至连我们学习、生活都被安排在几处相隔有几里路的地方。我们分别叫他们"文史村"（中文系、历史系）、"数外村"（数学系、外语系）、"理化村"（物理系、化学系）等。一条条弯弯曲曲的羊肠小路将这几个"村落"连在一起。小路的两边以及四周的旷野上有一些诸如柳、杨、榆等北方常见的树种。但都不茂盛，再加上已是草木凋零、落叶萧萧的时节，看上去很有一些凄凄惨惨的形状。

大概因了校园的缘故，极目望去，居然看不到一株庄稼，更没有家乡那一望无际的青纱帐。起起伏伏的地貌上只有簇簇荒草在飒飒秋风中瑟瑟摇摆着瘦弱枯黄的生命，仿佛向我们这些远道而来的学子们诉说着春天的短暂、美丽，夏天的热烈、奔放，还有此时的感伤与落寞以及对那最后一把野火的渴望！寂寥的天空偶尔有一两只麻雀孤独地飞过，凄凉的叫声仿佛抒发着无法逃离的哀伤。早已退化的翅膀已无力载着它在冬天即将到来的时候飞离这荒寒之地了！

置身于这样一个与生命季节很不相称的所在，不由发出一声长长的叹息——我还不想成熟，秋天怎么就来了！现在想想，大概就是从那一时刻起，一种叫作荒寒感或者叫作荒寒的意识被悄悄唤醒了。那荒野上孤独的枯柳，随风飘转的败叶，寂寥的夜空里惨淡的月光，还有不知从哪里传来的悠悠的，苍凉如大漠孤烟的箫声，无不与生命中那些叫作孤独、怅惘、迷茫、彷徨的情绪一一对应。于是，青春的颜色开始凝重；青春的步履不再轻狂；青春的眼眸开始有雾气弥漫；青春的梦想添了几许淡淡的乡愁！于是，在塞北早来的第一场风雪中，我写下了十八岁那年的第一首诗行——天苍苍，野茫茫，北风寒身雪花凉。孤身贫居幽燕地，何日归故乡！

五

随着荒寒意识的觉醒，还有那淡淡的乡愁，我不由发出了第一声令我自己都大感意外而又惶惶然的追问——我是谁？我从哪里来？要到哪里去？这追问犹如一声炸雷，令我心魂震荡。我睁大双眼，茫然四顾，希望能有人给我一个答案。然而，我发现，我自己竟站在茫茫旷野之上。四周除了空寂还是空寂，一切仿佛沉陷于没有方向，没有重量，没有声音的空虚与渺茫之中。于是，我又开始了新的出走。这出走是逃离，逃离这无边的空虚与渺茫；这出走也是找寻，找寻那炸雷的缘起，为自己的存在找到一个凭证。既然来了，总要有个名分的。总该把一些事情说个清楚的。如果连"我是谁"都不知道，如果连"我从哪里来"都说不清楚，如果连"我要到哪里去"都弄不明白，这生命岂不成了无根无据、无来无由、无名无分的非法存在？！

如果说十八岁以前的出走仅仅是空间上的愿望达成，那么，十八岁之后的出走或者离开就不仅仅是空间上的位移了。在向往远方风景的同时，更多的时候是心魂的出走与离开。那情形犹如站在空旷的原野，仰望无边寂寥的夜空。出走已不再仅限于迈动双腿，恰恰相反，沉重的肉身有时竟成了心魂出走的负累与桎梏。是故，摆脱的欲望便更加强烈。

一个周末的下午，百无聊赖的我走进文史村的图书阅览室。这是我入学后第一次来到这里。不是不想早点来，而是迟迟没拿到阅览证。

这里的书架是对学生开放的。走进密如丛林的书架，一下子被那么多的书震住了。一向自负的我突然间觉得自己变小了、变矮了，变得啥都不是了。想不到一册册单薄的书组合在一起竟有如此大的震慑力。存在的虚无与空渺仿佛被这由书籍组成的森林压缩成一片薄薄的叶子。是的，一片叶子，一片羞涩、仓皇的叶子。

我怯生生地从书架上抽出一本书，看了一下书和作者的名字，都很陌生。随手翻开书页——酒神精神，权力意志，上帝死了，重估一切价值……这些话我闻所未闻，仿佛来自另一个世界。我被这些话弄得惊恐不安，我合上书本，闭起眼睛，我想逃，却又有些不舍。那情状俨然一个青春萌动的孩子，无意间窥望到一个出浴的少女，紧张、惊恐、激动、不知所措又不由自主。那美丽的胴体是一个炸雷，也是一个魔咒，我不敢正视，又无法逃离。就这样，曾经的空虚与苦闷被无意间的发现引上迷途。我成了树上的一片叶子，尽情吸吮着来自大地的养分和来自天空的阳光。树成了我的依靠，它为我输送了养分，强健着我的筋脉；我也用自己的嫩绿与活力装点着树的风姿与茂盛。我在以自己的方式与八面来风对话，跟浩渺的星空呢喃。十八岁的生命开始用另一个姿态，面对世界；十八岁的生命开始从另一个角度审视自己；十八岁的生命又一次整装待发，登程上路了。

此后的日子，我成了这里的常客。我在密如丛林的书架间徜徉、驻足、彷徨、犹豫。置身这寂静无声的丛林，生命存在的感觉处于一种强烈的不确定的状态之中。仿佛脚下有无数条路，又好像从来就没有路。寻寻觅觅中我把自己迷失于混沌与虚无，然后又在山重水复时豁然开朗，更多的时候还是在给自己存在的合法性寻找根据，在为我过去的所作所为讨一个说法。我从高高的书架上取下一本书又一本书，我似乎找出了答案，然而，那答案又让我陷入了更深的困惑——二十世纪八十年代，我的青春岁月恰恰遇到了那样一个时代，走进了那样一个地方，并在那样一种情境下挥霍着我的大学时代——激情似火又心性浮躁，崇尚理想又困惑迷茫。

六

从十八岁到二十二岁，除了一纸文凭，还有两块伤疤为我的生命旅程做证。这两块伤疤一块是有形的，在我的左小腿下端；另一块是无形的，在我的心上。

大一第二个学期，一个春光明媚的上午，上完两节课，我和同宿舍的S君回宿舍。那天，我心情很好。心情很好的原因是收到一封信，一个高中女同学写给我的。这女同学很漂亮，是真的很漂亮。无论身段，还是眉眼，无论肤色，还是声音，仿佛就是那个天津女孩的放大版。更令我难以企及的还是她的身份，人家是非农业，家住县城。而我是一个彻头彻尾的乡巴佬儿。仅就这一点而言，我跟她之间简直就是天壤之别，中间那道鸿沟不仅难以逾越，而且是一个敏感少年梦的边界。那边界连梦都是不敢逾越的。于是，我只好暗地里跟自己较劲儿，拼命地学。貌似心无旁骛，实则杂念丛生。十个月的在校复读，只有我自己明白那股劲儿到底缘何而来。高考成绩出来了，我居然成了那年的全县文科状元。

成绩出来后的第二天，我去学校填报志愿，不想跟她偶遇，在校门口，我进门，她出门，躲不过了，也不想躲了，就鼓足勇气，跟她打招呼。她好像也希望我这样，浅浅地笑着，一排玉齿轻咬下唇，矜持而娇美。末了，她问我能否把高中笔记借她一用，她说她落榜了，尽管不愁工作，她说她还是想考大学。

梦的界限终于被我打破了。然而，梦依然飘忽不定。尤其是一个人在那样一个荒寒之地，写信与等待回信成了生活中一件诗情画意的事。写给她的信虽没有半字的卿卿我我，然而却是我梦的隐喻言说。她的回信似乎有问不完的问题，都是我曾经死记硬背过的高考试题。淡淡的失望之余，还是有淡淡的喜悦。尤其是今天这封信，她居然在一连串的问题之后加了一句："等你放暑假回来，我的高考也结束了，到时我一定请你吃饭……"此前，在她写给我的信里，从没用过这个妙不可言的"……"号！今天，她用了，而且用在了请我吃饭的后面！

就这样，我怀着很好的心情，跟S君一路说说笑笑地走着。路过食堂西面的一排平房，S君问我："看你今天春风得意的小样儿，说说有啥好事？"还没等我把深沉的模样做到位，一条狗从平房里蹿将出来，迅捷又悄无声息地朝我的后小腿猛咬一口。待我从惊愕中转过身来，那狗又迅捷无比、悄无声息地跑了。S君撩起我的裤腿，就在左脚后跟上端，小腿肚子的下端，留下了狗嘴的咬痕，并且有殷红的血一点点从那咬痕处渗出来。

那狗是一条笨狗，个头不大，长得很丑。说不清它的皮毛是啥颜色了。不是多年之后的记忆出了问题，而是当时就没注意。这件事跟时间没关系。其实，颜色该是狗的主要标志之一，应该是第一眼就该记住的，但我就是没注意，好在我还看清了它是一条狗。

那狗是学生食堂管理员养的。S君扶着我找到他，告诉他，他养的狗咬了我。他说："你一定是招惹它了，不然，它怎么会咬你？"我说"我没招惹它"，他不信，一口咬定是我招惹了他的狗。那口气比那狗嘴还硬。S君气坏了，就说："如此不讲理，我们就打死那狗！"他听S君这样说，就圆睁那对母狗眼，咬牙说道："你敢！打死我的狗，我就打死人！"他把人命同狗命拉平了。我就火了，我说："你等着，用不了一个小时，我就让你的狗上西天。"

我和S君回到宿舍。他劝我先去学校医院治狗伤，我说先打狗。于是，我从床下拿出一支哑铃，S君从门后抄起一柄我们用来铲煤的铁锹。

我俩来到那管理员家门口，发现连家门带狗门都上了锁。我用哑铃砸开狗窝的门，不见那条老狗，却见五六只尚未长毛的狗崽子拥作一团，低声呜呜。正待我举起哑铃向那人住的房门砸去的时候，S君拦住了我，我明白了他的意思——狗窝的门砸得，人屋的门砸不得。那是一个巨大的阴谋！

我和S君找到学生会主席，跟他说了狗咬人的事，告诉他狗主人说打死狗就打死人。这学生会主席是老三届的高中生，恢复高考后上的大学。他比我们老道，说的话让我们不得要领，到底也不知道他是个啥态度。我拉着S君往外走，心里涌起一股浊浪，品品那滋味，酸中有苦，苦中有涩，涩中有辣，辣中有……

午饭的时候到了。班里的几个同学陪我来到食堂，我站到一个水泥做成的饭桌上，我有生以来的第一次演讲就这样开始了。我向来食堂买饭的学生们说："我被食堂的狗咬了。我没招惹它，这一点有S君为我做证。可狗主人，也就是咱这食堂的管理员非说我招惹了他的狗，我挨狗咬是活该。"刚进食堂的同学围了上来，我继续说："狗把我咬了，狗主人还不讲理，他说谁要打死他的狗，他就打死谁。亲爱的同学们，难道我们的一条人命还不如一条狗命吗？"已经买好饭的同学不吃了，他们也围了上来。我就大声宣布："从现在起，我开始绝食。在我没得到一个说法之前，在我没把那狗弄死之前，我决不去治疗伤口，如果因此出了问题，一切都要那个管理员负责……"几百名同学愤怒了，怒吼声在偌大的食堂汹涌滚动。

接下去，就来了一个官模官样的人，他站到另一张水泥做成的饭桌上，拉着长声说："同学们，不要激动，要冷静，不要聚众闹事。"我冲着他大声说道："我们没有闹事，我们只想得到最起码的人身安全，我们千里迢迢来这里求学，难道我们的一条人命还不如一条狗命吗？"我话音未落，一位同学就跳上那张桌子，他一把将那人推下桌子，然后大声说道："少在这儿大话欺人，那狗早就该死！一年前，它就咬过我。走，咱们打狗去！"就这样，几百名同学涌出食堂，朝那狗窝冲去。

下午一点多，狗从那管理员的房子里被弄了出来。没等我上手，就被众人打死了。后来，又被人挂上篮球架子，浇上汽油，烧了。而它撇下的那五六只狗崽究竟命运如何，就不得而知了。激愤往往让我们不顾一切；正义的火也会以正义的名誉殃及无辜。但愿那几只狗崽子能活下来，只是别跟他们的狗娘学！

<h1 style="text-align:center">七</h1>

这场打狗风波导致了三个结果：一是我结交了一位新朋友，就是同样被那狗咬过的同学。他姓彭，中文系的，读大三，是一位爱写诗的才子。毕业后，他去了新疆。我眼睛失明后，他送我一首小诗——太阳落山了，请你不要悲哀，凉夜仍有繁星，看你如何安排！二是我和那狗被载入了班史，二十年后，同学聚会，在《历史系80级大事记》中有这样一条：1981年春，食堂管理员家的狗无故将我班同学咬伤，并大放厥词"打死狗就打死人"，引起众怒，遂将那狗打死，是为轰动一时的"打狗风波"。三是关于我的爱情问题。这最后一点一两句话说不清楚。因为这真是一个问题。

狗被打死之后，学校派车送我去一家部队医院治疗狗伤。班长和另一位女同学陪我去的。打过破伤风针后，医生说不用住院，回去休息两天就没事了。

此后两天，那位女同学对我特别好，帮我打饭，给我买麦乳精、鸡蛋等。我估计那鸡蛋是用饭票换的。"文史村"附近的老乡每天都提着鸡蛋篮子、装豆腐的水桶到我们的宿舍区叫卖。更多的时候是我们用手中的饭票跟老乡兑换鸡蛋或者豆腐。尤其是女同学，饭量小，手中剩余的饭票多，老乡用这些饭票到食堂买馒头，比市场上要便宜许多。没课的时候，她就到我宿舍来陪我，直弄得我宿舍的哥们儿醋意大发，说我要感谢那狗，不然，哪来的这艳福！

说实话，我这女同学挺漂亮的。可那时的我，心里装着另一个女孩子，也就只好假装不解风情。好在没过两天，我就上课了，只是经常在阅览室跟那女同学不期而遇。

暑假到了，我在第一时间赶回家。然后，就见到了她。她真的请我吃饭了。她说高考感觉不错，应该没问题。她还是那样矜持，习惯性一排玉齿轻咬下唇。头微微低着，长长的秀发散发出淡淡的幽香。梦一般缥缈、迷离。

暑假结束前两周，她接到了一所大学的通知书。这所学校在天津，颇有些知名度，比我那所大学要强上许多。她最终没成为我的师妹。淡淡的失望之余，也为她高兴。

开学以后，班里那位同学找到我。那是一个晚上，学校阅览室关门之后，我们相跟着出门，在一棵很粗的老柳树下，她叫住了我："听说你有女朋友了，是真的吗？"她问得直截了当，我问她听谁说的。她说是我一个哥们儿。返校时，他和她在同一列火车上巧遇。既然如此，我就如实相告了。她低下头，朦朦胧胧的灯光里，或者月光下，我分明看见她也是一排玉齿咬着下唇，只是咬得很用劲儿。

最后，她啥都没说，转身就走了。

这个学期结束后，我们学校就迁往省城了。到省城后不久，我这位女同学跟我哥们儿的恋爱关系就公开化了。哎，二十世纪八十年代的年轻人真傻！真的真傻！

此后不久，我接到一封寄自天津某名牌大学的一封信，信中言辞之果决，态度之明确，跟她展现在我面前的羞涩与矜持简直是冰火两重天。从此，我就有了两块伤疤。一块是有形的，在我左小腿的下端；一块是无形的，在我的心上。

八

如果说塞外的荒寒与苍凉给我的青春岁月染上了凝重的色调，那么，后两年省城的繁华与时髦则让我离那个子牙河畔的小村越来越远，有如从蝌蚪到青蛙的转化。身后那条尾巴是在拒斥与反抗中无可奈何地消失于无形之中。内心的矛盾与痛苦皆缘自情感上的认同与理性上的否定。对故乡的感情变得复杂了，有依恋，又不想靠近；有思念，又心存隔膜。这一切都跟我进入城市有关，还可能跟从前那个叫玲玲的天津女孩有关，或者跟那两块伤疤有关。总之，在经历了那些震荡与冲撞之后，我学会了内敛与控制。投向远方的目光一点点收回来，我更加关注脚下的路。对梦想的追求和对未来的生活向往似乎不再那么抽象与缥缈，目标越来越具体，方向越来越明确。非功利性的思考与求索逐渐被目的性十足的雄心壮志所取代。不知不觉中，我把大学校园当成了一个基点，一个出发地。我清楚，今后的出走、离开，将不再具有哲学的价值和诗性的浪漫，仅仅是为了寻找一个舞台。我要在那舞台上好好表演一番，然后再登上一个更大的舞台。

毕业了，需要填很多的表格，大都装入个人档案。可到现在也不知道我的档案里都装了些什么。只记得在一张表格里有一栏叫"个人工作志向"，我填的是服从分配。看上去有点儿冠冕堂皇，有点儿言不由衷。"服从分配"的意思就是没有个人想法，去哪儿，干什么，都由组织说了算。这不免有点儿造作，多少还有一点儿悲哀的意味。但那时的我们一旦上了大学，就是公家人了。学费、食宿基本都是国家提供，学成了，自然要听从国家的召唤，甘做一颗永不生锈的螺丝钉，拧在哪里哪里亮。这是一个态度问题。态度问题从来都是一个重要的问题。

然而，在态度后面，还是隐藏着一点儿私心的。希望组织看在我态度端正的分上，将我分配到一个有希望的单位。我想去一个离家远一点儿的地方，好像离家越远，我就更有前途。然而，拿到派遣证，我看到上面的报到单位居然是某某地区教育局。而这个教育局所在地就是我曾经考上的那所中专的所在地。那城市离我家乡九十八公里，倘加上生我养我的那个小村到县城的距离，整整二百里。

九

大学毕业的时候，我差四个月就二十三岁。住进医院的时候，我比二十三岁大两个月。我的意思是说，命运和上帝只给了我六个月的时间在舞台上表演。这六个月的表演我的确做得不错。预想中的效果都出来了。赞许的目光、鼓励的掌声、领导的器重，所有迹象仿佛都在预示我将有一个光辉灿烂、无限美好的前程。

正当我在日记里悄悄赞叹"生活真好！每一天的太阳仿佛都是为我升起"的时候，命运和上帝相互对视一眼，然后轻轻点一下头，心领神会又谈笑风生地开始了对我人生轨迹的彻底颠覆和重新设计。

1985 年元旦过后，我先是感到头痛，虽不剧烈，却闷钝难当，年轻气盛的我没太在意，依然在我行我素地表演。接下来就是周身不适，头疼加重，我依然不知醒悟，错把警告当成普通的感冒。直至几天后我开始喷射性呕吐，才被单位的车送进医院。

在那个离乡二百里的城市，在那家条件设施算得上一流的医院，我开始了跟死神的厮守与较量。厮守是无奈地面对，较量则是为了摆脱与逃离。没有多少豪言壮语送给那时的自己，所有的对峙与较量皆源于对死亡的恐惧，是求生的本能使然。

十

我对死亡的恐惧，始自七岁或者八岁那年春天。

那年春天，村里那棵老槐树开的花格外多，格外香。

老槐树长在一个姓李的家门前。姓李的叫李恩元，是我没出五服的大伯。六十多岁，身材不高，背微驼，肤色黑黄，颧骨凸出，面皮下好像埋着两个枣核钉。上推三代都是赤贫。

皆因了那穷，李恩元在"文革"前曾担任过一年多的村长，并娶了邻村一位有痴呆病史的女子，先后为他生了二女一男，分别起名金镯、玉镯、灵宝，名字虽然都很金贵，人却一个比一个傻。老三灵宝都十五六岁了，还在地上捡羊粪蛋吃（兴许是饿的），嘴里还不时咕哝一句："真香，不给我爹吃。"

有这么一个宝贝儿子和两个傻得连他都敢骂的丫头，李恩元的心情和日子可想而知。加上生性懦弱，胆小怕事，"文革"一开始，就向造反派交了权，躲回他那三间破得漏天的土屋里领着老婆孩子弄日子去了。渐渐地，他成了村里最边缘的人，跟那老槐树一样，悄无声息、似有若无地生活着、存在着。

头年冬天，村里住进一伙人，说是响应毛主席号召，开展斗、批、改运动。

至于斗谁，批谁，改什么，那时我还小，搞不明白。只记得每天晚上去大队院子里看批斗会。有时也跟着大人们举起胳膊，高呼一些似懂非懂的革命口号。年幼的我，没有什么政治企图，只是觉得那里热闹，那样好玩。我想，有我那想法的人绝对不止我一个。只是他们在那想法的背后还藏着另一个或者另几个想法。

让人意想不到的是，李恩元这么一个大可忽略不计的人，居然在这场斗、批、改运动中火了一把。起因是有人揭发他，说他在当干部期间跟人说过中华人民共和国成立前给马财主家扛活，曾吃过白面馒头，其神情大有渴望再给马财主家扛一次活之态。这不是妄图搞资本主义复辟又是什么！

六十七岁的李恩元弯腰躬背反绑双臂，头戴纸糊的高帽，站到了批斗会最高的凳子上。几天后，李恩元又被押送到公社接受更大规模、更加热闹的批斗。李恩元哪里见过这等轰轰烈烈的大场面，到公社后的第二天，他就疯了。

大伯被吓疯的头两天，大娘还在家守着他。后来，见他除了白天不敢见人，晚上不让开灯，既不打人，也不疯跑，就下地干活去了。那年月，工分要紧得很，关系到一年的口粮，无论如何是多耽搁不起的。

灵宝虽傻，却有一手绝活。每年春天，他就用一根细长的秫秸秆到老槐树下摘槐花吃。他将秫秸秆顶端劈开一道缝，中间横夹一细棍儿，如张开的嘴，灵宝就用这张开嘴的秫秸秆去拧摘槐树上的那一朵朵槐花，其准确度与成功率村里无人能比。

那天上午，我在灵宝家门前看他拧槐花吃。每拧下一朵，灵宝就边往嘴里塞着，边咕哝着："真香，不给我爹吃"……

快到晌午的时候，我有点儿渴了，就跑到他家喝水。推开那扇破旧的屋门，我一下子惊呆了，腿像是中了魔法，动弹不得。我看到的是怎样一幕骇人的情景！就在离我不到两步的地上，横躺着大伯的尸体。但见他头朝外，脚朝里，脸朝上，一双死灰的眼睛直瞪着被灶烟熏黑的屋顶，颈嗓处仍有大股大股的血往外涌着，成群的苍蝇绕着他飞来飞去，血污已浸透他身上的蓝粗布夹袄。他一条腿挺直，另一条腿弯曲着，脚下有一条蹬踢出的土白色沟痕，右手还紧攥着一把闪着幽幽蓝光的剃头刀……

大伯活活被吓死了。他家门前那棵老槐树也被锯倒了，老槐树变成了一口薄皮棺材，老槐树和大伯一起，被深深埋入了地下。

从那时起，我开始惧怕死亡。现在想想，令我恐惧、害怕的根源大概不在死亡本身，而是那样一种亲眼看到过的，具体而真切的死亡形式。

或许缘于这种恐惧，曾经有那么一段时间，我仰仗着年轻，试图拉开与死亡的距离。如同受了惊吓的孩子，紧闭双眼，被子蒙头，以为那样就安全了，就脱离了险境。其实，在偶然的生与必然的死之间，隔着的不是年轻，而是无限的可能。不测风云、旦夕祸福、喜从天降、乐极生悲、长命百岁、寿夭早亡、平步青云、命运多舛……一切皆有可能，一旦发生，便成事实。面对事实，除了接受，别无选择。假如可以选择，那也是在接受之后，我们还能否做些什么。

诚然，所有的可能与发生都在那个"必然"到来之前，在那个"必然"到来之前，所有的"可能"与"发生"混杂在一起，裹挟着生命寂寞又热闹地跟着时光一起梦想着、希望着、寻觅着。这梦想、这希望、这寻觅的过程便是出走与离开，也是投奔与皈依……

十一

我在医院的抢救室迎来了 1985 年的除夕之夜。医院把第一张病危通知书交到了父亲的手里。医生说我患上了一种极为罕见的脑膜炎。他说自打有了这家医院，还没见过我这样的病人。没有任何治疗经验可资借鉴。无奈，我只好告别这个刚刚有了一点儿感觉的城市，转到北京一家部队医院接受抢救性治疗。

住进这家医院后的第三天，几位专家对我的病进行会诊，他们得出一个结论，我活命的可能性只有百分之一。即便侥幸得活，也会留下严重的意识障碍。言外之意就是我极有可能会死掉，即便不死，也将成为呆傻之人。他们问我可否玩过鸽子。专家说我这病跟鸽子有关，他们说鸽子身上有那种病菌。我无力地冲他们摇摇头。不是不想说话，实在是没有了说话的气力。其实，我当时很想对他们说：我很喜欢鸽子，从小就喜欢。只可惜我从未养过它们。我不清楚那罕见的病菌是怎么进到我体内的。我更搞不清楚，有那么多人玩鸽子，他们享受了鸽子带给他们的快乐与满足，他们都好好的。我一点儿也没享受过鸽子们的可爱，却让我的病跟它们有了瓜葛。世间的事，竟是如此无理可讲。无理可讲也没有办法，就只好既来之则安之。

印象里，那十八个月，我一直没离开那罩着白布单的铁架床。一天到晚，床前床后，都是挂着的吊瓶。逢上每周一次的腰穿刺检查，我还要一动不动地平躺上六七个小时。不能枕枕头，不能屈腿，更不能翻身。就那么僵尸一样平躺着。有一段时间，每天要做一次鞘内注射治疗。就是将针头从我脊柱骨的缝隙内扎进脊髓管直接把药液注入其中。每做一次这样的治疗，我都要平躺上三四个小时——舒服莫如躺着，于我而言，却是一种刑罚。加之那昏天黑地的头痛，有时真希望自己的脑袋是一只充气过足的气球，宁愿在突然的毁灭中享受那瞬间的轻松与摆脱。有人自杀，定是无法承受那比死更苦的活。

还好，我的脑袋没有成为爆裂的气球。年轻的生命有着太多的留恋，太多的不舍，太多的不甘心，譬如亲情、爱情，还有窗外那依稀的风景。

十二

每天清晨，医生都要给我输上一瓶甘露醇。这样可以帮助我暂时降低一下颅内的压力，让我如蛇蝎啃咬般的头痛有一两个小时的缓解。那些日子里，清晨成了我的最爱。那一两个小时的光阴，竟是如此弥足珍贵。

那个清晨，输完一瓶甘露醇，我感觉轻松了一些，有了一点儿精神，我就让父亲扶我坐起来，我想看看窗外的风景，我已经很久没看到窗外的风景了。

见我又有了看风景的闲心，父亲很高兴，他扶我从床上慢慢坐起来，用被子和枕头垫住我的后背，透过六楼宽大、干净的玻璃窗，我朝外面的世界慢慢望过去，朦朦胧胧中，我看到一轮红日蓬勃升起，视线虽很模糊，但我还是看到了红红的太阳下面飘着淡淡的、薄薄的、轻纱一样的雾，如烟似梦的雾笼罩着一片葱茏的绿。那是一种怎样的绿啊！绿得令我心旌摇荡、如梦似幻。那绿化作丝丝甜意，一点点沁人心脾。

在那绿的边缘，仿佛有隐约的白，很有些害羞、伤感的意思。我认出来了，那白就是去年冬天的第一场雪。去年冬天第一场雪下来的时候，我住进了医院。

在那白的雪和绿的麦田相交的边缘，好像有一条田间小路，应该是有一条路的，不然，我如何看到一个红衣女孩朝我款款走来！女孩怀里有一束美丽的花，是粉红的玫瑰，不，是金黄的秋菊；再看，又好像素雅的康乃馨。红衣女孩含着笑意，袅袅娜娜地走近我，然后，我们手牵手走进了春的怀抱。

迷离恍惚间，身后床头想起吱嘎声，艰难地转过头来，那个文静秀美的小护士正含笑看着我，缓缓摇转手中的把柄，三分之一的床面一点点被她轻轻摇起。她说："想看外面的风景时就可以把这床摇起来……"我冲小护士笑笑，目光朦胧中，小护士竟是如此沉静，如此美丽，宝石般水汪汪的一双明眸轻轻眨动，婀娜的身姿如风摆杨柳。她真的是一位天使呢！

"来，把手给我，我给你输液……"小护士语音甜美，自然柔和，下意识把手伸给她，轻轻的疼让我醒过神来，出走的心魂又一次被刺进血管的针叫了回来。

十三

五年前，一群颇具专业水准的播音朗诵爱好者要给我在网上搞一个作品专场朗诵会。我将十几篇散文提供给他们，大都是精短文章。只有一篇比较长，五千多字，题目叫《母亲的泪水是条河》。很快，主持人告诉我，除了《母亲的泪水是条河》，其他作品都被朗诵者选走了，只有这篇作品无人朗诵。理由只有一个，稿子太长，他们担心拿不起。我说："这篇作品必须有人朗诵，否则，我宁可这场朗诵会泡汤。理由也只有一个——我要把这场朗诵会献给母亲。"

那晚的朗诵会很成功。《母亲的泪水是条河》感动了在场的所有听众。于我而言，最大的欣慰还是让母亲亲耳听到了这篇早就该听到的文字。我终于没像史铁生那样，因了那些说不清的情绪让自己永远陷入不可弥补的愧悔内疚之中——"在我的头一篇小说发表的时候，在我的小说第一次获奖的那些日子里，我真是多么希望我的母亲还活着。"（史铁生《我与地坛》）

这稿子写于十多年前，是我送给母亲六十岁的生日礼物，曾发表在《北京青年报》，后被多家刊物转载。倘使母亲认字，我也许会把稿子拿给她看，然而母亲不识字。我也可以读给母亲听，尽管我能把那稿子全部背诵出来，还是没有。总觉得开不了口。我可以跟朋友说母亲，可以让别人因了我的讲述眼泪汪汪，就是不好意思跟母亲说出我心中对她有着怎样的感恩与依恋，诚然，还有深深的自责与愧疚。

病床上十八个月的死去活来之后，一双好端端的眼睛就没了，这代价实在有点儿大。撕不开、挥不去的黑暗让我恐惧，让我绝望，也让我愤怒，让我发狂。光！你到哪里去了？你为何抛下我独自走了？除了你，什么都可以躲进黑暗之中，然而你是可以把黑暗照亮的啊，你到底躲到哪里去了？没有了光，我二十三岁以后的日子该如何过下去？

面对我的恐惧和绝望，愤怒与疯狂，心碎的母亲大气不敢出，终日里默默地守着我、陪着我，她无处可躲，无处可逃，她要帮我穿衣，帮我吃饭，还要承受我对她无端的刁难与伤害。

当黑暗降临时，谁都可能袖手旁观，母亲却不会的，她会义无反顾地跟她的儿子在一起，即便不能把光明留住，也可以给儿子一份抵御黑暗与寒冷的温暖。即便连温暖也不能给予，即便儿子不领她的情，她也要跟儿子在一起。

我想，她那时一定用这样的话提醒自己："我的儿太苦了，不管怎样，我都要守着他，陪着他，他想冲我发火就发吧，发出来他心里会好受一点儿，比憋在心里好，我是他母亲，就该跟他在一起，死也好，活也好，反正我要跟他在一起……"

那段日子里，吃饭成了一个问题。每到吃饭的时候，母亲总是小声问我想吃点儿什么，问了几遍，我不作答，母亲再问，我就火了，冲她大声叫喊："吃饭，吃饭，还有别的事不？我不想吃。"半晌，母亲又小声劝我："吃一点儿吧，不吃饭身体会顶不住的。"母亲的语调几近央求。我恼怒不堪，既为那非吃不可的饭，也为自己对母亲的无端伤害。可我控制不住自己，我对黑暗之外的一切都想发火。其实，母亲哪里在黑暗之外！儿子没有了光明，母亲的光明又能在哪里呢？

实话实说，母亲做的饭算不上好吃。盐放得多，口味特别重。每顿饭花样不多，量却特别大。然而我知道，之所以如此，都是过去那些年月把母亲饿怕了。

母亲嫁到李家时，正是"瓜菜代"的年月。母亲嫁过来后，只吃了三天饱饭，之后便是糠菜掺草籽弄成的饼子，外加马齿苋、杨蓬菜等熬成的稀汤。作为新媳妇，母亲都是做在前，吃在后，往往是等她端起饭碗时，已经没啥吃的了。从那时起，饿怕了的母亲做饭时总是往多里弄。

口味重的习惯也是在那个年月养成的。油水寡淡，有一点儿青菜，也到不了母亲的碗里，咸菜疙瘩和着盐水泡饭是母亲经年累月的食物。

如果说一日三餐我让母亲为难，那么，我长久的沉默和阴郁就更让母亲揪心了。她不知道我在黑暗中都想些什么，但她知道，无论我想什么，都是一种苦。她多么希望能替我承受那苦，多么希望我不再一个人默默地想。她多么希望我跟她说说话，哪怕跟她叫喊，使性子。可那时的我中了邪，总跟母亲较劲儿，她越是想让我开口，我越是不说话，任母亲如何心焦，如何忧虑。

即便如此，我的每一个细小动作甚至表情都没躲过她的目光，她能从我的动作和神情变化里看出我的情绪是哀伤还是焦躁，是沉浸在过去的美好时光里还是碎裂在当下的绝望中。如果我侧身左转，她会马上把一杯水端到我面前，病床的左边是床头柜，我转向那个方向，她便知道我想喝水了；如果我从床上坐起来，她就会马上问我是不是想去厕所。如果我不作答，她就不再问了。然后，坐到我身后，轻轻为我揉搓后背。母亲的手很有力气，掌心粗糙，无论是给我搓摩后背，还是揉捏我萎缩的小腿，都令我倍感舒服、熨帖。

那是一个飘着细雨的暮春之夜，病房里很静，母亲小声对我说："妈知道你心里难受，这么年轻眼睛就没了，谁也受不了，可咱总还得活下去！"

"活，像我这样活着有啥用？"像是受到更大的鼓励，母亲不加思考，脱口而出："咋没用，只要你还活着，只要我和你爹下地回来能看到炕上坐着俺们的儿子，俺们心里就踏实，就有奔头……"母亲的话必是早就想好了，只是我一直没给她说的机会。

九年前，母亲突发心肌梗死。医生说要放支架，打听一下价钱，要十几万。起初母亲坚决不做。那时，乡下人还没有医保，看病花钱都要自己负担。母亲知道我没那么多钱。她怕我为难，我就跟她说："钱儿子可以去借，妈我可借不来。"母亲就含泪笑道："其实，我真不想走，我想多跟你几年……"母亲还是放心不下我，她知道，自己的儿子不是安分之徒，他的心魂会不时地出走、涉险、钻牛角尖，他总是会触碰一些莫名其妙的东西，撞了南墙也不回头。她不清楚我为何如此，但她愿意陪着我，多走一程。

在一个小型聚会上，一位年轻的女孩子对我说："几年前我就认识您。"我问："是吗，我咋一点儿印象都没有？"女孩说："这不奇怪，因为我没跟您说过话。"我问："在哪儿见过我？"女孩说："读大学的时候，经常看见您，傍晚时分，您挽着母亲的手，在校园里散步。有时，您手里还牵着一个四五岁的孩子，想必那是您的儿子。晚霞余晖里，您一手挽着母亲，一手牵着儿子，真是一道风景呢……"

十四

脑膜炎治愈了，专家们发现，我居然还有着健全的思维和丰富的情感。他们很为我高兴。我却固执地以为，没了眼睛，心性尚存，这是一个错误的安排。其情状有如被切去了翅膀的鹰，上帝剥夺了它的权利，却保留了它的欲望。这现实很残酷，并且不可改变。

到了这种地步，可供选择的余地已经不多了。似乎只有两个：A.既然翅膀不能再生，光明不能再来，那就索性连同生命一同交出来，一了百了，也免了因那欲望而受苦。B.暂时把翅膀和光明的事放一放，静下心来想一想上帝为什么要这样，光明可否以另一种方式把生命照亮，在权利和欲望之间是否还存在着另一个可以置放心魂和生命的所在。

失明之初，我决意选择A。理由很简单，无光明，毋宁死。我采取的第一个行动是绝食。脑膜炎治愈后，护士第一次给我称体重，四十二公斤，想我这虚弱到极点的身体只要把吃饭的欲望稍加克制，用不了几天，所有的欲望也就统统被消灭了。

那天上午，一上班，年轻美丽的护士长就端着一个金属盘子走进我的病房，听那声响好像是要给我输液。我不无疑惑地问她："我的病不是好了吗？不是用不着输液了吗？"护士长冷冷地说："没有。根据你的临床症状，你的病有可能复发了。"我急了，慌忙坐起身，大声嚷道："不可能，绝对不可能。我呕吐跟脑膜炎没关系。"护士长还是一副冷冰冰的神态："你怎么知道你的呕吐跟脑膜炎没关系？""我……"我颓然倒在床上，像泄了气的皮球。

护士长变得和蔼可亲了，她柔声说道："既然不怕死，当初就不该到医院来。"

"我不知道我的眼睛会失明。"我争辩。她含笑问我："那么刚才呢？既然你想自我了断，干吗一听说你的脑膜炎要复发就那么紧张？"真是一位天使，她传达了上帝教我的第一道旨意。这旨意不好直说，适合用一个故事来表达——一个从未交过好运的人对生活绝望了。他活得不耐烦了，他沿着山路向那个峭壁走去，他想，这山路的尽头，便是他生命的尽头了。猛然间，一条饿狼从路旁树丛中蹿将出来，张牙舞爪地扑向他……故事到这里，有了两个可能：A.让狼吃掉，因为上山就是找死来的；B.奋起与狼搏斗，面对饿狼，他感到了强烈的恐惧，尖利的獠牙和血红的舌头让他看到了生命的宝贵，尊严的神圣。自卫的本能和对尊严的捍卫让他改变了主意，他放弃了容易的死，选择了艰难的生。

然而，除了饿狼，无边无际的黑暗更是一种考验。一天到晚，一年到头，今生今世，我将在黑暗中度过。如果不能为活着找出一个正当的理由，终究觉得艰难的活是一件多余的事。

那么，这理由是什么呢？认真想想，大概还是跟欲望有关。比如，母亲的话语和她那粗糙温暖的手就满足了我对生命之爱的渴望。同时，我也从母爱那里领悟到，我的死活直接关乎母亲的死活。存在的价值由此凸显。活着便有了一个起码的理由。诚然，既然心性尚存，肯定还有别的理由，比如爱情；比如思念；还有想知道这世界今后的模样；这人间未来的故事……也许这些已经超出了欲望的范畴，但这确乎也是一种需要。而要满足这需要，前提就是首先应该活下去。活下去也未必能满足这需要，但可以努力去追求，只要追求，就有了过程。到了一定的时候，过程就有了他独立的意义和价值。诚如史铁生所言——"行走的本身就证明着目标的存在"。

十五

话说至此，活着的理由似乎比较充足了。可是，这些理由却回避了一个基本的现实——黑暗给生命带来的痛苦。有了活下去的理由，我们可以心甘情愿地承受和忍耐，却不能让心灵释然，让生命超脱。要解决这个问题，需要换一个思路。那就让我们做一个假设，没有黑暗、没有痛苦，情况会怎样呢？我们是不是就快乐了、就幸福了？

也是在那家部队医院，我结识了一个小男孩。如果说我患的是一种极为罕见的脑膜炎，那这孩子的病不仅是罕见，简直就是奇且怪了。

小男孩有七八岁，很乖，打针输液从来不哭，一副若无其事的神态，仿佛那针不是扎在他身上。他甚至不知道疼是一种怎样的感觉。事实也是如此，小男孩患的是一种叫无痛觉综合征的病。无论针扎刀割、头破血流，甚至骨断筋折，他都感觉不到疼。起初，我很羡慕这孩子，以为他父母根本就不该带孩子来治。这哪里是病？分明是莫大的福气。没有痛觉，该是一种怎样的美妙！然而，医生告诉我，这病很危险。如果得不到有效治疗，如果不尽快恢复他对疼痛的感觉，就会导致不堪设想的恶果。满以为没有痛感是一件美妙的事，却不知，痛觉对生命如此重要。看来，人生大可不必视痛苦为洪水猛兽了。

为我普及无痛觉综合征常识的是一位老军医。他姓张，是那家部队医院一病区的主任，住院一年多，我的治疗方案都由他确定。老军医话不多，每天早上查房，他总要在我床边站上一会儿，很少说话，临出门时，他会用手轻轻拍一下我的脸，然后说一声"安心治病，少想别的"。记不清他这动作源自何时，却记得直到我出院时，他依然用这个动作为我送行。

那是一个初夏的清晨，我就要出院了。老军医似乎比往日来得早，他走进我的病房，站到我床边，我坐在床上，跟他面对面。老军医拉起我的手，他说："走，跟我到院子里走走。"

我随老军医来到院子里，他告诉我，这院子里有很多树，老槐、古松、年轻的柳树，还有开始挂果的核桃树，嫁接成功的柿子树，虽说种类不同，所在的位置也有偏有正，无论是寂寞的角落，还是显眼的路旁，它们长得都好着呢。老军医问我，可否感觉到树们的存在了？我说感觉到了，空气很清新。除了树，大概还有花草。老军医很高兴，说我一点儿都不笨。

末了，老军医拉我面朝一个方向站定，他让我抬起头，然后问我："知道你朝哪个方向站着吗？"我略加思考，犹豫说道："应该是东方吧。"老军医又笑了："干吗应该是，就是东方。"我似乎明白了老军医为何要带我到院子里来了。我给了老军医一个会心的微笑。如果我是当兵的，肯定还要给他敬上一个标准的军礼。

老军医用少有的和缓对我说："你头顶正前方的天空就是太阳，确信了太阳的存在，你就可以辨清方向了，就这么简单。"

身后传来唏嘘之声，是母亲，还有父亲。老军医把我交给母亲，用手轻轻拍了一下我的脸："跟你爹妈回家吧，好好活着，别想那么多。"

就这样，自打上高中离开那个小村，从县城到塞外，从塞外到省城，从省城到那个京津走廊间的新兴城市，然后就是十八个月死去活来的折腾，直至走进无边的黑暗。我转了一大圈，终又随着父母回到了我的出发地……

十六

回到子牙河畔的那个小村，一切都很熟悉。像一条洄游的鱼，那温度、那气息、那节律、那质感……所有的一切一如当年。我能从说话的声音、走路的脚步声中听出来看我的是东邻的大娘还是西邻的大婶；我能从清晨、傍晚飘荡在空中的炊烟里闻出前院那个大傻子金宝家炒鸡蛋的味道，后院那个外号"小狐狸"的老婆子又在捣弄猪头的焦煳气。

出家门，往右拐，顺着胡同摸索着走到那个不大不小的水坑边，找到那棵柳树。当年，我在这里跟玲玲折过柳条，用罐头瓶钓过小鱼。而今，水坑小了一些，柳树大了几岁。那么，鱼呢，那些没落进我和玲玲圈套里的鱼呢？离家出走的那个莽撞少年回来了，你们今又安在？你们可曾有过出走的企图？可曾找到了出走的理由和通道？十来年的光景，这水坑可曾干涸？如果水没了，你们还能活下去吗？

母亲告诉我，水坑边长出了芦苇，不茂密，稀疏地围着水坑长，像一道墙，又像一张网。母亲说，这水坑里还有鱼。我想这肯定不是当年的你们。然而，为什么不是你们呢？就像我，已经不是当年的我。可村里人一下子就叫出了我的名字。可我的的确确不是当年的我了。他们可以不假思索地叫出我的名字，但那个名字就是我吗?

跟史铁生不一样,他有一个地坛。他可以摇着轮椅在那座很大的园子里到处游逛,有心无意地领略那园子的破败与荒凉,生机与活力;望着夕阳下古老的断壁残垣想过去、想现在、想未来、想生死……想着想着,他就给自己想出了一个"神",就从神的沉默里悟出了不为人道的真言谶语;他还可以随便找一处树丛把自己深深隐藏起来,冷眼旁观地打量着园子里的一切。安静地读一本书,在那个本子上写写画画,为那些或从这园子里匆匆走过,或在这园子里散步玩耍的男女老少、各色人等编造一些好玩的故事。总之,他把自己弄到这园子里来,他可以想起一切,也可以把一切都忘了。他可以把那园子当成自己,也可以把自己当成那园子。我呢,就只有一个水坑和一株老柳。

十七

那几年的夏天和秋天,我基本上是在坑边那株柳树下度过的。起初,母亲很为我担心。那坑里的水很深。我每次出去,她总有些犹豫,想劝阻,又难以开口。最终,母亲还是把担忧留给了自己,任凭我独自待在那里。然而我知道,无论我察觉与否,我都没走出她的视野。

其实,母亲有些过虑了。既然饿狼已被我赶走,既然懂得了痛苦的必要,再深再险的水坑也不会把我怎么样了。现在,我有了足够的时间,可以比较平和、从容地想一想上帝为什么要这样了。

这问题很实,也很空,不好想。上帝也不会跟我讨论这个问题。我像一个笨孩子,面对眼前的试卷,每一道试题都那么难,答案像一只小鸟,隐没在茫茫林海之中。无论这试题如何刁钻古怪,如何不近人情,我都不能找老师辩理,质问老师为何偏偏把这难题给我。我只能自己面对,找出了答案,算我走运,找不出,也只好认命。

虽说一时找不出答案,然而我确信,上帝既然这样做了,一定是有原因的。他用黑暗把我与光明隔离开来,一定是想让我在黑暗中做点什么。

然而,我能做些什么呢?一个什么都看不见的人能做些什么呢?这个被光明主宰的世界又能让我做什么呢?光明无处不在,我却走不出漫漫长夜;世界五彩缤纷,我眼前只有浓稠厚重的黑。黑暗是一道围起的墙,围起的墙便是囚笼,落入其中,自由便为奢谈;黑暗还是一条锁链,一旦被它套牢,生命即遭放逐。人,竟是如此脆弱无能,曾经是那样激情豪迈,那样无所顾忌,甚至不可一世,总以为无所不能,却原来不堪一击。一道围墙,自由就成了渴望;一条锁链,舞蹈就成了梦想。曾经为自己强健的双腿骄傲无比,却跑不过一只小小的野兔;曾经为自己发达的肌肉扬扬得意,却不及一头沉默的老牛;其他身体的机能又如何呢?

论视力，比不过猫，论听觉，比不上狗。这不免有些妄自菲薄，尤其这话从我嘴里说出来，又多了几分阴暗之嫌。

是的，这想法的确经不起讨论。一个起码的事实是：包括我在内，我们谁也不愿意成为兔子或者老牛，更不愿意变成猫狗，理由很简单，我们有本能之外的属灵。无论这属灵从何而来，无论是进化的结果，还是上帝的赐予，我们都应该心怀感激。因了这属灵，我们就有了一条通道，因了这属灵，我们看到了自身的局限和残缺。我们懂得了这局限便是囚笼，这残缺就是锁链，囚笼证明着自由，锁链证明着梦想。同样的道理，黑暗证明着光明，丑恶证明着美善，地狱证明着天堂，偶然证明着必然……自由地向往从看到囚笼开始，舞蹈的梦想从看到锁链开始，行走的步履从听到召唤开始，歌唱从虔诚的祷告开始，局限让我们谦恭，残缺证明了完美。于是，觉醒之路就此登程。

十八

其实，水坑边、柳树下一点儿都不寂寞。尤其在夏天，水坑里有鱼虾、有青蛙，鸭子们捕食鱼虾，水蛇们吞咽青蛙。孩子们把衣服藏在芦苇丛中，跳进水坑里嬉戏，摸鱼虾，捡鸭蛋，胆大的孩子把蛇缠在细瘦的腰间，炫耀着他们的勇敢。柳树上，有不知死活的蝉鸣，螳螂得意地举起"青龙偃月刀"，黄雀把喜悦压制在喉咙之内……

柳树下，除了我，常到这里来的有五个人。一个老头，七十多岁，十几岁就离开家，外出谋生。退休后才回来，没办法，老婆孩子都在这块土地上。一个女的，三十多岁，二十岁上离开四川的家，做了这村里一个大她十多岁男人的媳妇，男人有使不完的力气，从不让细皮嫩肉的老婆下地干活；一个傻子，就是那个灵宝。老槐树没了，他拧摘槐花的技艺无处施展，快三十的人了，整天蹲在坑边树下，偶尔捡到一个鸭蛋，就边往家跑边嘟哝着"炒鸭蛋真好吃，不给我爹吃"。一个半大小子，小名叫松，是一个白化病患者。

松很聪明，小学之前考试都是数一数二的。初中要到三里地之外的一个村子。每天放学回来，松的身上都是青一块紫一块的，书包里要么少了点什么，要么多了点什么，他妈找过老师，老师说孩子学习挺好的，别的事就不清楚了。问松是谁欺负他，松要么一言不发，要么就说"我眼神不好，看不清人"。不久，松就退学了。

松退学了，他还是很聪明。先是学会了修理收音机、电视机，后又学会了修理柴油机、拖拉机，并且都是自学的。村里人都夸松心灵手巧，乐于助人。松以为只要有个好人缘，只要自己努力长本事，就不愁吃不上饭，不愁找不到媳妇。他常到柳树下找我玩，跟我讨论人生，讨论爱情……

三年后，松疯了。他把自己关在屋里，不见人，不吃饭，他妈说："孩子一天到晚追着问我——为什么要生他？为什么哥姐都好好的，唯独他是个白化病？为什么没有一个女的爱上他？"

十九

在家三年多，跟我接触最多的还是那个马先生，一个二十岁上没了眼睛的老头。

马先生出身铁匠世家，祖祖辈辈都是以打铁为生。十六岁上，他就跟他爹学起了打铁手艺。两三年过来，他成了远近闻名的小铁匠。不仅如此，他还练就了一副好身板。黑红的脸膛，浓眉大眼，个头不高不矮，肌肉发达，像一头雄健的牛犊。每年秋收之后，他跟爹走乡串村，给人打铁，总能招来不少大姑娘、小媳妇围着他看。

二十岁那年春天，家里给小铁匠定了一门亲。子牙河南十里湾村的一个姑娘。比他小三岁。姑娘的爹早就看上了这小伙子。姑娘长得挺好，性子也和顺。孩子大人都中意这门亲事。说好了秋收后就给他们完婚。

过了秋分节，地里的庄稼收完了，麦子也种上了。小铁匠跟爹收拾好打铁的家什。先是河北岸的十几个村镇，后在一个叫望帆台的村摆渡过河，沿着河南岸由西向东，一个村一个村地走。兴许是心里装着美事，小铁匠的精气神儿格外足，打起铁来倍加卖力，一把大锤被他抢得上下翻飞，有板有眼。最后，爷儿俩到了十里湾。爹说干完了这村的铁活，就跟亲家把结婚的事最后敲定下来，然后就回河北岸的家，那三间新起的、包着一层青砖的土坯房还没扎顶棚呢，新房总该有点新房的意思。

他们在十里湾干了两天，就在打最后一炉铁的时候，一根铁条随着小铁匠砸下的铁锤猛然从砧子上弹起，不偏不倚，通红柔软的铁条蛇一般爬上小铁匠的脸。一声惨叫，一双好看的豹子眼就化成了滚烫的水，化成了污浊的气……没几年，小铁匠的爹就死了。直到咽下最后那口气前，他还拉着小铁匠的手不停地问："我怎么就没把那根铁条夹住？我怎么就没把那根铁条夹住？"

爹死之后，小铁匠失踪了。没人知道他去了哪里。是寻了短见，还是到了别处？

两年后，他挂着一根竹竿回到了村里。肩上是一个褡裢，手里有一个镲锣。从此，村里人当面叫他马先生，背地里叫他瞎马。

马先生学会了算命，学会了做饭，学会了缝补衣服，还学会了拉二胡。他能提着瓦罐，拐六道弯，穿过三条胡同到村边那口老井去打水。人们不清楚他从哪里学会了这一切，甚至说不清他是怎么活过来的。马先生却知道他们是怎么活过来的。村里人谁家聘闺女，娶媳妇，盖房子上驼梁，都要请马先生择良辰、挑吉日。

甚至谁家有了病人，遭了晦气，不知日子该往哪里奔时，也要找到马先生求个说法。几十年来，村里发生的一切变故连同隐藏在这变故后面的秘密，都没逃过马先生那双失明的眼睛。他是这村里一个孤独的智者。黑暗开启了他另一双眼睛。

跟我一样，马先生不爱凑热闹。在我满足了乡亲们的同情与怜悯，渐渐把我忘了的时候，马先生才来看我。

本以为马先生也要跟我说那些让我往开处想的废话。不料，他竟呵呵地笑着对我说："这下好了，有人可以和我做伴儿了。"七十来岁的人，居然像个小孩子。我有点儿烦他。

他却不识趣，自顾自地往下说："眼瞎了没啥，我瞎了这么多年，不也活过来了吗？"我不无鄙夷地回了他一句："您活着干吗？""给人算命啊！"马先生不假思索地脱口而出。我愈加不屑地冷笑道："靠骗人活着，没劲儿！"马先生一本正经地反驳我："这可不是骗人，我给人算命都是教他们积德行善。他们有啥想不开的，我给他们破解破解，啥事拿不定主意了，我给他们说道说道，让他们心平气顺地活着，带着点盼头奔日子，有啥不好？"他居然劝我跟他学算命，我说还是先把自己的命搞清楚再说吧。

马先生成了我的伴儿，常到水坑边的柳树下跟我聊天，听他拉那把老旧的胡琴。

跟马先生在一起，总有一种幻觉，仿佛置身于一个神秘的所在，身体似乎处于失重的状态，生命的重量被那咿咿呀呀的胡琴声带走了，渺渺茫茫，飘飘悠悠，似有若无，断断续续，像艰难的喘息，像喃喃的低语。

有时，我问马先生："你知道我们在哪儿？"马先生说："知道不知道还能咋样？"我告诉他，有一个作家写了一篇文章，说的是一个小瞎子跟一个老瞎子学弹弦子，老瞎子说等他弹断了一千根琴弦，他的眼睛就可以看见了……马先生说："别听他瞎说，看得见看不见是咱自个儿的事。再说了，看得见能怎样，看不见又能怎样？"

是啊，看得见能怎样，看不见又能怎样？看不见的人走路很艰难，看得见的人还不是照样老走错路；看不见的人没了眼睛，看得见的人不也是总丢东西吗？并且还要请马先生帮他们找寻那丢失的东西呢。

松疯了不久，我向马先生辞行，我说："我又要走了。"马先生笑道："走吧，我给你算过了，你是水命，不走不流，水就死了。"

二十

告别了小村，顺着一条破旧的公路，向着北方一路走下去，两个多小时，就到了这个京津走廊间的新兴城市。路边的里程碑清楚地告诉我，这地方离我的故乡整整二百里。

傍晚时分，我进入单位大院。短暂的惊愕之后，曾经的同事热情地跟我握手问候，好像早就期待着我的归来。几个好友像接待归乡游子那样为我接风洗尘，为我鼓气加油。可我是归来吗？我是游子吗？我不是刚从我的故乡来到这里吗？我为什么要来这里？世界很大，很宽广，从故乡到这里，却只有二百里。仅用两个多小时就走完了这段旅程。然而，这二百里的距离，这两个小时的旅程，居然让我从少年走到了中年，从光明走进了黑暗，从不着边际的云里雾里走进烟火缭绕的大街小巷。

躲在这城市的一角，独自做着白日梦。梦里，时常听到一种声音，咿咿呀呀，如去还在，似有若无——马先生又在拉他那把没腔没调的胡琴了。

作者简介：李东辉，廊坊师范学院教师，中国作协会员。发表小说散文三百余篇，百余万字。散文随笔集《黑暗中的触摸》获"全国盲人优秀文学奖"，廊坊市第七届"文艺繁荣奖"，散文集《在看不见的世界中》获"浩然文学奖"，廊坊市第九届"文艺繁荣奖"特等奖。多篇作品获联合国教科文组织征文比赛一等奖、河北省第一届散文大赛第一名等奖项。其作品被一些省份选编入初中语文辅助教材，被选为中考语文阅读试题。

风雅千古润人生（外二篇）

张同乐

　　中华文明是有着五千年不断文脉的古老文明，我们是诗词的国度。有文字记载以来，从《诗经》肇始至今，无数的民间吟咏和庙堂高歌汇聚成了诗词的海洋。"诗言志，歌咏言"，在传统文化里诗词最能抒胸臆表心志。近几年火爆荧屏的《中国诗词大会》《经典咏流传》等文化节目昭示了我们这个古老民族走向世界的姿态和气度，也让世人表明了古诗词已经成为我们民族的基因融入血脉，从未间断。

　　诗者，天地之心也。那么诗人必是至真至性、心怀悲悯、旷达率性的。其实，真正的诗意并不在远方，而是在每个人心中。在几千年的诗词长河中，唐宋诗词以其特有的魅力超越时空，感染着一代又一代人，它历久弥新，已成为中华民族人文精神的内核，也是民族精神的滋养剂。

　　中华诗词滥觞于先秦，而唐宋诗词达到了高峰。诗词是有节奏韵律、有丰富感情色彩的语言艺术形式，它的美就在于严格的韵律韵脚，凝练的语言，细密的章法，丰富的意象以及充沛的情感。同时，古诗词也是所有中华儿女精神情感精神空间的最大公约数。

　　记得有这样一个段子：黄昏当我们看到西边天际鸿雁飞过时，你一定会想到"落霞与孤鹜齐飞"，中秋佳节赏月时，肯定会想起"但愿人长久，千里共婵娟"的诗句，如果漂泊他乡，你一定会理解马致远笔下"夕阳西下，断肠人在天涯"的心绪。

　　一段时间以来，一个声音在鼓噪，说我们这个时代诗词已经无用，诗意荡然无存。诗意其实并未远离，它只是在某一处、某一时刻等待唤醒。

　　我以为，世上美好的风景一定都在诗词里。"造化钟神秀，阴阳割昏晓"能感受泰山的巍峨，"孤帆远影碧空尽，唯见长江天际流"能体会长江的壮丽美好。世间最豪迈的心声和志向也同样蕴含在诗词中，或者"安能摧眉折腰事权贵，使我不得开心颜"，或是"书生意气，挥斥方遒，指点江山，激扬文字，粪土当年万户侯"，或忧国忧民或壮志豪情，总有一句振奋你的心志。而世间最美好的情感和最细腻婉转的柔情也都在诗词中，或是"人生若只如初见，何事秋风悲画扇""曾经沧海难为水，除却巫山不是云"，或是"君埋泉下泥销骨，我寄人间雪满头""此情无计可消除，才下眉头，却上心头"，寸寸柔肠脉脉温情无不触动人心。

诺贝尔奖获得者屠呦呦，名字就来自于《诗经》的"呦呦鹿鸣，食野之苹"，定是寄托了父母美好的情怀和期冀。

诗词又最能表达诗人的情感和性格，也真实记录了中华民族丰富多彩的情感和广泛的审美情趣。

古诗词里，文有尽而意无穷，这是美的享受。无论命运如何起伏跌宕，在诗人眼里和心中总会有一方山水田园的。山水本无心，是历代文人把自己的心融进了山水田园，于是山水有了情怀，田园有了呼吸。在这里有王维的"大漠孤烟直，长河落日圆"，有白居易的"日出江花红胜火，春来江水绿如蓝"，有范仲淹的"塞下秋来风景异，衡阳雁去无留意"，有孟浩然的"开轩面场圃，把酒话桑麻"，有陶渊明的"采菊东篱下，悠然见南山"，有王勃的"落霞与孤鹜齐飞，秋水共长天一色"，有苏东坡的"欲把西湖比西子，淡妆浓抹总相宜"，有辛弃疾的"稻花香里说丰年，听取蛙声一片"，更有屈原的"袅袅兮秋风，洞庭波兮木叶下"等等，不胜枚举。他们对大自然的讴歌赞美达到了与之交流和倾诉、物我相融、人与自然共生共在的境界。因此有了韩愈眼中"江作青罗带，山如碧玉簪"的桂林山水，才有辛弃疾"我见青山多妩媚，料青山见我应如是"，正是有了这古诗词的标注，才使得中华大地上的山水田园有了人文精神和情感的支撑，才愈加鲜活历久弥新。说到苏州，你一定想到"夜半钟声到客船"的寒山寺，说到武汉一定会记起"晴川历历汉阳树，芳草萋萋鹦鹉洲"的黄鹤楼，遥想西域，一定会浮现"春风不度玉门关"，也会有"北风卷地白草折，胡天八月即飞雪"的大漠，这些诗词里的山川，早已成为中华儿女的精神家园，不可磨灭。

不仅山水田园，在文人眼里，花鸟鱼虫一样是五彩斑斓情感丰富的。北宋林逋一生隐居西湖孤山侧，恬淡好古恶名利，兴起写诗随手丢弃，有慕名者问其为何不把诗歌留存以传后世，和靖先生淡淡一笑答曰：我不过是在山川林壑间留点印记而已，并未在意后世之名。他一生未娶，嗜爱种梅豢鹤，后人冠之以"梅妻鹤子"，何等高洁！林和靖有一首著名的《山园小梅》诗："众芳摇落独暄妍，占尽风情向小园。疏影横斜水清浅，暗香浮动月黄昏。霜禽欲下先偷眼，粉蝶如知合断魂。幸有微吟可相狎，不须檀板与金樽"，这首诗的美让辛弃疾在《浣溪沙·种梅菊》里慨叹"自有渊明方有菊，若无和靖即无梅"。后来的南宋著名词人姜夔在和靖先生诗句的基础上写了著名的《暗香》《疏影》词，也使其成为著名的词牌。此后，暗香和疏影就成了梅的代称。

记得张潮在《幽梦影》里说："天下有一人知己，可以不恨。不独人也，物亦有之。如菊以渊明为知己，梅以和靖为知己，竹以子猷为知己，莲以濂溪为知己，石以米颠为知己，茶以陆羽为知己，鹅以右军为知己，鼓以祢衡为知己……一与之定，千古不移。"

诗词是一种格调，一种境界，一种风骨，美在对山川风物的赞美，美在满腔的爱国情怀，美在凌驾于世俗生活之上的品德，风霜雨雪可以无情，但千百年后世人的情感却毫不褪色依旧生动感人。

当今物质高度发达，人心浮躁功利。如果说读古诗词有很多的益处，很多人不会信。但它会丰盈你的人生，滋养你的情感。春天，看到桃花盛开，你就会明白"桃之夭夭，灼灼其华"。夏天泛舟荷畔，你也会明了"接天莲叶无穷碧"的意蕴。秋天黄叶飘落，你能懂得"老树呈秋色""秋色老梧桐"的景致。冬季，寒风凛冽，行人急奔回家后，守着炉火望着窗外刚刚飘落的雪花时，一定会想到"晚来天欲雪，能饮一杯无"的句子。

古诗词离我们并不遥远，那是我们的先人活过的证明，也是他们生命燃烧后的辉煌痕迹。略读历史可以知道，随着儒学的兴盛和"修齐治平"理念的深入人心，个人命运和国家兴衰就紧紧联系在了一起。所谓"天下兴亡，匹夫有责"，而历代文人诗人里多有胸怀天下忧国忧民的大儒和高士。仅举一例，辛弃疾，从他的诗词里可以读出这样的情怀："何处望神州，满眼风光北固楼""男儿到死心如铁，看试手、补天裂""青山遮不住，毕竟东流去"，等等，无论身在庙堂还是人在江湖都念念不忘驱除外侮，还我河山。他的诗词紧密联系在他的理想和事业上，因此读来感人，豪放悲壮，触动心灵。

千百年来，这些不计其数的古诗词，不仅给了我们美好的情感，鼓舞了一代代中华儿女的志气，丰富了我们的人生和智慧，更是为我们这个民族灵魂提供了生生不息源源不断的滋养。

来吧，让我们一起在古诗词里行进，那些美好的诗句，终将照亮我们的精神世界，化作傲岸的风骨，让我们独立于世间！

回乡偶记

这个冬日的步子显然是不正常，一旦到来就有些暴戾，像是个窝囊的人突然发了脾气。于是，周天寒彻。

在有些刺骨的寒风中回到了乡下。走在砖和水泥砌就的街路上，两旁新起的屋舍仄仄斜斜得没有规矩，墙上的瓷砖虽有现代气息却显得冰冷没有生气，几幢显眼的小楼在村街上极不协调，如同满身的棉服却又戴了个礼帽一样。临时的早市上，各色的商贩在吆喝着叫卖，有的干脆用电声喇叭，把本该安静的村庄吵得嘈杂而略带浮躁。

索性走向村里的老街，沿了老街和胡同漫行。在只可容纳一人的胡同里边走边看那些老房子，细细品味着年深久远的味道。偶尔遇到几个老人或是儿时的玩伴，心就有些热有些颤，这就是故乡给我的感觉，别处不会有。

岁月无情地剥落了这些老房子的墙皮，东一块西一块的，如小孩被上的尿渍，斑驳处的青苔已经暗绿或褐黑，边上也有了盐碱的影子，就是这岁月剥落的痕迹，给冬日的故乡添了几许厚重古朴。

房檐和墙头上有枯草在瑟缩地打量着行人，凭借薄薄的泥土的支撑，这草竟年复一年地枯荣，像我的乡亲。倒是青灰的砖瓦显得安详，似乎在谛听着岁月的脚步和脉搏。几株老树从人家的院子伸出了头，虽褪尽了芳华，那曲奇的枝干确有了几分的遒劲。冬日的朝阳透过树杈打在了胡同深处墙的高处，也把树影画在了墙上。

不知是谁家的老门扇被时光噬出了窟窿，时光的脚步也把原本棱角分明的门槛打磨得浑圆，一派苍老的痕迹，便忍不住想要去这门里探寻，偏偏有影壁遮了视线。

改革开放三十年，乡村是发展了，却少了鸡鸣犬吠。几只野鸽子在低空盘旋追逐，在炊烟里穿梭着，是在觅食吧。这鸽子一定也在打探各家的喜怒哀乐，不然怎会追了炊烟去看，偶尔交头呢喃，然后又飞去飞回？

老街的远处，一棵树上拴着红布条，还是那个修车修鞋的老人。为村民修了一辈子的车和鞋，从没见他有过新车穿过新鞋，可他脸上总是笑意和满足。不忙的时候，就捧着一个大罐头瓶，里面满是酽酽的茶，一旁是个很老旧的收音机在咿咿呀呀地说唱着。

拐弯处，那家老炒房依然还在。除了花生瓜子，又多了糖炒栗子的香味。几个童稚的孩子伸了脖子在等那要出锅的栗子，我看到了自己儿时的影子。隔壁的早点部拽住了漫行的脚步。人还是那人，豆浆和油条还是那记忆的味道，坐在油黑的木板凳上，吃起这久违的乡情乡味……

漫行在故乡的老街和胡同里，风物如电影般在时光里剪辑、穿插、流转……

故乡就像那粗瓷大碗里的热豆浆，总能让我在回味中记起什么。

一九七八的年

一九七八年的春节，这个春节注定我将铭记一生。

记忆里，此前的春节就是到了腊月二十以后，家里开始准备过年的吃食和衣服。除夕守岁，初一早起吃饺子放鞭炮，初二去亲戚家拜年。很少有乡亲之间的来往，即使有也是极要好的才走动一下，现在回忆起来，觉得闷沉。

一九七八年的那个春节，却如同改天换地一般。

那一年我上了初中，开始了大人说的"应该懂事"的岁月。进了腊月，村子的街里就开始热闹起来，卖年货的让我眼花缭乱：生活必需的米面油肉鸡鸭鱼，副食调料、布料、成衣、炊具、鞭炮、春联、干花（塑料的、布的）等应有尽有。我真的不知道这一下子哪里来的这些东西。跟随妈妈在集市上从这头蹿到那头，又从那头走到这头，手里的东西渐渐多了起来，心思一下子就飞到了除夕，嘴里开始垂涎。

大人们开始为我们准备新衣服，这是一年里最高兴的日子。腊月二十一过，开始打扫房间，除去一年的尘垢和冥冥中的晦气，把新的希望和企盼迎进屋子里。接下来就是蒸馒头蒸带馅的包子（老人们都相信谁家蒸得多，年的收成就多，日子就好过），再就是炖鸡鸭鱼肉，整个屋子里一天到晚都是大人们忙碌的身影。一切准备得差不多了，看看日历，算算日子，就是除夕了。除夕的白天，贴好春联和窗花，把买来的鞭炮放到土炕的席子下去去潮气，为的是脆响。

晚间，吃过守岁的饭，就开始准备包饺子。饺子是素馅的，老人说这是纪念先祖们的艰辛。这时的窗外已经隐隐有了零星的鞭炮声，空气中也有了诱人的硫磺硝烟的味道。偎在热热的炕上，带着白天的疲乏，带着没有目的却又美好的想象入了梦乡。

鞭炮的声响从午夜过后就连成了串，一直到黎明，睡眼惺忪地爬起来，见大人们已经开始烧水，我和弟弟就爬到门楼上，开始准备放鞭炮。屋子里大人把饺子下锅，我们就点燃了鞭炮，那一声声脆响里，仿佛送走了过去的所有不快和不幸，迎来了新的希望和期盼。大人们盛好热腾腾的饺子，先给祖先的画像前摆放一碗，接下来是晚辈依次给长辈磕头请安祝好，请安完毕就可以上桌吃饭了。

吃饺子的时候，就开始有亲朋来串门拜年，让我隐约觉得和以往不同的是，不论过去过年是否互相拜过年，今年的春节陆续都互相走一走。吃罢饭随了大人去拜年，街上的人出奇的多，一个村子的大几千口人好像大都涌到了街上，远远的就能听到带着浓浓乡音的问候：过年好！今年的收成不错！谁谁家的孩子考上学了！谁谁家过了年就要去外边做买卖了！恭喜发财！……尤其是听到恭喜发财这几个字的时候，我一下子有些懵了，这会是真的吗？因为"发财"两个字在那个时候显得极其刺耳。再看看那些大人相互作揖问候的样子，更是没见过，走在熟悉的老街上，年少的心里竟然有了些许的隐忧……刚一走神儿，就被旁边的鞭炮声、大人爽朗的笑声、悦耳熨帖的问候声以及满街的摩肩接踵拉回了现实，这是真的。那是什么让沉寂了多年的春节一下子热闹起来？是什么让我的乡亲们如同解放了一样的兴高采烈？带着这个疑问困惑，我度过了那个普通却不寻常的春节。

后来，我慢慢长大，在成长过程中、在大人们的讲述里，我似乎找到了答案："政治浩劫"的中心虽然在城市，处在最底层的乡村和农民却是政治重压最后的承载者。可以说，"政治浩劫"对人性的桎梏、对优良的民族传统的摧残使善良的农民本真的性情被渐渐扭曲，但那是不会消亡的希望之苗，一旦有了春风就会复苏。一九七八年的春节，就是一股春风吹到了我的故乡，那压抑已久的火热一旦表达出来的时候，就像被阴云遮挡太久的阳光，一下子会令人炫目。

那个春节虽然是无数个春节中普普通通的一个、虽然是在数九的隆冬，可它在我年少的心里留下的却是一个极其深刻的火热烙印，此生不会忘记！

作者简介：张同乐，1967 年生于河北省霸州市。20 世纪 80 年代毕业于廊坊师范专科学校化学系。受家庭和师友影响，自幼喜欢读书，喜欢传统文化、民俗文化。无论是参加工作还是自谋职业，读书不辍已成为主要生活方式。近年间或有文字发于《散文百家》《散文风》《北方文学》《廊坊文学》《廊坊日报》等报刊。

想念一场雪（外一篇）

李　婍

一

那一夜有些醉。

中午的日本清酒和晚上的 301 干红掺杂在一起，头晕晕的，沉沉睡去。

醒来时，冬夜依然黑得凛冽透彻。

酒劲已去，只是渴。起身倒水，一杯水之后睡意皆无，站在窗口看夜景。夜色正酣，隐隐感觉地面覆盖着一层薄薄的白色，是雪吗？下雪了？漆黑的夜看不到飘落的雪花，寂寥安静的冬夜，那层薄雪如梦一般平铺着，像一首没写完的诗，韵味还不够足，但有些意境。

很久没有见过雪，有些想念她们了。再睡，思绪中就多了一些关于雪的片断，于是后来的睡梦中就有了纷纷扬扬的雪花。

从温暖洁白的梦中再次醒来时，已是阳光普照的清晨。

急急起床看外面的雪景，冬阳下的一切如昨日复制粘贴出来一般，哪有雪的影子？只有车窗上残留着一层薄霜，正在暖暖的冬阳下慢慢融去。

做了一夜关于雪的梦，看到的却原来是一地白霜。

蒹葭苍苍，白露为霜。所谓伊人，在水一方。

那意境，也是很美很美的，倘若做一夜在水一方的梦，岂不更美？

二

灰蒙蒙的冬日午后，铅色天空下感觉这个城市的空间被骤然压缩了，楼房、街道挤挤捱捱地排列在蒙蒙冬雾中，行人步履匆匆，汽车喇叭也有些莫名的急促。要下雪了吗？虽然上一场暴雪让人们对冬雪有些心理障碍，但是忘记了那场美丽的痛，对那些严冬的白色精灵又有些想念和渴望了，确实需要一场阳刚狂劲的野风或者阴柔漫天飘飞的雪花来打破这浓雾紧锁的沉寂了。

站在窗前极目远眺，还不到下班时间，天色已是昏沉沉的黑。

同事说，今天是农历节气中的大雪。

大雪却无雪，看次第绽放的万家灯火，阴霾的日子，夜晚早早来接班了，这个白天该交付给黑夜了。

与午后相比，黑沉沉的冬夜却更舒服些，索性就是黑，黑就黑得透透的，沉沉的。

夜晚冷且黑着，才感觉到室内如春的温暖和明亮，一种莫名的幸福感油然而生，幸福原来是这样简单的事。

要下班了，忙碌一天，突然感觉到了累。

三

梦里那场雪终于在睡梦中悄悄盖满了一切可以覆盖的地方。

早晨醒来的时候，外面的世界已经被装扮得冰清玉洁，在狂风中寒冷而美丽着，让人只能站在温暖的室内隔窗远远地赏着爱着。

想念了很久很久的第一场雪如期而至，却丝毫没有惊喜，感觉自己有些叶公好龙。

站在廊坊厚厚的雪地里给北京的友人打电话。

北京却无雪。

无雪的北京也把高速路口关闭了，大雪阻断了交通，阻止了计划中该做的事情。当美丽变成灾害的时候，就多了几分失落怅然甚至厌烦和恨意。

四

细细碎碎的雪花懒洋洋地飘舞着，有些不情愿的感觉，软绵绵轻飘飘，毫无章法散淡随意地漫天游荡，很散漫很小资很矫情，给天地间增添了一份别样情调和氛围。

朋友来电话说：终于下雪了，去喝酒吧。

想都没想顺口就答应了。

"绿蚁新醅酒，红泥小火炉。晚来天欲雪，能饮一杯无？"唐朝那年月白居易为了迎接一场即将来临的雪而喝酒，今个儿咱为了庆祝一场迟来的雪小酌几杯，三杯两盏，也附庸附庸风雅。

沱江边的小城

那个午后，几乎临近傍晚的午后，在昏昏沉沉的日光中走进心目中那座边城——沱江边的凤凰古城。

因了沈从文，因了美丽哀伤的边城故事，对眼前这座沧桑的老城带着深深的期待，期待在这被岁月浸染的黑黢黢的深巷高墙中，能寻找到边城的影子，能寻找到翠翠的模样。

随着熙熙攘攘的人流，在密集的卖银饰的小商摊边绕行着，找到了淹没在中营街古朴建筑群中的沈从文故居，一个小小的院落，倘若不经意，倘若没有"沈从文旧居"的横匾，无论如何不会想到这里就是一代文豪曾经居住过的地方，典型的四合古院，内有天井、正房、厢房、前室，做工精细、小巧别致、古色古香、清静典雅。室内一张方桌，一座头像，一套书桌，一张床与一台老式留声机以及一些影照及墨宝等。坐在沈老先生曾经用过的红漆书桌前，轻抚那伤痕累累的桌面，遥想当年坐在这张书桌前的懵懂少年的样子，不禁感叹岁月的无情。

在这座古城，没有小溪，没有溪边的白色小塔，老人和女孩子以及黄狗倒是都有，却已经不再是边城中的爷爷、翠翠和当年的黄狗了。

不很明朗的夕阳下，沱江依然秀美，江边忙忙碌碌的商贩多少有些煞风景。还没走到江边，已经被一位出租苗族服装的老阿婆半哄半强制地套上一件苗族少女服饰，在同伴们半真半假的赞美声中像一个演员似的拍照，待到泛舟江面时，已有了些暮色。

青山抱着古城，暮色中的沱江水深不可测，墨绿墨绿静静流淌着，两岸小巧的吊脚楼在傍晚时分像富有情趣的水墨画，一间间小屋一边靠岸一边半吊在水面，临水的一边由一根根细脚伶仃的木桩支撑着，细细的木桩撑起一份古老凝重的历史，远远望去，清澈的江水在屋下流过，天色渐晚，岸边的吊脚楼已经有大红灯笼亮起来，红红的灯火映照着江面的涟漪，哦，有些边城的味道了。

突然江心有歌声响起，很有风味的民族歌谣，为我们撑船的艄公便也跟着唱起来，如画的风光中掺加上如诗的民族风情，是的，这应该是沈从文的边城。

寂静的边城之夜，长夜未眠，入住的宾馆窗外卖柑橘的果农每人守着一筐橘子，午夜一过就开始排队等待收购，嘈嘈杂杂的直到天亮也没安静下来，既然不能安睡，就站在窗前看边城的夜景，黑黑的却什么都看不到，只有排着长长一字的卖柑橘的队伍在昏暗的灯影下坚守在那里，队伍越来越长，噪音也就越来越大。

好不容易挨到天亮了，独自打车来到虹桥——一座著名的廊桥，在淡淡的晨曦中刚刚醒来的廊桥似乎没有遗梦，站在桥上遥望沱江两岸，晨雾轻笼着烟霭迷离的柔波，峰峦那柔美的曲线隐隐沉浮在淡青色的雾霭中。两岸的吊脚楼渐次清晰起来，重重叠叠错落的瓦面饱含着岁月的沧桑，高峻的谯楼，起伏的垛堞端庄厚重如典籍。灰黑的城垣蜿蜒向远方，一叶叶小舟漂泊在江面的晨雾中，似一幅绝美的画卷。

从桥下面循台阶而下，经过一人宽的夹道便是古街。茶楼酒肆在路两旁排列，一律木质结构，红石板路面被岁月的脚步打磨得光滑瓦亮，古韵悠悠。两侧满布着客栈、扎染、蜡染、银饰、姜糖铺面，密密地一家紧挨着一家。时间尚早，许多店铺还没有开张，偶有早起者，所售商品却是不还价，看好一条蜡染的裙子，所有的店全是一口价，不容置否。最后走到一家由年轻女孩经营的门店，终于杀下几元买下来。女孩为我包装裙子时，看那微黑俏丽的模样似曾相识，突然觉得边城中的翠翠也许就该是这个样子。

阳光渐渐亮起来，晨雾散去，街上开始忙乱起来，河畔的浣衣妇零零星星地渐聚渐多，时有背着背篓、穿着鲜艳民族服装的苗家女子的倩影飘过街面，清晨的阳光下古街上的一切都灵动起来，一种闲适恬美的气息氤氲在小城的上空，感觉那是一种在喧嚣的大都市里寻找不到的踏实。

是的，这里已经不是当年的边城了。但是，还会有翠翠，她一定以另外一种方式生活在这个地方。还会有最纯最美的爱情，也一定以最原生态最古老的形式隐遁在人们的生活中。

作者简介：李婍，河北衡水人。散文家，畅销书作家，国家一级作家。中国作家协会会员，中国电视艺术家协会会员，中国散文学会会员，河北省作家协会理事，廊坊市作家协会副主席，现供职廊坊广播电视台。已出版历史文化图书《莫问奴归处》《红楼女儿梦》《胭脂魅》《隔岸女人花》《对镜贴花黄》《爱的教育》《五代十国的那些后妃》《五代十国的那些皇帝》《赵四小姐——战火成全的爱情传奇》《月在花飞处》《萧红——黄金时代的婉约》，长篇小说《紫月亮》《舌尖上的战争》，散文集《人生旅途》《紫陌红尘》《夜在窗外》《五个人的天堂》等。作品《莫问奴归处》获"第十二届河北省文艺振兴奖"；《七夕，中国式爱情》获"丰子恺散文奖优秀奖"；《对镜贴花黄》被评为"首届河北省十佳图书"。

木色三章

宁　雨

夹竹桃有毒

夹竹桃有毒。

是否如曼陀罗、鹤顶红一样，可以致命，无考。但我们家乡的人都说她有毒，我也便认定她有毒。

有毒的花，归了冷艳那一拨，可远观而不可亵玩焉。而家乡人口口相传夹竹桃有毒，却又蔚养成风。我家老屋，我的邻里，我的七大姑八大姨，似乎都养着棵夹竹桃。

夹竹桃畏寒。于是，有的栽于直径合抱粗的废水缸里，树干圆滚滚的，赛过铁锨把儿，树的身量几乎与房顶平齐。到初冬，几个大小伙子吭哧吭哧地抬到生了炉火的屋子中，累出一身汗。春天，又如是这般抬到屋外，安置于东窗附近，阳光最先到的地方。有的从春到秋都栽在地上，上冻前挖出植于花盆，搬入室内。

我家的夹竹桃，由姥姥管理。姥姥又瘦又矮，体重大概没超过40公斤的时候。但她甚爱那盆粉红的夹竹桃，搬来搬去，浇水、施肥、整枝打杈，都是亲力亲为。一个小脚老太太，身高不足一米五，愣能搬动一株两米多高、连盆带花几十公斤的夹竹桃，真是神奇。

家乡人对夹竹桃的耐心，远远超过其他花卉。什么臭芙蓉（大号孔雀草）、鸡冠花、凤仙花自不必说，就算是既能看花，又可尝果的桃儿、杏儿，也绝不可能那么周至。

夹竹桃开花，艳到极点。似乎家家养的都是粉红色系的，从春一直开到秋。凡是有夹竹桃的人家，你推开院门，即刻满眼烟霞。姥姥说，最好的夹竹桃，株型要三杈九顶。要想拥有一棵最好的花，法子只有一个，在最适宜的时间给她顶尖，顶尖后生出新芽，于是，又在最适宜的时间、选择最适宜的角度，留下三个新杈，其余歪枝斜杈一律消灭，绝不手软。

我想，既然夹竹桃有毒，那么，整枝打杈，就要冒着中毒的风险。冒着中毒的风险，去管护一株花，值还是不值呢？况且，这花也就是看着好看，既不能吃，更百无一用。最平常的凤仙花，还可以用来给小女孩染指甲呀。

但家乡人偏偏就那么耐心又细致地莳养夹竹桃。

到江浙一带游走，发现那里的夹竹桃很是泼辣，根本不用栽到盆里、缸里的，冬天，也安然生长于田野，一丛一丛，一行一行，那枝杈相互挤挨着，有多少杈多少顶，谁也数不清，大概也没谁有耐心去数。到开花的季节，红的、白的、粉的、争奇斗艳，花朵大而丰腴。落花时，一地一地的白，一地一地的红，动人心魄。这情景，让我很为家乡人委屈、不平。

后来，在同里见了一个咖啡馆，名字叫"毒药"。据说，来这里的多是青春男女。他们，是为着那杯爱情的毒药而来，咖啡馆的生意要多火爆有多火爆。

"毒药"咖啡馆，令我豁然开朗。我的家乡人，爱夹竹桃如命，也是中毒不浅。

花事汹涌

迎春、二月兰等先头部队才刚刚撕开一个突破口，杏花、玉兰花、海棠花、桃花、梨花、苹果花、沙果花等各大军团顷刻间全境压上。大街小巷、田野阡陌，抬眼处，都有花。满眼的花，让我有些错愕。

"碧桃应该四月中旬才开。""牡丹要到谷雨节才盛花。"经过桃树密匝匝的花枝，经过牡丹怒放的花朵，我总是不由得卖弄这些经验或常识，批评那些抢时间的花。朋友是个乐天派，他说："你看今年这花儿们，多茂盛，多水灵，今年是花的大年呢！果子一定也会比常年结得多。"

是啊，除了单为欣赏培育的花树，花儿都是要结果子的。果树开花，只是其浩繁的生育过程中最引人注目的一个环节而已。从分化花芽、孕育花苞、开花、授粉、坐果、膨果，直至发育正常、健康完美的果实成熟，是果树要在四季轮回中完成的使命。而早开花或晚开花，多开花或少开花，不仅关系着一棵树当年的收成，还会影响到下一个年景。所以，就有果树的大年和小年之说，苹果、梨子、沙果等，尤甚。

邻家有棵极大的沙果树，树冠很低，足足可以荫蔽一间房子。开春，地层中的冰凌丝儿刚刚融化，邻人就在沙果树四周刨个大大的圈坑，在圈坑里填上厚厚的农家肥，浇上足足的清水，再让阳光也哗哗地灌进去，把肥和水都温得暖烘烘的，到傍晚，再给圈坑覆上一层土，填平，踩实。邻人说，这么做，是为了给果树提供充足的营养，促花，保果。

等到沙果树着了满树的花，邻人又跟蜜蜂似的，围着花树忙来忙去。蜜蜂的忙，是忙着采蜜，顺便把花粉搬运到花蕊的柱头，帮助花朵实现最重要的受孕程序。而邻人却在疏花，咔嚓咔嚓手起剪合，粉嫩的花蕾和刚刚绽放的花朵便飘落一地，浓密的花枝瞬间显得有些凄清。邻人说，疏花是怕今年把树累坏了，明年会不开花、不结果喽。疏花，可以减轻甚至避免树的大小年现象，还能延长果树的盛年。

一株沙果树，遇到一个真正爱树、懂树的邻人，是多么幸运。可惜，我不是一棵树，更不是一棵沙果树。不过，面对今年汹涌的花事，忽然发现，自己的脚步也是一天快似一天的样子。这，也算是一点觉悟吧。有时候，人比花，更喜欢挑战规律，恣意妄为。

是应该在季节的前沿停顿脚步，挖下一个足够大的圈坑，备肥，备水，并且饱饱地吸收一场阳光了。假如有机会繁花满枝，也应保持邻人那样一颗冷静的心，老老实实为自己疏花、整枝。没有谁在后边拿鞭子追着我们，何必去争抢花事的热闹呢？

听不见喝彩

在春天统领的诸多角色中，玉兰堪称画坛圣手。我看到它高擎着一管管羊毫画笔，在寒风吹彻的冬天，独自沉思，谋篇布局。只待春的一纸神谕，便开始泼墨挥毫，完成一场惊世的妙笔生花。

它以自己生命的力量，创作出"妙笔生花"的植物篇。这一篇，便足以奠定它的艺术声誉，奠定它的地位、财富，从此香车宝马，锦衣玉食。

然而，玉兰花，谢幕亦干脆。忽如一夜，整片的画布都让给了绿茸茸的嫩叶，呼应着蓝湛湛的天。

我曾疑惑，玉兰天生听觉神经麻木，竟听不到举世间潮水般的掌声，如痴如狂的挽留，那么急匆匆地转身，为着不忧不喜，没有喝彩，甚至没有注目，就那么寂寥寥的绿。

第二年，第三年，我依然看玉兰，看它的繁华，看它的寂寥，看它在生命的跑道上轮回，不在春天里流连一程，也不在冬天里沉沦一季。

我对于玉兰心生敬畏。在它疏淡的身影里，感受着创作所应具备的品格和心性。

艺术同样是一条跑道，只是这条跑道不像季节，在一个圆中轮回。它是一条通往无垠、通向大化的路。踏上这条路，前方永远没有尽头。在路上，我们的生命也会像一株玉兰一样，有花开的事件发生。花开了，明媚了一个时间的节点，于是，有掌声，有如潮的喝彩。因此，你的艺术生涯便有了光环，有了背负。背负着背负，品味着掌声，你不由放慢了脚步。甚或，停下来，爱惜羽毛，顾影自怜，辩护声誉，保卫光环。忽然间，你发现已经偏离了跑道，并且渐行渐远，这才心有戚戚焉。也或者，你的花开已经足够辉煌，你已经不需要在这条路上继续奔跑，你遗弃了路，路也就遗弃了你。

此时，已经过去了不知道多少个年头。玉兰一如当初，坚守在艺术的六道轮回里。它春天的画卷，已经如一部浩瀚的英雄史诗；它铿锵的脚步，还是像少年的心跳一般，激越、纯粹而富于节律，不在春天里流连，不在冬天里沉沦。

我终于明白，玉兰并不是听觉神经麻木的患者。相反，它耳聪目明，它天生睿智。它不是听不到那些华彩乐章，而是它的艺术生命不需要喝彩，更不需要在千把百米的节点上，忙着庆功。它跑的是一场马拉松，只有轮回，没有尽头。

作者简介： 宁雨，实名郭文岭，河北省肃宁县人，现居石家庄。职业编辑，业余习写散文，兼及小说、评论。曾获全国"孙犁散文奖""蒲松龄散文奖"、河北省散文名作奖、河北散文三十年突出贡献奖等奖项。作品散见于《长城》《读者》《散文百家》《奔流》《鹿鸣》《人民日报》《新民晚报》《河北日报》《燕赵晚报》《燕赵都市报》等。出版散文集《女儿蓝》、长篇小说《天使不在线》。部分散文作品入编《2015 中国散文排行榜》《2016 中国精短美文选》《大地的呼吸》等选本。

香水有毒

张梅英

一

天色阴沉，仿若一张脸，毫无生气。

这个季节，天气宛如恋爱中女子的心事，阳光、阴郁、兴奋、沉闷，反反复复，毫无章法。

有雨落下，淅沥，缠绵，纠缠着每一个行人。不必为躲避而奔跑，前面有雨，后面亦有雨。在雨中，你，四面楚歌、八面埋伏。竟无路可逃。

撑起一把伞。伞下，空气潮湿而污浊，使人呼吸不畅。

雨中驻足，任长发被雨打结。剪不断，理还乱。

许多时候，繁乱，只因心境。

心静自然凉。冷雨，即是清风。

二

小时候，曾与人讨论：走在路上，天上下什么最有趣？除了下雨，下别的怎么办？下雨，可以打伞；下冰雹，可以戴草帽。突发奇想，下刀子怎么办？

小伙伴们一筹莫展，觉得如果天上下刀子必死无疑。我不甘心，解铃还须系铃人，自己的难题还得自己解决，我想出了方法：用头顶着案板。

大家于是眉开眼笑，甚至期盼有一日天上真的能下刀子，那时我们就可以顶着案板出去，于是案板上插满了刀子，大家就可以把这些刀子拿到集市上去卖，赚很多的钱了。这个办法有点像《三国演义》里诸葛孔明的草船借箭，但那时却是没有读过三国的。

只知道当时，为自己的聪明很是得意过一阵，可惜直至今日，天上也没有下过刀子，我也没有机会卖刀子赚钱。

如今想想，年幼时有些想法看似合理，却不切实际，萌芽于青春空灵的幻象，终像海市蜃楼，美，却触不可及。

三

昨晚，梦见蛇，两条毒蛇。

黄色花纹、绿色三角脑袋，顺着我的衣袖爬上我的胳膊。另一条竟钻进我的后背。惊恐万分，生怕被它咬上一口。

终是一个老家的邻居，我喊叔叔的，一个男人，从我的衣袖、后背将蛇抓了去。使我不曾受其害。

梦中，无比恐慌，大喊一声。醒来，冷汗，全身浸湿。

白日琐事烦杂。夜晚，梦境竟也不能平和。

恍如佛悟：心中有尘埃，眼中无净土。

一切均缘于杂乱的思想，缘于自己无尽的心事。

四

无法入眠。想起一瓶香水。

很久以前，心尚年轻。那时喜欢玫瑰香水的软语温存。嗅觉贪婪。也许是心底的某种欲念与渴望。并不自知。香水瓶从高处落下，花一样绽放，一次一生，如此绚烂、辉煌。香气肆虐、蔓延。玫瑰魂魄，宛若女子气息。

当时还没有那首《香水有毒》，也没有那些凄婉哀怨：

我曾经爱过这样一个男人
他说我是世上最美的女人
我为他保留着那一份天真
关上爱别人的门
也是这个被我深爱的男人
把我变成世上最笨的女人
他说的每句话我都会当真
他说最爱我的唇

我的要求并不高
待我像从前一样好
可是有一天你说了同样的话
把别人拥入怀抱
你身上有她的香水味
是我鼻子犯的罪

不该嗅到她的美

擦掉一切陪你睡

你身上有她的香水味

是你赐给的自卑

你要的爱太完美

我永远都学不会……

那晚，从洒满香水的屋内逃出，竟是因为受不了那浓烈的香气。初时以为在那花香浓郁的弥漫下，会有好梦如玫瑰，会一觉香甜到天亮。只是这样的香气，竟能让人窒息。

香水有毒，的确如此。

一段感情，淡淡的若有若无会留恋。太过繁华、浓烈便会放弃，不是你，便是我。爱若香水之瓶，绚烂之日，破碎之时。

从此不复爱玫瑰。任其寂寞。气息飘散。

作者简介：张梅英，笔名心阳、梅之音。河北省灵寿县人，毕业于河北省第四届作家班。河北省作家协会会员，河北省文学院签约作家，河北省文学艺术研究会散文艺委会副主任兼秘书长

曾在《人民日报》《百花园》《散文百家》《广州文艺》《散文诗世界》《劳动午报》《石家庄日报》《音体美报》等多家报纸杂志发表散文、小说等数百篇。曾多次在省级以上文学大赛中获得奖项。

著有散文集《梅之音》《梅好时光》；长篇报告文学《绝世而独立》《美哉雄安》《福星》等。

风还在路上（外二篇）

漠　野

早晨，我急急地起床，忙着洗漱，完了便张罗着出门。老婆说你不吃饭了吗？我说不吃了，来不及了，风已经在路上了，我要赶在它的前面。

风还在路上，我要赶在它的前面。我说。

天气预报是个好东西，它让我提前知道了风的力量、风的方向乃至风到来的时间，从而使我可以适时安排我要干的事情。比如今天，我就知道了风要刮到五六级，风的方向来自于西北，起风的时间就在今天白天，至于上午还是下午还不能确定，但风是肯定要有的。

五六级的风应该是很大了，在我们这个地方已经不常见了。五六级的风可以吹起树叶、纸片，可以裹挟起黄沙，吹在脸上如被柳条抽打，疼得就很尖锐。西北风意味着风是自西北方向来，而不是吹向西北方向。可我今天要去的地方：一个叫作"隆福寺"的地方，此刻，那里还应该叫作"隆福寺工地"。"隆福寺工地"恰好就在我家的西北方向，有三四十里路。每个月初，我都要去那个工地，做一些电能数据的抄录、统计工作。三四十里路对于汽车来说，只是驾驶员的几脚油门，五六级风对其也形不成阻力、构不成威胁。然而我是没有汽车的，我的坐骑只是一辆电瓶车。那四块小电瓶所产生的电力，在这样寒冷的冬天，是不足以逆着五六级风把三四十里路走完的。它会罢工，会把我扔在半路上，由坐骑变成我的拖累。

但我知道风已经在路上了，它正在朝我们这个方向赶来。我看到有两只喜鹊在树枝上来回跳跃并焦急地叫着，它们一定是在传递着有关这场风的消息。家里的狗也缩了脖子、蜷了身子，窝在窝里不肯出来。我还看到路上的行人也都在匆忙张皇地朝着各自的方向赶。所有的迹象表明：风就要来了。而天地间的所有事物似乎也都知道了这个消息，并为这场风做着应对的准备。

我急急地武装着自己，用毛线帽子、围脖儿、军大衣、皮护膝把自己包裹个严实，然后骑车出门。老婆追出来说慢点儿走，别急，别把电给太足，省点用，应该够了。我说知道了，你回去吧，风已经在路上了，我必须要赶在它的前面。

出了村子，上了外环路，更能感觉到风的气息了，那是说不上来的一种腥涩的味道，让人鼻子发酸。已经有小股的风赶到了，那应该是被派出来打探消息的。哪里有树、哪里有房子、哪里有沟渠、路有多宽、又从哪里转弯儿，路上有多少行人、又有多少车辆在奔跑，它都要一一记下，然后回去汇报，使风好做出安排。比如如何绕过树木、房子，如何越过沟渠，在哪里需要费些力气，又在哪里可以借力偷机……它要带领着大队人马从这里浩浩荡荡走过，趾高气扬、耀武扬威。它要把（五六级）力气一点儿不剩地都使出来，就像终于被放出屋的孩子，要玩个痛快。

　　幸亏它还只是在路上。我此时的决定，无疑是非常正确的。不知不觉路程已走完了一半，可风还没有刮起，连那小股的风也没了踪影，我变得自在和从容起来，速度开始不急不缓。我甚至想停下来摊个煎饼或买个火烧啥的。没有吃早饭，空空的肠胃无法产生热能，就更觉得寒冷，这寒冷是由里而外的，让人加倍辛苦，但我没有。我要赶在风的前面到达工地，否则我会不踏实，再好的东西吃着也不会觉得香甜。又过了两座高桥和几个路口儿，我把心彻底放下了，"隆福寺工地"已经在望，可风似乎仍离我很远，我终于赶在了风的前面来到了这个地方。

　　停好车子，看看天、看看地，一切祥和有序。心中就有着说不出的欣喜和庆幸。我微笑着和工长、工程监理打招呼，和工人快乐地交谈，也同时告诉他们有关风在路上的消息。我把我需要的数据一一抄录好、统计好了，可风依然不见踪影，我几乎要怀疑天气预报的准确性了。我此时是盼着风到来的，那样我就可以"乘风归去"了。回家时我就会和风同路，将和它一起往东南方向奔跑，我会被它们拥着、挤着、推着，我想我会省下好多力气，不用再去担心电瓶车的电不够用。然而，风在哪里呢？是在和我捉迷藏吗？我想我有必要等它一会儿。手头的工作早已忙完，心情彻底轻松，别的就显得无足轻重。欣欣然踱进甲方工程办公室，陈工恰好在，于是我们坐下来聊天。由工程质量到工程进度、由工程进度到将来工程的落成规模，乃至一些工程的细部操作……我们聊得眉飞色舞、情趣盎然。待到惊觉了看表竟然是中午十一点多了，于是彼此匆忙着收拾、打招呼回家。此时却还没有风的影子，甚至连要刮风的迹象都没有了。我诧异而惶惑了。

　　回家的路我走得很悠闲，有些走马观花的样子，可冬天是没有花的，我看的是沿途的人和车辆、车辆和人。我小心地把他们一一避让。并没有风簇拥着我推着我，我"乘风归去"的那个计划落空了。可是家突然就出现在了眼前，不知是什么把我回家的路缩短了好多，又好像有一种力量把我拎起来直接就放在了家门口。我有好多力气都还没来得及使用，我的所有想法和念头也就成了多余。这种轻松使我有些扫兴，就像我伸胳膊蹬腿地运足了力气做好了十足的准备，结果被告知只需去拿一小片纸回来。

　　老婆见了我很惊讶，她没想到我能这么早回来，她午饭都还没有做。于是我们开始忙碌午饭。而这个时候，我终于听到了呼呼的风声。那声音低沉却又不失雄浑，成了团、滚成蛋、连成了片，扯地连天地压了过来。确实是浩浩荡荡、气势汹汹。它们把能吹起的全部吹起，把能折断的全部折断，把能晃动的也全都晃动起来，就连我们的房子也在这风中晃动了。窗户上的撑钩儿不停地敲打着玻璃。黄色的沙尘使蓝色的天空变得晦暗。太阳也骇得白了脸色。树上的喜鹊早已不见了踪影，只剩下树枝在拼命地挥舞着挣扎。我出去把虚掩的院门关严实，风立马就把我周身吹个通透……

我感觉风是一直在追我的，只是苦于路途实在是太遥远。我赶在它前面回到了家，有了这个避风的港湾，它已无能为力，也只能趁这个机会狠狠报复一下，仅此而已。

风真大。老婆说，天气预报还真准呢。嗯！风真大。我说，幸好，我赶在了它的前面……

贝 贝 祭

今天下午，妻打来电话，告诉我贝贝死了。当时，我正在单位值班。电话中，我还听到了女儿的哭声。

贝贝是我们养的一条狗，已经八岁了。贝贝是一条黑背狗，雌性。

贝贝抱来时才几个月大，确切的记忆已经没有了，只记得那时它很肥很壮实，但怕人，总是藏在柜底下。然后就是一天天的长大，然后就是被我们拴在门前，为我们看家护院，且是一直拴着它，从未给过它自由。也就是说八年来，它一直被我们囚禁着，连偶尔的放风都没有，但它还要肩负着看家护院的使命。贝贝的饮食很粗糙，就是玉米面和麸子拌在一起的那种。量还不是很大，仅是晚间一小盆。我们没考虑过它够不够吃爱不爱吃，我们只是把那东西放在它面前，转身走了。似乎已尽到了责任，至于吃不吃是它的问题。我们没意识到这是多么的残酷和冷漠。八个年头，两千九百二十个日夜，它就是这样过来的。我们不知道，它有没有过痛苦，有没有过孤独和无奈。我们只是见它拽直了链子，把身子死劲探出门外，看着街上的人流扰攘，车水马龙。这个世界很繁华，但它被困缚在繁华之外。一切的一切，与它无关。

除了八年的囚禁岁月，我们没有给过它任何东西。我们不但剥夺了它的自由，我们还剥夺了它的爱情。它没有浪漫过，没有繁衍属于它自己的子孙。也就是说它离去后，是干净而彻底的。于这个世界，它什么也没有留下，来来去去，形孤影单。生命于它而言，只是一个单调枯燥痛苦的过程，它没有属于自己的快乐，没有属于自己的纪念。我不知道它的希望是什么，我们也同样剥夺了它这一权利。我们只是要它承受，承受我们强加给它的一切苦难。我们忽略了对一个生命最起码的尊重，而当我们开始思考这一切并试图弥补时，已为时太晚。它没给我们留下任何机会，只有一具僵硬的躯体。生命离它而去，可谓解脱。解脱的魂灵，可否快乐？我不知道去问谁。它坚持到最后一班岗，只是没有为我们办理任何交接手续，一切太突然，我们猝不及防。如果有任何先兆，我想我们一定会补偿它，给它自由，给它爱情，给它生命中所有的快乐，但它就这样走了。它抽了我们一鞭子，而且就抽在心尖儿上，很疼，是那种直直的细细的疼，由上至下，贯穿心底。

妻说她挖了一个大大的坑，很宽很深，快到她的腰了。她说贝贝放进去，应该很舒服。生前我们没有给它宽广的空间，死后我们不能让它再那样委屈。可这一切算是补偿吗？我同样没有答案。贝贝满意吗？我更不知道去问谁。这个遗憾是永远的，很沉重，我不知道要背负多久。

它的窝还在，已空。绑缚它的链子还在，已彼此互相解放。它的饭盆也还在，只余一些残渣。也许空气中还有它的气息，但终将杳无可寻。这个苦难的生命，就为我们留下了这些，而这些都是我们折磨它的刑具。尽管我深信种因植果业力轮回之说，但我实在想不出，贝贝究竟做过什么，需要在我们身上付出如此昂贵的代价。毕竟，它是牺牲了生命中所有的快乐和安逸啊！我只知道我们欠了它许多，而我们竟一直没意识到。不知不觉，已成了令人窒息的负累，从而让我们心头蒙上了厚重的阴影，不知何时才能释去。

贝贝走好。我还在值班。回家后，我会去看你，我会把你坟上的土踩平踩实。我要让你睡得安稳。八年来，你一直没有好好休息过，这一回你要睡个踏实的长觉。你也一直做得很好，我们谢谢你。我们会记住你的。我们想好了，你的接班人我们还给它取名叫贝贝。贝贝这个名字会一直延续下去，就像你一直还在我们身边。希望你在那个世界，幸福安康快乐，生命中所欠缺的一切，都能得到无数倍的补偿。如果真有所谓魂灵，我请你入梦！

愿我们的贝贝，永远安息！

人间有味是清欢

1. 烩饼记

今天早晨，老婆早早起来，说要去集上卖绿豆，去晚了就没摊位了。然后就开始收拾这那那的。我揉着眼睛问，那我们吃什么啊？不是还有昨晚剩的饼吗？老婆说，烩一烩吧。让咱爸先吃了去上班，你们看怎么凑合下。哦！也行。我说。

老婆收拾停当急匆匆地走了。我开始打理老爸的早饭。切好饼丝，打开电磁炉，锅里放好水，不一会儿水就开了。放饼丝搁调料，却也是香味扑鼻。味道应该错不了，我琢磨着。老爸说，开锅就行，时间长了就成粥了还怎么吃。我答应了一声，连忙闭了火，给老爸盛了一大碗。

老爸默默地吃完，上班去了。锅里还剩了有两碗的样子，油汪汪的，看形色很是诱人。我开始动员家里的小姐和少爷：铭铭（我大女儿）、泽林（我儿子）都起床，吃饭了！泽林，你还要去补课，快起来，误点了！千呼万唤，才把这对懒虫喊起来，一个个的摇摇晃晃着洗脸漱口。

我开始动员儿子：泽林，吃我做的烩饼吧，可香呢。儿子白了我一眼，头使劲扭到了一边，我不吃！饿死你得了！我扭过头动员女儿：铭铭，尝尝这烩饼吧，味道棒极了！女儿似乎还没醒过盹儿，看着我，懒懒地摇了摇头。

真不给面子。我开始现身说法，盛了一大碗，故意吃得滋哂有声，并看着女儿说：这么好的东西，居然不吃，当你们有一天面对饥饿的时候，你们会想到，曾经有这样美味的一碗烩饼摆在面前却没有吃，从而遗憾懊悔，至少要遗憾懊悔一万年……

然而，女儿看着我，神情木然，无动于衷……

2. 烹饪记

老婆脖子汗流地揉馒头。我看了有些不忍。我说我来炒菜吧。老婆应承了，把气灶搬外面去吧，屋里热。

我开始强摊硬派：铭铭（我大女儿），你去把丝瓜皮去了，我给你们炒丝瓜，那个西红柿，也要洗。正玩电脑在兴头儿的女儿一脸不情愿，但迫于我的威严，只有不得已而为之了。女儿干事随她妈，手脚麻利，不一会儿已完成任务。我也支起了炉灶。

切完了菜，放好锅，打着了火，放了油，开始运调料。诸般齐备，油已冒了烟。慌慌地放了葱，放进丝瓜，"嗞啦"一声，火苗蹿起一米来高，继而一股焦煳的气味儿直扑鼻孔。老婆一声惊叫，扔了手里的面团儿跑过来：你的头发，你的头发燎了。我用手一摸，一手黑色的粉末，焦煳的气味儿更浓了。没事吧？看不出来吧？我问老婆。老婆说怎么看不出来啊，都卷起来了，没烤到脸吧，你干吗站那么高啊？就不能蹲下吗？我一脸沮丧。

匆忙炒完菜，跑到屋里对着镜子照。不太明显，对鄙人形象似乎并无大碍。我问女儿，看不出来吧？女儿笑得龇牙咧嘴：看不出来，没事儿。我看着女儿，我怀疑她的可信度了。

唉，如果，我能先运齐调料，再放油，应该会好些；如果我不站那么直，而是蹲下来，把菜轻轻滑入锅中，也应该会好些；再如果，当火苗蹿起时，我能够身形暴退避开火势，更应该会好些……然而，此时想到的，毕竟都迟了。

饭后，老婆评论丝瓜质量：火小了，还硬呢，不好吃。

我嘟起了嘴，真的很委屈……

3. 菜园记

"头伏萝卜二伏菜。"已经是种菜的时令了。

我和老婆早早起来，开始忙碌菜园子工程。翻土，平整菜畦，把过了生长期的西红柿秧拔掉。我用一把三齿耙负责翻土。老婆属猪，一把九齿钉耙用起来很是得心应手，于是由她负责平整土面。我正走倒走，翻来覆去地掘土，忽然脚下一软，两个尤其大而且红的西红柿被我踩扁，成了烂泥。老婆就白了眼球一脸鄙夷，你瞎吗？忽然歪头又叫道哎呀我的紫罗兰，才看到原来被我放倒的那个紫色的草就是叫作紫罗兰的花。老婆愈加恨了脸色，把七零八落的花拿在手里，一脸痛惜：就少说了一句话，真是的……嗯，都扎根了呢……我也惶恐了脸色：我真的不认识，我哪里知道那就是紫罗兰啊，还有根呢，应该还可以活……老婆说：试试吧，也许还能活……

老婆狠狠地白了我一眼，噘起了嘴，那嘴噘的，可以让大象们开一个狂欢Party……

4. 一年不如一年

那是满满一三轮车芝麻。

其实芝麻的果实是很轻的，极微小的颗粒。然而连带秸秆就不是一般的分量了。七扭八歪地装好车，用绳子勒好，便往家里运。三轮是纯人力老三轮，生锈的链条、缺少润滑的车轴，增加了我的负载，更何况还是雨后的土路，坑坑洼洼、沟沟坎坎。蹬不动了，只好伸着脖子，倾直了身子推着，原本三四里的路程，竟变得尤其漫长。

终于到家了，车子也没卸，急急冲了个澡，换了衣服。我对老婆说我要积极地、充分地休息。然后就一头扎在床上，再也不想动了。老婆说嗯，那就先不卸车，傍黑再说。她也急急走了。村里一家死了老人，她是忙活人儿，给孝男孝女扯孝布。

醒来时天已经黑了。老婆也回来了。我们就一起卸车。老婆说，回头买个电动三轮或者烧油的什么车吧，要不还累死你呢。我很沧桑地感慨道，是啊，以后岁数大了，身体一年不如一年了……老婆的白眼球就斜了过来，恨恨地说：你压根就没"年"过！

父亲恰好下班骑车进院儿，大概听见我的话了罢，脸色黑黑，重重地"哼"了一声，我顿时噤若寒蝉，再也不敢言语……

5. 超度那只马蜂

做晚饭的时候，一只马蜂在灶台上方的窗玻璃上焦急地飞。

全家人都看到了。都有过挨蜇的经历，都有些怕。儿子更是跳着脚儿马蜂马蜂地叫。我正琢磨着看想个什么办法把马蜂弄走，然而父亲已操起了苍蝇拍。我心下一紧，知道已拦不下了，咬牙进了里屋——"不见杀"。

就听啪的一声，估计那只马蜂已是应声而落。只听儿子叫道：噢，爷爷，你杀了它，干吗杀它啊，它又没招事儿。父亲说，等它招事儿就晚了。老婆说，那次把谁蜇得鬼哭狼嚎的？大概儿子要去摸那只马蜂，只听父亲叫道，别摸，死马蜂活钩子，还蜇人的。老婆说祭灶！那只马蜂也就被执行了火葬。

儿子跑进屋来拉着我：爸爸，去给那只马蜂念经超度吧，去给那只马蜂念经超度吧。表情居然很是诚恳。看着儿子，我竟一时不知道说什么好了。老婆提着烧火棍追了进来：超度你爹个 ×（非文明礼貌用语，有损贤妻淑妇形象，故略去一字）！

儿子跑了出去：嘛咪嘛咪吽、嘛咪嘛咪吽……

老婆提着烧火棍又追了出去……

6. 一声叹息

忽然想喝一瓶凉啤酒，去去浮躁。冰箱旁就放着一提篮啤酒，提篮外面也有几瓶。大多都是父亲喝的。在家里我不怎么喝酒。

打开冰箱，里面有一瓶啤酒，是给父亲预冻的，我给往里挪了挪，又拿起一瓶啤酒塞了进去。速冻，晚饭时应该凉了。

忙完手头七零八碎的事，已经开饭了，父亲的啤酒也已喝了大半瓶。老婆说你要喝啤酒是吗？可为什么冻个空瓶子呢？我愕然，呆住了，然后歪了脑袋说：父亲，您喝完啤酒以后瓶子不要再盖盖儿了！不轻易笑的父亲笑了。女儿吃吃地笑。儿子嘻嘻地笑。老婆也白了眼球极尽鄙夷。我感觉我脸有些烫，肯定红了。老婆问我，你想什么呢，心在肝上呢？我无语。老婆说今天早晨给棉花撒肥你解那个化肥口袋，我就怀疑你是否能解开，果不其然，还是打结成了死扣儿，最后还是我解开的，你太蠢了。老婆撇了嘴：咱爸喝的常温的，冰箱里那瓶给你留着呢，真是的……

一直没说话的父亲这时发出了一声深深的叹息，那叹息似在喉间压抑得很久了，有无奈、还有疲倦……

第二天早晨上班临出门时，儿子说，我爸智商太低了，零下零度。我愣怔了一会儿，没有发脾气，心里却也是一声深深的叹息……

作者简介：漠野，本名谢雁冰。生于河北省廊坊市，70 后人士，廊坊市作协会员。人无名，文亦无名。但对文字，有一种先天的喜爱和执着。偶有文字散见报缝，仅此而已。现供职于廊坊市第三人民医院。

向春天出发（外三篇）

柠　檬

向春天出发

向前

雪事已然过去。所有的期待和疼痛都已成为黑白底片被记忆珍存。有些门，总会被关闭，而有些，正在打开。恰如这春天的水，正渐渐柔软。我低着头，看脚尖怎样沾起睡醒的泥土，看哪个昆虫第一个迈开脚步，看春天，怎样写满每一条道路……

修复

春天，必要有微笑爬上心灵。没有笑容的春天，比冬还要寒冷。

我收拾着寒冬剩下的残局，剔除疼痛的冷刺，亲近那些曾忽略的温柔。它们宽阔地等待，值得我付诸一生。

画

拿出久已搁置的画笔，画出鹅黄，那该是迎春花的娇俏；画出淡绿，那是隔岸柳芽的新衣；画出清清的水，蓝蓝的天，雪白的云朵和墨染的燕子……它们生长着，盛大着，覆盖着旧迹，修复着犬牙交错的暗伤。

干燥

在雪水融化之后，在雨季到来之前，干燥，是你理想的状态。拒绝雾，拒绝莫名的露水。一切，都安静下来。安静背后，有足够的细节供你回想。你也可以什么都不想，留出一段空白，就那样傻傻地傻傻地闭着眼微笑着晒太阳。没有负担的时光，多么幸福。

在春天里放歌

冬威严地退场，在他的身影淡去之前，还不忘下一场大雪，强化人们的记忆。他像一个调皮的半大孩子，成长着，也脆弱着。

春天，是一个有着清脆嗓音的美丽女子，她的身旁交织着光影、花叶和流动的温馨。她怯怯地露出她姣好的面庞，一时间，光芒四射，芬芳袭人，乐音袅袅。万千目光追随着她，她是一个十足的宠儿。

我，曾向冬日深处索要一个春天。蛰伏在冬天的窠臼里，我四肢僵硬，冷漠而孤独。内心的萧瑟拒绝声响，蔑视光阴。然而，每个人都不过是个讨爱的孩子，寂寂无声仅次于死亡。生的本能在足够长的安静之后愤然醒来，索要春天！

春天欣然赴约。带着阳光、雨露和歌唱。

有友问：你可索要来了春天？

嗯，也许春天就在我心里，从未曾远离。

触摸键盘，终有渴望从指间流出，密密匝匝的私语，绕指而上。仿佛听见，草原上雄鹰展翅的声响，仿佛看见，万马奔腾时云雾此起彼伏。

行走中，我沉浸在自己的故事里，无法抽身事外，一路上只是一些断断续续的思索和呓语，故事的梗概尚不明晰，因此我书写的段落亦不完整。

季节常常成为感慨的借口和理由。在没有新的话题被挖掘出来以前，她就是一切情绪的背景和温床，巨大无边，足够一个人，纵横驰骋。

徜徉在春光的明媚里，心底的河流淙淙地流过郁郁葱葱的白桦林，烂漫的野花迎风摇曳，所有情绪都在这背景中，美好无比。

春迟且短

春迟且短。

繁花在一夜间就败了。憔悴的容颜让人不忍再看。

可是，春天的痕迹还在，那粉红的影子，芬芳的味道，怯弱的朝阳以及轻轻拂过的微风……这是最后的慰藉吗？终有一天，你连痕迹也将隐退了，那时，空气中还剩下些什么？这柔和的空洞，将随着生命一起成长。

记得，我曾喜欢捡起石子投向湖心，看春天一圈一圈生动起来。可是，现在湖水不见了，只剩下海洋，深邃的海洋。小小的石子激不起浪花。只有沉没。

连海洋也流走了。春开始荒芜。我的句子里长满了隐喻，只有它们，变得茂密。

我渐渐变乖，把石子装满口袋，慢慢习惯一个人积攒、收藏，然后在晴朗的夜晚晾晒……一颗一颗一颗，多像闪闪发光的星星，春天的眼睛。

除了你，没有人能看懂这艰涩的呓语。我在春天的边缘行走，并且背负行囊。

但是你也走了，再没有重复的容颜来读我。凋零是一个伏笔，埋在光阴的乱码里，终有一天，它会到来。

到底是些什么，堵住云层的脉管。江河回流，收紧的目光，不再泄露一滴水。

等　雪

从窗户里望出去，灰蒙蒙的早晨，冷得僵硬。曾经绿油油的小园也盖上了一层寒霜。落单的叶子，打着卷，瑟瑟发抖，除了雪没来，冬天的道具齐了。

雪成为这个冬天唯一的悬念，成为唯一不被设计的惊喜，成为所有毁坏的救赎。

其实，雪来之前的等待可以更冷一些。逼退恍惚的心事，冷却茶温，让北风劫掠怀中所有的暖。如此，才可以松开手，放弃抵挡。

雪来，必要铺天盖地，以末世之白倾覆，以失明之光闪耀，以失语之声呼啸，以失忆命名。一切，一切，都将在雪中沉睡，消融，新生。

作者简介：柠檬，原名李欣伟。70后。河北省大城人。热爱生活，崇尚自然。无门无派，自由自在。写作如着装，首先要符合自己的审美，倘若恰巧也符合了他人的审美，谓之幸运。

记忆里那片浅浅的水洼儿

木　木

小年了。

想起某一年的这一天，中午放学后跪在凳子上看日历，看到"年"字开心大叫。回过头，窗外很亮，明晃晃的一片光——院子里应该是积着雪。小时的记忆，冬天就是冰，就是雪，冬天就应该是白色的。房檐化冰滴水，就知道春天来了，年要来了……

年要来了，虽说年味越来越淡了，街上依然满是行色匆匆的人们。对于异乡人，此刻最重要的事就是回家，回家。有时候，异乡人从某种意义上讲是幸福的。因为离开了家乡，才有那么多成长的回忆，才有了故土、乡音、河流、儿时的伙伴，总之，是一种情怀。家乡是异乡人的靠山，是境遇中的最后一步，是在外承受不住的退路，这一点，当地人别无选择。

我算不上是异乡人，家乡近在咫尺，但家却没了，父母走了，于我，"年"是件简单的事，简单到不用备任何年货，只需一张机票，就可以随时去更远的远方，像一场逃离，逃离一个没有归处的年关。

我就是在这时候看到张玉华的这些画。

池塘、苇岸、苘排，赤身裸体的男孩，红花绿衣的姑娘，姐姐的手，流萤缠绕的河谷……记忆像被打开的闸门，在这年将近的时刻，我一边收拾行囊，一边看着画，想起那些从前。

从前，如这些画中一样，到处都有这样浅浅的水洼儿，或者池塘，或者河流，总之，只要有水，就有摸不完的鱼虾。那些光着身子在水里嬉戏打骂的男孩子，整个夏天都泡在水中，摸鱼、抓蟹、捞蛤蜊、追货轮、打水仗……一个个晒得黝黑，他们喧闹着比着扎猛子潜到最深的水底去淤泥里捉泥鳅。泥鳅是滑腻的，一刻不停地钻来钻去，像极了这些一丝不挂的男孩子。后来，他们中的一个男孩成为了画家，他给我讲述大清河，那条养育他的故乡的河流。

自古人类就是傍河而生的，这也是动物的本性。童年的大清河宽阔野朴，趣味无穷。那些物质贫瘠的童年记忆因为这条河的存在而变得富有而壮丽。这是他的河，他的自豪。我想起了张玉华老师，他的浅浅的水洼儿，池塘以及河流，我固执地想，能画出这般扯动我们乡情的人，一定也是当年在水中嬉戏的少年！

而我却是画中那个花袄花裤的姑娘，隔壁阿三爸嘲笑我穿了孔老二的花衣，我羞愧地躲进城墙根角，拿着铁丝跟在姐姐后面去穿林间的落叶，秋天，满地的叶子红红黄黄的铺满厚厚的一层，走上去有嗞嗞的响声。我高兴起来，忘记了花衣给我带来的羞辱。直到今天，我依然喜欢走在落叶上，只为迷恋脚下落叶的声响。而那些花布也卷土重来，带着乡情的记忆成了流行的元素。我用它设计过一场时装表演，模特是单位的同事，她们披着当年让我羞愧的花布衣，在舞台的灯光下明艳动人。

除了花衣，我还有更多的记忆是关于鱼。

小时候，只要有水洼就有数不清的鱼。甚至在雨后，路边的坑洼里也有点点的鱼儿游动，我以为那是天上撒下的鱼种子呢。

有一年暴雨过后，房前屋后的到处都是鱼儿游动的影儿，男孩子全天泡在水里帮助大人们张网捕鱼，女孩子则在浅水边用笊篱捞鱼。那时候的鱼真多啊！多到怎么捞也捞不完，怎么吃也吃不完。妇女们就用更大的笊篱把它们一片片地晒成鱼干儿，到了冬天，外面冰天雪地，一家人围坐在热炕头，灶台铁锅，柴火明亮，鱼干儿炖着白菜，窗外冻着豆腐，热气腾腾地散开来，悄悄地融化着玻璃窗上的冰花……那才是年的味道啊，许多年过去了，那味道愈发地清晰，如家温暖。

但是我并不爱吃鱼。这或者是我太喜欢鱼的缘故吧，我要看到鱼在水中游动，那是件快乐的事，我不希望它们被杀刮煮炖，但这却是鱼的命运，任谁都无力改变。

记忆像那片浅浅的水洼儿，打开来就无遮无挡。我想起三十多年前的夏天，父亲拿家来一条大黑鱼放到院子的水缸里，后来我的小脚姥姥要杀它来吃，一动手才发现那是一条两尺长的黑鱼。黑鱼可是池塘里的霸主啊，有尖利的牙齿，力大无穷。我的姥姥身材娇小，裹着金莲小脚走起路来颤颤巍巍。整整一个下午，姥姥都挥舞着菜刀与这条黑鱼搏斗。我在一旁为黑鱼加油，结果是洒了满院子水，姥姥坐在地上哭完了又笑个不停。可那条黑鱼呢，很多天都在水缸里委屈着身子游动摇摆呢。

后来我自己成家，过年时杀过两条来自密云水库的50斤重的青鱼，我把它们趁着新鲜分割成小块冷冻到冰箱里。这真是件体力的活，场面血腥。想起了那个遥远的午后，姥姥和那条大黑鱼搏斗的情景，我终于忍不住了，一屁股坐地上大声地笑出了眼泪。

这以后我再没杀过鱼。

我还有一个记忆，关于一片浅浅的池塘里的那个摸鱼的男孩。

他是我的远房亲戚，他奶奶是我的表舅妈，奶奶有两个儿子，大儿子家无子嗣，他是老二家的独子，后来又有了妹妹，就把他过继给大伯家，为了好养活，家人特意给他起了很低贱的小名，可以想见，这个男孩享尽了全家人的宠爱，这些太多的宠爱也让他变得与周围的男孩子截然不同。

他白皙，眉目清秀，讲话轻言细语，全然不似那些光着屁股摸鱼摸虾的顽劣伙伴。在他十来岁的那年，那一年的夏天，中国发生了两件惊天动地的大事，唐山大地震和毛泽东的逝世。

那年的雨水好大啊，学生放假了，家长们整日开会，顾不得孩子。那个从小娇生惯养为了好养活起了很贱很贱名字的男孩子就在那个时候偷偷地学会了游泳。他胆子小，只是去了一个很浅很浅的池塘。但是那一年，池塘里泡了很多的苘排，就是野生的苎麻，收割后捆扎成排，像竹筏一样泡在水中，为的是发酵后更有韧性，然后剥皮，晾晒，用它的纤维搓成麻绳。

那个夏末，池塘中泡满了苘排，密密麻麻有几十米长。我后来一直怀疑，那一年的大人们是因为国丧沉浸在悲痛中才忘记收晾这些苘排。那个男孩刚刚摸到一条小鱼，他还学会了扎猛子，就在这片浮游着苘排的池塘，伙伴教他从苘排少的一头扎下去，再从另一头空阔的水面钻出来，他觉得好玩极了，快正午了，阳光在头顶炫得人睁不开眼，他的皮肤晒黑了，有些疼，他闭上眼睛，看到好多金色的星，他笑着甩甩头上的水珠，他有一张好看的脸，他又一次扎下了水，这一次，他走错了方向，他的头卡进了苘排，他努力挣扎着，他一定大声地叫了，他一定惶恐极了，但一切都是徒劳了……

我听到凄厉的哭喊，兽一般撕裂的号叫，后来，男孩儿的奶奶吊死在自家的屋檐下。

那个男孩子，羞涩白皙，眉清目秀，他大我几岁，我忘记了，但他是我的伙伴，全家人都宠爱他，为了好养活，还给他起了个很贱很贱的名字，他叫狗蛋儿。

从来都是，总会有几家欢乐几家忧，尤其在最重要的节日，在任何时代。

作者简介：木木，电力工程师，20世纪70年代生人。从事电网调度及配电管理工作。2017年初开始有意识地进行写作。

古典心情三章

任雨薇

霸王别姬

在项王帐内,我正在为项王倒不知今晚的第几杯酒,他一饮而尽,然后我再斟,他再饮。

烛火摇曳,被灯火映得昏黄的他的脸渐渐模糊,取而代之的是不久前意气风发,将要坐拥天下,豪情万丈的那张相同却又不同的脸。

他脸上依旧有愁云笼罩。我依旧一杯一杯地斟,他依旧一杯一杯地饮,只是速度已慢了些。并非借酒消愁,借酒消愁是无聊文人干的事,而他是我的英雄,也或者不是我的,但他确是英雄。

如是我闻,仰慕比暗恋还苦。明知是苦,却又甘之如饴,这便致命了。

是的,我仰慕他,爱他,所以我实在低他一头。他是我的天,而我却只是他要的天下的一小部分,甚至只是附带品。于是,我的爱更显卑微。

我知道,他是喜爱我的,待我也算很不错了。然而那只因为他是英雄。英雄就是生来让人倚靠的,应该所向披靡,无往不利的。他觉得他应该为我撑一片天,让我在他的羽翼下安枕无忧。

于是,我平静又有些怅然地遵循着他喜欢的方式生活,喜他所喜,忧他所忧,只除那一次。当他离王位最近时,他的笑却屡次刺痛了我的心。因为坐拥天下也意味着坐拥天下美人,我真的怕了。他功败垂成,众人扼腕,我却暗自松了口气,继而又为他难过。

项王终于开口了,他说:"我若败亡,刘邦会收留你吧。"

我明白,战场上争夺的无非是土地、权力、金钱、美人。他在担心我的将来呢,我暗笑,只是,面对这样的关心,我是该喜还是该悲?我没有回答,只是将刚斟下的一杯酒送到了自己的唇边,饮下。

我抬头,看着他,这样刚强的一个人,却是这样承担不起失败啊。而今他已被击垮,没有了自信,他还信谁呢?

只是他不懂啊！爱情中的女子会怕黑却不怕死，着实傻得可怜，又哪里分得清哪方有权有势呢？

我为他斟上最后一杯酒，递到他面前，走向他背后那面帐中挂着的宝剑，笑看龙泉壁上吟。

都说美人难得聪明，而我难得的聪明却还是栽到了他手上。明知他不够好，明知他爱我不会胜过爱天下，明知爱他会辛苦，却还是执迷不悟。

那嗜血的宝剑在蠢蠢欲动，我拔出宝剑，横向颈间，那时我已无心力再喊他的名字。他旋身扶住我倒下的身子，眼里装着惊讶怜惜与焦急，他呼唤我的名字。

没当上王也许是你这辈子最大的遗憾吧。但罔顾了我这份痴心，如果你知道了，你会把这当成一大损失吗？

英雄，也许是不适合当王的吧！但这一切都已经与我无关了。我最后能为你做的，只是让你放心点，专心点。

在他复杂的目光中，慌乱的叫喊中，我闭上双眼，唇角微微上扬。

烽火戏诸侯

很难描述眼下是种什么情形，成群的人在台下东奔西走，乱作一团。我高高在上地安静坐着，旁边是被称作王的男人。

我是一个女奴，一日为奴，终身为奴，所以纵使我如今被献给王为妃为后，我依然是个女奴，一个高高在上的女奴。而这高高在上的地位据说是拜我的美貌所赐。王爱美色，于是我便被当作一个花瓶献给他去装饰他的后宫；王想睹花瓶一笑，于是便出现了上面那一幕。

高高在上的距离感使台下奔走的人群化作我眼中的蝼蚁。那些诸侯王公一定不会想到，不可一世的他们在一个女奴眼中贱如微芥。

王一直在注意我。虽然他大部分时间看向台下，眼角的余光却一刻也没停地瞥向我。有时候，忽视是一种更深层次的重视。

我依旧面无表情。

王似乎有些焦躁。

我心底暗自发笑。这个天下至尊至贵的男人，为了取悦一个女奴，竟做出如此荒唐的事。或许我该感激涕零叩谢皇恩才合情理，然而脑中只有一个不该存在、我却赶不走的想法：这个愚蠢的男人。

也许是留意到了我颇具兴味而略微上扬的嘴角，王似乎镇定了些。

这世上有一种所谓的爱叫宠，而受宠是种太弱势的被爱。他是我爱不起的，而他又爱得起任何人。不是心能分成那么多份，而是宠，与爱无关。

作为一个男人，王是有他的可爱之处的。然而天下间凡有权有势、位高权重者，哪有时间精力心情去爱，更遑论这一国之君。而权势却多能让人得到自己想要的，宠幸自己想宠的。

是我让他为难了。受人之宠却不尽取悦之职，让他宠人都宠得如此别扭。他宠我是因为他从未遇到过这样的别扭，他要的是征服，是成功。我不配合是因为我不要他的宠，我想要的是爱，宠太廉价。但，谈何容易啊！

以色事人者，色衰而爱弛，更有那么多色未衰而爱已弛者，我终究逃不过这宿命的安排。我的心抽丝剥茧般地疼了起来，细细微微的，不尖锐但绵延不绝。罢了，宠也罢，爱也罢，你给我的，我都收下。

于是，我笑了，倾国倾城倾天下。

王先是愣了一下，继而也笑了，如释重负。

娥皇女英

同是尧的两个女儿，娥皇却是娥皇，女英却是女英。娥皇温婉而坚忍，有几分像她圣贤的父亲，女英却骄蛮而偏执。然而娥皇爱女英，女英认为那是因为她是娥皇的妹妹；但女英或许更爱娥皇，却无关乎娥皇是她的姐姐。

舜喜欢娥皇。女英先发现的，因为女英喜欢舜。

娥皇是那样好的女子，谁都会喜欢她的，而舜又是那样好的男子，他们一定会幸福的。女英这样想着，心里酸酸甜甜的。

然而当娥皇与舜的关系渐趋明朗，而尧又不掩欣赏当众称赞舜时，女英开始烦躁不安地想：娥皇真的要离开了。

女英虽然有时蛮横不讲理，却不曾真的让娥皇伤心过，因为她爱娥皇。天下能克制她的也许只有娥皇了。她想她是离不开娥皇的。

"娥皇，你带我一起走吧，否则我不知道我会闹成怎样。"女英这样对娥皇说。

尧说把女英交给娥皇和舜管束，他也比较放心。

于是，在某一天，娥皇和女英一同嫁给了舜。

舜爱娥皇，并像娥皇一样爱护女英。然而女英却一天比一天暴躁起来。

女英像娥皇一样爱舜，舜却永远无法像爱娥皇一样爱女英。这样的发现叫女英的心酸酸的疼。她是个多余的人啊！小时候就是尧夸奖娥皇时附带的一例反证，而今她却似乎只是一件陪嫁的物品。

娥皇为她撑起了一片天，却也遮住了她啊！

终于，有一天，女英的手扼住了娥皇的颈子，女英意外地发现它们竟是那样契合。娥皇丝毫没有挣扎，只是目光中有几分惊讶，有几分了然。

女英的手松开了，她们对坐良久，娥皇气息渐稳。女英抬头看了娥皇一眼，马上又无力地别开，似自语又似叹息地苦笑道："我嫉妒你，羡慕你，我不知道我是不是恨你。我真希望这世界上没你这个人，但又不想你是因我而死……""事实上，这世上最不能没有你的人就是我吧。"她在心里默默地道。"我该怎么办？娥皇，我该怎么办？"她无力地向娥皇求助。娥皇走过去，拥抱着安慰她，却也无言。最后，她们相拥而泣。

女英的强硬与脆弱，只有娥皇能懂。女英就像一只卵，看似坚强，却只有那层只能吓吓人却不怎么坚强的壳，脆弱得不堪一击。娥皇是个温婉却有些冷情的人，冷情的人不容易开心，但也不易受伤。而这次女英却让她前所未有的难过起来了。怎么办呢？

那天后，女英变得好乖，乖得好像她不存在了似的，与娥皇的会面也少了很多。娥皇开始有些担心地想，也许以后就一直这样了吧！

不久，舜南巡死在了湘水附近。娥皇和女英闻讯赶到湘江后静默了片晌，然后相视而笑，一同道："这样就好了。"继而相拥而泣。

当时间掩埋了历史，当历史掩埋了真相，当娥皇女英成为了共事一夫的典范，湘妃竹上的泪痕却始终未干……

作者简介：任雨薇，女，2010 年毕业于河北大学新闻传播学院，现任《廊坊都市报》副刊版编辑，河北省散文学会会员、廊坊散文学会会员。

你听过葡萄叶掉落的声音么？（外二篇）

黄　敏

　　没错，我是一片葡萄树的叶子。春天萌芽，夏天繁盛，秋天泛黄，冬天零落。这是普通的葡萄树叶子的一生。而我，是不那么普通的葡萄树叶子。因为我是生长在 33 层高楼上的葡萄树的叶子。我的女主人把葡萄树种在一个巨大的瓮里，放在 33 层的天台上，放在那个可以看到很远很远地方的天台上。我是这样一棵不普通的葡萄树的叶子，所以我是不普通的葡萄树叶。我还有一个叫作"风"的朋友。每天它都来跟我聊天，告诉我周围的事情——前楼 25 层的小宝宝长牙了。瞧，我一伸头就能看见那个小家伙，他又在舔着落地窗玻璃，他家的狗也在舔着落地窗玻璃。可是我不明白，舔玻璃和长牙有什么关系。风总是能给我带来许多有意思的故事，逗得我的心痒痒的，总想亲眼去看看。

　　终于，到冬天了，我的机会来了。

　　在开始我的旅行之前，葡萄树就已经告诉我很多需要注意的事情。比如说，我必须要把自己变得很轻很轻，才能到更远的地方去旅行。于是我早早地就把自己的水分晒干，把叶绿素送回枝干，把自己变得像一张纸，甚至比纸还要轻。风每次来都会惊讶于我的变化。直到今天，我告诉风，我准备好了，可以开始旅行了！风是一位好朋友，只见它轻轻地拉了一下我的脚，"咔"，我的脚就离开了那条我站立了三个季节的枝干。我，自由了！

　　刚刚体会到自由的我，脚步还有一点儿踉跄。还好有风！它拉起了我的手，说要带我去那些它曾经告诉过我的地方。但是我觉得应该先去跟我的女主人告别。在过去的日子里，我看着她在我的身边来来回回，有几次我还刻意地拉扯了她的头发，但她没有生气，笑容是那么甜美。"甜美"这个词也是风告诉我的。它说"甜美"是一种满足的感觉。我每次看见女主人时，她都会给葡萄树浇水。那些新鲜的水，带着泥土的养分，从树根源源不断地涌入我的身体，感觉可满足了！今天我要走了，我要先去跟我那"甜美"的女主人道别，感谢她给了我许多甜美的时光。

　　风把我轻轻地放在女主人卧室窗外的围栏上，借着天上的月光，我可以看见女主人独自侧卧在床上——她已经睡了。男主人总是很忙的样子，在过去的日子里，我总也没见过他几次。突然，卧室的门开了，露出一丝光，我看见了漂浮在背光里男主人的脸。又听见男主人轻轻唤了下女主人的名字，而女主人并没有任何回应。卧室的门又关上了，那道晃亮的光随即也消失了。突然风把我拉到了客厅的落地窗外，指手画脚地，好像想让我知道些什么。很快，我听见了男主人对着手机的那头说："宝贝你放心，我一定尽快跟那个黄脸婆摊牌。今晚就算了，刚才看她都睡着了，我也累了，有什么事情咱们明天说，好不好？乖，亲一下，亲一下……"突然我听见了一阵熟悉的声音，"咔咔咔"，跟我从葡萄藤上脱离时候的声音一模一样。我着急地拉着风回到卧室窗外，想要寻到那声音的来源。当我仔细看时，发现那声音从女主人的眼睛处传来——是她那甜美的、长长的睫毛抖动着碰撞空气发出的声音，是她那晶莹的，持续滑落的泪水打湿枕巾的声音。原来，我的女主人，并没有睡着——她什么都知道！原来，那"咔咔咔"，是她心碎的声音！风见到我有些黯然，不由分说地拉着我离开。

　　我还想去 20 楼看望一个故人。我知道她在家，只是已经很久没有出现了。她的工作似乎很忙很忙。整栋楼就数她走得最早，回来得最晚。有时候我还能看见一辆小车把她接走，过了很多天才把她送回来。我听风说，她是一个地方的主政官。那里是一个乡村，不繁荣，一片荒草。在她的努力下，荒草地里盖起了高楼，通了宽敞的马路，来往的游人也逐渐多了起来。原本总在家里打麻将的人都把麻将桌换成了小饭桌，把棋牌室改建成农家乐，把原来用来吵嘴打架的时间用来招揽生意。我敬佩这样的人，尽管我只是一片葡萄树叶，可是我还是敬佩这样的人。前不久，在我照例站在枝头四下眺望的时候，听见她家传出一阵阵的哭声。那些哭声，惹得我一阵一阵的烦躁。风这个家伙，我拜托它好多次替我去瞧瞧，可它总是会玩得忘了这件事情。今天，我一定要自己去看看。

　　风把我放在窗边。屋里没有开灯，很黑，很安静。透过窗户看进去，我看见一个男人，是我认识的，那是她的丈夫，孤零零地坐在沙发上，捧着手机，手指时不时地在屏幕上划动。手机的光反射在男人的脸上，给那男人的脸蒙上了一层毛玻璃，连带着把脸上的血色也蒙住了，像是封在相框里的一张照片！男人身旁的矮柜上还摆着一张照片，是她的照片。相框上绑着黑色绸带扎成的花朵，在手机的荧光里悄悄地吐着暗黑的舌头。风不知道什么时候坐在我的身边，轻轻地对我说：这个女人已经去世了，胰腺癌。因为忘我工作没有及时就医，等病发的时候已经回天乏术。我知道你担心她，所以一直没敢告诉你……风还在喃喃地说着什么，可我什么也没有听进去——那个男人突然间把手机狠狠地摔了出去。手机落在地上，蹦跳了两下，沿着大理石的地面滑出了一段距离，发出刺耳的摩擦声，像指甲划过玻璃，听得我浑身发毛。手机屏幕还亮着，我看见上面正显示着一篇新闻——××镇党委书记出席××项目开工仪式——她就是那个书记，新闻照片中的她，巧笑倩兮。我转过脸看向那个男人——他仰头瘫坐在沙发上，陷了进去，没了支柱的身体像一块疲软的布皱巴巴地挂着。他就那样坐着，连呼吸都停下的样子。没有任何表情的脸上冻着一层冰。"咔咔咔"，我又听见了那个熟悉的声音——是眼泪，从男人眼角滑落，带着余温，在那张冻了冰的脸上溜出一道抛物线。但最终，温度消失，眼泪在男人的耳垂处变成了冰凌。一颗，又一颗。我从来不知道男人也可以有那么多的眼泪。那眼泪凝住的冰凌越来越大，摔落，直愣愣扎入沙发，扎得沙发"咔咔咔"地喊着疼。那，是他心碎的声音。

我下意识地抬头看向 33 层的葡萄树。就在不久前，我还曾为那一声"咔"而觉得欣喜——我多想看见葡萄树"甜美"的样子，可当下我却蓦地发现，葡萄树虬龙般的枝丫张扬地伸向月亮，像夜空的疤痕，醒目且丑陋。

风见我表情有异，说什么都不让我再在她家窗外待下去，自作主张地把我带到了一盏路灯上。灯盖有些热，让我感觉舒服些。这都要怪风！这个家伙什么都好，就是总也是冷冰冰的，就像我刚刚经历的两件事，跟它告诉我的那些快活事儿一点儿也不一样，让我的心里一阵一阵地打颤。我知道，我的旅行时间并不长，等我落地的那一刻，旅途就到达了终点。我多想能够去见识一下风曾经告诉过我的那些有趣的、令人感到甜美的事情啊！就像风曾经告诉我，有两位清洁工老人很相爱，他们总是会在路灯下相互暖着手，从他们嘴里呵出的热气简直能够融化整个冬天的冰雪。

说来也巧，我站在路灯顶盖上，恰好看见两个蹒跚的老人朝我这个方向走来。他们推着一辆三轮车，车上放着铁锹和扫把。老人在我待着的这个路灯下停住了，开始说话。一边说，还不停用脚踩着地上的雪，把那雪踩得"嘎吱，嘎吱"乱叫，听上去有些热闹。但这并不妨碍我听见老婆婆对老头子说："今天手脚利落点，早点把这段路上的冰清了。然后收拾收拾，等天亮人家一上班，咱就去把手续办了，把东西送回站里，临走了不能让人家说咱啥！明天儿子就结婚了，这些年，咱也是熬过来了！"老婆婆的脸，像极了树叶上混着雪粒子的冰，泛着路灯的光，张扬着，熠熠生辉。老头子摘下手套，把手在嘴边哈了口热气，宠溺地拂了拂老婆婆额前的白发，细心地把那头发塞在老婆婆的耳边，动作轻柔得像是在捏起一片羽毛。他笑着说："可不？时间过得真快，那臭小子都要结婚了。哎，我还记得当年你嫁给我的时候，穿的那件花褂子真好看。还有你那个大辫子，又黑又亮，还特别长，到膝盖吧？后来，有了咱儿子，你一咬牙给铰了，换了两袋米粉……""那时候没得吃，我没奶，怕亏了咱儿子！可一转脸，那头发，你居然又偷偷给换回来了……呵呵呵，现在，头发都白了，我也老了……""你老了，我不也老了。小两口懂事儿，婚礼办得简单，啥事儿也不让俺俩动手。可这越是不让帮忙，我这心里越是惦记着。咱还是早早把这路的冰清了，回去看看能给帮着做些啥……这些年，今天也是最后一天了！咱两个，'光荣退休'！回头让媳妇也给你脸上抹点儿粉，也年轻年轻！""你这个老东西，心思怎么恁活泛来……麻溜儿地，干活去！"果然，这两位老人是幸福的呀！风这个家伙，终究是没有骗我。我的旅途终究还是看见了"甜美"的事儿啊！

"吱——砰！"是放烟花了么？是幸福的烟花吧？我下意识地看向天空——好多夹带着冰凌的雪花在我身边迸开，有白色的，有黑色的，还有红色的！突然间，我失去平衡！咦，我是幸福地觉得眩晕了么？——我站立的路灯要倒了，喝醉了似的前后摇晃了几下，就径直扑向雪地，连带着把我也摔了出去。得益于我那比纸还轻的身子，我在半空中看见了真相——一辆红色的货车像钳子一样夹住了路灯基座。一个慌张的男人从驾驶座里跳出来。他抬头看了看碎了的车窗，又手脚并用地跑过去看着已经躺在路边的两个人——是那两个人吧？他们身上还穿着橙黄色的、带着荧光条纹的衣服——他们就躺在雪地里。怎么能躺在雪地里呢？他们不是要回去看儿子结婚的么？我看见那个从车上跳出来的男人，逃难一样奔回汽车，中间还被什么绊了一下的样子，踉跄着，半跪着拽着车轮爬进汽车，像只仓皇入洞的老鼠。过了好一会儿，来了几辆车，来了好多人，像搬家一样——抬走了躺在地上的人，吊走了卡着路灯的车，还带走了那个像老鼠一样的男人。

等他们忙完这一切，周围又开始安静下来，天也亮了。我躺在雪地上，越来越冷。实在是太冷了，把我所有幸福感都冻住了！这时，有个人走过来，他没看见我，一脚踩在我身上。"咔！"那是我身体破碎的声音么？"咔咔咔！"不，那，是我心碎的声音。

哦，对了，在我彻底碎掉之前，还有一个问题：你听过葡萄叶掉落的声音么？

银　杏

我始终觉得应该要有一方小院子。方寸之间，也一定要有一棵树。选什么树好呢？银杏！一定银杏吧！

春天。惊蛰的风夹带着雷，把银杏树惊醒。深褐色的枝干在凉风中打了个激灵，想伸个懒腰，没承想一使劲儿，倒把娇嫩的叶芽儿给挤了出来。像破壳儿似的，那些个嫩绿色的、娇滴滴的叶芽儿从树干里伸出胳膊，肆意地拉扯着风的裙摆，把自己可劲儿地往上蹿。但是血脉间的牵连哪有那么容易就割舍得了？风被拉得急了，死命地拽住自己的衣摆，失了形象风度地逃。于是，便连带着把树枝也拽得左倒右晃。

夏天。嫩芽芽终于从一张张黄绿色的小扇子，舒展成了深绿色的大扇子。叶片更宽，更厚了，也显得更加沉稳了，对待风的态度也不一样了，变得亲切。一阵风舞过，成千上万的绿扇子齐刷刷地发出"啪啪啪"的掌声。这些捧场的、热烈的掌声，让风受宠若惊。于是，风舞得更带劲儿了，"掌声"也就更加的带劲儿了，和谐的氛围也就在这样的互动中，随着气温日渐高涨。

秋天。经过了烈日的炙烤，厚实的绿扇子开始微微发黄，身板也消瘦了些，像是正在经历着锻造的金叶子，千锤百炼后慢慢便成了金箔。经历了时光雕琢的，总是会散发出高贵的气质。现在的金扇子，再也不会像夏天的绿叶子那样轻易给出自己的掌声，想要急着融入的样子。现在的金扇子，动作都是缓慢的、优雅的、内敛的。即便是风舞出了绝世惊鸿，它们也只是淡然一笑，"沙沙"地给几下鼓励的掌声，在生怕风这个晚生后辈产生骄傲情绪和生怕挫伤了风的积极性之间做着完美的平衡。

冬天。金扇子开始从枝头飘落，已经消瘦到了极点的身体变得很轻，轻到可以站在风的衣角上跳舞。踮着脚尖，从这片风，走到那片风，像沿着一道旋转楼梯，从容不迫地从高空走向地面。然后，躺在泥土上，望着自己曾经站立过的枝头，回忆着自己与风、与四季的交往，看着空落落的枝头在某个夜里被飘雪裹成第二年春日里湖边的芦苇，安然地任由自己的身体从金黄色变成泥土的颜色，再化为一缕精魂，沿着土地的血脉重新进入银杏树的躯体。

佛语：菩提萨埵，依般若波罗蜜多故，心无挂碍，无挂碍故，无有恐怖，远离颠倒梦想，究竟涅槃。银杏，一树四景应四季，四季轮回书一生。如银杏般，春华秋实，夏盛冬寂，存清净之心，淡得失荣辱。这一生，便当是最好的一生。

思念一座城

实际上思念一座城是件不太寻常的事。尤其是思念一座我从未去过的城，让事情的性质进一步转变成了吊诡。我之所以觉得思念一座城不太寻常，首先因为思念这个东西，并不经常发生在我身上。在我生命的单行道上，尽管与大多数同路人一样，经历了失去，渴望着复得，但，那些我深爱的人或者物，连入梦与我相见的意愿都没有。我只好将之归结于我对他们的思念不够。因而，那些无处不在的思念是不经常会发生在我身上的。

但我居然开始了对一座陌生城市深深的思念。讶异的我开始笃定，罪魁祸首是那清明时节滴滴答答的雨。应景似的，兀自下着，也不管别人是不是同样欣喜。当然，总有人是欢喜的，不然那些缠绵肉麻的语句就不会轻易地随着年轮似的水晕传递开去。但，主流的情绪应该是悲伤的。那雨又讨好似的变成了墓碑流出的泪，听懂了般回应着活人的诉说。在钱币被合法地焚烧后腾起的烟雾里，我被自己冷漠的眼神惊出一身汗。就在这个瞬间，我开始了对一座陌生城市深深的思念。

其实,我还在思考着另一件事情——为什么大家都非要在这几天里集中思念。其实,我更喜欢找一个周末,放下手边的俗事,带点酒菜,而不是鲜花,去看看先人。最好是有点儿阳光的周末——太阳能够让冷清的墓园看上去不那么寂寞,可以让墓碑周围的围栏更有温度,靠在上面,像是靠在宽厚的肩膀上。我们这里大多数公墓都是建在不高的山坡上,坐北朝南,好让这里的每一个坟穴都能接受到阳光的照射。实际上,我一厢情愿地认为,也只有靠着这些连接天地的光线才能穿越时空,把我们心里想说的汉字,一个个串起来,带到那一边去。雨滴,都是一颗一颗的,并不连贯,以至于我总担心这些质量堪忧的"信号"会浪费了我们那么深重的思念。

综上所述,思念一座城,确实是一件过于吊诡的事件,甚至吊诡到让我开始同情那个我思念的城市,也让我更加好奇——为什么是"它"?我开始搜寻所有与它有关的信息,像查字典一样进行检索——我看见了斑驳院墙上怒放的紫藤和同为淡紫色的臭桐花相互掐着架。我看见了弄堂里穿着白背心大短裤,一手拎着痰盂,一手牵着孩童的老人,用拖鞋跟那条不知道走了多少遍的路打招呼。我看见了鸡窝里上笼的母鸡,在安心趴下之前用警惕的眼神看了看鸡圈外面埋伏着的小孩。我还看见了洒在阴沟沿上的刷锅水和粘在墙壁上早已发硬发黑的面团……这确实是一座我从未去过的城。在那里,我找到一间老屋。门口站着一位老人,手里拿着糖糕,呼唤着我的名字……

终于,在泪眼中,我看清了那座城的模样——姥爷,我想你了。

作者简介: 黄敏,女,80后。工科女博士,却在文山书海里不知回头,灵感迸发时喜欢爬格子感动自己。虽无大成就,然初心不改,执着无悔,写作,一如既往地让生命希望着,美丽着!

白发吟（外二篇）

庞永力

　　下午有一点儿空闲，就去眼镜店。眼镜总有些花，看东西看不清。天生邋遢，镜片总擦不干净，其实是有了很多划痕。师傅一看，果然。换吧，二百元。

　　戴上新的，天地为之一亮。还好，不是因为年岁渐大花眼了。不料一喜之后紧随一悲：拿镜子一照，鬓角的白发已呈不可遏制之势。这一阵儿还是那么奔命，心情也多有不爽，难道真的落实到头发上了？也赶上最近没有好好照镜子，现在双眼如炬，真的是"高堂明镜悲白发，朝如青丝暮成雪"！

　　刚刚不惑，我已然刻意放缓脚步了，圈马向南山，不愿跟一些小人、恶人扯淡了，没想到它竟不肯商量。对于白发，还有血压、血糖、心脏等，我其实不梦想着能逃脱，只是想打个阻击战，延缓一下，随同龄人的大流儿，否则就有些慌张。老爹七十多了，从来不近视眼，血压血糖正常，我是怎样糟践的，后三十年将是怎样的破碎？面对他既委屈又有负罪感。

　　以前打击过某诗友，"人家美女是脸白发黑，您整个给倒过来了——脸黑发白"；其实我也是从小生得很中国的沧桑黑脸，比他小十来岁头发占着优势。现在我诚心地向他道歉！

　　以前总给一个老兄叫"老白毛儿"，怜他仍舞着一杆长枪杀来杀去；我不如是吗？以后再也不叫了。

　　另一老兄黑发羡人，我直接质疑；果然是染的——难道我也要留意什么牌子的黑发素了？

　　曾经庆幸自己毛发重，觉得秃、谢是问题；如果早早如霜似雪，还不如一片锃亮呢。

　　现在的白发好像两军阵前仓皇挂错的免战牌，造成了误解、影响了军心，我好多零件还正常运转呢！有必要澄清一下，要不给自己起个"白发花心郎"的网名？

　　从今以后，谁再说我落伍我不再不服了。继续写老气横秋的文字，继续留意晚暮的事物，继续尽量遮掩着自己的哀伤。

从今以后，饭局我应该坐主位了，否则你们就借给我钱，或是"干吗不还我的钱！"

从今以后，大家给我叫叔叔、伯伯、爷爷一类，我都认，都痛痛快快儿地答应！

你管我叫啥？

早起，第一时间奔厕所，坐在马桶上，却想起一个悠缓的话题：你管我叫啥？

琢磨的就是以血缘为基础派生出的称谓，我经常在脑子里盘桓一阵儿这个问题。小时候在村子里，爹娘总教导："见面要叫人儿，别蔫不拉几的，别弄差了辈分。"他们还经常讲解，该给谁叫啥，他是咱啥的啥。也有串门儿的考我们："你管我叫啥？"如果把该叫叔的叫成了舅，该叫奶奶的叫成了婶子，就会得到温和的纠正，他们有这个耐心。

现在想起来，那就是农村啊，三乡五里、连洼带地、四姑七姨，不像城市里的钢筋水泥，对面不识，谁也懒得搭理谁，也不用怕做下什么孽事被人嚼舌头、戳脊梁骨。

现在的家庭大多是独生子女，称谓更已模糊，记得附近幼儿园经常放一盘童声磁带："爸爸的哥哥叫伯伯，爸爸的姐妹叫姑姑，爸爸的爸爸叫爷爷……"诸如此类，这是最简单的，要连这个都迷糊，那真的头脑婴儿了。叔伯姑舅是最近的亲戚，计划生育当然利国利民，但副作用之一就是孩子们会逐渐不知"叔伯姑舅"为何物。叔伯姑舅是普通话，还有方言的叫法，我们那儿给爸爸的哥哥叫大爹（爸爸的表哥、非血缘哥哥叫大伯），爸爸哥们儿多且排行小的话，就大爹、二大爹、三大爹往下排；东北叫大爸、二爸、三爸——北京叫大爷，经常爆粗口："你大爷的！"想不通，这能有什么伦理上的杀伤力？

我经常顺着辈分思维往下排，那些弯弯绕儿难叫的，譬如：爷爷的姐妹叫姑奶，奶奶的姐妹叫姨奶，姥姥的姐妹叫姨姥，姥爷的姐妹叫姑姥——想着这些称谓，我的脑海里就会浮现少时在村子里遇见的那些张满是皱纹的脸。还有，叔叔的老丈人得随着堂弟叫姥爷，姑姑的小叔子随着表弟叫叔叔——随着思索火力的延伸，一时很宽阔，很有快感。

诸多关系，也有远近之分，譬如论爸爸这边叫人家哥，论妈这边就叫人家舅了，怎么办？看远近，哪边血源近随哪边。也有单论的，兄弟岁数相差不多，却是叔侄爷孙之差，处得亲密了，可能夹杂在一群人里拜了盟兄弟——当然，这叔侄爷孙得够远，嫡亲一两代的长辈你倒是敢？

出外凡二十年，也有称谓上的惊喜。一次单位招人，一个应聘女孩与我同县同乡，她打电话问家里，她妈说："那是你表哥呀！"一论，她的姥姥是我姑奶奶，是我爷爷的亲妹子，她妈妈跟我爸爸是姑舅表兄妹！住得远、岁数差得多，在老家儿乎没见过；她在我寄居的城市求学三年，我们对面不识。

前两天去外地，一个朋友找了一辆车，开车的司机一开始这样说："我姐夫让我来接你。"后来彼此话多了，又说："不是我的亲姐夫，是我亲姐夫的亲姐夫。"我立马儿开始盘算，称谓"原路返回"的话，司机就是朋友的亲小舅子的亲小舅子，也就是说，朋友的妻子是司机姐姐的大姑子。头脑一转，还是找坐标的问题：有一个孩子，给我朋友叫姑父，给这司机叫舅舅！一时顺畅，什么姐夫小舅子的，把人家都绕晕啦！

老家话里的文明词儿

夜深人静，在被窝里跟人微信聊天儿，用了一个词"宾服"，突然想到：这是俺们老家话啊。俺娘老说：做事要怎样怎样，才能让人宾服你。什么意思呢？服是佩服，前面的宾呢？立即查百度。有很多词儿说了半辈子，其实不知道它的来历与具体意思，好在现在网络发达，随时能查。

一查，这个家乡老话，不识字的俺娘也挂在嘴边的，却是够古老够文雅！宾服，古指诸侯或边远部落按时朝贡，表示依附、服从，后泛指归顺、服从，出自《管子·小匡》："故东夷、西戎、南蛮、北狄，中诸侯国，莫不宾服。"

乖乖！俺的老家河北肃宁，没山没水（地处白洋淀上游，以前水不少，这些年河道改了）少古迹，跟那些古都名城相比，总觉得心虚。与中国所有地方一样，肃宁也说着蹩脚粗直的方言。长大后进城，学了普通话，虽被老乡笑俺侉里侉气，却也觉得把很多字词念走音的老家话有些土气；至少在各地人士聚集的城市，还是熟练地说着普通话，普通话是一种规范，对别人也是一种交流便利——俺大学一位同学，坚持他厚拙的方言，俺几乎听不懂他说什么，后来，也就不做听懂的努力了。

肃宁，作为地名，本身就是被俺老乡们读走了音，不是严肃的肃，而说成"许"。多年在外，有人问起家在何处，俺会加解释：许宁，是严肃的肃，俺们方言念许。而俺一说肃宁，有人会说，不是许宁吗？在河间西边——河间就没这个插曲儿。三里不同音，肃宁南部有饶阳的僵直大舌头音，西部有保定的舌尖上卷儿音，中东部大部分村庄与河间、任丘、文安、大城诸县一个语系，张口嗯啊闭口俺的。

其实俺早些年写小说时，就探究过老家方言，土性拙直中充满了古老的文雅；比如河间，就是《诗经》文化的发源地，一方水土下不废古韵积淀，也不输给哪个。

像宾服这样的词儿很多，俺们把太阳叫作"老爷儿"，把月亮叫作"老母亮儿"，古来日月哺育之情立现。俺们把哭鼻子说成"提呼"，其实是啼哭；被检举告状说成"校蛇儿"，其实来自鹦鹉学舌，小时候在学校经常有这样的场景：你打提虎他咧，俺找老师给你校蛇儿去。还有，俺们把蚂蚁说成"别呼"，其实来自"蚍蜉撼树，自不量力"的成语——

深夜不睡，狂戳手机屏幕，急就此文，俺都有点儿宾服俺了；再想，还是想起老家的缘故。二十年在外呱呱呱呱，有时在深夜会突然流露出乡音；还有就是这人到中年，离叶落之际越来越近，乡音也从心肺的缝儿里，呈涌冒不可遏制之势啊。

作者简介：庞永力，不惑男，河北省肃宁县人，寄居廊坊多年。少年学诗，是一场单相思的副产品，搞不清为何把诗人作家当成了毕生理想。偏科落榜，不意读了河北作协廊坊师专作家班。毕业后继续偏向，当了二十年的记者，在这个行当熬白了鬓发。近年转向城市历史文化研究，秉承记者"从来不怕事儿大"之精神。出版有诗集、长篇小说、随笔集，获过新闻奖项，还有"中国报人散文奖"，鼓励我将文学与新闻进行杂交。现为中国作家协会会员、廊坊市作协副主席、廊坊市"杨家将文化研究会"常务副会长。

病房里的生命实验

刘世芬

　　因小疾住院一周。手术前，医生惯例似的询问：以前做过手术吗，住过院吗？不禁自喜：这几十年中除了生育，再无住院历史，平时虽也偶尔出现"故障"，但从未涉及手术。同学朋友里不乏医生，平时见到那些成群的白大褂，总感觉那与己无关，下意识里，自己与那片"白色恐怖"一直保持着一个安全距离。

　　无奈，竟难以与年龄抗衡，这下不得不与医院亲密接触。短短七日，目睹这个大社会中的小宇宙，慨自心生。

医　生

　　一直以来，每当谈及职业选择，我对自己有一个相当严明的"戒律"：会计和医生，这两个职业是我永远的禁地。十年前曾做过访谈栏目，总结出一个不成文的规律，双鱼座似乎与数字有仇，接触的几乎所有双鱼座都对数字先天抵触。我在读书时就初露端倪，数学成绩里，几何可以得百分，代数却勉强及格。记忆犹新的是，十多年前，由于会计临时有事让我代收仅仅二百多元的学费，最后却少二十元，自知这方面木讷，悄悄自掏腰包补齐上缴了事。就这样，会计这职业与我形成天然屏障。

　　会计虽繁复，在我想象中，似乎还可以在不得已的情况下硬着头皮瞄上一眼，而医生，却是别过头去，永世隔绝的态势。印象中的医生都是特殊材料制成的，对我而言那是一个极其冷静神秘的境地。每当看着他们往来穿梭，似观天人。

　　我的主治医生 L，不到四十岁，典型的医生形象，头发永远盘在脑后，白大褂一尘不染。令我敬佩的是她那副永远微笑和蔼的表情。病人千差万别，她却以一面视之，仅凭这温存的微笑，我已经在心里给她打 120 分。还有她的敬业和辛苦，每天早晨七点多出现在病区，晚上近八点不下班。有几次想问她的作息时间，终因她的忙碌不得出口。有一次她给我换药，随口问："当老师不错吧？"我想了想，转向她，郑重地对她说："先前也许无甚感觉，经过这几天比较，我觉得当老师比当医生幸福千万倍。"

医生这职业此生与我无缘。我没敢问 L 医生是否快乐，只欣慰于她的微笑。

对另外一个虎背熊腰的大个子外科男医（丈夫的朋友），终于提出这个稍有困扰的问题。"大个"1.82 米，虽外形粗犷，却不得不承认他先天行医的灵性与禀赋，人高马大的背后你总能感觉到一丝不易觉察的轻巧和细腻。他站在病床前，我好奇地看着这位大块头，努力想象着手术刀在他手里的模样。他平时主控大手术，割几分之几的胃和肝以及某某脏器是他的日常工作。我终于问他："你喜欢当医生吗？为什么选择医生？"

他的自然让我意外，瞬间明白这应是他经常遇到的提问，"为什么有人喜欢当刑警？因为破案自有乐趣。当医生也类似，比如同是肚子疼，原因太多，可是当你遇到一个疑难肚子疼，一帮医生一起破解，只有你找到了根源并用自己的手术刀将病源切除，还原一个健康人的时候，这就是成就感，与破案的感觉异曲同工。"

哦，医生＝破案！这在我听来实在新鲜。细想之下才释然，人体如此复杂，病症就是人体这个小宇宙的一桩案子呵！人制造的案子与人体制造的病案，同样需要破解，医生是这个意义上的刑警。

浅薄了不是！自己将医生当作安身立命的职业，而在人家心里，是将医生这行当作事业理想供奉的。

需要怎样的禀赋与天资？假如天下只有医生和农民两个职业供我选择，我会不假思索地选择后者。在我看来，用犁锄翻掀泥土比用刀剪切割体肤的感觉不知要美妙多少倍，尽管它们都有一个终极目的：为了生命的健康茁壮。当我闭眼想象闪着银光的手术刀，先自晕厥，干脆就去握锄把犁，并对提手术刀的医生们，从无羡慕。

护　士

那些妙龄的女孩子一身洁白，袅袅婷婷地从你身边来来往往，白天鹅一样。

但"护士"这二字，投射到我的大脑时，只剩了两个概念：手和针。

先说针。自幼晕针，女儿在婴儿时打各种预防针，我的动作让所有医生惊奇：露出女儿的半边小屁股，递到护士面前，我的头坚决地扭向旁边，不敢看。护士们嘀咕着：还不如孩子……

这次住院，强忍着，颤抖着把手伸给护士。注射还好，最恐怖的，要属输液。

再说手。眼下虚弱情况下，不妨自恋一把提提气：这双手不难看，许多人都曾在绝无恭维意义的背景下说过。在京期间一位时尚小妮还举着我的手端详半天，认真地说：你若年轻 10 岁，完全可以参加手模大赛，保证拿奖。的确，这双手无创伤无瑕疵，年轻时细嫩，现在虽有点"缩水"却也尚未变形。可是住院这一周，这双手碰到护士的针，却噩运连连。

手术前一天，输消炎夜。拼命压抑着恐惧，扭过头，将手尽量平静地伸给护士。她一针下去，大概没找准位置，又将针在皮肉里面像钻头一样几番搜寻，疼得我再也压抑不住，碍于年龄不敢大呼小叫，也不愿病友说自己娇气，一身冷汗在所难免，左手抓紧床沿，咬紧牙关，盼着她成功，不料，如此折腾一番，颤抖着问"好了吗"，她却说"好了"，我一喜，原来，针已经拿在她手上，拔出来了。

内心又一阵悸动，这意味着必须再扎一次。一直不敢看我的右手，任她摆布。还好，第二次终于在较短时间内成功。当正常滴液后胆战心惊地看向右手，吓我一跳，先前失败的那一针处迅速鼓起一个大包，小护士让我按住，却已经晚了，血源源地渗出来，很快那一片就青紫起来。

这才是序幕。第二天，手术前要输液，说是用"软针"，意思是这种针可以在手上安放 3 至 7 天，后面不用再扎针，我一阵狂喜，心想这下可解脱了扎针之苦！不想却惹下大祸。小护士扎前提醒说这种针比平时的要疼一些，我在内心悲壮地准备着。右手挂花，只好扎左手，左腕部一阵创痛，被告知"成功了"。心里安然，到底后面不用再扎。

第二天手术，麻醉过去，手上的疼痛也被麻醉许多。心想，皮肉之中有异物，疼痛一些也自然，不再深想。

次日，护士检查时，她也感到异样，液体流淌不畅，一番折腾，少不了又要忍受，这才滴液。可是快要输完的时候，我已经明显感到左手腕奇痛且肿胀。至此，异物在体内已三天，舒适也正常——我这样安慰自己。却不知早已跑针渗液了。

护士拆液时，说，哦，今天这软针不能再用了，因为你的手已经肿起来了。我还暗自惋惜，这意味着明天必须重新扎针。

拔掉软针，左手红肿着剧痛，一夜之后，已经肿胀成蘑菇状。疼痛难忍，不能碰触，连提被角、转门把手的力也不能用。医生护士们只吞吐着说是什么脉管炎，我不懂，医生们时而让热敷，时而又说没事。丈夫手忙脚乱地摆弄着我的左手，起初根本不见消肿且越肿越高。怨气、怒气油然而生，却与丈夫叹息一番又相互安慰着，可怜小护士们，她们刚刚参加工作，"不容易"，谁也有年轻生涩的阶段，别计较……

按照医生的日程，还要两天出院，意味着还要扎两次针。左手肯定不能再扎，也无处可扎。右手的青紫尚未完全褪去，护士只好找边缘来扎。还好，这次阴差阳错，碰上了个心理素质超强的护士小董。说阴差阳错，小董那天本不该扎我这个床，我的邻床是个超胖的病人，另一个护士捧着那只胖鼓鼓的手折腾很久找不到血管，这时小董扎完另一床路过，被喊住，结果，小董拍打几下，扎好了。

恰好我这床的护士不知临时去取什么工具半天没回来，小董见我们正等着，就问："是在等输液吗？"我和丈夫见状立即请她来扎，这小丫头，真过硬，我只是轻轻被"咬"一下，成功了。

就到了出院这天。

按医嘱，要输一瓶消炎药水才能出院。心想只剩一次了，肯定好对付。正想着，小护士进来了。我看了她一眼，鼓励地。就转过头，把右手伸给她。她准备一番，一针扎下，不太理想，又把针左右搜寻着前行，那种刺痛就像直扎心脏。钻心扯肺，眼泪还是流了下来，只是告诫自己不能像小孩子一样乱叫喊……至此我想，能扎成功也行！

啊，她却拔了出来。

我转过头，一头冷汗，心脏狂跳，虽不敢叫喊，肯定疼得龇牙咧嘴样子难看。小护士怯怯地站着，"真不好意思……"并让我按住针眼，她哪知道我的左手早已剧痛难耐形同"残废"。血不断涌出来，洇湿胶布，针眼处迅速鼓胀起来。丈夫告诉她，换人来扎吧。她答应着出去。

结果半天无人来。丈夫推门出去叫护士，正碰上护士长路过门口，她却脚步不停地说了一声：去找小董吧。

这下可把丈夫激怒了。他气冲冲找到医生办公室，对着一群医生说：13床不输液了，办手续，出院。

L医生正好没手术，仍是那副微笑着跟了出来，并找来护士长，说要让护士长扎。"你们看看这手还能扎吗？往哪里扎？"丈夫仍坚持让医生开消炎药出院。的确，经这最后一扎，我仅存的右手几乎全面开花，能找血管的地方的确不多。护士长此时一再安慰，说她扎应该没问题。考虑到消炎药的剂量与输液肯定不同，同意护士长来扎。还真佩服，护士长一针下去，我只感觉如蚊子叮咬一样，成功了。护士长嘟哝着：她们都说你血管太细，我觉得很好找嘛。

现在是出院第三天，我的右手青紫鼓包，左手依旧山丘模样。一直热敷硫酸镁，虽开始消肿，仍不灵便，敲下这些字的时候主要使用右手，相比之下，这只手只好充任主力。好在，凭借十几年的打字功夫，一只手也不太影响速度。只是这双手惹谁了呢，还"手模"呢，惨不忍睹。

大 家

家 属

从前在丈夫的部队，早已习惯当"家属"。"某某家属来队了。""这是我家属。""那个是某某的家属？"因这"习惯"，从未打量过家属二字。顾名思义，从属，归属？你到对方部队去，肯定从属。

这次住院，手术前做全部检查。有一天 L 医生进来问：怎么就你一个人？家属呢？

我一怔。太不习惯——我也有"家属"？

我告诉她很快就来。"家属来后让他找我，签字。"

哦，手术签字！这对我虽是首次，却在影视里见过。在这个特定的环境和职能中，原来，家属还有着这层关键的功用和意义——他（她）要对将上手术台的亲人有所担当，并做一些病人自己不能做的决断。

手术后，听丈夫说，手术过程中，医生出来两次，一次让他买一种便于麻醉的器械，一次是让他为切除我的某器件而做决定。即使在出院前，医生也拿着一张密密麻麻的纸要家属签字方可出院。

此时，才掂量这家属的分量。却发现，此家属并不同于彼家属。此时的病室，家属被赋予了平常意义之外的特殊含义，一种亲情、血脉、责任和担当。

有那么一个时期，我曾对独身异常追捧。等待手术时，我曾问 L 医生，如果病人是个独身者，该由谁来做家属？ L 医生说，很多呀，离异者丧偶者独身者人家一样要做手术，他的亲人都可以签字。

记得追随独身的那段时间与丈夫偶尔探讨时，遭到反击：你以为你一个人的时候自由啦，看你病了谁管你？

那时就想，反正有人管，亲朋好友总不至于袖手旁观吧。况且，哪有那么多病呢。

结果，就被言中。当一个人被无数管线绑缚在病床上，成为一个名副其实的"残废"，再佯装刚强也显得矫情，最好是听凭摆布任人"宰割"。此时的身边，有亲人守在左右，你必须死心塌地、心甘情愿地"从属"。

病　友

　　同室三个人，如隔床家属所言：13亿人中只有你们这三个聚在这个病室，也是缘分。

　　邻床是个50多岁的胖妇人。身高约1.6米，有一天一个护士给她拔除导液管，问她有多少斤？答210斤。

　　我在想象她平时占据的空间、体积和面积。

　　这位病友不多言，一天到晚总在睡。晚上的动静就不一般了，入睡片刻则巨酣如雷，说地动山摇绝不为过，且花样繁多，腔调多变，我甚至想隔壁病房肯定也能"分享"得到，不知可否申请吉尼斯纪录。那些晚上，除手术当天有些昏迷之外，其他都是眼睁睁到天明，白天抽空补睡。她的鼾并非一个节奏，一晚上不知要换多少频率。入院时带了一本书，眼瞪着天花板的时候就自嘲地想，这医院住得真值，读着诗书，还有人平平仄仄地伴奏：舍南舍北皆春水，但见群鸥日日来……

　　有时悄悄打量她，虽有臃肿肥胖的赘肉，但见她坐在病床上也是一身的安适、慈祥。她的丈夫高大木讷却心思细腻，尽心照顾她。这样一位远离韶华之人却生养了两个如花似玉的女儿，一眼之下就想起白雪公主：皮肤如雪，唇色如血，头发如窗户上的乌木……每当两个女儿出现，病恹恹的全室顿时一亮，我经常不由自主地温柔地注视她们，心情也愉悦许多。

　　她的大女儿29岁，小女儿23岁，均已嫁作人妇。大女儿怀里抱着一个两三岁的小男孩，病友经常用她粗糙的手拍拍小男孩胖嘟嘟的小手……当这一家人乐融融地围在一起的时候，我则产生瞬间的恍惚：病友如她的大女儿这般年华的时候，怀里依偎着的大女儿，肯定如小外孙这般大小，彼时的她……哦，似乎两个女儿，才提醒人们从她的清丽眉目之间寻找依稀的梦影，这才发现，原来她年轻时无疑也如两个女儿一般的风华绝代，只是眼下的肥胖苍老以及病态，将流逝的年华牢牢封存，人们才忽视了她昔日曾经的华彩。

　　这是生命的延续与轮回呵，父辈干涸下去，女儿们饱满得像果实期的水蜜桃。孙辈呢，破土不久，刚绽出苞芽，一路向天地伸展，生生不息。

　　这位病友患的是子宫癌，这是我们这个病室唯一令人沉重的病症，我与另一床病友看向她的眼光大概也多了些悲悯。她已是第二次手术，癌细胞已经扩散。她在我出院前一天出院，但在一周后却要再次住院，转入放射科继续放疗。目送着她离去的背影，慨叹着生命如此顽强，又如此脆弱，不禁悲从中来。

生　死

只有住在了医院里，才清晰地感知，生死之间本无距离。妇科的楼下就是产科病区，每天每时都会诞生新的生命。可是就在一楼、一室之隔，各种疾病，特别是癌症（这是全省著名的肿瘤医院），正在疯狂地将人吞噬。生与死，也许就在哈气之间。

病痛是生死的孪生。上帝也太苛责，亚当夏娃吃个禁果就罚人类如此沉重的偿付。他让女人承受生育的剧痛，让男人承担躬身劳作的疲累，还恶狠狠地说，要让人类疾病缠身……一直以来，我对医院那种事不关己、敬而远之的心态被彻底摧毁。当我被困在一团管线之中，这才想自己先前多么天真幼稚，大抵这世上的每一个人都不能自负地说：我永远不需要医生。此刻，我眼中来往穿梭的白大褂们前所未有的可爱、重要！庆幸这世上还有将医生奉为事业的那些人们，如果都像我，宁可锄地也不拿手术刀，岂不正中上帝的诡计么，想到这不禁一身冷汗。

由衷地感谢那些穿梭不息的白大褂们，感谢他们选择了这个令我畏惧终生的职业，感谢正有、还将继续有无数的人们前赴后继地选择进来。甚至，将我双手"毁容"的小护士们，此时在我眼里也格外可爱起来，她们是我心目中真正的"白衣天使"。

再转回上帝吧。上帝也难免百密一疏，倘若哪个子民被上帝疏忽了栽种疾病，一生硬朗，无疾而终，那是馈赠，还是遗憾呢？

作者简介： 刘世芬，笔名水云媒，祖籍河北省献县，现居石家庄市。党校教职，业余写作，现兼任石家庄市文联《太行文学》评论版编辑。作品散见于《中国作家》《读者》《文学自由谈》等报刊，同时被多家媒体转载，多次入选中小学课本读物。著有散文集《潮来天地青》《下一个航班》等。

行走篇

凄美而神秘的清东陵

关仁山

这一片皇家陵寝，是历史，是文化，是文化圣殿。这一片皇家陵寝，那是一个朝代的风云聚散，让我们与清朝的历史相识，给我们以震撼，给我们留下谜语、留下疑问，也给我们留下了无尽的思考。

我不是史学家，不能准确描述清东陵的历史，但是，每到这片皇家陵寝，都有畅想和思考，令我追思很多。其实，我不是每到一个地方都有畅想和追思的，到了这里就不一样了。

4月初的一天，顶着清明节的蒙蒙细雨，我随朋友到清东陵游览，再次看见了一片辉煌的陵寝。

清东陵位于河北省唐山市遵化境内，属于东北部燕山余脉昌瑞山南麓。陵区的15座陵寝是按照"居中为尊""长幼有序""尊卑有别"的传统观念设计排列的。清入关第一帝世祖顺治皇帝的孝陵位于南起金星山、北达昌瑞山主峰的中轴线上，其位置至尊无上，其余皇帝陵寝则按辈分的高低分别在孝陵的两侧呈扇形左右排列开来。孝陵之左为圣祖康熙皇帝的景陵，次左为穆宗同治皇帝的惠陵；孝陵之右为高宗乾隆皇帝的裕陵，次右为文宗咸丰皇帝的定陵，形成后辈陪侍祖先的格局，突现了"长者为尊"的伦理观念。同时，皇后和妃子的陵寝都建在本朝皇帝陵的旁边，表明了它们之间的主从、隶属关系。

清东陵的建筑恢宏、壮观、精美。这处由580多个单体建筑组成的庞大古建筑群中，有中国现存面阔最宽的石牌坊，五间六柱十一楼的仿木结构巧夺天工；有中国保存最完整的长6000多米的孝陵主神路，随山势起伏，极富艺术感染力；还有乾隆裕陵地宫精美的佛教石雕，令人叹为观止，班禅大师赞誉其为"不可多得的石雕艺术宝库"。另外，慈禧陵三座贴金大殿，其豪华装修举世罕见，"凤上龙下"的石雕匠心独运。那翩翩欲飞的龙凤，在眼前，也在远方的高处，像一个飞翔的幻觉，保持着隐隐的、充满贵族气质的美姿。

人们认为，慈禧奢华的陵寝，乾隆陵华贵的石雕地宫，还有满族舞蹈，永远是清东陵的"光环"。走到一个朱漆泥金雕花轿子前，我感觉到这古老的轿子是活的，有生命的。舞蹈不会说话，却把人间所有的话都说尽了。小时候，听老人们说，人是活不过树的；这里的人说，女人是活不过舞蹈的。所以，这里的女人从小就学跳满族舞，当她死了，舞蹈还活着。如今，华贵的皇陵还在。神奇的皇家陵寝讲述着历史的辉煌与沧桑，也埋藏了无数的故事与秘密。

陵园景区内，虽然葬有5个皇帝、15个皇后、136个妃子、3位皇子和两个格格，但只有西太后——慈禧老佛爷的陵寝是游客最集中的地方。

慈禧和慈安的陵寝统称为"定东陵"，名字很有气势，可如今却成了慈禧老佛爷一人独享的名衔。这是奇特的，也是顺理成章的。听介绍说，慈禧尸体在入棺之前，棺底先铺一层金丝镶珠宝锦褥，厚7寸，褥上镶缀着八分珠一百颗、三分珠三百零四颗、一分珠五百颗、六厘珠一千二百颗、米珠一万零五百颗，总共一万二千六百零四颗；大小红蓝宝石八十五块，祖母绿两块，碧玺、白玉二百零三块。在锦褥上，又铺一层绣满荷花的丝褥，上面五分重圆珠二千四百颗。在这层圆珠上面又铺一层佛串珠薄褥，上面穿缀着二分珠一千三百二十颗。在她头上边放置一个翡翠荷叶，脚下面放置一朵碧玺莲花，都是稀世珍宝。慈禧的陵寝格外引人注目，原因有很多，不仅因为她是历史上非常少见的垂帘听政、干预朝纲的"女太上皇"，也不仅因为她断送了大清王朝的一统江山，可能最主要的原因还是她生前、死后的奢华以及因为这奢华而导致的被盗墓、被抛尸的可悲下场。慈禧那座雄伟高大的、黄花梨木构件建造的、配贴金彩画雕砖扫金墙面、镀金盘龙立柱的"隆恩殿"，更是奢靡浮华的典范。据说，当年建造此殿堂时，仅贴金一项，就用掉黄金4592两之多。只可惜，殿内的镏金、镀金饰件在当年国民党匪兵盗墓的浩劫中，全部遗失了。

从慈禧陵墓的曲折故事中，我们感觉到，一个王朝的兴衰与人的命运一样，都几乎有命定的际遇。奢华与腐败留下骂名，加速了清王朝的没落，我们的切肤之痛是在清朝蒙受西方列强的侵略，那是民族的屈辱。但是，也是有因果报应。死亡先于肉体的，那就分外悲凄。如今我们注视着它，它速朽地离我们远去，而我们思索的是超越时空更加高远的召唤。在更重要的层面寻找王朝命运的华彩。我们知道，事物都有两个方面，清朝也有盛景，从清东陵反映出的汉学、汉教的建立，可以看出清王朝能够审时度势地根据自己的需求学习汉文化并保留本民族的长处，满族文化新鲜血液与汉文化交融后，为丰富中华文明做出了贡献。所以说，文化是我们生命的一部分，已经悄悄潜入人们的骨血。

文化不能忘怀，不能摆脱，就像不能赶开自身的形影。我看见了"清东陵"三个字，就感觉每一个字都像是散发着美丽光泽的珍珠。

给我们印象深刻的还有乾隆皇帝陵寝的豪华地宫。乾隆皇帝是清代最知名的皇帝之一，他生前几次下江南的壮举，被后人演绎得离奇而风流，各种"戏说"的版本数不胜数。不仅风流，这位皇帝爷也是大清王朝皇帝中最长寿的一位，这一点自然也被后人做足了文章。裕陵地宫入口上方的宝城城楼上，悬挂着一副明黄色的对联："风水宝地再逢盛世广迎四海客，古稀天子长享奉祀永佑五洲宾"，在宝城的前方设置有一处很考究的祭坛。据说，"拜祀乾隆皇帝陵寝"是清东陵清文化节的一出重头戏。

乾隆陵寝的地宫要比慈禧陵地宫宽敞得多，身边陪侍的几位贵妃也弥补了这位名噪一时的皇帝死后的孤独。乾隆地宫最奇特的当属地宫门板、墙面、拱顶上的佛教雕刻，雕工之精美令人称绝。那厚重的汉白玉宫门上栩栩如生地站立着菩萨罗汉，宽敞的墙面上用藏文雕刻着佛经，玲珑剔透，意境深远，甬道内墙壁上则是佛界"八宝"，总使人有恍惚之感，仿佛此刻身处仙境。幽深、美好、吉祥、从容，这样的画面，极具感染力。让我感觉到那是福地化心的境界。

凝视着这一片皇家陵寝，登上乾隆陵寝的最高处，看到那些花树，看见隐约的花朵，还听到远处守陵人后代若有若无的歌声。那歌声不仅能自慰，还能感动、还能呼唤。几句简单的吟唱，打开了我们的心扉，剔除了心中的不安和焦虑，抛弃了生活中的一些麻烦和尴尬。除此之外，还带来了无尽的思考。

绵绵细雨中，陵寝不动，花香随风而动。其实，每个人的心中都有一道光，都有一座陵，每座陵墓都有一个无法言说的故事。这里的水、树木和花，在绵绵细雨中格外神秘。那一种神秘美得令人无法驾驭。徜徉在站满石像生的神道上，总会有人重复着我们的足迹。这让人想到了一种奇迹：东陵看不到借鉴，也看不到模仿。这种罕见的纯粹性，才使它具有某种无从想象的丰富和华贵。有什么拨动了我的心弦，激动之余一下子熠熠生辉。除了这里辉煌的建筑，还有鸟语花香，还有一种美妙的声音显露出来。清东陵走进我们的生活时，它是随意、自由的，潜移默化的。人和陵墓进行的是穿越时空的心灵对话、人生感喟。陵墓是人的最后归宿，也是人的精神家园。我想，几百里之外的清西陵又是什么样子的呢？

东陵的花是香的，有时闻着却很苦、很苍凉。香到极致便是苦了，因为我的心一直走进了陵寝花海里。一座陵不挨着一座陵，一朵花不偎依一朵花，一个人不了解另一个人。陵墓看久了，我便不敢盯视残酷，要磨炼自己，不仅面对陵寝不要背过头去，还要在这样的陵寝景致中理智地纠正自己。

我很快就发现另一个欣喜，水雾中浮现一个巨大的石牌坊。我登高四下张望着——我的心颤抖了，怀念和寻找都变得渺茫和淡漠。我们在石牌坊体味到了陵寝的奇美，那不是应该享受的美，而是历史和自然对我们最大的恩赐。

抛开历史，清东陵的确是巧夺天工的美景，其实我想，看不见的风景才深奥无比。历史的深处还有我们看不见的风景呢。

今天，从表面看，风化的陵寝里没故事了，其实，我们在生活中面临重重困扰而不绝望，是因为我们在清东陵的美景里找到了共同信奉的人文精神。当你对爱、对一个约定、对一个信念、对生命的归宿、对人生最重要东西的背弃，伤及灵魂，几度绝望时，清东陵会告诉我们，人生在世，以简单应对复杂的思考也许会带我们走向顶峰。智者就在焦虑中衰老，形成新的墓碑。

清东陵在黄昏的光线中显得格外神秘，它宁静地站在那里看日出日落。夜晚来临了，我们住在那里。我回想落在陵寝上的星光，蓦然发现陵墓随着历史的烟尘，已经是大自然的一部分了。眼前的清东陵活脱脱有了生命。

清东陵散发着满汉文化的气息，文化是民族的根本，失去文化便意味着民族的消失。那一条条登山的小路，就像一条条绵长不息的文化长流，奔腾不息，灼灼闪耀。

我仰视这里的每一处经典建筑，深切感受到，腐朽是怎样化为神奇的，曾经的磨难，曾经的奇迹，曾经的辉煌，都打上了不可磨灭的烙印。

清东陵三天下一场"浇陵雨"，雨后的晴空格外明亮，像被擦洗过一样。阵阵微风凉凉爽爽，像有一双偌大的手掌在执扇引风。

清东陵的确是一块难得的"风水"宝地。北有昌瑞山做后靠如锦屏翠帐，南有金星山如持笏朝揖，中间有影壁山做书案可凭可依，东有鹰飞倒仰山如青龙盘卧，西有黄花山似白虎雄踞，东西两条大河环绕夹流似两条玉带。群山环抱的格局辽阔坦荡、雍容不迫，真可谓地臻全美、景物天成。当年顺治皇帝到这一带打猎，被这一片灵山秀水所震撼，龙颜大悦，当即传旨"此山王气葱郁，可为朕寿宫"。从此昌瑞山便有了规模浩大、气势恢宏的清东陵。

走在陵寝里面，导游介绍说，这些古老的陵寝最早的距今已近400年，最晚的距今也已百年了。它不仅反映了从清初到清末陵寝规制演变的全过程，同时也从一个侧面记录了整个清王朝盛衰兴亡的历史。面对这样一个以建筑形式存在着的历史，谁能不感觉自己的渺小而对它肃然起敬呢？

我站在孝陵石牌坊前，就像见到了阔别已久的亲人，仿佛看到束辫垂于脑后、着马蹄袖袍褂、两侧开叉、腰中束带的壮硕男儿和头顶盘髻、佩戴耳环、足穿高底花鞋、身穿宽大的直筒式旗袍的窈窕女子，在朝我或豪爽大笑或掩齿而笑，绵绵思绪恰如一汪清泉水润心润肺，直抵心灵最柔软的部位。我踟蹰沉思，是什么东西支撑着石牌坊在百年风雨里挺立至今而不倒呢？我想，唯有像石头一样坚硬无比的笑傲群雄的奋争精神，乃一个民族不死的灵魂啊！

孝陵石像生最南端由一对石望柱作为前导，往北依次为：狮子、狻猊、骆驼、象、麒麟、马（立、卧）各1对，武将和文臣各3对。孝陵石像生是清代早期石雕作品，线条明快，刀法遒劲有力，立者威猛凶悍，卧者安然恬静，给人一种强烈的艺术感染力。而其中的6对人物雕像所着服装、佩饰又都鲜明地反映出那个时代、那个民族的独有特征，为我们研究满族服饰、风俗提供了很好的物证。孝陵石像生不刻意追求形似，而注重神似，其风格粗犷、雄浑、朴拙、威武，气度非凡。这组石雕对称地排列在神道两侧，南北长800多米，构成威武雄壮的长长队列，使皇陵显得更加圣洁、庄严、肃穆。

是谁曾以无限的爱心来等待，等待这一次的相聚？听说为了修缮皇家陵寝，政府拨了专款。在一尊狮子石像生跟前，我见到两位举着锤子的老人，一个清瘦，一个略胖，他们正在一块石板上进行雕刻。他们两人目光清澈，气定神闲，从他们的举手投足间，我们可以看出，两位老人是一对老石匠；从他们的眉眼间，又可以看出，老哥儿俩对清东陵怀有刻骨铭心的虔诚与依恋。

出于职业的习惯，我主动上前与他们搭讪攀谈起来。"老哥，是当地人吗？"两个老人一起抬头打量一下我，清瘦的老人摇摇头，回答说："我是满族人，家住马兰峪。"遇见老人，亲近感油然而生。我凑到他跟前，笑着问道："请问您贵姓？"他答："满姓席乌拉齐氏。祖上出自乌拉部，乌拉部灭亡之后，归顺清太祖。隶属满洲正白、镶白、镶蓝旗。清初期入关，乾隆年间调防直隶蓟县，晚清时期取冠汉姓解和李，我免贵姓李。"我又问略胖的老人："您是汉族人，为什么选择在满族人祖先陵寝之地工作呢？"老人笑了，他将着下巴上花白的胡须，声音洪亮地说道："满汉一家亲嘛，自古以来，各个民族都是亲兄弟，今天又有党的好政策，我们还不更亲啊？"是啊，清东陵是一部用砖、木、瓦、石写就的清王朝盛衰的历史。孝陵的建筑反映出清朝定鼎中原初期财力不足，但是雄健古拙、规模庞大的石像生动威武；景陵和裕陵体现了"康乾盛世"天下太平的时代特征；而定陵和惠陵又是清王朝一步步走向衰亡的写照。它们好像一本大书，既有我们这些后人继承的东西，也有我们值得汲取的教训，历史真的是一面镜子，我们得经常照一照走过来的脚印啊！我这样想着，看见两位老人的两双大手紧紧地握在了一起。满族老人告诉我，他们老哥儿俩有个约定，谁先死了，另一个就给他雕刻一块石碑。我听了为之一震，感觉有一道光亮冲上来，冲上了天际，照亮了我的心灵。

我深情注视着守陵老人的眼睛，从中读懂了清东陵获得后代人默想的心灵资源。春天的阳光打在我的脸上，竟让我有一种莫名的激动和伤感。悠久的清东陵，似乎超出了本身，成为一种文化的象征，必将与各族民众一同呼吸，长久地雕刻在我们心中，最终成为超越龙凤图腾的圣殿，变成一座满汉文化的精神圣殿！那是值得珍视和回忆的宝贵财富。

作者简介：关仁山：1963年2月生于河北省唐山市。中国作家协会全委会委员，河北省作家协会主席，中国作协书画院副院长。主要作品有长篇小说《日头》《天高地厚》《麦河》《白纸门》《唐山大地震》；长篇报告文学《感天动地——从唐山到汶川》《执政基石》；散文集《给生命来点幽默》；中篇小说《大雪无乡》《九月还乡》《落魂天》；短篇小说《苦雪》《醉鼓》《镜子里的打碗花》；散文《塔河路的畅想》等。十卷本《关仁山文集》已由花山文艺出版社出版。

长篇小说《金谷银山》已由作家出版社出版。目前正着手创作百万字长篇著作《雄安雄安》。作品曾获"第五届鲁迅文学奖"、中宣部第十一届全国"五个一工程奖"、第十四届中国图书奖、第九届庄重文文学奖及香港《亚洲周刊》世界华文小说比赛冠军等。两次获河北省十佳青年作家称号。长篇小说《麦河》入选2010年中国小说学会年度排行榜。《日头》入选中国小说学会2014年小说排行榜。部分作品被译成英、法、韩、日等文字，多部作品改编拍摄成电影、电视剧、话剧、舞台剧上映。

爱的水滴（外一篇）

张　虹

　　早晨醒来，因为多日在外奔波，正不知身在何处，突然听见哗哗的水响，我本能地大喝一声：谁在那里浪费水，赶紧把水龙头关了。大约是我的声音过于锐利，声调也过于惊诧，先生嘴里含着牙刷奔出来探向卧室门口，问道："怎么了？我在洗漱呢。"其时，他已关了水龙头。看见他一脸的莫名其妙，我才清醒过来，也才知道，我的整个思维还停留在南水北调库区，我的全部情感还沉浸在"水"的纠结里。我说你刷牙最好用半杯水，洗脸最好别把水龙头开得那么大。你知道水是多么珍贵，知道水源地的老百姓为了一江清水送北京做出了多么巨大的牺牲吗？先生说，"呵，你这趟采风可没白走啊，成了水的守护神了。"

　　我没理会他的调侃。

　　我的思绪回到遥远的河南南阳，回到2011年5月14日那个忧伤的早晨，回到女记者赵川那张抑郁而消瘦的脸上，回到她那沙哑、缓慢的声音里。是的，是她给我们讲了一系列移民舍小家为大家的悲壮故事以后，是她给我们讲了许多移民干部为移民而做出巨大的牺牲之后，沉痛地说道：作为亲历了移民大搬迁的记者，我最想对所有人说的是，请你刷牙时只用半杯水，洗脸时别把水龙头开得那么大。

　　我的思绪回到淅川，回到2011年5月15日那个感情浓得化不开的会场，回到那位叫作冀建成的中原汉子讲述移民搬迁的艰难而泣不成声的情景里，回到那位叫作向晓丽的女乡长谈到移民搬迁的艰难时那沉静的悲伤里。他们说，党的移民政策真好。移民真伟大。移民干部真可爱。一江清水送北京真难！

　　我的思绪回到郧县，那葬身库区水底的府城，以它庄严的历史诉说着它为国家建设所做的牺牲，使我们不由得对这里的山水心怀敬意！那扎根山区县十八年的县委书记柳长毅，以他对移民群众的深情，使我们顿悟：南水北调移民的最大功绩在于密切了干群关系，唤醒了广大干部对人民的感情！我至今记得他的诉说。他说在26批次亲自送本县移民外迁时那种内心的撕裂和两难的心境很难受，一方面舍不得他们走，一方面为了国家利益必须送他们走。直到今天，在千里之外，我似乎还能听见他沉重的叹息：舍不得！我真的舍不得他们走。他们为南水北调做出的牺牲太大了，移民太伟大了。

是的，"移民万岁"就是这样喊出来的。在丹江口水库的轮船上，在烟波浩渺的丹江口库区，市移民局局长孙建文给我们讲了这样的故事：在某县县委书记向他报告第一批移民顺利上路的喜讯时，他立即发短信向他表示祝贺，并高度赞扬了他们的工作。对方在沉默了许久之后，回了这样四个字。

让1431公里南水北调的长河记住这四个字吧！让库区的青山绿水，库区的云彩和空气记住这四个字吧！让每一颗承受北调的清水滋润的心灵，让每一寸承受北调的清水浸润的土地，让我们，永远永远地记住这四个字吧。

分管移民工作的南阳市副市长崔军是怎么说的？他说，在南阳，南水北调移民工程是各级党委政府的一号工程。在实施这个工程的过程里，我们强调的是绿色政绩观——把政绩融在绿水里，将丰碑刻在青山上！铁的信念，刚性的口号，铿锵有力，撼山动岳！

我还记得他那小小的愿望。他说，当库区移民工作画上句号的那一天，他什么也不想，不想去游山玩水度假，不想去学习深造，就想找个清静的地方痛痛快快地哭一场。

我还记得，目睹他的全部辛苦与焦虑的记者对他说的那句朴素然而感天动地的话语：我陪你，陪你一起哭。

在那些倾听库区移民故事的圣洁时刻，我相信所有的作家——参加中国作协赴南水北调工程采风的作家，都流下了滚滚热泪。那是一个个爱的泪珠和爱的水滴交融的神圣时刻；那是一个个心灵被纯化、精神被提升的时刻。爱与水，纠结在人们的思绪里，翻滚在人们的情感河流里，绚烂出思想的火花。

在那些走访库区移民、目睹移民群众响应国家停建令，十几年住在低矮的茅屋里，忍受等待的煎熬，生活在贫困的感受里，我相信每一位作家都受到了心灵的震撼。

在参观现代化、城镇化移民新村，走进结实美观、宽敞耐用的移民新居时，我相信每一位作家都感受到了党的"和谐移民"政策的温暖，并且为南水北调库区的移民们深深地舒了一口气——为他们所受到的优惠政策，为他们所受到的无微不至的关怀，为他们门前那充满温情和体恤的一棵柿子树、一棵桂花树而高兴，为他们崭新的学校、完善的体育设施、良好的生产生活发展出路而大声叫好。是的，再没有比老百姓过上安宁康泰的好日子更让我们安慰的了。日月永存，青山常在，只有劳苦大众的幸福生活值得文学永远关注！

走进48米的大地深处，感受雄伟的穿黄工程那一眼望不到尽头的隧道时，我相信，没有一位作家不为建设者们的奉献与牺牲而叹惋——那是一个个抛家别舍的孤独的日日夜夜，那是一个个在大地深处不见日月的苦苦劳作的日子。

呵，原来，建设者的奉献是那样的具体，它意味着，父母在千里之外的担忧，妻子在每一个黄昏的倚门守望，意味着儿女的殷殷期盼，意味着所有亲人心里的呼唤。

呵，原来，"牺牲"是这么实际的一个词汇，它隐喻着，移民干部劝说移民搬迁时每一次焦虑的守候，隐喻着他们承受委屈时的每一次隐忍和宽容。

呵，原来，"舍小家为大家"是这样悲壮、这样特殊的一个词条，它包含着近四十万库区移民要离开他们祖祖辈辈生活的热土，背井离乡到陌生之地去安家落户，包含着他们情感深处永恒的疼痛和辛酸。

从故乡到异乡，回望旧屋被推倒时那心碎片片的悲伤；回望那带不走的庄稼、橘树、鱼塘、猪鸡牛羊时那泪流成河的情景；回望那追赶移民车队的狗群的悲壮；回望那熟悉的山川河流以及空气里流动的气息时那断肠的眷恋；回望村前的老榆树所蕴含的乡村文化永远逝去时那难以言说的疼痛，真所谓"衰兰送客咸阳道，天若有情天亦老"。世界上，再没有比库区大移民更为悲壮惨烈的情景了。

伟大，就是这样产生的。

我们被感动。

我们被震撼。

我们被一滴水里所包含的殉难的品格和无言的牺牲所深深地打动。

我们被一滴水里所包含的深深的爱意所纠结。

我们心疼。

《圣经》里有句话：一切都会过去，一切都会倒下，唯有爱挺立不败。这就是南水北调的全部情感意义——它为我国干旱的北方，为京津冀地区送去的绝不仅仅是水，而是爱的乳汁与生命的河流。它的精神意义会挺立不败，永永远远滋润我们干涸的心田。

车行在中原大地一望无际的麦海里，行走在水源地郧县、丹江口的绿水青山间，我们时刻都能感受到那深掩在麦浪里的焦渴、忧伤与欢愉，感受到那流淌在绿水里的悲壮和伟大。

我觉得我就要走不出这种情绪了，南水北调情结将成为永恒的泉源流淌在我的生命里，汇聚在我的灵感里，激发我的创造力和想象力。我得记住移民的伟大、移民干部的可亲可爱，并尽其所能，为他们歌唱。我得记住这爱的水滴里所包含的全部心酸和史诗般的壮丽，从此在刷牙时只用半杯水，在洗脸、在每一个用水的细节里尽量、尽量地节省。

我也想和河南日报的记者赵川一起呼吁，所有的人啊，请珍惜、珍惜这爱的水滴。

我也想与和我一样喝着汉江水成长、并健康地走过了半个世纪岁月的作家梅洁一起轻轻地说一句：我的汉江，我的美丽的汉水呀！

神鸟再现

　　八月的一天，我和女友正站在南沙河里戏水。黄昏的南沙河水浅沙净，薄暮轻扬，白鹭在沙渚上安详漫步，两岸绿树葱茏，美轮美奂。突然，神迹出现了，一群朱鹮飞过来——它们和传说里一样，翅膀下一道美丽的彩虹，鼓翼翔飞，天鹅般的高贵从容！它们先是两只飞过，我本能地喊道：啊，朱鹮！接着，有五只飞过来，如一片祥云掠过，整个天空都被映红了。女友喊：快拍照！我却傻傻地看着它们飞向远方。

　　朱鹮是神鸟。我故乡的人们说，朱鹮和凤凰一样，凡人是看不见的。不知道我们怎会有这样的幸运，居然看见了一群鼓翼翔飞的朱鹮。

　　我久久地呆傻着。不明白这传说里的神鸟怎会突然从头顶飞过，那么贴近、那么灿烂、而又那么遥远！朱鹮啊，我梦中的吉祥鸟，你真的回来了吗？你真的带着人们的梦想和祈愿回到我们的生活中来了吗？

　　三十年前，国家宣布朱鹮为濒危动物，全世界只有 7 只，栖息在秦岭深山里。据说，它们消失已有 17 年之久，科学家们寻找多年，行程 5 万多公里，足迹遍及 13 个省市，最后才在汉中洋县姚家沟找到了它们的踪迹。也许是因为它的最后栖息地在我的故乡，也许是因为它承载了我美好的愿望，我对朱鹮格外关注。故乡的人说，二十世纪五十年代，汉水之滨到处飞翔着朱鹮，是大炼钢铁砍掉了它们栖息的大橡树，田地里又遍撒农药，朱鹮无法生存，才飞进了深山。

　　曾经，为了梦中的神鸟，我去流浪去追寻。那是 1986 年初春，我受种种传说的诱惑，于西安回家途中半道下车，先大安镇、汉水源头嶓冢山，后洋县，一意要寻觅朱鹮的踪迹。我跟着一个哑巴向导进入洋县国家级朱鹮保护区，一路在桦树林里徜徉，在金水河边看草鹿子喝水，与长尾巴的锦鸡一起在阳光里漫步，尽享了大自然的美妙。可是，来到保护站却是乏味的。保护站有北大的教授和研究生们驻守，专门观察研究朱鹮，山坡上架一个高倍望远镜，一天 24 小时，朱鹮们的所有动作行为都要记录在案；产卵期，为了防止天敌干扰，他们还要在森林里日夜守护。实话说，现实里的朱鹮跟传说中的神鸟大相径庭。它们是些灰白色的大鸟，粉颊长羽，看起来有些疲乏，没精打采地在山谷的冬水田里走来走去，看不出有什么特别之处。动物学教授说，这是数量太少，种群近亲繁殖造成的。但它飞翔起来依然美丽非凡。我问，你看见过它们飞翔吗？教授摇头说没有。有人建议我敞开华丽的风衣引诱朱鹮飞翔。认为这鸟也许同孔雀一样，比较虚荣，爱跟人比美。我用各种姿态展示了风衣，但朱鹮无动于衷。我们在保护区整整待了七天，却没有看见一只朱鹮飞翔。至此，我产生了怀疑。也许，神鸟朱鹮只在人们的传说和想象里。

然而，事实上它的确是存在的。被誉为鸟类"东方宝石"、被看作人类"吉祥鸟"的朱鹮，不仅存在，而且分布广泛。一个曾经飞翔在中国、日本、俄罗斯的鸟类种群，突然形只影单，只剩下7只，这实在是自然界的大悲剧。记得1978年，当科学家们在秦岭深处发现朱鹮时，整个世界为之震动。它的生存状况曾使整个人类关注和焦虑。

朱鹮是高贵的！它对生存环境的要求很高，喜欢山谷、河边、冬水田和人群相对稀少的幽静之地，喜食冬天水田里的泥鳅。朱鹮又是最为淳朴的！它所要求的生存条件恰恰就是自然和谐、安宁祥和、无污染、无噪音。人类破坏了自然界的和谐，它就遁世了。它是在抗争，还是在以这种方式昭示种群的高贵？因了它宁洁勿滥的品行，我对它心存敬仰。是的，一只鸟也可以飞翔出一种不容亵渎的神圣和尊严！

为挽救朱鹮，国家花了大气力。先后建立了多处人工繁殖培育基地，禁止砍伐秦岭山地的橡树，禁止在田地里使用化肥农药，等等。那时我曾怀疑这些措施。现在看来，国家的政策极其有效。一个重要的事实是，朱鹮的野生种群已经壮大到200多只，人工培育也很成功，国家建立了朱鹮野化放飞基地。我们今天所看见的朱鹮，就是它回归自然的希望之光。

我为我的南沙河庆幸，是它自然和谐的美景引来了神鸟的光顾，是它水浅沙净的美丽给了神鸟光顾的理由。唯愿神鸟给更多的地方带去祥云，唯愿朱鹮的种群日益壮大，飞翔出整个地球的和谐与安宁。

作者简介：张虹，中国作协会员，陕西省作协副主席。主要从事小说、散文、诗歌、报告文学创作，出版文学作品12部。作品曾入选《小说月报》《小说选刊》《中篇小说选刊》《中国年度最佳小说选短篇卷》《二十一世纪年度中篇小说选》等。曾获首届"柳青文学奖"、第四届"特区文学奖"等奖项。

高阁临江少年行（外一篇）

董培升

一路南下，过南昌城，第一个想法就是去看看滕王阁，还有那个翩翩少年诗人王勃。

滕王阁位于赣江、抚河交汇处，江面宽阔，波澜不惊。滕王阁历经29次兴废，眼前的六重滕王阁为二十世纪八十年代重修，高大魁伟，气冲云天。作为一方名胜，这里素有"求财万寿宫，求福滕王阁"之说，自古就是南昌人登高祈福之佳处。拾阶而上，仰视高阁如有朝圣之感。来此游历吟咏的文人墨客有张九龄、白居易、杜牧、苏轼、王安石、朱熹、黄庭坚、辛弃疾、李清照、文天祥、汤显祖等，群贤毕至，群星闪耀，这是一场文学的朝圣，也是一次文化的盛宴。

爬到最高层凭栏远眺，赣江滚滚远去，江水与长天一色，无不心潮涌动，浮想连绵。里面有阎都督当年夜宴宾朋的巨幅壁画，有苏轼书写的《滕王阁序》全文，对面是南昌新城区，一座座高楼大厦拔地而起，昭示着城市的现代气象。"今朝花树下，不觉恋年光"，只是大唐已远，唐风亦走，"君在天一方，寒衣徒自香"。历史随江水远去，而有时候历史的痕迹又总是用长镜头拉回眼前，一次次的放大，使之变得清晰而真实起来。

王勃出身望族，祖父王通是隋末著名学者，父亲王福历任太常博士、雍州司功等职。翩翩少年，意气风发，恃才傲物，有一腔抱负在胸，有一身壮志未酬，根据杨炯《王勃集序》上说："九岁读颜氏《汉书》，撰《指瑕》十卷。十岁包综六经，成乎期月，悬然天得，自符音训。时师百年之学，旬日兼之，昔人千载之机，立谈可见。"

十五岁那年，王勃上书右相刘祥道："伏见辽阳求靖，大军频进，有识寒心，群黎破胆……辟地数千里，无益神封；勤兵十八万，空疲常卒……飞刍挽粟，竭淮海之费……图得而不图失，知利而不知害，移手足之病，成心腹之疾。"全文抨击时弊，明确反侵略、反扩张。刘祥道阅后惊为神童，向朝廷表荐，对策高第，授朝散郎。

生在大唐，作文赋诗既光荣有趣，同时也兼具风险，李白如此，王勃也是如此。

文华早露，少年入仕，王勃的前路密布的是陷阱与泥沼。但若没有文学，王勃也许会沦为一个轻狂放浪、任侠使气，喜欢斗鸡走狗的纨绔子弟。唐沛王和英王尤喜玩斗鸡，一次兄弟俩组织斗鸡大赛，沛王即命王勃写斗鸡檄文助威。王勃不知轻重一挥而就《檄英王鸡文》，谁知这篇文采飞扬的檄文很快被人"转发分享"，一时"爆屏"。唐高宗读到这篇檄文勃然大怒，下令将还在沾沾自喜的王勃解职，逐出了长安。

王勃虽然选择平生以天下为己任，但他作为诗人是优秀的，投身政治却是稚嫩的、不成熟的。王勃离开长安后，先是南下入蜀，遍游蜀中万水千山，"平生诗与酒，自得会仙家"。四年后，王勃听友人陆季友说虢州多药草，他很想去，便设法做了虢州参军，第二次走上仕途，又因擅杀官奴当诛，遇赦除名，其父也受累贬为交趾令。上元二年（675年）春天，王勃从龙门老家南下，前往交趾看望父亲。一路经洛阳、扬州、江宁，九月初到了洪州南昌。

同一条江同一片天同一处楼台，看到的风景却是不一样的，皆因心境不一样气度不一样。跟我一样，王勃也是路过南昌。那天为九月九日，恰好赶上阎都督在滕王阁宴席会宾客。事前，阎都督已命女婿作一序文以向宾客夸耀，又佯作客气请宾客写序，大家纷纷推辞，落个顺水人情。王勃一是心性耿直，二是初来乍到也不知其中玄机，竟也不辨根由，接笔书丹。阎都督霎时变脸，佯装换衣服，起身回到内室。暗派下属窥探王勃的文章，随时禀报，如若有失，有王勃好看。王勃之文，以其不平之慨，抒盛世情怀，发为雄文，尽浇胸中之块垒，显示出他对世道人心的深刻体悟。尺素一张张传来，屏风后的阎都督一页页看得仔细，其文辞之讲究，情感之真挚，思辨之敏捷，越来越奇妙。阎都督不禁惊呼："真乃天才！"

最后，王勃写完"阁中帝子今何在？槛外长江空自流"，故意漏了"空"字，然后把序文呈上阎都督，便起身告辞。阎都督发现后甚是奇怪。旁观者你一言我一语，各抒高见，这个说是"水"字；那个说是"独"字，皆难尽原意。阎都督赶紧命人快马追赶王勃，请之补字。王勃的随从告知来人："我家公子有言，一字千金，望阎大人海涵。"来人返回如实报告，阎都督心里虽然不悦，又不想落下话柄，亲自带银两赶到驿馆。王勃接过银子故作惊讶："何劳大人下问，晚生岂敢空字？"阎都督听此依旧不解其意，王勃接着解释道："空者，空也。阁中帝子今何在？槛外长江空自流。"大家闻听无不拍手称绝。

古往今来，绝少作家诗人封闭一域缘木求鱼的。屈原、陶渊明、谢灵运、徐霞客、李白亦莫不足迹天下，饱览大好河山。当然，还有王勃。由此可见，文学不仅是用手写出来的，也是用脚走出来的。

在他短暂的一生里，大部分时光都在路上奔波旅行。从长安城到岭南，看遍了千万里河山，他的每一个脚步都是那么急匆匆的，甚至没有来得及想想是从何时出发的，是什么在催促他向前奔去，又是什么让他不肯好好停下来脚步，这只有诗人自己知道。不过，我想王勃还是过于急迫了一些，都没有来得及擦拭一下淌落的汗滴，更没有来得及审视一下自身，千里万里，且行且著。自南昌至岭南广州，已是晚秋。稍作停顿，顺便去宝庄严寺（今六榕寺）进香。其时，寺内舍利塔正好修葺一新，寺僧仰慕王勃文名，请之撰写碑记。王勃欣然应允，再作一惊艳巨作——《广州宝庄严寺舍利塔碑》，碑文足足有 3000 余字，乃至今中国文学史上已知篇幅最长之碑文。

王勃此去就再也没能回到出发的原点。据说，越南宜禄县原建有王勃墓及祠庙，1972 年被美军飞机炸毁，今存王勃雕像。关于诗人溺水之死，也存有不同说法，无论是在去交趾之前，还是在返程的途中，是自杀还是失足，皆为好事者的猜测而已。真相有时候并不重要，重要的是他留下的诗文华章，还有为那英才早夭的一声声叹息：也许是为自己后悔将王勃贬出长安，也许是真的爱才惜才，唐高宗得知王勃溺亡的消息后，喟然长叹三声："可惜！可惜！可惜！"

好的文字，浸入了满满的回忆的味道，会让人想起某些人，某些事，某些景象。我望着滚滚的江水，在想他落水的那一刻，是否看到了自己的过去与未来？是否是真的是无所羁绊，有点累了，像屈子那样用死来诠释诗人最后的呐喊。

喜欢王勃是从其"海内存知己，天涯若比邻"开始的，到"落霞与孤鹜齐飞，秋水共长天一色"真是崇拜备至了。据导游介绍，王勃作文有一怪癖，先磨墨数升，然后饮酒至醉，蒙头呼呼大睡，再复醒来，即拿过笔来写完全篇，不改一字，速写成文，被人称为"腹中写稿"。我不知道其说是真是假，但听说很多大材之人也多有怪癖。比如：巴尔扎克每天写作要喝 50 杯咖啡、爱因斯坦走路爱捡吃小蟋蟀、狄更斯是一个恋尸癖、席勒爱闻烂苹果的味道……这些怪癖，并不耽误他们横溢的才情，看客也权当笑料。

好在美文尚在，好在美酒总香。滕王阁该是幸运的，遇到了少年王勃；王勃也是幸运的，遇到了激情四溢的时代，青葱王勃"壮而不虚，刚而能润，雕而不碎，按而弥坚"，走马天涯，道时代未道之情愫，在奔波中追寻着大唐的速度与激情。

一个生气勃勃的王勃，留下太多的疑问与叹息，也在那个澎湃的大时代里，用最铿锵的鼓点敲击出生命的强音。我想，这就是唐朝的风范，唐朝的品质，更是一种绵延千年而不绝的精魂。滕王阁好似一座大唐丰碑，风华绝代又贯通千古，每一个到此朝圣的文人墨客，都好似打开一卷唐风诗韵，不论出发或是别离都留有华文美诗，不矫情也不颓唐，言有尽而意无限、意有尽而情悠远。

迷醉三峡源

出门旅行，在意的是沿途的风景，更在意看风景的心情，南津关大峡谷就是这样一处有趣且好玩的地方。它位于宜昌市西陵峡北岸的下牢溪流域，为长江三峡的源头之一，传说大禹之父鲧治水时曾将孽龙锁于此峡谷水底，自古就是"雄当蜀道，巍镇荆门"的天然关卡。据《山海经》所记，"黄帝生骆明，骆明生白马，白马是为鲧"，鲧为中华始祖黄帝之孙，为纪念鲧之高德，所以又得别名"白马大峡谷"。

进入大峡谷，仿佛进入了一个神秘的动植物王国。这里群山环抱，绿植肆意攻城略地，水是绿色的，石头也是绿色的。其中长有独树成林的楠木，有野生腊梅，有五百年树龄的古柏，有枝繁叶茂的藤萝，还有各类叫不出名字的奇花异木。由于峡谷空气清新，环境幽雅，蝴蝶和蜻蜓如精灵一般透明，色彩斑斓芬芳飞舞，沁人心脾。潭池里鱼儿虾蟹自由欢快地嬉戏游乐，绿树上百鸟尽情地施展歌喉，山谷里还时常出没着猕猴、野猪、旱獭等珍稀动物，无不彰显了一种强大的生命力量。据说，这里被全国网友评为"中国十大户外探险经典线路"之一，有"三峡、六瀑、九道关、十八潭、三十六峰、七十二泉、一百零八珍稀生物"，我们一行十几位驴友慕名而来，只顾着欣赏四周的风景，虽然谁也没有悉心的清点，自然也不会放过每一处景致。

哗哗的流水声在峡谷里荡漾，声音的源头在哪儿？我们追寻着声音一步步深入，溪流由缓而急，大小瀑布沿峡谷蜿蜒分布，不时跃到眼前灌入耳膜。泉流奔突，溪水潺潺，声响如歌，瀑布飞溅，水雾茫茫，尤以黑潭瀑布和"红颜落泪"最为著名。黑潭瀑布是瀑中有潭，潭下有瀑，潭瀑相间，声如洪钟。"红颜落泪"是因为岩壁上长满了红色的苔藓，瀑布就沿着岩石壁缓缓落下，似红颜美女在抚琴吟唱，千丝万缕如珠帘垂落，随风飘拂轻纱起幔，使得草木树叶都水灵灵的，像在阳光的照耀下闪烁的眼睛，令人置身"万条垂下绿丝绦"的诗意之中。

峡谷内自成小气候体系，四季水量丰沛。刚入峡谷还有一小段距离的暗河，不久溪流变急，要想穿越就必须跳潭越流，跨石攀岩，时而一步一步走过独木桥，时而抓住铁链从岩壁上攀援而过，可谓步步小心步步惊心。峡谷九曲回肠，时而怪石嶙峋，绝壁阻遏；时而峰回路转，景观壮阔；越往深处去，碧翠般的溪水越透亮，沿途潭池里大大小小的石头上，都被厚厚的青苔包裹着，把水拥得特别静谧、安宁。正因为苔石湿滑，一不小心就容易滑倒摔跤，所以宁肯要手脚并用也不敢丝毫大意。脚踏在圆形铁环上，手抓在铁链上，身贴在岩壁上，我们小心翼翼地向前挪动，才涉险过关。几位灵巧的旅伴，一边关心提醒着身后的同伴，一边教会彼此帮助协作，这让我们收获的不只有风景，还有友情和关爱。溪水浅处不过大腿，深处已经漫过腰身了，胆大者干脆跃入冰凉的水中，蹚过溪流。性情中人忍不住喊上几嗓子，峰回谷应，用快乐穿透旅途的疲劳和胆怯，兴高采烈地完成了此次峡谷穿越之旅。

大峡谷像一条卧龙，绵延曲折十几公里通向了三峡库区；最窄处三五米的样子，宽处则有几十米，两岸峭壁高耸，隐天蔽日，依旧保持着封闭的原生态峡谷环境，景区创设者除在峡谷外围铺设必要的行道外，核心区域均保持着原生风貌，让审美情趣与自然浑融无迹地和谐统一起来，既看得出匠心独运，却又不露人工雕琢的痕迹。偶然会从峡谷上面洒落几缕雨丝，如柳絮飘飞，你也不必惊慌，也不必打伞，放眼仰望，会有一圈圈斑斓的霓虹出现，又给峡谷添上了许多动感的诗情画意。尤其是假期已过，游人稀少，让我们远离俗世的喧嚣与嘈杂，独享峡谷的蕴藉含蓄与意味隽永，里面新鲜空气更觉清爽无比，实在是再惬意不过的事情了。

一直沿着清澈的溪流行进，我们在峡谷里蹦着跳着说笑着，尽情嬉戏玩闹，像一个个孩子。探头向潭水里瞅瞅，借着偶尔光照的反射，把小鱼的影子投射在底部的岩石上，静静的，纹丝不动，有人调皮地"扑通"一下子扎进了深潭里，激起肆意飞溅的水花。几位淑女也忘记了矜持，深情地放开了歌喉，跳起了舞蹈，惊起的飞鸟也来凑热闹。不知谁从包里拿出一壶老酒，要为眼前的美景添点味道，大家传递着美酒，不时地开着玩笑，又痴迷地望着美景，眼里溢出的笑意映着愉悦的满足。

欣赏每一处的风景，享受每一刻的感觉，时间似乎也过得飞快，天很快就暗了，在这么迷情的峡谷里，大家都似乎有点飘飘然了。

我们恋恋不舍地走出南津关大峡谷，山村的道路两旁红红的樱桃挂满了枝头，宛如一幅温馨的江南春绿图，而峡谷风情还不时在脑海里闪现，让我们回味着陶醉着。我想，这一切都源于对原始自然的保护，才能给我们带来心灵抚慰；我们每个到此来过的人，只有加倍爱护它、珍惜它，那一份美丽才可以永远传递下去，才能有更多的人享受大自然的恩赐。

作者简介：董培升，祖籍邯郸，现居石家庄，主要从事散文、评论创作，作品见于《作品》《长城》《当代人》《中国书画报》《中国美术》等报刊，河北美术研究所研究员，河北省作家协会会员，河北省文艺评论家协会会员，代表著作有《遥远的凝眸》《国风墨韵》《弄潮渤海》等。

水意百里峡

文　浩

五一长假，到涞水野三坡的百里峡游玩。

百里峡这个名字，给我的第一印象就是如长江三峡一般，两座雄伟险峻的大山之间，有澎湃湍急、浩浩荡荡的江河穿流而过，而有"百里"这样的奇景，该是何等的叹为观止！

然而，身临其境，才知道，原来是自己妄想了。

虽然同样是"峡"，但百里峡同三峡的气象却全然不同，不但性格迥异，在我眼里，连性别也是不一样的。

三峡的雄伟，长江的壮阔；三峡的浑厚，长江的汹涌；三峡的磅礴，长江的力量，虽然长江历来被誉为"母亲河"，但这一切，却充分展示出长江三峡那种气魄非凡的男性阳刚美。

而百里峡则不同，虽然她也有"双崖依天立，万仞从地劈"的险峻豪气，但是，里面却没有气势恢宏的大江大河。当然，也有水，可毕竟只是"水"，毕竟只是潺潺流动的溪水，是幽幽静静的潭水，是风情万种的瀑水，根本与"奔流到海不复还"的江河不可同日而语。

不免有些失望。

不过，随着与路为伴的涓涓细流，逆流而上，渐行渐深，失望经这峡谷中的水的滋润，很快变换为了一片恬静怡然。

百里峡的水不喜张扬，缓缓的、静静的、清清的，完全是一派阴柔淑静的女性美，即使有峭壁怪石，也只能算是在柔美之外的巾帼之姿了。

这并非空穴来风。

行至海棠峪，一尊石刻的"海棠女"像便映入眼帘。很久很久以前，这个名叫海棠的美丽女孩，同年迈的爹爹住在百里峡。有一天，父女二人上山砍柴，一只猛虎忽然出现向爹爹扑去。海棠为了救爹爹，只身与猛虎搏斗，待父亲召来众乡亲，合力打死老虎，海棠已奄奄一息。乡亲们抬着海棠下山救治，沿路洒满滴滴鲜血……最终，海棠还是香魂零落。来年春天，洒过鲜血的路上开满粉红色的鲜花。为了纪念勇敢的海棠，人们便叫这花为海棠花，而这条峡谷也即名为海棠峪了。

而眼前这尊秀美的、和小鸟亲昵的雕像，真的使人很难与搏虎救父的壮举联系在一起，就像很难想象险峻嶙峋的峡谷中，竟然会有这样轻柔婉约、如透明绸缎般的溪水。如果说美丽的海棠花是女孩血染的风采，那么，这蜿蜒迂回、伴路缓流的溪水，定是顺着女孩秀美的脸颊流下的一行清泪——自然不是因畏惧死亡而流，这一定是留恋的泪，留恋于奇峻的山峰，留恋于葱茏的树木，留恋于美好的尘世，更留恋于自己深爱的爹爹……若说山如性格水如人，那就不难理解，为什么在这样一个柔弱娇羞的女孩体内，竟能爆发出如此惊人的勇气和力量了。

如果清溪是泪，那峡中大大小小深深浅浅的潭，便是女子柔柔的眼波了。

百里峡的潭既有几分朱自清笔下梅雨潭那"平铺着，厚积着的绿"，也有些许柳宗元墨间小石潭那"日光下澈，影布石上"的澄澈透明。若将这一绿一澈两个迥异的潭叠加在一起，便是百里峡的潭了。是的，百里峡的潭既不过分的绿，又不无限的清，用心怀春事的少女的眼波比喻，是最恰当的了——有着少女的清纯，也有着对爱恋悄悄的困惑和迷离在里面。如果你用心地、深深地盯着那些潭看，也许能感觉到爱情那若有若无的青涩呢。

不只有溪、有潭，还有瀑。

百里峡的瀑仍然继承着溪和潭的柔美——或者说，正是因为这瀑的柔美，才造就了那溪那潭古典的美吧。在这瀑里，你不会找到庐山瀑那"飞流直下三千尺，疑是银河落九天"的激情飞扬，也寻不着黄河壶口瀑布那"涌来万岛排空势，卷作千雷震地声"的惊心动魄，更没有贵州黄果树瀑布那"涧迸珠玑云雾弥，戈横甲胄角弓鸣"的恣肆汪洋。她甚至都不能算是"瀑布"，因为不管是"爽心瀑"，还是"连心瀑"，都似条条白练，在丛丛翠树掩映下，有的由山腰斗折蛇行，蜿蜒而下，有的径直下垂，顺滑如丝，不管怎样，及山脚时，都是散作流苏，飞溅成雾成雨。自然没有那些"伟丈夫"般瀑布的冲天豪气，只因她本不属于草莽英雄，而只是妖娆绸舞的女子肩上手中的长绸，飘逸灵动；或者是倩女甩出的长长的水袖，诸般心事，欲说还休，也许这"水袖"的源头中还藏着只纤纤玉手，等着谁来相携吧。

天色将晚，我们也出峡回返了。等等啊，等等，再让我看一眼这多情的奇女子吧！于是，回首处，映着夕阳余晖的山水间，犹有一个脸颊红润、明眸柔媚的女子，舞着水袖，款款而来……

作者简介：文浩，京津走廊腹地一书生。案牍劳形间，不忘钩沉于历史烟海；俗务缠身时，偷闲恣肆于文字天空。喜于喧嚣中品古典之静美，醉于红尘里觅诗意之栖居。愿以淡泊简化生命，以朴拙厚重人生，以随性邂逅梦想。从学生时代开始写作，近年来潜心于历史文化随笔创作，独辟蹊径，把诗词与历史相融合，以诗词释放历史醇厚之味，以历史赋予诗词开阔之魅。已著有《回首萧瑟处——探寻宋词背后的历史尘烟》《龙套也疯狂——小人物的大历史》，其《回首萧瑟处》一书先后被《光明日报》、新华社、中国青年网、中国文明网、凤凰资讯网、甘肃日报等多家媒体专栏推荐。

回家的路（外一篇）

张贺霞

徘徊于城市与家乡之间，一晃已有二十多年。

我家是离县城不远的一个小村庄。村北是有名的津保公路。据说是日伪时期修的，从天津到保定。离我们村较远，遥遥相望，能看见公路边一排黑黝黝的大树。也能看见公路上时时跑过的汽车。村南也有一条公路，是县城通往各乡的乡路，上世纪七十年代修的。这条乡路离我们村近，不足五百米。公路上常常有马车、牛车走过。

村南村北的公路都有土路与我们村相连，是村人走向外界的通道。

小时候，车少，看公路很宽，土路也大。无论到什么地方，总是一双脚跑了去。偶尔村子里来一辆送信的电驴子（相当于今天的摩托车），我们一群孩子就会里三层外三层地围过去，看稀罕。电驴子一跑一溜烟儿。孩子们就起了哄追在后面，喜欢那好闻的汽油味。

长大后，上了班，代步工具换了自行车。北边津保路上的汽车也多了起来，南边乡路仍是马车、牛车地走着，偶尔也过几辆拖拉机。孩子们再见到电驴子已不再新鲜了。

后来，调动工作，去了城市，村边的小路淡出了我的生活。不过，久离家乡，难免想家，想得久了，长了，就化作了一种愁，这份愁，就跟那条不长不短的回乡路连在了一起。

偶尔回家。村北公路上的汽车逐渐多了起来，村南公路上已不见了马车、牛车。拖拉机、电动三轮车来回跑着，偶尔也有了载客的汽车、拉货的卡车。

村边的土路还在，家家有了拖拉机。耕种，拉肥，收秋，拖拉机已成了必备的农具。村里已难见耕牛和驭马，许多人家的孩子开始向往外面的世界，人们已经不再把自己跟土地捆得那么紧了。

村里杨姓人家开了一个皮件厂，张姓人家经营着一个食品厂。更有杂姓人家的子弟们，成立了一个建筑队，闯京下卫，到城市里盖高楼大厦去了。

再后来，有了私家车，回家不再是多难的事。

村南的乡村公路还在，只是少了马车、拖拉机的来来往往，更多的是那种带棚拉人、带斗拉货的电三轮，小型货车与小客车也日渐多了起来。儿时眼里那条又宽又亮的柏油路显得窄了，小了。

村北的公路也在，且愈加忙乱了，一天到晚，车流如注，稍有不慎，便会堵你没商量。

不知从何时起，村南村北的两条土路已经红砖铺地，一直蔓延到街心。往日尘土飞扬的乡村已经焕然一新，外墙嵌瓷砖或水泥的一排排新居，间或也有几座小二楼矗立。勤劳的二大爷荷锄走过，腰板挺得直直的，说是去耪那两亩玉米地。老爷子已经八十了，三儿两女都已成家，重孙子都有了，儿女子孙都在外地，据说都有买卖。老爷子并不缺钱花，就舍不得那几亩地，年年种上玉米豆子，自己不吃，卖钱花。

村里杨姓人家的皮件厂已经初具规模，张姓人家的食品厂也创出了牌子，出现在城市大商场的超市。杂姓人家的建筑队任老板已经在天津安家，俨然是大城市里小有成就的成功人士了。更多的青壮年弃乡入城，加入了农民工大潮。

人们更加淡化了农耕，小麦已经不再有人播种，粮食蔬菜，完全依靠购买。只有夏秋季节，等天下雨，播种一季玉米。且从耕种、播种到秋收，直至脱粒，完全实现了机械化，曾经风靡乡村的拖拉机，几乎成了稀罕物。农民的夏种秋收，是花了钱请专业人员来弄的。许多殷实人家，也有了私家车。农家的孩子们，已经不会锄刨耕种了。

狗年春节回乡，我已然找不到回家的路。村东村西，宽阔的两条水泥马路直通村中。南街北街，也是崭新的水泥铺地，甚至街心的小广场，修建了一个漂亮的健身场，安置上各种健身器材。犹豫间，看到一个正在健身的老嫂子，兴奋地攀谈起来。她告诉我，现在村里已经没地可种，说是全部包了出去，有包给镇里的，一亩地一年500块钱，种树。也有包给个人的，钱多一点儿，种大棚。孩子们打工经商赚钱，留下老人孩子在家，孩子上学，老人打牌健身，晚上也跳广场舞。农村空气好，生活清闲，强过城市了。

老嫂子娓娓讲着，一脸的满足。很想问问老嫂子：爱种庄稼的二大爷身体可好，他是不是也放下了锄把子，去了城市？

光阴荏苒，似水流年，改头换面的村路，逐渐模糊了我的乡愁……

梦里寻她千百度

早就听说古北水镇很美，有塞上小江南之说，终于有个机会，我们去了古北水镇。

小镇多是一两层古建筑，青石砖墙，雕梁画栋，飞檐反宇，亭台楼阁。到处氤氲着古朴而华美的气息。小镇多数房前屋角都种着爬山虎，一挂挂红绿相间的叶子从屋顶垂下，为小镇平添了许多生气。有些房屋后面竖立着两块长石，两块方石，想必是拴马石和上马"凳"吧，这不禁让人想起这里自古是兵家驻地，家家养马，户户屯兵。

古镇售票处仍然是仿古建筑，一栋高大的两层古建筑，青瓦朱门，红漆柱子，彩绘雕梁，顶层是四角翘起的飞檐式小楼。青瓦，四角房檐反翘，雕着龙头，两两龙头相对，中间隔着五尊小兽，龙头小兽遥遥相望，栩栩如生。

售票处入口有两个，一个是陆路一个是水路。我们选择了水路观光。一路前行，小桥，流水，人家。一幅幅江南水乡的画面迎面而来，人坐船上，景随船走。我们穿梭于水巷、青山之中，看小桥流水，游古槐长廊，恍若到了江南。水镇的建筑也是多仿江南风格，据说有的还是从南方整体搬运来，照原样建筑，最大限度地保留了原建筑风貌。因此，古镇被人们称作塞北江南便也是不虚传的了。

我喜欢沿临建筑的小窗。这些窗户的隔扇、槛窗做得轻盈通透，十分吸引人注意。尤其是那些支摘窗，更透着北方建筑的灵气。

支摘窗打开必有一支杆。支杆做得随意，用得也随意。不知怎的，这支杆就让我想起了《水浒传》中潘金莲滑落在西门庆头上的那一个叉帘子的叉竿。因了这一个小小的叉竿，成就了梁山第十四条好汉。

倘若潘金莲不是有夫之妇，西门庆不是泼皮破落户，如果这是一对金童玉女，叉竿相会，也许成就的便是一段千古佳话，如司马相如与卓文君，凄美而又浪漫。

且不说《水浒传》中的那个叉帘子的叉竿，古北水镇的这种支摘窗确实富有诗意而又浪漫。包括精美的窗棂，半开半掩的窗扉，悬挂于沿河的青石墙上，给人无限遐思。

乌篷船从窗底划过，吱吱格格的桨声和着汩汩水声沿河淌过，想必那窗后的妹子也坐不住了。临窗偷看，一河的风景尽落眼中，羡慕着远方的繁华。其实，这轩窗美女何尝不是远客眼中心中的风景啊。咔嚓咔嚓，拍客们的机子里已经装了太多太多的古北的风情。

水上人家总能吸引游客的好奇。与房屋连成一体的阳台，临河处随意支起几根木头，算是篱笆围墙，有门，也是几棵木棍搭就，虚掩着，篱笆门下是通向水面的石阶，三五阶的样子。主妇们可以随时推开木栅门提了篮子去水边洗衣洗菜。河水清清，掬一把洗脸，想必是一天的疲倦就顺着河水淌走了。

小河上桥多，有半月形、拱形还有多耳形状。各式小桥横卧河面，为这古镇平添了几多情趣。乌篷船从桥下穿梭，桥东桥西，转换着街景。临水的街门，探出水面的阳台，青石的墙壁，雕花的房檐，栩栩如生的角兽。间或青山绿水，间或高墙壁垒，以及从青石高墙上垂下的长长密密的爬山虎。船行河面宛如穿越在二三十年代的江南水乡。随着吱呀的摇橹声，河面上那种娴静而古朴的气息由此弥漫开来，氤氲着的是水乡江南的浪漫。乌篷船在这一份古韵中飘荡，人在旅途，匆匆而浮躁的心慢慢地慢慢地沉淀了下来。

美，随游船飘过，景，随流水入心，人，被美景征服。

古北水镇，可是我在梦里去过的地方？

作者简介： 张贺霞，女，教师。喜欢读书写字，有作品发表于报刊及网络。

走过黎坪仍念想

杨常军

1

踏着晨露走出溢香的校园，心还在西大校园陶醉，人已被车子拉过了秦岭，进入陕南汉中盆地。

我是陕南人，生活在秦巴山区绿色的摇篮里。相对陕北学员而言，我并不向往回到陕南去采风。可是，去汉中黎坪，我的心情莫名地有点儿小激动。当我们陶醉在景区的美妙之中时，对黎坪的崇拜就像粉丝对明星的崇拜一样，达到情有独钟的程度。

对黎坪景区我是充满自信走进的，我相信她的美丽和相信计算机联网时代，不担忧算盘涨价，确信无疑。走过黎坪，我对黎坪的自然山水由衷敬仰。在我心里，这里的每一处风景和诸多著名风景区一样，有她独特的或大同小异或自然或人文的美，其视觉效应和感观效果都很舒坦。

2

还是回到黎坪景区，说说我心中的黎坪是何样的美丽。

黎坪属于汉中南郑县辖区，南郑县和汉中市隔江相望，这江叫汉江。听导游讲解，就是这条江滋养了汉中，奠定了汉朝四百年的基业。事物总是以一种报应关系存在，昔日汉刘邦以汉中为发祥地，从此汉朝、汉人、汉族、汉语、汉文化等称谓传承至今，使今日汉中拥有了"天汉"之称的美誉，成为国家历史文化名城。南郑的一部分，属大巴山山系。大巴山的阴柔绵延造就了黎坪的天生之美，这是可想而知的。

从南郑去黎坪景区，虽然路漫漫，由于车爬行在满是绿色的山水间，满眼的绿让人忘却了路的遥远。伸向景区的路是大"S"与小"S"拼接的链，虽然崎岖了点，可是路边开满丁点儿大的小白花、小黄花，像绣花的地毯随路延伸，如此奢侈华丽倒是饱了路人的眼福。

车子一会儿盘旋而上，一会儿盘旋而下，像是接受山的检阅，水的洗礼。轿车载着我们，飞驰在这条通往景区的链上，浪漫轻盈，轻松翻过三座山。

黎坪的水不是水，她是大自然的琼浆玉液。西流河、玉带河、七星潭，不论是默默径流，还是冲石飞浪；不论是积水成潭，还是飞泻成瀑，都清澈妩媚，纯净如玉。水在这里，成了蓝天俯视自然景物的眼睛。

黎坪的山是大地的雕塑。如果说这里的水是柔情灵秀的女子，那么这里的山就是帅气可人的小伙儿。这对儿阴阳和谐元素构成的天然美景，那是自然纯情唯美恩赐。你看，四亿年前形成的中华龙山，天然之绝妙奇景，如巨龙腾飞，如神龙畅游，神形逼真，让人叹为观止。天书崖，自然之经典巨著，收录岁月流年之逸事，收尽万千气象之奥秘，真像导游朗诵的那样："阅古读今云漫漫，陈情触景水悠悠。"还有海底石城的奇异石景、鹿跳峡的故事、玉女峰的传说，就连那些看似普通的一草一木，既彰显了自然世界鬼斧神工的精美创意，又体现了人类热爱大自然，赞美大自然，保护大自然的人文情怀。

3

写黎坪美景，不得不写几笔黎坪百姓农耕的事儿。

在去黎坪的路上，一个场景至今总在我脑海里浮现，也是这场景让我产生了写作的欲望。在西流河岸一块叫不上小地名的田野里，靠河边一头儿，一位老人正扬着牛鞭，赶着一头老黄牛耕地。那黄牛鼓足了劲儿低着头，伸长脖子，弓着脊背勇往直前。老黄牛身后的犁被犁后面的老人稳稳地扶着，老人虽不停地挥舞着牛鞭，嘴里还不停地哼着，走、走，可是牛鞭并没有抽打在牛身上。牛和老人的目标是一致的，他们每走一步，都是为了脚下那片翻新的土地。

同在一方田野里，靠公路的这边儿，一位年轻人也在耕地。他不是赶着黄牛，而是扶着"铁牛"突突个不停。年轻人耕地的方法没有按照传统牛耕那样，犁过去又犁回来，来回画直线。他是转着圆圈儿机耕，绕着圆的内壁一圈比一圈小地画着，直到画至圆心。机器耕地不比牛那么悠闲，直观感觉年轻人征服机器不像老年人驯服耕牛那样轻松，可累是累点儿，劳作效率明显高于牛耕。

这或许仅仅是年轻人和老年人不同的劳动方式，老年人习惯于走前去再反转回来，来来回回地循环往复。而年轻人不管这些，他重视效果，只画自己的圆。

看到这一情景，让我对黎坪的百姓生活十分羡慕。时下对农民来说，基本不存在买不起像那位年轻人耕地的机器"牛"，很大程度上，养一头耕牛一年的成本费用差不多就能买一台小耕地机。我觉得他们是学会了生活。农村改革后，他们把农耕当作一件惬意的事情去做。他们唱着四季歌，不受任何外加条件约束，只根据季节变化，按照自己的闲忙程度，安排自己劳务。忙了需要赶节令了，就用机械操作；农闲了就放缓速度，用牛耕作。这种悠闲的劳作几乎成为他们享受生活的方式。他们在自己的田野耕作，悠闲自得，与世无争，吸清新的空气，吃无公害食物，日出而作，日落而息，多安然呀！

我是农村长大的孩子，上小学时就参加过集体劳动，在基层工作那些年，经常走进田间学习劳务，偶尔时间允许便操作犁把爽快一回。在黎坪景区看到这一幕，这是我久违的少年生活的片段，是我记忆的乡愁，这是不同时代农耕文明难得一见的"同期声"，这是现代农耕与传统农耕的鲜明对比。虽然他们不是风景，却胜似风景，他们是黎坪景区独特的风景。

4

返回的时辰，是一个雾气弥漫山头的早晨，湿漉漉的空气压得很低很低，让人对阳光朗照寄予期盼。

山里的太阳睡得早起得迟，没等阳光洒向丛林，我们就离开黎坪转向另一个景区。车在林荫下清洁的公路上不紧不慢地走着，打开车窗一股凉风袭来，顿时有种凉到心底的感觉。就在这时，车内有人窃窃私语，说陈忠实老师去世了，目光中写满伤感、愁闷和不希望这一消息是真的。这无疑是为留住先生而对先生的留恋。

车行驶到景区广场（进景区的入口），陈老师与世长辞的消息已在网络媒体登载，西北大学文学院杨乐生老师当即组织大家，站在景区广场面向西安，向陈老师默哀致敬。随后取消其他采风议程，直返西安。

在离开景区的瞬间，回头看看绿水青山，留恋之情油然而生。毫不掩饰地说，这时的留恋有对自然美景的留恋，也有对人生苦短的眷恋。我们珍爱生命、热爱自然之美也好，崇拜金钱、奢望权贵也罢，不论哪种人，不论我们有多大的能耐，都无法挽留宝贵的生命和带走丰厚的财富，而唯一能留住的就是灵魂。人是这样，自然也是这样。

人有灵魂，山水也有灵魂。美好的东西，人们不是留恋它的外表如何好看，而是敬仰内在的高尚灵魂。人都有留恋的心，就看我们拿什么来让人留恋。人对自然美景的留恋，是自然美景可以净化人的心灵。在离开黎坪时，我忽然明白了我们为什么舍不得陈老师的离去，还有那些和我一样，一拨一拨来黎坪游览的人们，在离开这里的时候，总是放慢脚步留恋不想离开，原来我们都在等待灵魂回归。

作者简介：杨常军，陕西省安康市文联《汉江文艺》执行主编，安康市作家协会副主席。陕西省作家协会会员，中国散文学会会员，鲁迅文学院陕西中青年作家研修班学员，西北大学 2016 作家高研班学员。《散文选刊·下半月》第三批签约作家，《海外文摘》首批签约作家。第五届"冰心散文奖"、首届"徐霞客游记文学奖"获得者。入选"陕西百优作家"。已出版文集《宽容是一种美德》《秀色旬阳》《阳光的味道》《博野笔记》四部。主编有诗歌、散文集多部。

婉约晋祠

洪　妍

　　也许是从小对祠堂比较陌生的缘故吧，出门旅游，我对祠堂一类的景点向来兴趣不大。总认为那些地方一定是枯燥、冷硬和严肃的，除了供奉神位的建筑外，似乎也没有多少看头。可是，自从踏进晋祠公园的那一刻，我才知道自己是多么的浅薄和无知。

　　要说，晋祠的美早在几十年前的中学课本里就领教过的。但在我潜意识里，一个祠堂又能美到哪里去。

　　初冬的雨颇有几分凉意，为了不留遗憾，来到太原我还是决定冒雨到晋祠去看看。

　　坐在开往晋祠的公交车上，我与几位同伴打趣，这样的季节，又加上冷雨，估计到晋祠的游客就我们几个人吧。谁知等到下车才发现，到晋祠的游客川流不息。这才明白，"不到晋祠，枉到太原"。

　　站在晋祠广场，我顿时惊呆了。这哪里仅仅是肃穆、单调的祠堂，分明就是一派婉约的江南山水画。其色，清新淡雅；其韵，古朴典雅；其态，高洁优雅。

　　忘情地在殿堂楼阁、亭台桥榭间穿行，看远山近水，品园林盛景，一时间，不知身在何处。牡丹亭下，我深情留影，脑海里浮现杜丽娘和柳梦梅生死离合的爱情画面；藕香榭和稻花榭里，我徘徊往复，似乎走进《红楼梦》里的大观园；陶然亭边，我流连忘返，默默吟诵白居易"更待菊黄家酿熟，与君一醉一陶然"的千古名句；安卧在北京陶然亭公园的高君宇和石评梅，可曾到过这亭下，感受"一醉一陶然"的美妙；太白亭和醉翁轩前，我驻足观望，两个时代的文学巨匠相聚这里，不由人想起唐诗的恢宏大气与宋词的婉约缠绵；唐园内相对而建的留云楼和望月楼，如一对浪漫的情人，让我无限倾慕，试想，蓝天白云的日子，手握一杯浓浓的咖啡，与三五知己相约望云楼上，看天上流云，聊天下趣事，何等自在。或者于月白风清的晚上，和心上人手挽着手，漫步望月楼上，看人间灯火，吐心中柔肠；蜿蜒流动的渠水，在林间、在路旁、在你想不到的地方叮咚作响，恍若兰亭的"曲水流觞"，想象，如果在此地聚一帮文朋诗友，再演绎一遍古人的诗酒盛会，一定让人难忘；碧水莲塘畔，我细细品味雨落湖面的诗意画面，时而感觉在西湖，时而又似乎到了大明湖，那曲桥、那流泉、那曼柳、那湖边的亭台水榭和怪石，总让人深深留恋。

果戈理说："建筑是时代的纪念碑。"在晋祠，时光可以流走，但美却与日俱增。漫步在长长的游廊，感觉行走在长长的时光隧道里，那周朝的古柏、唐代的老槐、宋代的侍女塑像，以及谁也猜不出年龄的难老泉都像电影中的画面，从不同角度、用不同手法展现在我的眼前，使我在时光的隧道里一次又一次穿越。无论是历年增建的圣母殿、献殿、钟鼓楼和水镜台等建筑，还是绝此一例的鱼沼飞梁；无论是铸造的镇守这方水土的铁人，还是唐太宗当年挥笔而就的《晋祠之铭并序》碑文，从北魏建祠开始，一代又一代的帝王和人民共同创造了晋祠的辉煌。

坐在由 360 度围廊建成的"圜苑"中，我不得不佩服古人的独具慧眼。他们选中这方宝地，不光是作为祭祀先祖的神圣之地，更是为这方百姓开辟了一个祭祀游乐的新天地。这里背负悬山，面临汾水，又是晋水的源头，距太原中心城市不过 25 公里。所有的建筑群或依山，或临水，自成小院，亭桥殿阁、水榭楼台穿插其间，渠水在建筑之间蜿蜒曲折，给庄严肃穆的祠庙平添了几分灵气与动感。走在这样的祠堂里，我相信，再硬的汉子，都会被这里的山水景致所融化。

雨，还在淅淅沥沥地下，而晋祠在我的身后早已幻化成一幅永远难忘的山水画。

作者简介： 洪妍，女，陕西省作家协会会员、民间文艺家协会会员、安康市作家协会会员、音乐家协会会员、群文学会会员。作品散见于省、市、区等报纸杂志，曾获安康市"政府文艺精品奖"。

只是因为人群中多看了你一眼

木　木

我第一眼看到它的时候，天气还有些凉呢，隔着围栏，我看到它头上长着被锯过的角，是鹿茸的痕迹，就判断它是一只雄鹿，问了管理员，果然，这是一只公梅花鹿，一岁半了。

那时候还是春天，动物正值褪毛期，它一身烟褐色的体毛上浮着一层浅棕的绒毛，像枯茅一样，有些脏，完全看不出它是一只有着白色花斑的梅花鹿，只有从眼睛的神情看出它的温顺，饲养员梳毛的时候，它回过头，静默地看着我。

这只鹿被单独圈养着，因为胆小，春节时受到鞭炮惊吓乱跑乱撞，背部还有未愈合的伤痕，但对人却依然友好，遇到游客到访，会主动过来招呼。并不是每只鹿都具备如此的素质，斜对面那三只圈在一起的鹿，看起来就多了几分精明和冷漠，它们远远围坐一角，漠然地望着天或地，一副无视的样子，若游人手中没有它们所需的食物，才懒得去起身理睬呢。

第二次去园子的时候，我带着一篮子苜蓿，径直打开门，走进鹿圈，走近这只鹿，它用温和的眼光与我对视，抵着两只秃秃的角轻轻触我，已经是4月天了，鹿角外面蒙着的那层棕黄色绒状的皮还未脱落，隐约看到皮里密布着的血管，哦，这应该就是驰名中外的鹿茸了。我轻轻摸它的角，夏天，这里会像"拔桩"一样长出美丽的杈，因为在生长，此刻，它是痒的，不停用角抵我，我一边喂牧草一边给它梳毛，它转过脸，温情脉脉地注视着我，眼睫毛几乎要扫到我的脸了，我又抚摸它的角，它眨了一下眼，又有点儿小风尘。

这只鹿是动物园的，那次近距离接触后，我想领养它。大启追问我为什么，我仔细想了想，并不是心血来潮，要说特别的缘故，应该是鹿的眼神，它眼神里有温和和忧伤，看起来无辜又善良，这无辜的善良打动了我，"我总忘不掉。"我对大启说。

大启是这个动物园的主人，是个生长在天地野外自由跋扈的男人，对自然里的动物植物有着天然的热爱，从老虎到蒲公英的习性他都了如指掌。这个本领初次见面我就领教了，我还看到一只鸟对他的追随与顺服，在我心里，鸟是最自由的，它是拥有翅膀和天空的精灵，我一直固执地以为鸟比兽更难以驯服，我搞不明白那些动物对他从命的原因，是他的混不吝还是那份天然的热爱？我希望是后者吧。

"给它起个名字吧，"大启说，"再过几个月，它会出落成一只特别美丽的鹿。"哦，园子的主人这是同意了，那么这就是我的鹿了。

"跟动物相处最简单了，你只需做好一件事——对它们好，就足够了！"大启紧着叮嘱，好像我立刻就把鹿带走似的。

事实上，我的确也想把它带走，但是我没有草原，领养就只能是一种寄养吧，我想多去看看它，梳毛或者喂草，与动物的情感来自交流，这是最朴素的道理，我还想在夕阳的时候多带它出来遛遛，趁着天气还不热。但我后来的近一个月却未曾过去，因为嘉淇的离世。

嘉淇是动物园的管理人，前两次去园子都是他带我进的，那是个高大俊朗的男孩子，我见他的几次都是骑着摩托车，有一次戴着头盔，我没认出来，他打开头盔的罩子叫着我："平姨，平姨，走，我带你看鹿去。"

第一次见嘉淇时他刚与王歌聊完天，他俩一前一后走着，嘉淇是有故事的孩子，王歌是灵异的，她泪眼婆娑，喃喃自语："这孩子，怎么这样苦，怎么就苦得看不到头呢？"苦得看不到头？我也不解，他才25岁，即便此刻低落，又怎会一直在黑暗里无边无头？

两周后，嘉淇骑摩托车出了车祸。

那天晚上，25岁的嘉淇走了，我想起他带我去找鹿，仅仅隔了一日。亲人们想要追回他的魂魄，他太年轻了呀，他的魂魄回来过，又去，又回来，又去，他的脸笑了，他再也不苦了。

我一直没再去看那只鹿，但我给它起了一个名字——沐果。

去年的一个傍晚，从体育场出来，正逢5·18的日子，回市区的车已经堵成了龙，我想起那只叫沐果的鹿，它还不知道自己的名字呢，我调转车头，驶向市区相反的方向，我要去看它。

动物园在麻营村，傍晚的时候难得静谧，正是桑葚成熟的季节，大片的桑葚树上挤满成堆的果子，枝上拥挤不下，簌簌地直往地上跑，还没走到树荫下面，就能听到果子落地的声响——只有熟透的才会落下来，不小心踩到桑果上，就会染紫了鞋子。我于是跳到路边的水池旁，两只黑天鹅正在水里悠闲地觅食，见我走近，一只天鹅伸直长颈啄我的裙角，我断定这必是公鹅无疑了，为了妻子它习惯性地防卫着。路过虎区，笼子里的小老虎开始长大了，小的那只看起来皮毛更艳丽，色泽更明亮，它像个少年警惕地望了我一眼又不屑地躺下了。路边有几只绿孔雀正忙着开屏，气定神闲的样子，它是否也有一面魔镜？魔镜对它说过谁是世界上最美的孔雀吗？初夏的黄昏给此刻的大地镀上一层金色的光晕，"我沿着鸽子的哨音，只为了寻找到你……"这里真美，让我想起了北岛的诗。很少有人知道，我们这个地级小城还有如此一片天地，却仅仅是因为大启的一念喜好建造了这个园子，这是一个民营的私人动物园。

我找到我的鹿，对，它叫沐果了。它看到我，立刻伸出头来，紧紧贴着我，不停地嗅着，它认得我呢！多日不见，它已经长出了鹿角，毛色也变成漂亮的栗红色，褪去了那层绒毛，在背脊两旁和体侧下缘镶嵌着排列有序的白色梅花斑点，真的，它变得美丽了！

我有一张沐果小时候的照片，跟它的妈妈在一起，照片上它小得像一个龟壳甲虫，如果这次我不领养沐果，据说它会被送走了，被卖掉或者是其他的未知，动物的命运大多不在自己手里，我强留下了它，更多了一份义务和关爱的责任。

动物的命运大多不在自己手里，人的命运呢？人应该能自己掌握吧，只是太多的人选择放弃。

动物园并不是营利的机构，领养动物似乎是很多家动物园未来的趋势，何况人与动物相处，是件放松的事，无论孔雀、羊驼、猴子、山猪甚至狼虎，你给它一份关爱，它必会还你一份温情，在它们身上你会看到一片新的天地，那是自然和朴素的世界。

人已经没有那么朴素了，难免患得患失地怀疑人生，而陪伴在身边的人，总不会永久。有人来人去，有人来了又去，落花流水般稍纵即逝，几时几日的人生，便换了容颜来守候。人与人的所有缘分与遇到，也不过是那句歌中唱过的吧——只是因为人群中多看了你一眼，就如此刻我与这只鹿，我不知道这样的关注交流能有多久，不知道沐果能否理解情感，是否我只是一时兴起或枉自多情？但这又有什么关系，淡淡交会也是遇到，短暂不代表没有意义，况且一生也是短暂的。

我遇到一只鹿，它回转头，静静看着我，温情脉脉，这让我无法忘怀，它的眼睛里有我，它用目光懂了我，它叫沐果，我决定领养它，期限是此生。

又记：麻营村已于 2017 年底拆迁完毕，目前，仅仅是目前，动物园还在，我又去看望了它，满目疮痍里沐果还在，它温情脉脉地望着我，像从前一样，但我已不知道它的明天了。

作者简介：木木，20 世纪 70 年代生人，从事电网调度及配电管理工作。2017 年初开始有意识地写作。

敬畏七里香

魏田田

　　我虽然在陕西南部的安康出生长大，但对安康了解甚少。尤其是安康的旅游景点，虽然去了一次又一次，却没什么特别的印象。三年前，突然在陕西人民广播电台听到我母亲在"把安康带回家"的主题广播中演绎香溪洞的含义，着实吃了一惊。母亲在广播里声情并茂地说：香溪洞有三层含义，香是指美丽的野花"七里香"。它是香溪洞独有的野花，藤蔓婆娑，花朵洁白如雪，四月盛开，如瀑如溪，清雅芬芳，无花能比；溪是指山谷里的潺潺小溪，因为七里香的花朵撒满溪流，它成了香溪；洞是指八仙修行的洞府。母亲说香溪洞是名副其实的洞天福地，走一遭就会有一份福气。听了这个演绎，立即勾起我的思乡之情。在外漂泊的人，大约最经不起的就是这类煽情的演绎。

　　今年四月，我终于有幸亲历了七里香盛开的季节。那是周末一个晴好的下午，我怀着满心虔敬缓缓走上香溪洞人行步道，去朝拜我久久渴慕的七里香——漫山遍野的七里香在这个日子开得烂漫无度，几乎染白了一条山谷。如此的天然！如此的洁白！如此的婀娜多姿！如此的广袤繁盛！如此的夺人魂魄！哦，天啊，这是怎样的一种奇观，怎样的一种天然美景啊！

　　我站在步道栏杆边，大口、大口地吮吸它的芬芳，恨不得将它的繁茂全部收入眼底，恨不得将它的芬芳全部吸入心里。

　　啊，安康的七里香，我家乡的花儿啊！世界上再没有哪种花儿，可以开得这样恣肆汪洋！世界上再没有哪种花儿，可以开得这样洁白无瑕！世界上再没有哪种花儿，能够播撒如此清雅、如此沁人心脾的芬芳！世界上再没有哪种花儿，让我感觉如此的亲近，近得犹如我的生命花！

　　一路走一路看，看不够，爱不够。我突然发现，七里香虽然是藤蔓植物，但却有一种蓬勃向上的凌然气势——它的根扎在悬崖间、石缝里，如钢如铁；它的枝蔓攀附在大树上，节节向上，竟然压倒了一棵又一棵的大树，形成了朵朵硕大的蘑菇云，并向四周辐射，人们只见雪白的花儿千朵万朵压枝低，而看不见树的模样。那树，有的在它的缠绕下可怜地喘息，有的气息奄奄，有的干脆枯萎了。

这时候，我突然对七里香产生了敬畏之情。面对这蓬蓬勃勃的生命，我想起它的幼苗不过是一点紫红色的小芽，因为是野花，无人培育，也无人呵护，一年四季，风霜雨雪严相逼，它却在野地里顽强地、一点一点地长大，最后在自然界争得了它的一席之地。它虽然没有伟岸的身躯，但它漫山遍野生长，不管土地多么贫瘠，山崖多么陡峭，它都能深深扎下根去，蓬蓬勃勃地生长，并用凌然向上的姿态昭示自己的存在；它虽然不是名贵的花儿，在花卉词典里也找不到它的位置，但它却征服着每一个见过它芳容的人。我深信，凡是领略过安康七里香蓬勃气势的人，都忘不了它顽强向上的意志和精神；凡是看见过安康七里香美丽姿容的人，都无法忘记她铺天盖地的洁白！凡是闻过安康七里香花香的人，都会永远记住那超凡脱俗的芬芳！

我整理衣装，庄严肃立，对七里香顶礼膜拜。

我突然想起自己人生的许多失败，是不是因为缺了七里香这种岩峰里扎根、风雨里向上的精神？是不是缺了它那压倒一切的气势？是不是缺了它那洁白无染的纯粹？是不是缺了它那与世无争、却又绝世而独立的芳魂？

我想，答案是肯定的。

亲近了故乡的土地，结识了故乡的野花七里香，我突然有了顿悟般的警醒！

我告诫自己：在今后的日子里，无论遇到多少困难，我当以七里香的顽强意志和拼搏精神去战胜人生路上的种种坎坷；在纷繁的尘世里，我当保持七里香一样洁白无瑕的精神去驱除生活里的尘埃；在漫长人生里，无论生活怎么样，我当记住，我站立的地方就是我的根基。我应当回归，不再去流浪，不再做无根的浮萍。我当如七里香一样，在故乡的土地上，深深地扎下根去，茁壮地成长起来！长成七里香的气势、七里香的模样，飘散七里香一样的芬芳……

作者简介：魏田田，80后作家。陕西省作家协会会员，西北大学首届青年作家高研班学员。作品发表于《中国文化报》《特区文学》《西北文学》《陕西文化艺术报》等报纸杂志；出版长篇小说《朝圣》、小说集《去那有光的地方》。

我的闪电河

海　霞

闪电河是我们河北省张家口地区坝上草原湿地上的一颗明珠，位于沽源县城东部，处于内蒙古高原向华北平原过渡的地段，也是滦河、潮白河的发源地。

认识闪电河，是那年我跟阿磊去兰旗，过了多伦进入草原不久，我发现西南方向的天边有一条银光闪闪，如同彩带一般的链条，便惊奇地对开着车的阿磊说："快看那边，云的下面那是什么，那发亮弯曲的像一条带子的东西？"阿磊笑笑说："老婆，那是沽源的闪电河，因为地势比这边高，所以从这里看上去像在天上。""真的吗？闪电河？那里一定离天很近吧？真想去看看。""这次不行了，远得很呢，下回有时间专程带你去看看，那里的河道弯弯曲曲，到处都是水滩，晚上还有野狼，我们跑车都是结伴去的。不过那地方你一定喜欢。"他一边说着，一边坏笑着。他一定是在吓我，我心里这样想着。到闪电河去，从此心中又多了一个想去的地方。

原本说好今年夏天我们一起走另外一条路，经沽源看完闪电河再到呼伦贝尔大草原走一趟。

然而，他却意外地走了……

伤心中的我，有一天发现，《张家口晚报》的一个整版篇幅，正隆重地推出闪电河湿地一日游。到闪电河去看看，那念想又喷然而出。

不知什么原因，我报的那团要提前走，而我又有事，旅行社就把我调到了另一个团，谁知这个团不到闪电河，一路上郁闷的我一个劲地问导游怎么办，导游说，除非全车的人都同意，你们加点车钱，我可以带你们去，反正另一个景点也是自费，于是我和导游一起动员大家去闪电河，我非常煽情地跟大家说着闪电河在天上的感觉，说它九曲十八弯的神奇，还有当地人为什么叫它闪电河，以及这种罕见地貌也是世间少有的……终于，大家被我说动了，决定统一去闪电河。

来到闪电河的时候，已经是下午三点多钟了。天，刚下过一场大雨，空气中弥漫着泥土、草和树木的香气，清新、芬芳。我微微闭上眼睛，深深地大口大口地呼吸着，令人兴奋的新鲜空气着实让人心旷神怡。

导游说，翻过转佛山，就是九曲十八弯的闪电河。然而景区的大门，把整个十八弯从转佛山前齐齐拦住，像个镇守山河的大将军，拦住所有想私自擅闯的人们。

进入景区，整个转佛山都用木料铺成了木廊栈道，游人走在上面很是方便干净，中间修了几个观鸟亭。据说，每年春天，这里便是鸟的天堂。成群结队的各种鸟类、候鸟在这里安家的安家，歇脚的歇脚，蔚为壮观，热闹非凡。游人凭栏远眺，心存高远视野辽阔，软风微吹，顿会生出无限的天地情怀。

一条蜿蜒崎岖的长廊通向远方，挂满三色旗的敖包嵌在围廊之中，它向游人们昭示着这里的人们信奉喇嘛教。

转身望去，一片辽阔得像地毯般的绿色大地，在骄阳之下熠熠发光。深绿、浅绿、鹅黄绿，其间还穿插着多条"S"形的水练，让人分不清这河水是从西向东流呢，还是由东向西流。反正就那样任性地静静地躺在那里，穿着翠绿色的衣裙，仰卧在大地之上，像一个熟睡的美人，让人不忍心打扰她。

大家齐声对我说：来值了，来值了。我骄傲地用微笑回答他们。

快看！那朵朵白云从四面八方往这边赶来，难道它们也是为看这美色而来吗？风吹得那么温柔，一定是怕这位心上美人被骄阳晒醒了吧？

山的尽头，面对草原的方向，不知何年修了一个转佛塔，八方守佛日夜不停地在河水中旋转，保佑着这里所有生灵安康快乐，草美地肥水流归海。据说这里是滦河的源头，一半的水流入渤海湾，一半的水由滦河引进天津，供那里人民的生活用水。

刚刚远去的雨又迅速地返了回来，一滴两滴转眼变了雨线，不一会儿，闪电便在雨中与大地亲密地接吻。

这里的闪电由天而下，直插大地。哦，我明白了，明白这里为什么叫闪电河了！闪电才是这位美人的情人，它不断亲吻着睡梦中的美人，一次又一次……

四下观景的人们，瞬间都挤在了山中央的那个大长廊里。

也许我走得太远了，也许我被这天地之爱感染了，也许……也许我根本就没想走开。旷野之下，顿时只剩下了我、闪电、草原和那静静流淌的河水。一身白衣，打着花伞，望着闪电与草原的热吻，我的双眼竟然全是泪水。

不知站了多久，只见雨霁慢慢地变成了一个宽大的纱帐，沉睡的美人好像醒来了，她轻轻抖动着美丽的身躯，绿色的草原瞬间就变成了河流的天堂。她披着轻纱，曼妙地跳着湿地之舞，烟波渺渺，浩浩荡荡，飘飘洒洒……雨幽然地下着，风朝着她的方向使劲地吹，天地一片蒙蒙。云蒙蒙，雨蒙蒙，草蒙蒙，路蒙蒙，就连闪电也是那么蒙蒙……

奇怪，风雨飘落在我身上，竟然没有一丝丝凉意，却莫名其妙感到了一种久违的亲切。我轻轻呼叫着一个名字，是你吗？是你吗？你说过，如果有一天你不能陪我旅行，就化作风雨与我同行。

我轻轻地转过身子，举着花伞，静静地走在长长的栈道上，幽幽地踏着雨水，就像他牵着我的手，细细欣赏着四周美妙景色。

雨水打在栈道上溅起一小朵一小朵水花，顽皮的水花悄悄跑进我鞋中玩耍，弄湿了我的双脚，两边的草木，愉快地伸展着身体，虔诚地接受着上天的沐浴。我悠闲地走着，无视风雨，漫观着烟雨中的闪电与闪电河，青翠、碧绿、缥缈、幽烟……

当我走过长亭时，大家惊奇的目光让我无处可藏。一个姑娘摸了摸我的衣裳说："湿了，湿了。"随后有人传递着："湿了，湿了。"哈哈，我一定成了大家风雨中最奇妙的景。

回到车上，一个少年不停地跟大家说："这雨来得好奇怪，我总觉得很奇怪，非常奇怪。"说完还用余光瞟了一下我，我想那孩子一定把我当妖人了。哈哈哈哈哈哈……白衣花伞，风雨独行，雷电无阻。大家都冷得发抖，我却悠然在风雨中独步……

我是白狐吗？哈哈……好玩的人们，好美的旅程！好有意义的闪电河！

我终于看到你了，滦河神韵之闪电河！我那天上的河！

谢谢你，我天堂里的爱人，你让我看到了最美的闪电河。

作者简介：海霞，回族。曾用名苏航。1963 年出生于河北省张家口市，毕业于张家口市第二中学。曾在《长城文艺》《武夷山》《廊坊文艺》《矿工老哥》等报纸杂志发表散文诗歌若干，现退休在家。热爱文学，喜欢旅游、摄影、爬山、公益。

寻找父亲的"峰"

毕树志

　　公元一九五八年八月，中共中央在北戴河召开经济工作会议。会议通过决议，定下年产一千零七十万吨钢铁的指标。九月一日，中共中央发出公报，号召全党全民为生产一千零七十万吨钢而奋斗。是年十月，不满十七岁的父亲背井离乡，随着来自全国各地的数万建设大军开赴邯郸，走进峰峰……

　　机缘巧合，抑或天意，六十年后的今天，我随中国百名作家采风团走进峰峰，走进曾经抛洒过父亲的汗水、留下过父亲足迹的这片土地，寻找属于父亲的那座"峰"。

　　因了"矿区"二字，更因了父亲多年前模糊讲述挖矿、挑矿的艰辛，印象中的峰峰应该是烟尘蔽日、路途坑洼、乌黑残旧的一番景象，这该是矿区"应有"的自然状态吧。怀着如此一种"期待"，我踏上了自邯郸东站开往峰峰的接站车。驱车一个小时，车子驶离高速，须臾，进入一座极具韵味、现代化的城。鳞次栉比的高楼插入天际，一道拱向蓝天的门如一个新的生命即将破壳而出，门上横书四个草书大字：滏新大桥。

　　"这是哪里？"我道。

　　"这就是峰峰了。"司机师傅轻答。

　　蓦然，我有些恍惚。峰峰，矿区。铁矿、煤矿、瓷土矿……蓝天、碧水，现代的城，内心的"期待"与目之所及令我瞬间有些无措：这不是父亲来过的峰峰，肯定不是的。

　　你们这里有铁矿吗？

　　有，不过基本都关闭了。还有煤矿，大多也关闭了。

　　"哦。那应该就是了。"我想。

　　许是周日的缘故，车子穿行城区，没有大城市的拥堵喧嚣。车辆缓缓而行，广场上有年轻父母带着孩子，漫步、戏水、放风筝。人们步伐轻快，脸上洋溢着笑意。祥和、安静，是这座城的主基调。

　　"你们这里叫峰峰矿区？"我依然有些不确定，加重了"矿"字的语气。

"是啊，前两年区划调整，按说是应该改'区'的，不知为何，这个'矿'字还是没有去掉。"司机师傅或许明白了我语气中的疑问，笑笑，如此这般回答。

竟有些怅然。让我魂牵梦绕的峰峰，父亲的峰峰，为什么会是如此一座现代的城？铁矿煤矿都关闭了，哪里去寻找父亲的那座峰！没有了父亲的峰，我来这里的意义便失去了大半……

因为单位琐事，我是晚一天到达峰峰的。进入下榻的峰峰酒店，已是中午时分，先期抵达的大部分作家的采风活动已经开始。因大多此前相识，进行了一个上午的采风活动的作家们见面甚是亲热，更多的是饶舌上午的采风过程。张家楼艺术公社、元宝山、龙洞珠泉、南响堂、盐店遗址、磁州古窑……说着这些概念性的地名，看着我一脸懵圈的神情，好开玩笑的作家朋友们却是笑我提前老年痴呆了。

诚然，经过这一个上午前世今生轮回般的反差刺激，我确实还没有从恍惚的感觉中回过神儿来，接下来又是轰炸般的一串听上去令人神往的胜景地名，不懵圈才怪呢。

好在，接下来还有两天时间，可以让我慢慢认识这座城，或许我还有机会辨一辨，现在的峰峰，究竟是不是当年父亲的那座"峰"。

峰峰，隶属邯郸市，居太行山东麓，处晋、冀、豫三省交界之地，东汉为邺城所在。矿区始建于二十世纪五十年代，1952年归河北省直属领导，1954年改为省直辖峰峰市。1956年与邯郸市合并，改为峰峰矿。改为峰峰矿区两年后，我的父亲来了！六十年后的此时，我来了！

父亲当年开矿山，挑矿石，走的是崎岖山路。依稀记得，年幼时父亲对我说，那时在峰峰矿区，下山挑一担矿石二百多斤，往返一次要两个小时，每担大约可得两毛钱的工资。许多和父亲同来的工友相继离开，他们难以承受超乎年龄、挑战极限的强体力劳动。只有父亲留了下来，因为在这里，只要干活，就有饭吃。这些话，当年父亲是为了激励我们，教育我们，人生要吃得苦，受得累，才能知道人生不易，才能懂得珍惜。也就是这些依稀的记忆，多年来一直提示着我，此生一定要去一次峰峰，看一看父亲曾经工作过的地方，呼吸一下父亲留在这里的气息。人生大多机缘偶然，倘若没有父亲当年的坚守，决然没有今日之我。只是，我来得太迟，此时距父亲去世，已过去整整20个年头……

我们走的是一条旅游环线。说是旅游环线，其实大多还是在建。山与山之间，柏油路相连，行驶在路上，近可观景，远可望山，看得出道路设计者确实用了番心思。王看村药王谷，位于山不远处，因路还未修好，又值天落细雨，只得望山远眺居于峰顶的药王庙。相传战国之时，太行山区瘟疫流行，百姓深受其害。药王扁鹊赶赴灾区，大行医道，治病救人。是年，王看村有孕妇临床生产，因失血过多，得"月间病"而亡。按照当地习俗，将尸体放置草铺，待三日之后，再入土安葬。

这天，扁鹊与送葬队伍中途相遇，摩肩而过。发现乡间道上有一行血迹，斑斑点点。扁鹊望而止步，仔细勘验，见棺内渗血，色泽发红发亮，滴在路面，卷土成蛋。于是回首拦住送殡队伍，对管家说道：棺内之人，尚有气息，汝等为何要埋活人？村民不以为然，却反唇相讥，以为疯语，不予理睬，队伍继续前行。药王扁鹊紧追不舍，反复劝解道：死者，血色发黑发暗，滴在路面，形状发散，不能卷土成蛋。而活人滴血，掉在地上，其血色、形状则迥然有异，故断定棺内应是活人。村民将信将疑，答应开棺验尸。果然，棺材一路颠簸，孕妇竟慢慢苏醒。扁鹊上前把脉，孕妇尚有气息。随后，药王对症下药，家人精心护理，不日孕妇恢复健康。药王给孕妇看病的事，很快在当地传为佳话。百姓为纪念神医扁鹊，在太行孤峰之巅，增修药王庙。而药王看病的故事，也逐渐演化成"王看"这一村名。

这些细节，是坐在我身边峰峰文化馆一位叫靳媛的小姑娘告诉我的。小姑娘得知我晚一天到达峰峰，便极想让我了解我没走过的那些地方。小姑娘一路悄悄指点，时不时拿出手机给我翻看里面存储的散落于峰峰各处的景致，而缥缈山间的药王谷、元宝山和古拙质朴的磁州古窑遗址，都是在小姑娘的介绍下才渐渐具体开来。磁州窑为中国四大名窑之一，素有"南有景德，北有彭城"之誉（彭城为峰峰矿区下辖一镇）。考古发现，早在 7500 年前，彭城地区便开始了烧制陶器，彭城以北 20 公里的磁山新石器时期遗址，曾出土过大量的夹砂褐陶和红陶器，中国社会科学院将其命名为"磁山文化"，从而确定了这个地区作为古老陶器发祥地的历史地位。目前，"磁山文化"已成为重要的历史遗存永结于古城邯郸的历史文化脉系。

旅游大巴皆是循当地组织单位的指定的路线一路前行。下一站，是一处古地道遗址。据组织单位负责人介绍，古地道构建于北宋末年，据称为北宋民众躲避金人所筑，名为"躲金洞"。抗战时期，抗日军民依托古地道，继续开挖构筑，最终形成全长约 1600 余米，出口百余处的地道网络。据说，电影《地道战》的原拍摄地其实不在冉庄，而是在峰峰，不知是出于保护古地道还是其他别的原因，最终才选择了峰峰。峰峰矿区为应对资源型城市面临的挑战，近年来大力发展旅游业，古地道作为其一，开放了其中约四五百米的地道。而就是这四五百米的地道，已然让这些往常看似矜持稳重、见多识广的作家们惊诧不已。

在一处辘轳井的附近，我们找到入口，拾阶而下，约略七八米深，瞬间便进入一个幽暗深邃的所在，洞宽不足三尺，可容两人并排而行，洞高处达一米七八，低处，普通人需弯腰低头而行。前行十米有余，忽见洞侧壁一豁然大厅，约略可容纳 20 余人，高也增至三米有余。洞内陈旧的桌椅板凳布满尘灰，洞口挂"指挥所"字样，其功用已不言自明了。再徐徐前行约数米，更有大指挥所数倍的一处兵工厂，制作手雷、地雷、简易枪炮的机器设备一应俱全。再走，巷道内大小凹洞、支洞错落分布，稍有不慎，就有可能被引向另一个岔口，走入另一条巷道。便想，假使敌人攻入地道，凭借对地形的熟稔，也会很快摆脱敌人的追击。倒是敌人进来，则会成为无头的苍蝇，处处碰壁，最终迷失方向，遭到痛击。巷道的墙壁上端，隔不多远还有一个个小佛龛似的小洞，凭借手机的光亮，能依稀看到那上面留有烟熏的痕迹，猜想是安放油灯照明所用。这种小洞由近及远，一字排开，倘若所有油灯点燃，火舌跳跃，洞内当自有一番气势。只是当下地道正在修复，隔不远处便有一处电灯照明，气势倒是稍逊了一筹。

四五百米的地道，我们好像走过了千山，等到从一出口冒出头来，所有的人都长长地出了一口气，深深地呼吸着外面世界新鲜的空气。言说若是再走上几百米，估计会窒息了。心下便想，不管是北宋末年的"躲金洞"，还是抗战时期的军民，在这样低矮潮湿的地下迷宫里辗转腾挪，狙击敌寇，何其艰难，又是何其悲壮啊！而正就是有了这些先辈们不屈不挠的精神，才有了如今祥和宁静的家园！

接下来的采风线路则包括了建于北齐时期，位居"中国十大名窟"之列的北响堂石窟，以及响堂生态谷等一众或引人追思怀古，或感受勃勃生机的几处所在……

短短两天走马观花式的采风转瞬即逝，短得令我来不及深深触摸到这座千年古邑所蕴含的或苍凉或温润的内核，但同时我也忽然发现，也就是这短短两天的时间，我所要追寻的父亲的痕迹，在这里其实已然找到！在这短短两天里，我忧伤而又欣喜地看到，当年的父亲和当年的峰峰已化作历史烟云随风而去，而留下父亲足迹和气息的崭新峰峰却化作蝴蝶，破茧重生！在获得新生的这座城里，我寻到了自己的来处：悠悠滏阳河畔吹来的风里依然有父亲的气息，一如千年古窑依然焕发着勃勃生机！莽莽群山间依然有父亲的步履，一如深邃蜿蜒的古地道诉说着历史深处的不朽传奇！峰峰，这座既尊重历史又不被历史所累的年轻的城，既是当年那座父亲走过的峰，何尝又不是绵延着父辈血脉，如我们般年轻的峰！

年轻的我们，年轻的峰峰，此刻，正轻装上阵，傲然而行！

作者简介：毕树志，本名毕书治，20世纪70年代生人。河北省作家协会会员，鲁迅文学院27期作家班毕业。曾为农民、企业职员、报社编辑、记者。现供职于某企业机关。先后在报刊、杂志发表散文、小说、诗歌、评论等作品200余篇60余万字。

悦读篇

大河的年轮

文　浩

人不能两次踏进同一条河流。

——赫拉克利特

1

蜿蜒在华北平原上的永定河，从山西的莽莽群山中一路逶迤而来，像一条长长的水袖，旋进险峻的峡谷，漫过广袤的草原，弯出古老的京城，一直冲到海河，汇入渤海湾。途经廊坊时，这"水袖"上的一根"小线头"，斜刺里岔到永清西陲，便有了一个学名，叫作"五支渠"，乡下人又起了一个小名儿——"大河"。

"大河"其实不大，仅仅十几公里长，河面也不过几丈宽。称之为"河"，实在有些勉强。可是，因为方圆内再没其他河流对比，村人难免敝帚自珍，这"大河"的小名儿，多少就透着点不管三七二十一的宠爱味道。

大河的年纪并不大，几乎与共和国同龄。一九五〇年，新中国诞生伊始，固安永清一带旱情严重，刚刚从解放战场上下来的三十八军，将手里的枪炮换成铁锹铁镐，投入到抗旱的战斗中。大河这个柔美的女孩，就在这个特殊的时期，肩负着光荣的使命，在一群混合着硝烟和汗味的男人的助产下，降到世间，嫁给了土头土脑的穷乡村。在河水爱的滋润下，萎靡的乡村憨憨地笑了，身板也一天天结实起来。

2

大河与固安县金门渠相连，永定河的水经金门闸被引入大河，竟一改原来的急脾气，变得淑女起来，静静地向南流淌，在我们村的村北岔开，一分为二，由村子东西两侧穿过，像两条颀长的手臂，温存地拥抱着小村，小村便在大河的怀抱里，炊烟袅袅，鸡犬相闻，日复一日年复一年地做着一个不变的梦。

我就出生在这个小村庄里。外出求学之前的十七年，我从未远离大河的"势力范围"。顺着横贯村子的公路，村东大河距村西大河约有三里多路，对小孩儿来说也算是小小的"长征"吧。我的家，位于公路的"中点"附近，我的活动半径基本上就以村东、村西大河为限。

在当时的小孩儿眼里，大河是显著的界限，是"家"的"围墙"，过了河，就意味着离开了家，老实些的小孩儿，是不敢越过大河太远的；即使心很野的小孩儿，也心存顾虑，疯得差不多时便匆匆往回跑，一过河，心就踏实了，哪怕这时大人心急火燎寻来，也可以装作无辜地说：我根本没乱跑嘛！大人也是不会深究的，心道：毕竟没出村哩。

3

那时的大河，正值豆蔻年华，是季节的晴雨表，所有心情都写在河面上。冬季无水，整天盖着雪白的被子酣睡；春天慵醒，秋天幽怨，水是瘦的，最多过膝盖；夏季最活泼欢畅，一般能漫过腰部，有时甚至还要深些。这时候，就是大河与乡村的"蜜月期"。

有了欢畅的河水，村子仿佛一下子精神了，活泛了，大河两岸成了乡亲们的"自然公园"。每每日暮西垂，就有人到河里捉鱼。这些人以村里的闲人和半大孩子为主，所采用的捉鱼方式也各不相同。有坐在河边钓鱼的，有用纱绷子做成的抄子兜鱼的，还有不惜"投巨资"买来正经八百的渔网捕鱼的，真是八仙过海各显神通。

捉鱼的多，看捉鱼的更多。捉鱼的全神贯注，观众也看得津津有味。谁捉到鱼了，兴奋地大叫，旁观的人也跟着喝彩，还有热心的跑过去帮忙把活蹦乱跳的鱼制伏。如果是条大鱼，人们自然啧啧称赞，要是小鱼，就有人跟捉鱼的打趣：这下赔了吧，不够糖饼钱哩！（那个年代，高英培的相声《钓鱼》笑翻国人无数）捉鱼的也觉得脸上无光，骂着小鱼的爹妈，却还是扔进鱼篓里。如果有捕鱼的不小心滑倒，仰面朝天躺在河水里，旁观的人们先是惊呼，继而轰然大笑，比看了如今春晚赵本山的小品还开心。滑倒的人从水里站起来，抹了把脸，并不气恼，反正是夏天，反正水很清，就当冲个凉呢，就咧开嘴巴憨憨地笑着冲大家挥挥手。

大河的水哗啦啦地流淌着，也跟着大家伙一块笑，像个调皮的野丫头。

当月亮爬上树梢，将一片银色揉碎在河水中的时候，村子里昏黄的灯光渐次点亮，那些捕捉到的鱼儿就在热腾腾的锅里，散发着大河鲜美的气味，熏香了大半个村庄。

4

那时的大河，还是一个勤俭持家的贤惠"主妇"，有她在，日子再艰苦，也能度过。在她的身上，似乎总有变不完的"宝贝"。鱼儿虾米自不必说，在物资严重匮乏的年代，大河也总能给人惊喜。

对于大河的恩惠，母亲是从年轻时就享受到的。1960年的困难时期，食物是成了比金子更贵重的东西。没有粮食，人们就四处寻找粮食的替代品。于是，大河里生长的稗草就成了救命的"稻草"。时隔40年，母亲说起当时大河里的稗子，仍然充满感情，虽然这事已跟我们重复了无数遍。

母亲说，捋稗子要赶早，晚了就让别人抢先捋没了；天不亮就跑到河里，挽起裤管，蹚着河水，猫着腰捋，像是比赛；稗子要是长成了，结了籽还有些分量，可谁也等不及啊，才长穗就捋了下来，晒干后全是瘪的；即使这样，也是好东西，跟其他什么白薯秧啊、玉米芯啊一块磨成面，做成"代食"，不好吃，但毕竟能填肚子，总算能救人性命啊。

我也是享受过大河的好处的。小时候家里做饭、烧炕仅靠庄稼秸秆是不够的。每到深秋，母亲都要带着竹耙子，拉着小车到大河里去搂树叶。天气冷了，大河的水也枯了。河两岸全是高高的杨树，树叶就像漫天飞舞的蝴蝶，纷纷洒洒飘落下来，铺满整整一条河床，满眼尽是暖暖的金黄，踩上去，松松软软的，脚底便传来大河的温柔。

母亲却没时间欣赏大河别样的风情，她的任务是接受大河的馈赠，以使馈赠化作实实在在的温暖。大河金黄的衣裳被母亲的耙子搂破了，瓷瓷实实塞进好几个大麻袋里，然后拉回家，填进灶膛变成明亮炙热的火苗，烧热了炕头，焐热了整整一个寒冷的冬天。

5

有人说，越是美的东西，就越危险。大河也有妖媚的一面。

传说大河里是有水鬼的——这其实在乡下很寻常，只要某条沟渠或某池塘有人溺毙其中，乡人就会认为这里隐藏着水鬼的魅影。只不过，大河的水鬼似乎妖法更强。因为其他水鬼，大多只能拖去气力小的顽童，而大河的水鬼竟能索去一个水性极好的青年的性命。

那个青年是邻村的一个大学毕业生，在乡政府工作的父亲已经给他安排好了工作，很快也要结婚，一切都按部就班地进行着。然而，某个夜晚，在小酒馆喝完酒后，他和几个朋友沿着河堤醺醺而归。也许是酷暑难耐，也许是月色下静静流淌的河水实在撩人，半路上，他坚持要到大河里痛痛快快游两圈儿。没等同伴脱完衣服，他已经一个猛子扎了下去（那年水大），却再也没有露头。

　　为免遭水鬼毒手，大人是决不允许小孩儿下河洗澡的。不过，严厉的禁令难敌游泳的畅爽，大多数小孩儿还是乐意为此铤而走险。午休的时候，那些顽劣的孩子就会秘密相邀，逃避大人"软禁"的办法更是五花八门，最著名的战例就是那孩子的奶奶本来是搂着他睡的，可醒来却发现手臂下的孙子变成了枕头。那时老师家长查证游泳最流行的方法是：用指甲划孩子的胳膊，现出白印的即是"案犯"无疑。虽然免不了屁股上挨上几笤帚，或罚站一节课，但男孩们仍然乐此不疲。

6

　　那个年代，享受大河的沐浴，其实并不是小孩儿的专利。

　　多数人家受条件限制，是没有专门的洗澡间的。夏季清凌凌的河水白白流淌岂不是浪费？于是，村里很多人愿意把大河当成天然的大浴盆。尤其是那些结了婚的妇女，更喜欢在黄昏时分，成群结队在大河中找个蒲苇掩映的隐蔽之处香汤沐浴，边洗边聊边打闹，说说李家长、张家短，评评谁的胸脯大、谁的屁股小，叨叨婆婆的刻薄，摆摆小姑子的不是……这时的大河，已不只是个香艳的天体浴场，更是八卦消息的集散地、倾诉休闲的咖啡馆。白天，耪地打药、做饭洗碗、喂猪喂鸭、伺候男人、照顾老小，从天蒙蒙亮开始，乡下的女人就一刻也站不住脚，忙得团团转。只有在此地此刻，她们才能够彻底放松下来，用微温的河水轻揉疲惫的身子，洗净一天的汗水和尘土，靠放肆的调笑和随意的抱怨来舒缓自己的神经。大河如同一个贴心的大丫鬟，给她们梳洗按摩，静静地倾听，带走了她们多少的烦恼、忧愁和哀怨。

　　不过，大河也曾因此惹过荒唐事呢。

　　大河上游的一个村子，两个男人在一起侃山，说着说着斗起嘴来。一个斗不过，便说，你老婆都让给我睡了，你还有脸跟我抬杠！另一个说，真他妈的胡说八道，你倒是想哩！谁胡说，你老婆右边屁股上有颗红痣，对不对？我要没睡过她，我咋知道！那男人嘴上大骂对方胡咧咧，心里却犯了嘀咕，他还真没注意过媳妇的屁股。无心斗嘴，他匆匆回家，不由分说扒掉媳妇的裤子，发现右臀上果真有颗红痣！男人当时就红了眼，把媳妇暴打一顿，越打越气，竟然气迷心窍，擎着菜刀去追杀那"奸夫"。"奸夫"边狼狈鼠窜边哀求，我跟你媳妇真没事，那痣是我老婆告诉我的，是她在大河洗澡时从你媳妇屁股上看到的……

7

初中的时候，正是"为赋新词强说愁"的年龄，向往那种不食人间烟火的世界，对父母的唠叨、对两点一线的刻板、对庸常的生活，甚至对这个杂乱的村庄，心生厌烦。它们让我感到压抑、无聊和烦躁，我想逃离，却无能为力。那个时候，我是迷茫的、忧郁的，眉目间经常纠缠着诗人般的偏执和落寞。

当偶然发现那块"世外桃源"时，我的心情豁然开朗，一种从未有过的清爽和沉静，迅速舒缓了身的疲惫，平息了心的焦躁。感谢大河，赐予这样一块隐秘的栖息地，使我能够在庸俗的生活中享受诗意的放逐。

沿着村东大河的堤岸，一直向北，大河分岔的三角地，即是梦幻的伊甸园，村人有一个形象却粗俗的称呼：裤裆尖。

多年来，我一直对这个粗俗的称呼耿耿于怀，这么幽深静谧、超然世外的"仙境"，怎么能有如此不堪的称号呢？而现在想来，竟咀嚼出这称号大俗大雅的味道。

这块三角地没有种庄稼，是一片如茵的草地。靠南一点，还有一座孤零零的坟茔，没有墓碑。青草将坟茔与土地融为一体，一点儿也不显得突兀。那些草毛茸茸的，茂密丰美，极嫩极绿，看了居然会产生食欲。树木蔽日遮天，隔离了外界的燥热、尘埃。明晃晃的阳光经过叶层的过滤，被研磨成金色的碎屑，星星点点洒满草地。躺在草地上，闭上眼睛，你能够感到徐来的清风，嗅到草的清香、河水的潮气，能够听到水流潺潺的私语，鸟儿婉转的低鸣，蝉单调的鼓噪，以及远处村子里隐约的鸡鸣犬吠。这些天籁混在一起，却奇妙地营造出渗入人心的静来。

我时常偷偷跑到这里，有时拿本书，但大多数时候什么也不带，就那么静静地躺着、坐着，或者漫无目的地来回踱步。那些时候，我都想了些什么事、思考过什么问题，早都记不得了，只知道，无论在外面如何烦躁、如何绝望、如何不知所措，只要进入这个世界，就什么都没有了。记忆中，这种美妙的状态，之前不曾有过，之后也没再出现。或许，这种状态曾存在于我的记忆之外，在还没降生于世之前，在母亲体内的子宫之中。

裤裆尖，这里有死，也有生。

8

我住长江头，君住长江尾；日日思君不见君，共饮长江水。此水几时休？此恨何时已？只愿君心似我心，定不负相思意。

宋代的词人李之仪，能否想到他的小令，900多年后会被另一条河重新演绎？

她住在大河上游的一个小村子，初三的时候，我们同班。我至今仍然无法客观评述她的容貌，因为她在我的眼里太过完美，而这极可能是由于我过于迷恋，而不自觉地粉饰她的不足，无限放大她的美丽。她个子不高，消瘦，一头长发束成马尾，最美的是那双眸子，又大又黑，宛如两池幽幽的潭水。她的穿着很朴素，在我的印象中，好像总共不过三四件衣服，农村女孩特有的乡土味，将她淹没在众多女生之中，却单单在我眼里卓尔不群。

那种单恋，何时缘起，无从考证。只记得，整个初三，好像都在矜持地装模作样，企图以一种理想的形象引她注目，可事实是她似乎并未多注意过我，一年里，两人的对话甚至屈指可数。我的单恋，是一个人的秘密，甚至连最好的朋友也并不知晓。每天，我将这个秘密带到学校，默默收录着她的一颦一笑；下学，秘密成了自行车上的小马达，我装作漫不经心，远远跟在她的身后（回家有两条路，我舍近求远），直到她上了河堤小路，窈窕的身影消失在大河深处；之后，秘密又被我背回家，夜深人静的房间，它像一枚坚硬的榛子，藏在褥子下面，硌得我辗转反侧。

后来，我考上了市里的师范，她成绩不理想，到县里的中学复读。离别让我万般惆怅。我终于忍不住大着胆子跟她通信——当然，是以同学或者朋友的身份，只谈学习，只是鼓励，无关感情，无关风月，努力将狂热压抑成一封封平淡如水的书信。师范三年，身边很多同学谈起了恋爱，而我，一直坚守着那份没有任何承诺、甚至她从未知晓的爱恋，度日如年。

毕业后，我回到家乡小学任教。小学紧邻中学，都在河堤之侧。那时，我经常会不由自主地沿着河堤傻乎乎地溯河而上。我知道她在县城高中读高三，不在家中，可我仍然忍不住，心怀期望，妄想"偶遇"，虽然每次总是落寞而归。也曾在煎熬之下，无数次打算不顾一切去学校找她，跟她表白，向她倾诉。但每次都硬生生忍住——我不能因此毁了她。

1999年7月10日，高考刚一结束，我就迫不及待地通过她的妹妹，送给她一本特殊的"书"——我把5年间为她写的11首诗，用近万字的散文串联起来，工工整整誊在一个活页册子上，把册子皮换成自己精心绘制的封面——一本叫《眸》的真正的"情书"。

盼来了暗恋结束的时刻，却没有丝毫的兴奋。我焦虑不安，如坐针毡，什么事都干不下去。愚蠢抑或明智，我对后果毫无把握。

一天暗无天日的煎熬，等来的却是一盆冷水。

"……可能会落榜……既然今生与大学校园无缘，我也不想再强求……请不要再为我浪费时间与青春了……原谅我吧……"

那封薄薄的信，遮蔽了灿烂的阳光，目之所及，世界狰狞。

这是有生以来最惨重的打击，虽然以为自己做足了心理准备，但还是一下子觉得生命了无意义。我仍然试图挽回。沿着河堤小路来到她的村子。她家门口有几个孩子玩耍，其中恰巧有她的弟弟。我问你姐姐在家吗？男孩说，在。叫你姐姐出来好吗？男孩进去，一会儿，她的妹妹出来了，面无表情地说，我姐不在家，以后也不要再找她了。我听了，感觉手脚冰凉，额上后背渗出了冷汗，眼前一阵眩晕。我什么也没说，转身走掉。回家的河堤小路坑洼不平，摩托车却骑得飞快，眼泪就顺着两鬓向后飞去。

从那时到现在，我再未见过她一面。

当时，我感觉自己是个傻瓜，付出了那么多真挚热烈的感情，最后却一面难见。我以为，自己愤怒得理直气壮，为了仅存的尊严，我选择放弃。

多年以后，再次回顾，我从那看似意气用事的抉择中，揪出了自己的自私懦弱、愚蠢无知。我必须承认，内心深处，的确隐藏着对我们各自难以预测的未来的恐惧，我害怕面对看不清前方的路途。所谓的尊严，不过是块可笑的遮羞布。

后来，我得知，她到底没有考上大学，也没再复读。再后来，听说她嫁了人，婆家家境殷实，已是两个孩子的母亲。

这就是初恋，像春天大河堤岸上的杨絮、柳絮，随风飘落在地，被骚动的春风糅合在一起，滚成一个浑圆的絮球，茫然地在大地上游荡，看似浪漫，看似缠绵，然而稍有风雨袭来，却很容易拆开散落，各自安家，长成杨树、柳树。杨柳依依，可遥遥相望，但永不再相拥。

原来，大河演绎的，不是李之仪的《卜算子》，而是王洛宾的《永隔一江水》：
风雨带走黑夜，青草滴露水。大家一起来称赞，生活多么美。
我的生活和希望，总是相违背，我和你是河两岸，永隔一江水。
波浪追逐波浪，寒鸦一对对。姑娘人人有伙伴，谁和我相偎？
等待等待再等待，心儿已等碎，我和你是河两岸，永隔一江水。

9

自从调到县城工作，就很少回老家了。

偶尔回去，我发现，这些年，村里的人富了，冰箱、手机、电脑、网络、汽车，一点儿也不稀罕了，可赌博的、打架的也多了起来；房子越盖越高，吃得越来越好，街道却越来越脏，汽车驶过，灰土漫天；各类门市早已延展过大河的界限，村子是更加繁华了，可大河却悄悄凋败了，像变了一个人，昔日的鲜亮荡然无存。

是的，大河过早地衰老了。

由于永定河的断流，她已经干涸十年了。

断流的大河，是绝经的老妇，了无生趣，垂垂无语，横亘在村子里，如同冻僵的蛇。

茵茵绿草早已焦黄枯死，河堤河床裸露着黄土。堤上的杨树柳树被伐掉了很多，满目是露着白茬的树桩，像断了的森森白骨。没有节制地取土，使河道和堤岸疤痕累累，沟壑遍布；两岸有工厂和市场，还有夜以继日运转的胡萝卜清洗机（本地盛产胡萝卜），黑的黄的污水，红的白的塑料袋，腐烂的死猫死狗，破碎的啤酒瓶，破旧的绿胶鞋……肆无忌惮地吞噬着大河曾经丰腴的胴体。

大河上那座水泥桥破烂不堪，我手扶损坏的桥栏向北、向上游的方向眺望——我想看到什么呢？这样的眺望有什么意义呢？就算我穷尽千里目，也是看不到水的，眼前溃烂流脓的疮痍还看不够吗？就算我把栏杆拍遍，也是拍不回曾经的记忆的，水已干，鱼已尽，草已枯，树已断，即使仍有月出于东山，却再无白露横江，水光接天之景了；即使仍有渔翁持杆，却再无桃花流水鱼儿肥了——其实，钓翁也快没有了，有电脑网络的蛊惑，有电视节目的引诱，有 KTV 的助兴，人们已经不稀罕那这种古老的娱乐了，如果还想捕鱼，也是去那些甩杆就能钩上鱼的钓园消费。

难道真是大河的气数已尽？家家都有了专门的洗澡间，安了热水器、太阳能，就算大河有水，谁还愿意成群结队去那里洗澡呢？户户都用暖气供暖，烧蜂窝、烧烟煤，有的连锅台都拆掉了，哪里还用得着去辛辛苦苦搂树叶呢？人们连鸡鸭鱼肉都吃腻了，人人喊着减肥，大河里长再多的稗子，也不再有人理会了。想想是应该歌颂的，这其实是社会的进步呢。然而，又总觉得，村子在得到了很多东西的同时，是不是也丢了很多东西呢？

10

从桥上下来，我来到了村里的老姑家。一个面容憔悴的年轻妇女正在跟老姑聊天，见我来，便告辞走了。老姑说，你认识她吗？我摇摇头说，离开村子这么多年了，很多人都不认识了。她是某某某的媳妇，某某某你知道吧。我说，当然知道他了，我当老师时还教过他几天呢。老姑叹了口气说，某某某跑了，就剩她跟孩子在家了。跑了！为什么呢？还不是因为在信用社贷了款做生意，却再也不打算还，就为这，跑了！不会吧！我有些不敢相信，他好像挺老实的啊！老姑撇撇嘴说，老实？他老实？他跟他媳妇就是先怀孕后结婚的！他这种情况，村里有不少呢！

我无语了，是啊，离开村子这么多年了，早已是时过境迁，怎么能凭记忆来看待眼前这个村子呢？

离开老姑家，经过大河时，天空一片灰黄，便想起天气预报说这两天有沙尘暴。真是反常，四月的天，竟然还是寒风料峭。

11

远山已远 / 家园更远 / 在河流消逝的地方 / 我该用什么斟满海碗 / 为谁举盏
————陈陟云《在河流消逝的地方》

站在大河消逝的地方，我想，按照河流自己的纪年，此时的大河，其实仍是花季芳龄。

忽然想到了小说戏剧中的烂俗桥段：二八佳人嫁与无权无势的穷小子，开始时是患难夫妻相濡以沫，哪知因缘际会，穷小子时来运转，成了虚胖的经济或政治暴发户，便忘记了结发之情，冷酷地凌辱、虐待、抛弃糟糠之妻……

大河无水，可我分明听到她在呜咽。本想慨叹一声，不料刚一张嘴，就有一阵偕沙带土的北风袭来，于是，那几句廉价的同情，便让满嘴腥臭的尘沙打压回去。

她知道，我说什么，都是扯淡。

作者简介：文浩，京津走廊腹地一书生。案牍劳形间，不忘钩沉于历史烟海；俗务缠身时，偷闲恣肆于文字天空。喜于喧嚣中品古典之静美，醉于红尘里觅诗意之栖居。愿以淡泊简化生命，以朴拙厚重人生，以随性邂逅梦想。从学生时代开始写作，近年来潜心于历史文化随笔创作，独辟蹊径，把诗词与历史相融合，以诗词释放历史醇厚之味，以历史赋予诗词开阔之魅。已著有《回首萧瑟处——探寻宋词背后的历史尘烟》《龙套也疯狂——小人物的大历史》，其《回首萧瑟处》一书先后被《光明日报》、新华社、中国青年网、中国文明网、凤凰资讯网、《甘肃日报》等多家媒体专栏推荐。

说　酒

李宏志

　　第一次把酒倒进自己喉咙里的具体日期和事由已无从记起，而人生第一口酒浸进我身体时刹那间的感觉仍真真切切地记得。从沾酒到滴酒不沾，酒龄跨度足够打上三四个抗战了。和朋友谈话，常常不经意间就说起酒。静夜思，有时也会不由自主地想到酒。曾经在西湖边自问，喝过的酒虽没有这湖水多，总该有一个小型游泳池了吧？坏也罢，好也罢，酒曾一度对自己有过多么深远的影响呀。记不清文学大家们写过多少《诗话》《词话》之类，自己凑趣写点有关酒的文字，权当是"酒话"吧，如此而已。

　　有人戏称，酒是上帝赐给人类最好的饮料。酒的魅力之大，是任何宗教所无法比拟的。世上虽没有什么"酒教"，但虔诚的酒徒们却遍布世上的每个角落。假设有一天各国都颁布戒酒令，并像塔利班禁止妇女暴露身体一样严格执行，没准会暴发一场声势浩大的全球性酒徒起义哩。大到国家宴请贵宾，小至家庭招待亲朋，再至于洞房花烛、金榜题名、喜得贵子等喜庆之日，是断断少不了酒的。即便是恋爱遭受挫折、赶考名落孙山、家中发生变故等，往往也是以酒排忧解愁、化悲去痛的。毫不夸张地说，这世界上是一天都不能离开酒的。

　　我想，酒这东西靠硬造是造不出来的，当初其发明必定同牛顿发现万有引力定律一样，有一定的偶然性。在我国，一提起酒，大多认为是杜康发明的。"何以解忧？唯有杜康！"杜康成了酒的代名词。传说杜康是黄帝时期负责管粮的官员，住在一个有空桑树洞的涧边，后人称空桑涧。杜康有个说不上是好还是坏的习惯，常把吃剩下的饭倒在树洞里。日久天长，从树洞里散发出阵阵浓郁的糟腐气味，再久了，腐味儿淡了，竟渗出一些带香味的液体来。那香味儿十分的诱人，把个杜康馋得不行，壮着胆子品上一小口，咦，辛辣适口，再品，哎呀不得了，余香满腮。这酒，从此就诞生了。这段历史有晋代江统作《酒诰》为证："有饭不尽，委之空桑，郁积成味，久蓄气芳。"但也有一说，夏禹时一个叫仪狄的臣子才是最先造酒的人。此说据《国策·魏策》载："仪狄作酒醪，禹尝而美，遂疏仪狄。"禹是明君，知贪酒会误国而疏远之。还有的说杜康是在仪狄的基础上用高粱造酒的，他的贡献是对造酒技术又有所发展。后来人们干脆就把杜康、仪狄二人一同尊奉为"酒神"。

中国有句老话：茶七饭八酒十分。意思就是倒茶最多倒七成满，饭可以盛到八成满，唯独酒要十成满才是对人的尊敬。可见酒的地位在国人心中的重要了。酒如此之重，好讲究礼仪的古人甚至还煞有介事、一本正经地整出酒之"五德"来。

哪五德呢？一个是"成礼"。古籍《周礼》中，对酒习俗多有记载。那时，饮酒是一种社会活动，颇为烦琐。讲究选择特定的场合、缘由，并共守礼节、程序、仪式，主张文明饮酒，节制，礼成则酒毕。酒席上说过的话，发过的誓是必须算数的。这点，吾辈真应该好好学习。尤其是席上酒话连篇，瞪着眼睛拍着胸脯吹牛打保证，酒后便翻脸不认账的人，当然也包括我自己。第二个是"养生"。《史记·扁鹊仓公列传》有载："其在肠胃，酒醪之所及也"，表明扁鹊已经使用药酒治病救人。中医一直认为，酒可通脉、活血、消毒、驱寒，长饮药酒更可益寿延年。至今，药酒依然是中医养生祛病的有效法宝之一。本人也曾有一天饮四小瓶劲酒的历史。三曰"谋事"。酒历来是公关之利器，宴席无酒不欢，酒是席上之主角。推杯换盏，酒酣耳热之际，有"难"可化险为夷，如汉高祖脱困鸿门宴；有"疑"可茅塞顿开，如宋太祖杯酒释兵权。这么说吧，有酒为介，诸多公事、私事、难事统统不叫事，都可迎刃而解的。中国各大豪华酒店门前车水马龙，有哪个不是为"谋事"而来？四曰"增收"。为了增收，古人曾行酒禁。禁酒的目的主要为了防止浪费粮食以及战时的特殊需要，并不是长期的国策。如曹操、朱元璋为保军粮供应，都出台过禁酒令。而和平时期国家专营的榷酒，允许商家经营、政府高额收税的税酒之主要目的，则纯粹是为了增加政府的财政收入。第五个呢，就是"怡情"了。本人一直以为，这才是酒最大的好处。饮酒可怡情助兴。文人墨客酒娱情怀，赳赳武夫酒奋精神，我非常有兴趣重点说说这个。

饮酒怡情，乃人生雅事。菜不在粗精，酒不在优劣，或七八死党，或三五密友，喝的就是一种氛围，一种知己才有的开怀乐趣。同现代人比，古人善于饮酒，也饮得有趣，因而才有酒文化的繁荣。不夸张地说，酒渗透到了古人生活的方方面面。饮酒须人多才热闹，热闹了方达高潮。遂民间有"一人不喝酒，两人不赌钱"的说法。君不见，李太白斗酒诗百篇，苏东坡举酒酹江月，霍去病潇洒酿酒泉，曹孟德横槊赋短歌。更有那平民百姓，家有喜事者，割肉沽酒欢宴四邻。纵是一介农夫，于劳顿之余，佐一碟小菜，一杯浊酒，亦足以解困忘忧。的确，一人饮，寡味得很。唯李白饮酒善于造境："举杯邀明月，对影成三人"，此等意趣，断非常人所能及。还有"天子呼来不上船，自称臣是酒中仙"，目中竟无皇帝老儿，何等憨姿醉态，何等卓尔气度！为了消解愁绪，甚至能"五花马，千金裘，呼儿将出换美酒。与尔同销万古愁"，更有"百年三万六千日，一日须饮三百杯""但使主人能醉客，不知何处是他乡"。从李白的诗看，古往今来，饮酒最是豪爽得让人佩服的就是他了，实际上是否在吹牛，不得而知。

诗圣杜甫亦是深得饮中三昧的人，哪怕家藏有限，也必与人分享："肯与邻翁相对饮，隔篱呼取尽余杯"，其乐陶陶。白居易也是酒中明白人，"囊里无金莫嗟叹，樽中有酒且欢娱"，有点儿今朝有酒今朝醉的架势，与其素日为人不相符也。可能是苏东坡家境较富裕的缘故，他饮酒则讲究意境和质量。他曾兴致极佳地亲自动手配制桂酒和橘酒，在杭州时常携酒泛舟于西湖上，将酒用大荷叶盛了，把荷叶柄穿通，弯过来吸饮，他说这样可使酒染上荷叶的清香。换了李白是不耐烦如此饮的，好在他俩永远没机会对饮。

古人咏酒好作诗，其所反映的题材也便林林总总，情怀也便万万千千。"劝君更尽一杯酒，西出阳关无故人"，透着依恋。"借问酒家何处有，牧童遥指杏花村"，写尽清幽。"醉卧沙场君莫笑，古来征战几人回"，极尽悲壮。"艰难苦恨繁霜鬓，潦倒新停浊酒杯"，流露落寞。"一杯相属成知己，何必相逢是故人"，道尽喜悦。以及"闲愁如飞雪，入酒即消融""对酒当歌，人生几何""酒肠宽似海，诗胆大于天""莫笑农家腊酒浑""吴刚捧出桂花酒"，一句诗，一幅畅饮图，写尽多少诗酒文章。"醉翁之意不在酒""青梅煮酒论英雄""杯酒释兵权"，一个典故，一段美妙故事。最是推崇近代女杰秋瑾"不惜千金买宝刀，貂裘换酒也堪豪！"这次第，怎一个酒字了得？

文人饮酒，饮一个雅字。俗子莽汉武夫呢，则喝的是个痛快。大块吃肉，大碗喝酒，何等洒脱，何等气概！武二郎景阳冈打虎，有几十碗烈酒垫底，人胆变成了虎胆。猛张飞上阵前猛灌一通高粱烧，丈八蛇矛戳挑扎刺舞得如风车般团团转，无数敌酋就在这冲天酒气中魂归黄泉。英雄盟誓，好汉结交，山贼入伙，兄弟结拜，哪样不是喝个酣畅淋漓，回肠荡气，天昏地暗！

即使因酒而死，古人也带着无限的悲壮和浪漫。李白至死都没离开过酒，传说他因散财成性，晚年贫病交加，久医不愈，自知生命将尽，就在六十二岁时一月明之夜携酒泛舟于采石矶，大醉之后捉月沉江溺亡。此种富有诗意的死法，也只有系"诗仙、酒仙"于一身的李白才配。

今人死于酒害的名人，更是不胜枚举。1985年，古龙因饮酒过多，导致肝硬化大出血逝世于台北，享年48岁。据说出殡之时，生前好友王羽、倪匡、林清玄等人在他的棺材中放了49瓶XO酒陪葬。好友乔吉还写了一副挽联：小李飞刀成绝响，人间不见楚留香。还有一位死于酒的重量级人物不得不提，就是著名国画大师傅抱石。抱石大师向周恩来总理索酒作画的趣事至今仍被书画界人士传为美谈。大师作画时身边必放一壶酒。他常常一手执笔，一手执壶，不时饮上几口，酒像一团火从喉管滑入胃中熊熊燃烧，于是就燃起一腔豪情。笔在手中，壮气盈胸，肆意挥洒勾勒，抒发满怀激情。笔下涌现幅幅波澜壮阔的佳作，处处流露酒的神韵，其画势如万马奔腾，波涛汹涌，给人以心灵上的震撼。1958至1959年间，傅与著名画家关山月合作为人民大会堂绘制毛泽东诗意巨幅山水画《江山如此多娇》。当时正值困难时期,供应十分紧张,傅买不到酒喝,灵感枯竭,画兴索然。无奈间他斗胆给周总理写了一封信,倾诉无酒之苦,请求总理帮想办法。周总理理解他的苦衷,立即派人送来一些好酒。傅抱石迫切地打开酒瓶猛喝上几口,有如久旱逢甘霖,美酒润笔,真情动心,激情勃发,灵感顿生,很快就与关山月创作出大气磅礴的巨作,不但深受中外贵宾的好评,毛主席看了也大加赞许,认为较好地体现了自己诗句的意境。酒是傅抱石作画灵感的源泉。他的画艺得之于酒,几乎非酒不画,同时他也深知酒之危害。他说:"昔陈老莲、高凤翰、许友介诸大师,均毁于酒;而我过去最敬佩的日本近代画家幸梅岭、桥本关雪也毁于酒。"他曾N次试着戒酒,但终未成功。美酒激发了傅抱石的创作灵感,也严重损害着他的健康。与很多以酒为魂的文人墨客一样,1965年在他61岁时最终被酒夺去了生命。六十出头正是艺术盛年,如果不是嗜酒过早地离世,他应该可以留下更多的珍品,实在令人扼腕痛惜!

自己身边死于酒的就更多了。有战友酒后施工从脚手架上掉下来把脑袋摔进胸腔里的,有同学酒后下河摸鱼淹死的,有朋友酒后开车出车祸死的,还有一个哥们儿最浪漫,是酒后和情人树上做爱摔死的,等等。我的一个小学同学的父亲,瘾君子一枚,当年家穷,但不影响喝酒。到了小卖店里,也不说话,递上几枚被攥得湿漉漉的角币,人家就给打上四两散装烧酒,笑吟吟地接过,手一秒没停,顺势往上一抬,便倒进嘴里,再伸长舌头,接那杯中残酒,一滴又一滴,至滴酒不剩了,将杯子往柜台上响亮地一墩,用袖头抹抹嘴,笑眯眯地转向门口,走人。有点像孔乙己,却更厉害,连个茴香豆都没就着,不到五十岁,得了肝硬化,死了。有个叫巴图的蒙古族朋友书法一绝,书写时就更绝。一个写有"笔下人间烟火,纸上四海风云"的细瓷杯子里盛着竹叶青酒,一手托杯,时不时地抿上一口,一手提拎着毛笔,耷拉着眼皮有一下没一下地瞄着宣纸,突然,目露贼光一道,杯子一闪,酒便浅了,这边早就龙飞凤舞地一笔接一笔刷刷写个不休,待书写完毕,再看,杯子里酒已一滴不存矣。小酒喝到这个分儿上,喝到这个层次,让人叹为观止,尽管多少有些表演的成分。此兄病死原因也和酒有直接关系,时年才四十出头,上有老,下有小啊。

尽管多饮有害健康,但酒的魔力让酒林中人无法抵挡。有一首诗,据说是2017年高考满分作文,题目是《液体之火》:

让你 / 若梦若醒 / 飘飘欲仙 / 让天地颠倒 / 让世界旋转 / 把人类历史 / 浇灌得跌宕起伏 / 将琴棋书画 / 熏染得色彩斑斓 / 醉了刘伶 / 狂了诗仙 / 张扬了曹孟德 / 书写了鸿门宴 / 湿了清明杏花雨 / 瘦了海棠李易安 / 景阳冈上 / 助武松三拳毙虎 / 浔阳楼头 / 纵宋江题诗造反 / 你啊你 / 成全了多少英雄豪杰 / 放倒了多少村夫莽汉 / 歌舞与你相佐 / 美色与你为伴 / 催诗情万丈 / 壮文人斗胆 / 有人借你

发疯／有人借你夺权／有时你只是一个道具／烘托一下谈判桌上的氛围／有时你更像一种暗器／把贪杯的对手麻翻／你呀你，既入朱门豪宅／又进村舍陋院／既流溢皇室的金樽／又盛满农家的粗碗／愁也要你／喜也要你／跃过龙门的学子／迁徙流放的囚犯／落魄的文人骚客／得志的朝廷大员／都是你的知己／你的伙伴／因为你／耽误了多少大事／因为你／弄出了多少冤案／因为你／鲜活了多少逸事趣闻／因为你／催生了多少佳作名篇／真的是／成也有你／败也有你／你这浇愁愁更愁的琼浆啊／你这千百年永远燃烧的／液体的火焰。整篇没有一个酒字，但把酒描写得出神入化。

　　有人说酒是培养演说家的一种饮料。这话虽有调侃成分，却也点出了饮酒人的一个特点：酒多话亦多，酒后吐真言。有人曾感叹当今世界人心不古，说人们彼此交往，脸上都戴着面具，心都裹着包装，难见庐山真面目，这着实让人可怕。屈原曾借渔父之口说出"世人皆醉我独醒"的话。其实，置身红尘，我倒希望世人皆醉我亦醉，为的是大家都能坦诚相见，吐点儿真言，少一点儿欺诈，多一些坦诚。酒桌上还是敞开心扉的好，哪怕这真诚只是一时。记得有年回呼伦贝尔老家，和几位大学时哥们姐们聚会，从中午直喝到夜半时分。开始都还挺君子，"随便呵，能喝多少就喝多少"。席间，少不了搞些酒文化的"节目"什么的。比如，祝酒歌、劝酒词、行酒令之类，场面热烈，令人感动。开始我还时时提醒自己切不可贪杯，可喝着喝着就被气氛传染了。往往是酒桌上两人眼神一碰，二话不说，先干了。干完了才想起连"词儿"都没说一句，不算，于是重来。那一次究竟喝了多少，记不清了，只记得第二天早起吐尽了胆汁，头发像枯草，顺手一扑拉，哗哗起静电。罪没少受，可至今那场酒依然温暖着我的心。

　　本人没戒酒前最喜欢喝啤酒，一年四季几乎当茶水喝，有一回一个月没去退瓶，急得小卖店老板亲自骑三轮车来取，数一数，竟存了三百多个，搞得人家瓶子周转不开了。三伏天，别人在街头买汽水，咱不，一瓶啤酒一口气喝下，从没超过十秒，此时卖酒人的零钱还没找完，因而常常博得一两声廉价的喝彩。年轻时，家里请客，我炒菜，让客人先吃喝着，怕自己的酒落下让人说酒德不佳，就先主动倒上一大杯，边炒边喝着，等上得桌来时，一点儿都不会比客人少喝一口。那时的酒量真是好哇，我可以同时以白红啤三种酒陪客人，能把喝白酒的、喝红酒的、喝啤酒的同时陪好。当年在电视台当小记者，和一个叫范小小的摄像把当地最能喝酒的保险公司的六个陪酒人统统喝到了桌子底下，那是何等的豪气！当然，酒后干的傻事、疯事、险事，甚至缺少德行之事，也没少干，酒中之人，不敢说人人如此，但多多少少都有过这方面的经历和体会，就不多言了（此处省略两万字）。

　　现在，我是任何喝酒的场合都不情愿参加，倒不是害怕"酗酒使人多咎"，主要是以前酒场上拼杀太充英雄，以至于身体终于开始报警，只好力戒之。其实大家也能猜测到，我也是下决心戒酒Ｎ次的人。少则三五天，最长戒过三年，从 2005 年一直戒到 2008 年那场大地震前。当时明明戒得好好的，以为会一辈子再也不会沾酒了。地震后，自己也不知哪根神经搭错了，总感觉自己也是幸运儿，如果当时震在廊坊，自己戒不戒酒都关系不大了。于是开喝。久戒今开戒，喝得更加凶猛异常。随便找个借口，就能自己把自己喝多喝好喝得大醉。比方小女儿无意识多看咱一眼，就觉得是瞧不起老人，是大不敬，这其实是一种病了——慢性酒精中毒，加神经质。终于，身体也抗议，出现了三高症状，于是，再戒酒。这不，又戒多半年了。这样，对身体是好了，可在有酒的场合，真是活受罪。大凡喝酒的人都知道，人在喝多酒和没喝酒时所言所行，区别是大的。一个平时怕猫的人，喝到一定分上，敢提刀去杀虎。此时喝酒人说的话，没喝酒的人最好别参与交流，有时那真像是来自两个星球的人在对话，硬是没道理可讲。有的人，只要桌上有人不喝酒，自己有量也不多喝，怕自己失言。还有的人干脆对不喝酒的人采取敌对态度，好像人家不喝，是为了专门看他喝多了闹笑话似的。在这种场合，我自己也很自卑，从心里感到对不起在座的各位，不是不想喝，而是真不能再喝了。自己的性格有些偏执，一口不喝，也就算了，要是喝上一口，就敢喝上一瓶，所以还是不能开这个口子。总不能为一时义气，而置自己小命于不顾吧。就在这种状况下，忐忑不安地戒着酒。我戒酒，我那傻媳妇是最最高兴的了，但人心不足是天性，她也会感慨地说：其实真想听你酒后说话，虽然不讲道理，甚至有时像神经病，但特坦诚特可爱。十五年前，因为自己戒酒，还意外地获得过一次"重奖"，奖品是我梦寐以求、价值 680 元的《金庸作品全集》。那年的 10 月 14 日中午，妻子吃力地扛着一个纸箱爬上五楼，很郑重地宣布：为了纪念老李同志戒酒二百天，特奖励金大侠全集一套，希望该同志戒骄戒躁，继续努力！经过无数次戒酒，目前无论出席什么场合，任谁劝说，我是滴酒不沾。与其说自己意志"无比坚强"，不如说是妻子的一片爱心、苦心打动了我的心。真的，我感觉戒酒已经不仅仅是为了爱惜自己的身体，我现在把这也看成是一种忠诚。

说到戒酒，前几天在书上看到最早的酒歌，可能是十六国前秦赵整的《酒德歌》："地列酒泉，天垂酒池。杜康妙识，仪狄先知。纣丧殷邦，桀倾夏国。由此言之，前危后则。"是在告诫人们不可沉湎于酒的美味而忘记上古时代人们对酒感到非常新奇，以至发生过因酗酒而亡国的历史悲剧。还有一首《西江月》云，"酒可陶情适性，兼能解闷消愁。三杯五盏乐悠悠，痛饮翻能损寿。谨厚化作凶险，精明变作昏迷。禹疏仪狄岂无由，酗酒使人多咎。"讲了酒利弊的二重性。的确，饮酒不当，大可亡国，中可失家，小可丢人。古今中外，历史的记载，身边的例子，举不胜举。

清笔记小说《途说》中说到官场上需掌握的《把势十全诀》，要求官场中人要：一笔好字，两首歪诗，三等围棋，四季衣服，五斤酒量，六张叶子，七笔呆画，八套清曲，九归算法，便是十全秘诀。后人梁章钜在《归田琐记》中又将其加以变化，改成"一笔好字，二等才情，三斤酒量，四季衣服，五子围棋，六出昆曲，七字歪诗，八张马钓，九品头衔，十分和气"。又有后来者秀芝轩主人在《酒阑灯灺谈》将此"十样要诀"演变成：一团和气要不变，二等才情要不露，三斛酒量要不醉，四季衣服要不当，五声音律要不错，六品官衔要不做，七言诗句要不荒，八面张罗要不断，九流通透要不短，十分应酬要不俗。到此还没有完。清代戏剧《桂枝香》第三出《浪酒》，又加以变化成：一表人物不粗陋，二分才情休浅露，三斤酒量莫呕吐，四季衣服怕破旧，五声音律要谙度，六品顶戴谁查究？七言诗句闻屁臭，八股文章难句读，九流杂技尽通透，十成张罗戒疏漏。此类口诀是当时对官员十个方面"才能"的衡量"标准"。

　　近日参加友人聚会，有君来了段饮酒小令，先闻其言朴素无华且有分寸，细品方知前呼后应，圆滑至极，可谓天衣无缝，滴水不漏。抄录于此，与大家共赏："酒逢知己千杯少（这是喝酒的前提），能喝多少喝多少（此乃喝酒的原则），能喝不喝也不好（这又是喝酒的态度了），喝多喝少要喝好（这是喝酒的最起码标准）。"啧啧，此等绝妙好词，我等若能效仿之，该当如何？

作者简介：李宏志，祖籍山东省海阳，生长于内蒙古根河，现供职于河北省廊坊市某行政机关。著名网络专栏时评人，人民网强国十大优秀博客，中国社会责任百强博客，曾在各类报刊发表作品若干。

菜包绿，饭包香（外一篇）

冬雪中流

　　内蒙古境内的辽河边上有个地方，叫奈曼旗。这个旗的北部，靠近辽河，"三北防护林"从境内穿过，夏天可以看见一排排的树，郁郁葱葱。冬天也可以看见树木的枝枝杈杈，在风中呼啸。这里的土地大部分属于沙地，绿色与绿色间，土地留有空白。

　　这对与江南精细的空间，被绿色填充得满满当当的情况不同。这里空白得只剩下蓝天、原野，还有风沙中成长起来的大白菜、黄豆、玉米和高粱。在这个有故事也有传说的地方，当然更有惊喜的美味。其中一种小吃，属于"零食""充饥"系列，简单、特别、不起眼，跟当地的干咸菜疙瘩一样有名，它叫"菜包"，或者叫"饭包"。

　　草原沙地上长出的白菜，绿得如翡翠，有深湖中的倒影之美，养心养眼，养育得菜棵儿个体矫健、团结，向上又向心的叶，片片争气。被太阳晒了一阵的菜叶子清香、翠绿，味道独特。"菜包"的原材料就是这样的白菜叶子，配上香菜、葱和当地农家的豆面酱。

　　不熟悉此处特殊地理状态的人，当然不清楚"菜包"的清爽和入心入肺的香。可你想想它的食材产自丰盈的科尔沁草原边上，邻近湿地、沙漠、沙漠里的水库和怪怪的柳树，就明白其中的奥妙了。

　　我疑心食材种植、成长、结果的过程中，那丰富晶莹的沙粒过滤了水，水色又浸染了生命的绿，才使这种小吃独具一味，有着天然之气，雨露之香。那么，广阔的北方，"白菜叶子"包成的美味是不是很简陋呢？

　　"菜包"里包裹的饭以本地玉米加工后的食物为主。长在地里的玉米一排排的也有意思。到了秋天，挺拔的秸秆上的叶子黄了、打卷了，正好突出长在秸秆上的玉米果实，俗称"玉米棒子"。好像谁都挡不住玉米棒子掀开"头巾"出来晒太阳。看，那金黄耀眼的每粒米，都是阳光的积累、风调雨顺的结晶，看上去就令人喜悦。

　　正宗的"菜包"包的就是这种玉米加工成的"玉米楂子饭"。当然，这些年也有小米、高粱、大米以及切成条状的发面玉米饼，或者其他。

这样的菜包，特别像父母准备出门，需要包裹的小孩子。

先铺开菜叶，两三张，抹上酱，撕上适量的香菜、葱，倒上饭，然后把菜叶下边往上折叠一下，包住"内容"，再一左一右，两折一卷，捧在手里，突然就有了成就感。包成了，忍不住咬上一大口，牙齿齐刷刷地切下菜包顶端的参差叶面，使青翠入口，欲滴。满嘴都是清苦中的甜，甜中的清爽，就好像品尝风雨过后的阳光，别有滋味洞天。谁说"阳光"以另外一种形式存在后，不可以咀嚼与吞咽？阳光是成熟的生命；是经受炼狱之后的纯粹；是日月精华的完整风采，时刻回荡的歌。

每次，到通辽地区，我总会在饭店里要"菜包"。一般店里，是没有的。即使出名的店，也没有这个东西，取代的是名叫"大丰收"之类的菜，内容是萝卜、白菜、黄瓜、葱什么的，切成一盘，再搭配一碟子酱。

想吃菜包，就到奈曼旗的车站前吧。

那里，有几个常年健在的小商贩，推着小车，或者挎着篮子卖"菜包"，菜包绿，饭包香。就地点材料，就地加工，就地吃。这样的吃法，不太好看。因为吃不好，嘴巴一圈，会粘上米粒或者酱。吃完了，也没地方漱口。最好，还是找个店家，临时要些材料，坐在餐桌上，自己做，慢慢品尝。别怕你做不好，奈曼街面上，每个大点的饭店都有菜包食材，而且每个人都会包"菜包"，师傅比徒弟多。

不敢说我是吃着菜包长大的，可我真的喜欢绿油油的菜畦。

菜畦是有灵魂的，只要有机会，我就常常坐在菜畦边上，望着那一片片的绿，心里就有种激动、冲动和感动。想着那碧绿的菜叶上，肥大或者弱小的菜青虫，悄悄地爬到叶面背后，为化蝶而吃菜叶，吃得比人还起劲儿，想想这样的场面就想笑，笑看生命的可爱。我知道，这样的菜叶，没有农药、没有污染，干净得像那虫子透明的晶亮的小身躯。

恍惚，回到美好的日子里，吃一口菜包，望一眼天地，笑眼盈盈。

好吧，我还像小时候那样去抖落菜青虫，看它们惊慌失措地爬开，就算它们是未来斑斓的蝴蝶，可此时不展翅，依然是个肥硕的虫子，被我欺负。我当然知道那愤怒的菜青虫，无论怎么样朝我吹胡子瞪眼睛，也只能够证明一件事：菜无毒。

烧麦"鬼蓬头"

那些年，我一直想着高考能够考到内蒙古大学去。

大学就在呼和浩特市，大学里有个我喜欢的诗人，叫蓝冰。这是个诗意的名字，写着会飞的诗，诗歌落在报纸杂志里。我就在角角落落里寻觅、摘抄、朗诵，这是精神的食粮，滋养着我的小青春。

诗歌和"烧麦"联系起来，一点儿都不奇怪，甚至有些隐喻，仿佛暗示着什么。

我和王书真是金兰之交，王书真是蓝冰的妹妹。那年她还是英语系的学生，我正读高中。她说我说英语"大舌头"，注定要说中国话，出门带翻译的。她去呼和浩特市看哥哥，看蓝冰，带回来的美丽消息中，"烧麦"是唯一的"吃"出的美，她用了一句"舌尖上的美味"。她介绍烧麦，说在明代叫"纱帽"，清朝叫"鬼蓬头"，很形象，说的是样子。这种介绍，当然引发我的好奇。我跟她争辩，我吃过。她就笑，说你吃的叫"蒸饺子"，哪里像"纱帽"、哪里"鬼蓬头"了，是假的。

哈哈，烧麦也有真和假？

书真后来做了英语老师，名师。她写得一手好字，她说内蒙古的"烧麦"真是香极了，有绕梁三日不思其他茶饭之香，是整个舌头尖上的记忆。她写出那两字"烧麦"，两字里飘溢着羊肉馅子的香和草原上长出的麦子面的脆生生的甜，我当时的画面和联想，就是"火烧云，扫把画，烧麦坐在天边边"，天边有着一排排的"烧麦"，坐在那，等着我去挑着吃。其实，当她说出"舌头尖上的美味"这句时，我就惊奇得不得了。

诗人的妹子也有着诗一样的语言，张嘴就来。许多年后，有个节目叫"舌尖上的中国"，火得不得了。我就冷静得觉得那些年"雨水"出奇的好，"舌尖"和"鸭舌"成了菜，多得可以批发。后来人是不是借取了书真老师最早的智慧？你看那些乱飞的名言警句，哪条不是人民智慧的综合体现？

我说，我长大了请你和哥哥吃烧麦。

许多年过去了，我到现在都没有见到我的蓝冰哥哥，阴差阳错。我在通辽读高中的时候，他在内蒙古大学做团书记；我在北京读研究生的时候，他在赤峰当挂职市长；我现在浙江教书，他又跑到大连民族大学当教授带研究生去了……现在，我在呼和浩特市的街头上，无搔首也无弄姿，只是踟蹰，踟蹰。

在呼和浩特这个背靠青山的城市里，也有我曾经的很多同学和玩伴。

小时候，都在一起群居，群体出动的。骑着破28、飞鸽、凤凰牌子的破旧自行车，头戴栽绒军棉帽，满大街呼啸着东西南北。长大后，这些人都到各行各业做"领导"、做"教师"去了，过着晨钟暮鼓、鸡飞狗跳的日子。

徘徊很久，想吃烧麦的这一瞬间，竟然热泪盈眶。

在我眼里，领导也是吃烧麦、喝烧酒，与我一样有七情六欲的。我要抓个领导和我一起吃烧麦。那天，我跟一个做秘书长的一起到青山下，找到一个安静的小饭店，坐在包间里慢慢地聊天、慢慢地点菜、慢慢地回忆着一些曾经的故事。吃到最后，上了烧麦，一阵香气热气腾腾地飘进来。烧麦晶莹的外皮映入眼帘的瞬间，我仿佛看见被岁月抛光的青春年少，骨子里的火苗还在火辣辣地燃烧。

烧麦用的是羊肉馅，羊肉肥瘦合适才行，不能太肥更不能太瘦，肥了膻味大而腻，瘦了不香又干巴。葱、姜等佐料一定得有，不然味道打折。像这烧麦，早在清朝年间，就已经传播到京城内外了，可见这种食物的深入人心。据说那个时候，在北京前门旁边就有"烧麦馆"，店前招牌悬挂，标有"归化城烧麦"字样。归化城，呼和浩特早年的叫法，起源于明朝吧。

烧麦的形状、香气、色泽，都有自己的特点，比如形状以小为主，皮儿以精薄最地道，好像透明似的。熟了后，筷子夹出，放在盘子里，个个如同坐在盘子里的小青蛙，团团端坐，翘首等待……真是"顶呱呱"！

后来，经过郝文秀兄的考证，他说蒙语音译成汉语，好多名称并不统一，并没固定为某个字。比如"烧美、稍美"等不一样的写法，都指"烧麦"这美味了。

我第一次吃烧麦，是在通辽市，那年还年轻。苑德镇是我同吃同睡共同出去"打天下"的兄弟，差不多就是"拜把子"的那种关系，甚至更亲。那时候，呼啦啦的一堆年轻人。苑德镇是照顾我的，不是因为我年纪小，而是"惯着"我。德镇领着我吃了两种美食，一个是烧麦，一个是抻面。

那时候，排队吃抻面，三毛一碗。有一次，排队吃抻面的人太多，而我又是急脾气，嘟嘟囔囔地不愿意等。他说领你吃烧麦去。通辽市北门市场里的某个摊位，应该是国营的小饭店。当然，现在没有了，连街道都没有了。

那时候，吃了就吃了，就觉得好吃，没想哪里正宗什么来历将来是否有因缘典故之类。记忆里，只是留着美好的青春年代吃烧麦的画面。

后来才知道，呼和浩特的烧麦才是正宗，根正苗红。

呼和浩特的烧麦，早年间由茶馆经营，当小吃。如今，已成饭馆的必备食品和家庭中的日常主食之一。你要是来到呼和浩特市，得品尝一下烧麦，不然就白来了这个城市，会留下遗憾。像我，我还是想着，有一天，在呼和浩特的饭馆里，和我的诗人哥哥蓝冰对坐，吃一顿烧麦，最好还有一副德镇赞美过的书真的字，请个人举着，就在饭桌边站着。

烧麦，"鬼蓬头"。

哈，兄弟不说话，看一眼字，吃一口，想——念！这样想着，我就沉默了，沉默了，仿佛一张嘴，一出声，会忍不住号啕大哭。蓝冰曾经在他的诗歌《一棵树和它的全部生活》里说：

一天也许太短
一生也许太长
没有什么比智慧更高贵
没有什么比沉默更有力

作者简介：冬雪中流，又名冬雪。儿童文学作家。"荷花淀文学奖"首届散文类第一名，《相声作文教案》系列品牌创始人。

著有少儿长篇小说《神秘的白岛》（安徽教育出版社）、传记《安徒生》（海南出版社）、《莎士比亚》《华盛顿》（云南晨光出版社）；《中外幽默诗歌精品》（点评欣赏本，湖北教育出版社）；画本《月亮神宫》等十多册书，计700余万字。

另有作品散见于《人民日报》《中国青年报》《农民日报》《北京日报》《河北日报》《羊城晚报》《儿童文学》《北京文学》《中外童话画刊》《资料卡片杂志》《保密工作》《辽宁青年》《当代人》等报纸杂志。

从猫想到狗（外二篇）

张俊雨

　　"街头终日听谈鬼，窗下通年学画蛇"，这是周作人的两句颇有味道的诗，可他却一直都在否认作这两句诗的初衷，说自己是别有怀抱，说自己是醉翁之意不在酒。但不管怎么说，他是喜欢谈鬼的。后来周作人又在《赋得猫》里说自己一直想写猫，想了好几年，看了许多关于猫的书，越看越不敢写了。终于周作人写了猫，但是这个猫是从鬼故事开始的："京师某宦家，其祖留一妾，年九十余，甚老髦，居后房，上下呼为老姨。日坐炕头，不言不笑，不能动履，形似饥鹰而健饭，无疾病。尝蓄一猫，与相守不离，寝食共之。"

　　接下来说那个官员在襁褓里的儿子夜里总哭，说是有夜星子作怪，请人来捉。一天夜里夜星子出现了，是一妇人操戈骑马而来，捉的人射了一箭，正中那妇人肩上，戈就掉了，妇人落荒而逃，一看，那戈是绑线的小竹签。然后就追，追到老姨房里，一看老姨肩上中了一箭，正哼哼呢，胯下还骑着那只猫。官老爷就把猫宰了，老姨过不多久也死了……

　　有人说那只猫就是夜星子，控制了老姨，可是周作人不同意，认为这是一件巫蛊案，猫不是主，而是被老姨所使。

　　国外的女巫往往以猫作蛊，甚至自己就变成猫，我想到动画片里的女巫除了骑扫把，身边还有一只猫，现在不禁佩服那些动画片的制作者是有一定的底蕴的。苏童的《罂粟之家》里的刘素子爱猫如命，整天抱着猫关在昏暗的房间里面。我怀疑苏童的灵感来自老姨，只是不知道苏童是看了周作人的《赋得猫》还是看了《夜谈随录》里的夜星子……

　　我在周作人的喜欢谈鬼和苏童的追求魔幻里面，又读出一层来，不论是老姨还是刘素子，都是很孤独的人，所以她们才终日以猫为伴。

　　我又想起了两个关于狗的故事，一个是余华的小说，讲一个傻子，没人理他，只有一只无家可归的狗和他做伴儿，有一天有人想吃那狗，那狗钻进床底下不出来，于是那些人就哄那傻子，让他把狗叫出来，他觉得人们看得起他了，很高兴，就把那狗叫了出来……

那些人吃了狗，不再理那傻子，那傻子很伤心，不再搭理任何人，孤独地活着。

另一个故事是现实里发生的。有一个残疾人，走不了路，坐在车上，一只大狗每天拉着他去市场卖一点儿小东西，然后买两个烧饼，自己一个，给狗一个。他说有一次车翻了，他掉进沟里，是那只狗救了他的命。

多想养一只狗，和它默默相对，或者说些没有用的废话，陪伴我的孤独……

书与我

这些天我一直在看一本小说：《天才向左疯子向右》，这本书里面，那些科学上各种各样的可能性，对我现出了魅惑的光芒，四维生物，时间尽头，鼻犁器，这些又唤起了我对《来自星星的你》里都教授的虫洞的兴趣，那时虫洞黑洞白洞三维四维暗物质暗能量五维多维宇宙奇点，一直到爱因斯坦……

其实我早就想了，我一直在寻找一个器皿，或者说是一个瓶子，可以把我脑子里面的东西装进去，我遇见一个好看的瓶子，那么，我装得进去吗？

《天才向左疯子向右》就是那个瓶子，但愿它是个好瓶子，其实瓶子美不美不重要，能用才重要，而能不能用在于我，不在于那个瓶子……

《万物简史》《薛定谔的猫》《上帝掷骰子吗》《物理系的进化》，等等，这些书都是那个瓶子的衍生物，或者说一种拓展。假如我要引用一个点，我要先了解它的面，甚至是长宽高立体，加上时间轴，如果我能了解得更全面，我所引用的那个点就得到无限的延展，如果这延展一旦达成，我头脑中的神经元就会不断的放电，我是指灵感……

但是我高估自己了，在量子物理这块我遭到了自己的滑铁卢，折戟沉沙，我遇到了自己的命门，数学！！

《丘吉尔的黑狗》，这是我从朋友那听来的，我一看到这个名字就笑了，想一想，《薛定谔的猫》《丘吉尔的黑狗》，多有趣，一个是科学家的假设，一个是伟人的心理顽疾，太有趣了，我决定狗与猫同读。

同时在看的还有《绝版魏晋》《竹林七贤》这两本书，我是想找一个瓶子，不是这本书，而是想找一个人，我想写嵇康！口气有点大了吧，但是我确实很钦羡嵇康！

木心说，中国缺少阳刚的诗人，李白杜甫都不是，只有嵇康，是唯一的阳刚诗人，口气大吧！这样的大口气还有很多，比如说中国文学的金字塔尖是屈原，有人问，陶渊明呢？木心答：陶渊明是塔外人……好喜欢口气大的木心！

最后一本，《越彦》，这是周作人抄得最多的一本书，周作人怎么写文章？这本抄一段，那本再抄一段，再加注解，再说两句话，就是一篇文章，你没有办法，因为就是写得好……曹操霸气外露地说，我就抄了，你能把我怎样！周作人云淡风轻地说，抄了，怎样呢……

就是写得好，就是抄得好，你没有办法，阿城也学周作人抄书，阿城能够抄（超）得过周作人吗？

读书札记：无题之目

写文章最怕定题目，一有题目就受了限制，不定题目又成了无头苍蝇。可是题目取得恰到好处是很难的，因此我定的题目总是文不对意。

《古代咏花诗词鉴赏辞典》是我看到网上有人看这本书，我就有了觊觎之心。我想我正好要写小说，如果我手边要有一本这样的书该多好，时不时找点素材该多么棒！那两本关于植物的书，是我受《家守绮谭》影响，想写写植物和动物。以前听一个作家说他写小说喜欢看国家地理，看着那些精美的图片，他说他的军队要在这里经过。按王国维、钱钟书的说法，我写的都有些"隔"……

还有姜淑梅的《乱时候，穷时候》。姜淑梅是个传奇，六十岁学习识字，七十岁写了两本书。我喜欢这种口述历史，没有任何修饰，没有任何装腔作势，鲜鲜活活的就这么震撼着我的心，我觉得亲切，那种苦还无做作！

上回是钱穆，这次是他的学生余英时。认识他，是听了《素描时间》，一个很有品位的文艺小清新节目，现在已经不做了，现在谁还喜欢文学艺术呢！希望梁文道还一直荐书，就像他说我要跟你海枯石烂，永远做下去……余英时很有意思，他研究红学是用国外的理论。当然从胡适、王国维就已经用国外的理论研究了，但余英时是用库恩的典范说和危机说。本来库恩的学说是用在科学的，典范说就是一个科学体系必须要有一个标杆人物，比如说心理学的标杆人物是弗洛伊德，其他的心理学家都是沿着弗洛伊德开创的路扫荡各种难题。说红学，余英时认为胡适是考证派的标杆人物。红学分为两大派，一是考证派，一是索引派。考证派是从胡适的《红楼梦考证》开始的，主要认为《红楼梦》是曹雪芹的自传，和康熙的一位大臣曹寅有关，或者就是曹寅的儿孙。后来曹家被抄了，曹雪芹从官二代变成穷一代，于是写了《红楼梦》。索引派影响较大的是蔡元培的《石头记索引》，主要认为《红楼梦》是个政治小说，主要映射反清复明，有点儿像《鹿鼎记》里的天地会。说为什么叫《红楼梦》，红乃朱也，明朝的皇帝不是姓朱吗？就是思念明朝的意思。宝玉为什么爱吃胭脂？就是映射满人皇帝康熙啊，他们学习汉人文化。说宝玉为什么说女人是水做的，男人是泥做的，就是因为《红楼梦》里面的女人都是指汉人，男人都是指满人……另外索引派还有两种，一种说这个《红楼梦》是写明珠的家事的，明珠不是康熙的大臣吗，和《红楼梦》有什么关系？但是这个明珠有个儿子，纳兰性德，就是人生若只如初见的那位。你们看，这个纳兰性德是不是和贾宝玉很相配啊？贾宝玉说这个妹妹我见过，纳兰性德说人生若只如初见，还有这个明珠也被抄家了……还有一种说法，说康熙的爸爸顺治有个特别喜欢的妃子，叫董鄂妃，这个董鄂妃是谁？就是冒辟疆的老婆董小宛，后来这个董鄂妃或者董小宛就病死了。据金庸考证，董小宛死于化骨绵掌，顺治一别扭就出家了。你看林黛玉也是病死的，贾宝玉也出家了。更好玩的是他说这董小宛为什么是林黛玉啊，他说董小宛叫董白，林黛玉，黛乃黑也，你看黑白，不就是映射董小宛是林黛玉吗！我简直都要笑抽了……这么看刘心武也是索引派！

胡适对蔡元培、邓狂言这些索引派很看不上，认为都是猜谜语，瞎胡勒。搞历史研究，要讲证据吧，没有证据链，怎么能够证明你们的观点！胡适说事实只有一个，那就是我们考证派，因为我们有证据，自从他《红楼梦考证》出了以后，考证派就压倒索引派。

余英时说到了周汝昌的《红楼梦新证》，考证派已经达到了巅峰，但是余英时对周汝昌有点儿不满。因为周汝昌很看不上胡适的考证，余英时说的确周汝昌已经把考证派发展到了巅峰，可是如果没有人家胡适开创考证派，还有你吗？比方说我喜欢荣格，集体潜意识，真好！可是如果没有弗洛伊德的开创，你荣格的理论还能不能建立呢？

我想起了《听知乎客》说到一本书，叫《从零到一》。他就说一个东西从没有的时候，到把他创造出来很难，可是一旦这个东西发明了出来，发展却是很容易。看看我们现在的阿里巴巴、腾讯、微博、微信，以至于各类电视节目，什么都是从一到十百千万亿，从零到一的几乎没有……

作者简介：张俊雨，1983 年生，河北省廊坊市人，廊坊市作协会员。先天脑瘫，肢体三级残疾，语言功能障碍。未生丧父，年少丧母。14 岁时母亲不堪生活重负而离世。15 岁开始进入福利院生活。虽未接受过正规教育，但嗜书如命，唯好读书与写作，矢志不渝。曾为搜狐签约网络作家，以"天下有雨"为笔名创作了 23 万字的武侠小说《大风行》，2015 年完成了约 13 万字的自传体小说《爱之花》，献给天堂的母亲，由华夏出版社出版发行。

现居于廊坊市社会福利院。身虽残疾，心尚豁达。有书可读，有文可作，也是一种幸福。

"何物为思"与"何为我思"

毕云天

最近手机看得太多，眼睛累。想到零碎时间也可以读读书，便在踏上地铁之前揣了一本尚未读完的王小波作品《沉默的大多数》，一本杂文随笔集。一开始选择这本书时并没有其他理由，只是因为书名听起来有点与众不同。"沉默的大多数"……是不是读完了就不会是沉默的大多数了？嗯……和其他人不一样，还是挺酷的。

读过一段时间回过头来发现，这本书对我的影响很大，甚至改变了我对某些事物的看法。王小波对逻辑学有所研究，理科知识信手拈来。所以对于我这个理科不好而且思维逻辑清奇的人来说，有的时候读他的作品需要多读上几遍才能理解大致意思。其中给我带来震动最大的是一篇名为《生活与小说》的文章。文章的大致意思是：小说本来就是虚构的，因为它是小说，所以一切关于故事的发生都是假的，没有必要追究其真实性、合理性；但是偏偏有一些人在现实世界中要求小说必须具有合理性。但是在现实世界的合理性就包括存在有趣的、不合理的小说；故而以上让小说变得合理的做法，使得现实世界更加不合理了——世界越来越不像世界，小说越来越不像小说。

单是这一篇作品，关键章节我读了三遍才读明白（不保证以上解释一定对）。这对于我这个以前做"一斤棉花重还是一斤铁块重"这种题都要纠结半个小时的人来说，也是有一定难度。直到读到最后一句"这是小说发生的地方，却不是写小说的地方"时，我才微微有一丝茅塞顿开的感觉。但伴随着读懂文章的畅快感，另一种感觉也不期而至——我是不是太愚钝了？一个整天接触互联网海量数据海量鸡汤的二十岁青年读别人十几年前的文章竟然还不能理解，如此简单的思想竟然要读到他的文章才领悟到，前二十年的我干什么吃的？！直到后来合上书看到书名下的作者名字我才有了一点点释然。嗯……因为他是王小波，他写了书。因为我是毕云天，我站在地铁上读着他写的书……这样，我就比较踏实了——我还年轻，他比我有思想。不着急。

关于思想这东西，我一直觉得很神叨。因为我总爱把她和灵魂来比较。我觉得人活着，你的所思所想就是思想，人死了思想就变成了灵魂（之所以在上面一句用"她"来形容思想是因为，我觉得对一件未知的虚无缥缈的东西产生幻想时还是应该美好一点吧，不然总觉得我的大脑里住着一个胡子拉碴的抠脚大汉）。但令我感到奇怪的是，思想也好灵魂也罢，到底是以一种怎样的方式或是怎样的载体存在的呢？靠大脑吗？大脑只不过是一堆沟回状浆体而已。在空中吗？那想想考试的时候大便的时候亲嘴儿的时候，周围飘着一群灵魂来围观，还是有点尴尬的。那什么东西才是思想呢？可能是生活的阅历，可能是天生存在。但其实简单来说，应该就是对待一件事物的发生所反映出来的心理状态。王小波有思想，所以他读小说就能联系到生活继而产生表达的冲动，写作的冲动。我没有思想，所以我读有思想的人写的文章继而丰富自己的思想。一个人的思想会改变他对生活的态度、做人的准则、配偶的选择乃至在社会上的阶级地位。但依我看来，思想这东西有的话不错，可以看世间万物看得明白些。没有的话也挺好，踏踏实实活一辈子，不用想一些乱七八糟的东西。

除了王小波，韩寒也是我了解颇多的一个人了。初中就开始读他的书，到现在还会经常翻出来看一看。但是现在再读《三重门》《长安乱》，我却不会再像当年那样读得畅快，反而有一种读高中生作文的感觉。事实也的确如此，那就是高中生写的。关于韩寒的争论网络上似乎从没有停歇过，有人说他是写的流水账，有人说他是青年领袖。他也好像没有死乞白赖地争论过，也没有过多的文字发表。其实这两种观点在我们班也存在。那天在班里讨论起各自读过的书，我说起我喜欢韩寒，一个一直没有说话的女生小声地说了一句：我读了他的《三重门》，觉得我都能写得出来，那就是作文。我看了看她，没说话。其实这句话我只同意一半：对，他之前的小说的确就是作文，但是他写出来了。

韩寒近些年的文字愈见成熟，如果从《三重门》读到《1988》再读到《我所理解的生活》，一路走来就会发现，你好像在经历着韩寒的成长，从高中到现实社会，再从现实社会找到自己所理解的生活……嗯……跑题了。

写了这么多韩寒和王小波，就是想说这两个人对我的思想的建构起到了很大的作用。是很大的作用，但不是全部。其他的书对我也是有影响的。好多人从学校走出来以后依然带着学校解题的方法去读书：理解作者的中心思想，了解文章的时代背景，解释好词好句的妙处何在……但现在想来，其实完全走偏。读书是为了建立或重塑自己的内心世界，而不是一味地照搬作者的思想。更何况你我都不是鲁迅，家门口有大枣树，反而家门口只有大马路。所以我认为，读书的目的在于找寻让自己有灵感的文字来表达自己的思想，完善自己的思想。比如读一本书，读到了能够激发灵感的章节、句子，那么自然会停下来多读几遍，反复品味，不用刻意地背诵也能轻易地记住，形成没有实践过的思想。当我们在生活中遇到一些事情激发起自己灵感的时候，就会发现这与自己潜在的思想相契合，这时，真正地属于自己的思想才算形成。当读到许许多多作者的作品从而激发出思想的火花时，便会慢慢在生活中筛选与自己人生观、价值观相似且与时代并肩前行的思想，这样就逐渐形成了"我"的思想。当然，思想也会长大，从青涩锋利到带有沧桑的味道。这是必经的过程，像韩寒一样。

　　所以，何为我思……多读书吧。

　　忽然不知道怎么结尾了。那就套用王小波在《思维的乐趣》一文中的一段话吧，算是总结一下我所理解的"思想"二字：

　　除此之外，还得不到思想的乐趣。我相信这不是我一个人的经历：傍晚时分，你坐在屋檐下，看着天慢慢地黑下去，心里寂寞而凄凉，感到自己的生命被剥夺了。当时我是个年轻人，但我害怕这样生活下去，衰老下去，在我看来，这是比死亡更可怕的事。

　　作者简介：毕云天，生于 1998 年。河北省廊坊市人，现就读于韩国高丽大学政治外交系。好读书，偶尔写，有习作集《我的舞台》出版。

顶 冠 红

张 建 丽

长根的名字是他爷爷给起的。因为第一个发现长根窘处的正是他的爷爷。

其实长根出生的时候，他爷爷正在院子外边的棉柴垛旁摘那枝上的残果，这是他在看到接生婆进了自家院门之后有意找的活计。不一阵儿，待儿媳屋里传出那"哇"一声啼哭之后，老人家便把手里的活计停了下来，慢慢蹀着步故意大声咳着走进自己的屋门。

这长根的父亲是他爷爷三十岁上才有的"独根苗"，而长根又是他父亲三十岁的时候来到这世上。与其说两代人巧合得有缘，倒不如他爷爷说得实在：都是因为家底薄、结婚晚，得子也就晚了吧。所以，对于长根的出生，他爷爷看得非同小可，尤其是男是女，他一颗心悬得好高好高。这时的他虽已进屋，但哪里坐得下，只是叼着烟袋在屋里走遛。这时房门一掀，长根的奶奶抱着一团棉绒闪了进来，长根的爷爷凑上前去，待老伴把一层层絮被掀开，一张红彤彤的圆脸便露了出来。看着老伴的笑眼，长根的爷爷向下一挑眼，老伴会意地把孩子的下身揭开，长根的爷爷嘴角一翘，但很快问了一句："这孩子尿了没有？""尿了，好大的一泡。"随后，长根的爷爷长长地吁出一口气。

长根出生的前一个月，他父亲派伕去了津塘运河，待他回家的时候，长根已是快"百岁儿"了。那时的河工又苦又累，三个月的光景已把长根父亲的身子消磨下去很多，但那黑瘦的骨架一碰见儿子那双嫩嫩的小手，整个人顿时就鲜活得像个精灵。晚上，长根的父亲问长根的爷爷："孩子的名字起了没有？"长根的奶奶插话说："我起个'留柱（住）'，你爹他死活不应，叫他起，他说等你来了再说。"长根的父亲遂把目光逼向老爹。长根的爷爷却谁也没看，定定地说了一句："叫长根。"那口气似乎板上钉钉，那神色又胸有成竹。众人听了，这名字不雅不俗，顺口也中听，于是皆点头称道。唯有这老爷子的一口呛烟，当时把一家人的几双眼睛弄得懵懵怔怔。

长根的爷爷是在长根三岁的时候去世的。那天早上一起床，老人便觉得腿脚有些不听使唤，继而便大声喘气，等老伴儿把一家人急急召来，老人家脸色一阵惨白，像是不行了。长根的父亲便要出门到镇上请医生。但长根的爷爷一招手把他拦下了，然后老人家又一挥手，把众人撵了出去，屋子里只剩下父子二人。长根的父亲以为老人家在这最后的时光一定有什么重要的事说给自己，于是庄重地凑近父亲跟前，只见老人家两眼死盯住儿子，憋足了气力说道："长根那鸡小，以后要给他常摸，常摸会……会大的，千万别仿了那——前庄的吴二……"老人家说完，忽然就一口气憋住了，然后头一歪，嘴角一抹混浊的痰液溢了出来，长根的父亲一看不妙，一摸鼻口，气息已然断了，只是那双眼睛睁得吓人，长根的父亲知道老人已去，急忙把父亲的眼睛抚合，随之一声长号便从心里呼喊出来。可是，待众人哭声连成一片的时候，长根的父亲却在院中的一角暗暗出神，他反复琢磨着父亲的遗言，待蓦地想到深处，身子止不住打了一个寒噤。

关于长根的爷爷临终留下的那番话，长根的父亲对谁也没说，因为既然老父亲有意回避自己的老伴和儿媳，那就有他的缘由。不过自此以后，这长根的父亲便留神起儿子那裆间的事体来。首先他注意到儿子那物件确实显得小，但比起同龄大的孩子来，究竟差了多少？经他几次比较以后，发现长根的鸡子是显得小了些，只有撒尿时膨胀起来，那才看出整个的轮廓，平常大半是凹陷在蛋褶褶里。他想，等孩子长大之后便会自然裸露出来，倒也无妨。可是，等他按着父亲所嘱打听了前村吴二的情况之后，心里便真的种下病了。

原来那吴二是和自己父亲一般年纪的人，十年以前便去世了。据当时人讲，这吴二天生阴根就小，一生中无姻无后，被人暗称"吴瘪子"，意即不能开花结果，直至五十几岁入土，也是孤身一人而去。这长根的父亲听了吴二的故事，知道父亲所言是怕覆了这吴二的后辙，于是便就格外担心起来。可转而一想，既然父亲说"摸"就可以摸大，这其中必有道理。忆起自己儿时的把戏，没人之处摆弄一番，那玩意儿不也是常常挺么？常挺，不就渐渐大了么？于是，只要有闲，长根的父亲便用手在长根的裆处把玩，时间一长，连妻子也觉得纳闷："你一个当爹的捏他的脸蛋逗孩子一笑那也是乐事，天天用手摸那玩嫌不嫌骚？"后来，老太太也听儿媳说过此事，便对长根的父亲说："孩子的命根是不能乱碰的，摆弄肿了，憋住尿泡，堵了气脉，那可是一辈子的大事。"那长根的父亲听了，也不言语，潜然一笑搪塞过去，日后仍照常如此。

真正发现自己阴根确实萎小的是长根七岁那年。本来，这村历史上就是一个旱庄，周围方圆几十里没有一条正经的河流，只是碰上涝年，那沟洼渠埂便积了沥水，显些水影。村里的景致为此添了亮色，百姓也自乐得开心许多。那年长根七岁，一场大雨过后，村后一个大坑积了半塘浑水，一伙孩子欣喜地围了半圈，但因为都不会游泳，只得在坑边撩水戏逗，玩得腻了，一个大点儿的孩子把裤衩一脱，顺手抄起那裆中的小件，嘴里喊着小学洋鼓队的节奏，一劲儿地上下翻腾起来：拨弄拨弄硬，拨弄拨弄硬，看看谁的大，比比谁的冲……别的孩子见了，一个个地模仿起来。长根自然也觉得有趣，也不禁如法炮制，可当他把握住感觉时，再看周围伙伴们的情形，便陡然觉得自己的"小"了。

自打那以后，长根便有一股说不出的萎缩。他自个纳闷，为什么那东西长得比别人小？小的原因又是什么……

只不过从那以后，长根变得小心起来，他从不在别人面前显露那隐处，就连平常尿泡，他也不和其他伙伴同行，究竟什么原因，他自己也说不清楚。反正他想，那玩意大小又有何妨？照常尿尿也就是了，再说那是裤裆里的东西，不是给人看的，谁会在意？

但是，终于有一天，长根在意了。

长根十七岁的时候，他已经是乡中学初中三年级的学生了。本来学校规定，初三毕业生为了顺利考上高中，暑假是不放的，要求学生在校复习。可长根天生脑子好，心里透明，在班上总是前三名，最主要的是他深知老爹一年辛苦，自己大了也得想法帮家里拽一膀子，于是暑假他和老师打了包票：准能升上高中。老师心中有数，也不强迫，便放他回家了。自此，这长根便一头扎进地里，锄草耪地，修垄整田，着实让老爹的肩上卸了一份沉重。一家人自乐得满心喜滋。

"干柴、细米、不漏的房屋"，这是当地农家在雨季的最大满足。在这一点上，长根的爷爷做得可叫地道。老爷子在世时，从县城的灰场拉了整整三大车白灰，又从麻袋厂捆了四大包麻刀，然后和了灰膏把四间正房盘了一个牢牢的硬顶，这在当时村里一统泥土房中算是顶了尖。二十几年过去了，除了每年开春在房顶刷上一遍青白灰浆，到如今仍是铁皮一般，任它大雨倾盆或是水流如注，屋里从未漏过一粒水滴。可东西厢房当时却顾不上那般修缮，仍是草泥土顶，按照惯例，每年必定要抹上一层滑秸泥，以防伏天连雨。这东厢房长根的父亲早在开春之后已经上了一遍泥，唯剩下这西厢的柴房等到现在，前一天晚上长根的父亲就撂下话：明早上抹柴房。

在乡村这样好，无论多穷多困，每家都有一处宅院。不像城里人，有的一辈子租房赁屋，到老没个住处。而且这宅院的格局都属一统。正房住人，东厢房外间砌个凉灶，专备夏天做饭。里间是储放粮米豆谷，盛器大多是陶搪制作的缸罐盆瓮，两厢房则不然，里间放的是农活家什，外间堆放的是燥干的柴火，所以又叫"柴房"。这长根听了父亲的话，知道柴房漏了雨是个大忌，于是第二天起个大早，天刚亮早把一担麦秸挑进院里，随后一层麦秸一层土逐层压好，临了泼足水一闷，这上房的泥料算是备好了。

长根早上这一忙活，当爹的看在眼里，心里着实一阵舒坦，长根娘一边做着饭，也不禁说道："看长根这孩子，干起活来不惜力气，珍贵的倒是懂疼苦人呢。"吃罢早饭，长根娘挎了竹篮下田摘菜去了。长根爹叼起烟袋，飘着一顶草帽上了房，长根用三齿把泥和熟，再用长把铁锹一锹一锹甩了上去，这爷俩有张有序地就干起来了。不到两袋烟的工夫，这柴房的屋顶已经抹了一半。正在这时，一声尖利的喝叫随同一个散着头发的女人突地闯进了院子："呀，敢情找了大半个村子，原来做贼的在这呢？"

这一惊一乍，使正在上泥的长根蒙了一头雾水，待他缓过神来，认出来人是前街的四婶，于是他停下伙计，有些愤怒地迎上去说道："四婶，犯了什么事，值得发这么大火气？"

"嘿，"四婶一指那泥堆，撇着嘴故意瞟了一眼站在房上的长根爹，"你们家抹房，拆我家的麦秸垛，这爷俩可真是算计得狠哪！"

"谁拆你家的麦秸垛？"长根一听这话眼珠不由得瞪了起来，那口气也显然粗横了许多。

"嘿，我就知道你不认账，那跟我走，咱一起到垛场看看去！"四婶说着，上前拉了长根的袖口就要动脚，房上的长根爹听出了缘由，急忙打了手势说道："他四婶别急，兴许长根黑灯瞎火认错了垛，要真动了你家的，赔你就是了。"

长根爹的一席软话，本是息事宁人也在情理的，四婶听了不由得锋芒大减，但初来的那口气似乎没出，虽然扯着长根袖子的手暗暗松开了，可那嘴里却又惺惺地嘟囔了一句："哼，都说你家长根念书长了出息，长了什么？我看倒是手长长了……"

在城里，人们往往把小偷称为"三只手"，可在这一带，"手长"则是窃贼的代名词。这长根虽然年少，但四婶这一句尖刻的贬损，顿时把长根的火气燎煽起来了。他的脸涨得通红，手中的锨把也不由得提将起来，嘴里却说不出一句完整的话，只是粗粗地喘着气："你，你骂人……"

"哎哟，长根儿，你还敢打人！"四婶见这架势也唬了脸，索性把身子向长根靠过去，然后一指那房上："我还看不透，你就是站在你爹那房上，也尿不出一丈二尺尿来！"

本来，长根爹以为这事已经平息了，乡里乡亲，拿错了东西，看差了地皮，那是常有的事，把话说直白，纠了错处也就罢了，绝不至于没完没了。可四婶这最后一番话，虽然声调不高，但他听得分明，一下子就像遭了雷击，心里蓦地感到一沉，身子也直挺挺地坐在屋顶上。奇怪的是，那双眼睛不看地下的四婶，却直勾勾地盯住了远方的天际。站在地下的长根似乎从父亲那茫茫的眼神中预感到有一种不祥的征兆，他一把甩掉四婶拽住的衣襟，几步登上梯子向跌坐在屋顶的父亲奔去。那四婶也分明感到了某种不妙，独自讪讪地悄然离去了。

长根爹是在县医院的病床上才恢复神志的。医生告诉他，骶骨骨折，也就是人们常说的尾巴根子断了。家里人似乎有些疑惑，他自己也觉纳闷，怎么一个屁股墩就把个尾椎骨摔折了？可是长根爹记得分明的是，四婶那句"站在房上也尿不出一丈二尺尿来"那句话，确实戳在他心底最隐秘的疼处。因为十几年来他一直认为，长根身上的短处，只有他一个人知晓，为了恪守这个秘密，他甚至连老婆也没说知。他唯一能做的，就是遵照父亲临终的嘱咐，小时候常给长根摸、揉那鸡、卵，尤其是憋住尿的时候，看那鼓得圆圆、硬硬的尿头，这时他会感到一阵最大的欣慰与满足。待到大时，他不便亲自摸弄了，于是就找机会和长根一起撒尿，偷窥那根的长短。去年也是放暑假，长根中午在西屋睡了午觉，全身只穿了一条短裤，长根爹从田里歇响回来，恰看见长根睡得正香，嘴里鼾息匀匀地呼出吸进，但那裆里突地支起一个顶来，随着腹部上下起伏，犹如一把伞叶飘在波峰浪谷，长根爹看了，掩了一口笑，暗自转身歇去了。但纵然如此，长根爹一颗心终是悬着的，因为他端详的结果，长根那阳物虽然能够挺立，但那尺寸分明还是不够长进。所以，这块心病也就窝在心里了。要命的是，四婶冲他这一句话，就差一点把这张纸捅破了，最令长根爹揪心的是，长根的底私连这个饶舌的女人都知道了，那这个秘密还有谁不晓得？都晓得，长根以后的婚事又怎能不落下一个不治的症结？想到这里，他一声长气闷闷地从胸中呼了出来。病床周围的人见状忙又安慰他，说这病碍不住吃喝，更伤不及性命，只是慢慢养息就是了。长根爹听了，会意似的点点头，把眼一合，深沉沉又睡去了。

俗话说，伤筋动骨一百天。长根爹这尾骨一折，也真是在炕上躺了三月。这期间，长根爹给长根训了两次令。其一，长根把爹接回家养病以后，急着要找四婶家里讨个说法，因为这骨折是和那女人吵架引起的，要么认错赔个不是，要么翻了脸算清医疗费。可长根爹死摇了头说决不干那臊事。两个人一个房上一个房下，谁也没沾了谁，几句吵嘴，伤不了筋动不了骨，腰是自己摔的，干人屁事？其实长根爹心里明白，是四婶那句话泄了他的底气，人没了底气，骨肉就松了散了，摔下去自然就易脆折，可这根因能说出吗？其二，长根爹对长根说，腰这一摔，以后肯定会留了遗症，重活干不了了，净指你娘怕是撑不起这个里外家。不如这考学就罢了吧。中学毕业在村里也算个秀才，种田亩、应世面是够用的。长根一听，正合了心思，便一口允了。原来这长根自小就明白，庄户人家孩子上学，最终就是让孩子走出庄户。可长根十岁那年随母亲去了一趟天津，投奔的一个表舅家，短短两天工夫，那主人的表情、脸色和说话的语气，着实在他心里涂了一层厚厚的腻苔，从此他对城里人萌生出了一种无言的反感。所以，他对学成以后在城里图谋个什么差事，寻求个啥子出路，当上一个虚虚恍恍的城里人丝毫不感兴趣。有了这个底盘，暑假过后长根去了趟学校，把休学的意思向老师说了，老师听了也在理。那时的学校并无什么考评失学的压力，所以老师象征性地叹了几口气，算是深表遗憾地把他送出了校门。

一晃三年过去了。

读书人一般形容时间过得真快，大都用"白驹过隙"这样的词语。乡下人则用"一晃"了之。三年五年也是一晃，十年八年也是一晃，甚至百八十年也是以此代之。但是细品起来，这"晃"字比"白驹过隙"大有考究。"晃"既是恍惚，试想，那田里的劳作，春种秋收，夏锄冬修，哪一日不是汗滴下土，哪一季不是冷暖相悖？但如此这般光景，却无论长短，甚至一生一世，皆用"一晃"而带过。从不提其中的酸甜苦辣，也不道身心内外的冷暖荣辱，恍惚之间，一闪而过。纵然回首，也是一言而蔽之。所以这"晃"字说起来，分明透着一股轻松、大度甚或还有一份豪气。相比之下，那"白驹过隙"之类倒有些造作、轻浮了。

日子见长，说来话短。就在这一"晃"当中，长根已长成了二十出头的小伙子了。虽然长根生来并非虎背熊腰那副骨架，但看着长根往日日渐蹿长的身躯，长根娘总止不住在他身后努着嘴喃喃地说："这孩子的个头怕要盖住他爹了！"可长根爹每每听了这话，似乎并无老伴的振奋，只是应付地回应一声：庄稼人靠身板吃饭，弱小了，连家门都撑不起来，能行么？听那口气，分明透着一股隐隐的沉重。这使长根娘不免会感到一阵扫兴。直到有一天，长根娘附耳向他透了一席话，那张布满皱纹的老脸才真正绽簇开。

那是秋尾割完最后一垄黍谷的傍晚，吃完饭长根被邻家的五嫂喊去念一封娘家的来信，长根娘等长根刚走出院门，顾不得收拾桌上的碗筷，便把长根爹一把拉进西屋，然后神秘地从长根叠好的被褥下面抽出一条裤衩来，指着上面一块湿渍说："你看，咱家长根，大人啦！"其实，长根爹不用老伴细说，一看那东西自然明白了其中事体，自己年轻时就曾有过的经历，谁心里不明白？城里人叫"遗精"，乡下人叫"跑马"，年轻人长成了，精满自流，这是常情，并不值得什么大惊小怪。然而长根爹一看见此物此景，那一直半开半闭的心窍突然一下子打开了，犹如悬着的心落了地，好似周身被溅得一片涟漪般的涌动。这时老伴儿似有所思地喃喃自语：有几回了，我都偷着洗……唉，粥熬熟了，该有个盆碗盛啦……

其实，老伴儿嘟囔的都是废话，男大当婚，女大当嫁，天下父母谁不知晓？不过长根爹那块隐在底处的心病，老伴儿并不清楚。这几年自打长根弃学在家，父子二人虽然每天田里家中形影不离，可这乡下一没澡堂，二没河泊，偶尔冲一次澡也是在柴屋端盆水各洗各的。就连尿泡，儿子也是有意回避，不在一处，所以儿子那隐处的物件到底是什么长相，长根爹始终是一个谜。如今，老伴把这事一说，长根爹心里像支起一根桩，把一片希望的天空支撑起来了。精、气、神，已有精在先，还怕无后么？想到这里，长根爹不禁从心底涌出一丝笑意。不过在长根娘看来，这笑里似乎暗含着一股说不出的阴沉。

婚事是入冬不久提的，媒人是长根常去给人念信的五嫂。说来凑巧，那天五嫂叫长根念信，去时五嫂家里就坐着个姑娘，那姑娘长得虽不算出众的惹眼，但眉清目秀，身子带着一股天生的秀气，五嫂说这是她娘家的表侄女。在乡下，陌生男女是从不轻易过话的，念完信长根抬起屁股就走，也不便和姑娘打招呼。那姑娘自打长根进屋也没说一句话，就连五嫂介绍姑娘的身份时，姑娘也只是埋头一笑，所以长根直到出屋，那姑娘仍是坐在炕沿纹丝不动。可没想第二天五嫂就上门提亲了。按她的话说：看长根里外办事通透，能挑起家来，父母又都是本分人，守着长根一棵独苗，别无妯娌姑嫂纠纷，当媳妇的过来一定顺气净心，只不过长根初中毕业，那姑娘只上到小学三年，文化是差了点儿。长根爹一听，急忙搂过话茬说，咱是庄稼人，又不拿字吃饭，土生土长的，还好调教哩……说完，一阵讪笑算是把亲事应了，对方也快，不过三天，五嫂传下话来：腊月初十过礼！

过礼，其实就是订婚，早年间，无非是公婆家备一些布疋、茶酒食盒，再揣一些喜钱，由未来的新郎带着吹鼓手一路吹吹打打送到姑娘家，亲家收到聘礼后，这亲事就算定了。然后由婆家择个吉日静候完婚。可现在，一切都简化了，只需把姑娘请来，一家人喝顿喜酒，一来让姑娘看看家境，二来认认男方的家亲，临走时，公婆把喜钱交给姑娘（其实这钱大部用来购置姑娘的嫁妆），整个过场就算圆了。不过这喜钱多少每个庄子都有不同的定数。按当时长根那村，大抵都在一千元左右，可长根爹不知怎么一时兴起，竟一口气对五嫂说了一个令人咋舌的数字：两千！

接下来的日子便可想而知了。长根爹不只张罗那天的酒席，更是在宴请的成员中煞费了苦心。本来他家至亲不多，可长根爹在几乎囊括了所有亲戚之外，还把街坊四邻都纳入了被请之列。知道这消息的人都说，长根家这码事在村里可算是顶尖盖帽了！

可是，正当长根一家热火朝天地忙转之中，初八那天五嫂忽然急急火火地传过话来：婚先不订了，姑娘最近得了偏头痛，这事，等挨过年再说吧。

按说，人吃五谷杂粮得个灾病，本不属怪事，怪就怪在姑娘病得不是时候，更怪的是，五嫂临出门时再三叮嘱，长根一家千万不要去探望！

送走五嫂，长根一家真就蒙了一头雾水。既然和姑娘有了这层关系，虽然尚未订婚，但探望一下病情总是人之常情吧，再说，庄户人家有个头疼脑热，本算不得什么大病，咋就把这婚姻大事说搁就搁呢？

一晃三天过去了。这一"晃"对长根一家可并不轻松，那简直是度日如年般的煎熬。后来，长根爹实在忍不住了，他把长根拉过一边，轻轻地说："姑娘病了，人家不叫咱去看，那是人家的事，咱明知不去，过后说起来是咱的缺礼，这样，她不让咱明着去，咱就暗着去，明天你去她庄上暗里探听一下，看病的轻重咱再回来计较。"长根按着爹嘱咐第二天一大早便出了村，两村相隔不过十几里路，不到傍晌便回来了。可长根带回的一句话把爹娘说愣了：姑娘没病！

这下蹊跷了。长根爹闷着头坐了半天，熬到没了日头，他一个人悄悄奔五嫂家去了。可是当五嫂俯首在她耳边说出一番话后，长根爹仿佛一身的气力刹那间就泄尽了。五嫂悄悄告诉他，不知姑娘家听什么人说的，这长根鸡子长得特别小，婚后俩人没得便当不说，这万一无后可是大事呀……

　　不知是怎么从五嫂家出来的，长根爹没有回隔壁的自家院门，他懵懵懂懂地朝村外的旷野奔了过去，寂静空寥的夜空中，仿佛响彻着一声撕心裂肺的呼喊：爹啊，你留下的这块心病，真就生根了么……

　　当初，订婚的消息像炸了药般地火爆，如今，这散婚的气息倒像是泄了气的鼓囊全无了声息。虽然长根爹娘并没向长根说起这其中的缘由，但长根好像知晓了什么出处。一连几天看着父亲颠忙着辞这退那，他压根从没问起个究竟。这样一来，倒把长根爹娘搅得一片心乱：莫非长根知道这退婚的底细了么？

　　事实似乎比长根爹娘想象的还要糟，因为不光是自己儿子，就是从乡亲们有意躲闪的话题和目光，长根爹分明感到了一种隐私被人看穿的灼痛。偏偏这种心情从没人提及，也无人深究。他本想对每个人都说清楚：长根那鸡子虽然不大，但硬挺挺得很，况且还隔三差五跑过马哩……可是他自己无从解说，无从辩白，只能像隐在心中的一块坏，隔着一层层谁也不愿捅破的肚皮，被一股无名的风雨刮着淋着，直到有一天被岁月的苦涩蚀化，可是真的就有这么一天么？

　　众人的目光是可以躲过的，可长根的眼神对于长根爹来说，那四目相对的时刻是怎么也绕不开的。虽然长根爹每次都试图从长根的眼神里探究出什么，但长根似乎把眼睛拉上了一道幕帘，看上去茫然一片，透不出后面那扇的半点映像，日子长了，那眼光倒新生了几分鄙夷不屑的神色，这使得长根爹那眼里的惶恐和忧虑倒减少了许多。

　　还是锄禾日当午，还是汗滴禾下土，无论是汗水或是雨水，反正迎来的总是那千年不变的轮回，日子也是一样，不管是烦心还是顺心，总得往前赶着各自的岁月。本来，自打长根的那场婚事吹散之后，长根爹心里那块坏似乎要砌着一堵墙，可到入冬没多久，村里几个婆娘不知怎么的又张罗给长根提起亲来，这使得长根爹心里的缺口大开，可是令他犯堵的是，这长根每逢提及此事，便把脖子一梗，扭头看别处去了。这使得长根爹一阵揪心，莫非这孩子知道了自己的愧疚，甘认自卑自贱了么？

　　对于庄户人家，入冬以后的日子里既清闲又懒散，可长根爹眼前却是在忧虑焦灼中备受着不可言状的煎熬。特别是最近一段日子，长根一大早便出门，晚上很晚才回来，看样子他不是约了同伴串乡赶集，或是入了哪个帮伙聚饮聚赌。这使得长根爹焦虑中不免又多了一分担心。这闷罐子一旦砸了地，怕要出什么邪事吧！

　　不幸，长根爹最怕的预想终于有一天被言中了。

　　那是这个冬天最初的一场雪下过之后，年近六旬的秃顶村长带着一身冷气拥进了长根家门，进屋来啥话没说，一把拉住长根爹夹着哭腔连声说："不好了，长根出事了！""啥子事？""他强奸人家姑娘犯了事，被公安抓起来啦！"说着，村长把一张盖着大红印章的纸签塞到长根爹手里。"带上一套铺盖，上县城看守所，让见面就见面，不让见就把铺盖留下……对了，前街四婶有个表弟在里面，请她动动身子，兴许多一层关照哩……"老村长说完，带着一腔的悲戚踩着雪路走了。长根爹顾不得早已哭成泪人的老伴儿，一把推开房门直奔前街四婶家去了。

说起四婶，几年前因为一堆麦秸吵完架以后，两家本就结了前嫌。前些日子长根散了婚事，长根娘就怀疑有人暗中向姑娘家说话泼脏，而其中第一个犯嫌的就是前街四婶。可是经过一段时间研磨，这事情还真和四婶挂不上什么干系。但即使这样，若是因为其他事有烦于她，长根爹决然是一百个摇头。但眼下这长根犯事非同小可，长根爹恨不得从漆夜里寻到一丝光亮，所以听村长这么一说，哪里顾得上许多，掩着老脸直奔前街四婶家去了。

使长根爹备受感动的是，四婶一听来意二话没说，立马让丈夫套好一驾驴车，然后催着长根爹回家备好一套被褥，一袋烟工夫，长根爹和四婶已是在奔往县城的路上了。

三十里的路程不算太远，没等到日落，那驴车碾着碎步也进了县城。待长根爹在四婶的姨家落座后不久，四婶的表弟刚巧也下班回来了。没几句寒暄，也顾不得过多客套，话语很快进入了正题。那表弟告诉长根爹，长根是昨天下午被抓的，他犯事的女方正是他原先说过婚事的那位姑娘。原来那姑娘和长根的婚事撤约之后，加之又值入冬，没有了劳作，姑娘便随姑母小住了几日。姑母家住在县城边上，家门临街便当，几年前开了一个出售日杂物品的明摊。姑娘刚去，偶尔姑母有个应差事理，便托给姑娘临时照看，后来，姑妈看着姑娘手脚勤活，脑子精灵，便有意提出留她常在店里看管。姑娘巴不得在庄子以外寻得一方见识，于是满口应允下来，此后，姑娘便当起了摊主，日间经营，晚上便宿在店里的一处独屋。姑母时常过来嘘寒问暖，有时也唠叨家常，这使得姑娘在这里住得着实心安快乐。

据姑娘的姑母讲，事端发生在前天晚上。当时她正在厨房为老伴做夜汤，原来这老爷子从年轻时就落下吃夜食的怪癖，这老伴儿伺候了这么多年，到如今仍是依然。当夜粥熬好之后，她正要端碗朝里屋送去的时候，猛听到外间临街那门店传来一声姑娘的惊呼："救命啊，有坏人！"这姑妈当时吓得把碗一扔腿脚立马迈不动分毫，竟也扯起嗓子随着大喊起来。当然最先跑来的是老伴儿，随后一帮街坊邻居也齐刷刷奔了过来，可是等众人赶到那姑娘屋前，屋里却已没了动静，只听得姑娘断断续续的啜泣声。大家明知发生了什么事，但谁也不敢贸然推门进去，倒是其中有头脑清晰的人说，来的人把住屋门，不让坏人逃跑，同时尽快去派出所找公安。众人一听有理，于是有两个年轻人飞跑去找公安，留下的人则急忙在院子里各自抄了家伙，把姑娘的屋门围了个严实。不一刻两个警察气喘吁吁地赶来了，先是草草问了问屋里大概情况，再就是看了看四周有没有什么后窗天窗之类，便掏出枪来附在了门口倾听这里边的动静。这阵势，把屋外的众人搞得格外紧张。一个个都把手中的家伙攥得绷紧。正在这时，屋门突然"砰"的一声被推开了，满脸通红的长根像根柱子戳在了门前。两个正贴在门缝听着屋里动静的警察被这突然的举动先是惊得本能地后退了几步，继而马上掏出抢来正要呵斥什么，长根说话了："事儿是我干的，要上哪我跟你们走。"声音虽有些沙哑，但听上去非常的平和。见此情景，两个警察倒显得有些愣怔。其中一个似乎缓过神来，马上堆下一个笑脸，而且亲昵地把一只手轻轻搭在了长根的肩上说："好样的，敢作敢当，是个男人。"

"你说什么？"长根不知怎了回了这么一句，"我说你是个男人，算条汉子！"那警察又大声重复了一句。听了这话，长根眼睛忽地一亮，对着那警察说："有你这句话，我认了。"说完，随即从腰里掏出一把半尺长的瓜刀朝地下一扔。那警察先是一惊，待把刀从地上刚刚捡起，忽然那只扶着长根肩上的手往上一搂，顺势长根的脖子便被勒着仰摔在地，然后一副手铐不知怎么就扣在了手上，那警察也早就变了一副冷脸，随着一声威严的令喝，长根便被连拖带拽地押走了。

"看这孩子言谈话语不像是个惹是生非的痞种，怎么会就闯下这种祸呢？"

四婶的表弟在说完事情的原委之后，似乎透着一种真诚的惋惜，看着长根爹不无感慨地说。

"要说长根是个本分孩子，你再上溯到祖宗八代，也没出过这等孬事儿，你看这个爹，不就明摆着嘛，老实巴交一辈子，想都没想过要出这种横事……"

长根爹对自己连同祖宗如何评价显然毫无在意，他关心的是另外一码事。于是他仰着脸讪讪地问四婶的表弟："那你看这宗祸怎么个解法？"

"这种案子并不少见，"四婶的表弟吐了一口烟，说着又把身子往前凑了凑，"不过这孩子当上的时候不太好说。"据这个表弟讲，以往这样的案子往检察院法院一送，几道关节下来，很容易就懈了当初的硬劲儿，如果再把女方打理得顺当，大事化小、小事化了的可能都有，可现在是严打时期，检察官、法官都在看守所现场办公，从速从严，这就不好说了。听完这位表弟这么一说，长根爹本来想烦表弟再做些疏通关节的嘱托，可一看那一脸比自己还无奈的样子，长根爹便不再张口了，临走时，只把随身带着的那倾家的120块钱留给了四婶的表弟，嘱他给长根买些实用的东西，那表弟诺诺连声，表示一定一定办到，然后长根爹和四婶又赶着驴车回了庄。一路上，长根爹回想着四婶表弟述说的长根犯事的一些细节，然后再前前后后一归总，脑子里似乎显出一条清晰又模糊的纹路，于是他对着那即将沉沦的夕阳长长呼出了一口闷气。

村长是第十五天头上到长根家来的，当时他腿抖声音也抖，那只握着一张信笺的手抖得更厉害，村长说："这应该是公安员来送的，可他见不得这阵势，便由我来传这个丧事，长根的案子判了，明儿就是大限，让家里明天中午之前去县城东河滩收尸。村上别的没有，派挂车，招呼些人总是有的，咋个用法村里就听你一句话了。"说完，村长用袖子捂着脸颤巍巍地走了。

第二天，长根爹没向村长要人、要车，一个人蒙着三更天便去了县城。直到天黑村里人才见他打着趔趄回到街上。后来有人说，他是在城边雇了一辆板车和车夫帮他把尸收了。至于埋在什么地方，至今没人问起，更没人知道。因为根据族上的规矩，未婚的男人和女子死后是不能进坟的。

长根死了，但有关他的故事却成为村里人百说不厌的话题。不过，在长根爹面前，这又是一个永远不能触及的忌讳。不过有一天，这个不能开启的话匣，终于让四婶一下子捅开了。

那是长根死后一个多月的光景，四婶突然找到了长根爹："我说大哥，我爹过生日，那表弟也给老爷子祝寿来了。"说到这里，四婶神秘兮兮地凑近："我表弟说有件长根的东西要送给你。"长根爹一听，先是浑身打了一个冷噤，不过，懵懂了一下之后，还是迈着疾步随四婶去了。

四婶的表弟今天没穿警服，表情也比上次亲和了许多，甚至还第一次喊了他一声"大哥"，寒暄了几句之后，那表弟把他拉到了后屋悄声说："长根临行前的那天晚上，交给我一样东西，要我日后交到你手里。可事情过去之后再也没见到你，所以趁着今天有事过来把他交给你吧。"说着，那表弟从下身裤袋里掏出一块灰白的布团，有些郑重地递到长根爹手里，然后转身回正屋去了。

长根爹接过那布团着实有些蹊跷，待打开一看里面什么东西也没有，不过细一展开，便发现布上附着一片鸡蛋大小的红渍。可能因为时间长了，那色泽已显得有些昏淡。

"顶冠红！"

这是从长根爹脑子里猛然爆出来的第一声轰响。原来，在这方圆一带，结婚的新娘在进洞房入睡的时候，身下要垫一块从娘家带来的白布，待房事过后，第二天要把布展给新郎偷看，如果上面有红，便证明该女子是贞女，然后新郎会把事情告诉父母算个交代。后来戏说也好笑谈也罢，人们便俗称之为"顶冠红"。再一端详那布料，长根爹猛然就想起，那是今年正月，长根娘赶集，回来带回一块五尺见方的白布，原来那是人家丧事收的白礼，事过之后，剩余多了，便在集上贱钱变卖，这长根娘和众人一样，自当捡了便宜拿回家来，给长根父子做了两件裤衩，其后长根当作内裤穿了，长根爹和大多同龄人一样，历来是光着身子裸睡。所以长根爹那一件如今还放在柜子里从未动过。今天一看到那团布，长根爹自然认出了这是长根的身物已是无疑。不过，长根爹愣怔的是：儿子要把这物件交给自己是什么用意？莫非就是让自己验证一眼那片传流的"顶冠红"？

要说长根爹刚进屋时的确是有些颤颤巍巍，哆哆嗦嗦，可他从里屋出来的时候显然脚步是有些直直挺挺、踏踏实实的了。

"不过，老哥，"那表弟见他出屋，有意上去搀了他一把，一脸温和地说，"孩子走的时候，早上吃的是大碗肉、白馒头，临上车时还冲我笑呢，人们都说，这长根还真是条汉子！"

"汉子，就是么……汉子……就是么……"长根爹像是喃喃自语，又像是说给旁人听的，那口气细品起来似乎还有几分自得。

"顶冠红，咱长根儿的顶冠红！"一进家门，长根爹一把抓住了长根娘，一边口气急促地说，一边把那块布团在老伴面前抖了开来。长根娘一时间不知所措，竟呆坐在炕沿上直勾勾地望着长根爹那一脸复杂的表情。

"不信你看。"长根爹起身打开柜子，拿出一条裤衩来。

"这不是一块布么，记得过年时你买的，你做的……"

"呜……"长根娘忽地发出了一声凄惨而又沉闷的低泣。

照常例，有着顶冠红的白布，待丈夫及公婆看过之后便即刻弃掉的，可长根爹不但自己时常翻看，还时不时拿给到自家串门的乡亲们看。初时不显，后来一旦他拿了那秽物要给别人展现的时候，人们便自然地背过身去，心里流出一句涩涩的回声："长根儿犯傻，死了，他爹犯痴疯了……"

作者简介：张建丽，回族，国家二级作家。中国作家协会会员、中国文艺评论家协会会员、河北省文艺评论家协会理事、河北省廊坊市作家协会驻会副主席兼秘书长，《廊坊文学》副主编。现供职于廊坊市文联，已出版个人专著五部。

乡情印记

韩凤舜

之一：那时、那人、那学校……

一

贺丰有个哥哥叫贺庆，他爹预感到还会生个儿子，准备取名叫贺收，名字连起来念是"庆丰收"，不管庄稼能不能丰收，叫一叫也觉得喜气。往往事与愿违，接下来他娘就再也没出来一男半女，哪怕生不出儿子生个闺女取名"美"，也显得家庭幸福，但就这样搁在半路上"丰"下没词了。还好，塞外的气候一年刮两次风，一次刮半年，庆不庆它，风也照样刮！

高中毕业的贺丰刚出校门就又进入校门，虽然同样在校门里，角色却来了个颠覆性华丽大变脸，从一个整天捣蛋出难题的学生娃，加入了那些自命清高的教师帮。他想也没想自己能成为村民办教师，就他这小身板，若去生产队上工最多顶半个劳力，在学校却可以赚整劳力工分，外带每月有 6 元现金补助。于是贺丰满脸笑嘻嘻屁颠屁颠地跨进村小学大门。

正值青葱期的贺丰，到学校第一天就逐个瞅每位女同事，当看到公办教师杨梅那高挑的身段和貌美的脸庞时，目标显现，心也踏实多了。即便校主任安排他去给三年级上语文课，他都没怎么在意，拿起教科书和粉笔就来到班里，到教室才想起都不知道该怎样讲课。贺丰询问学生今天该学哪课后，一看那篇课文傻眼了，有好几个字自己不确定标准发音。按照套路应先由老师声情并茂地演示读一遍，再领读数遍，再逐字讲解生僻字。贺丰可不想刚上班就成为笑谈，他只好问："同学们，哪位可以朗读这篇课文？"没料到真有小孩举起了小手，贺丰难掩兴奋地请这位同学读起来，然后又请这个带着新老师救命稻草来上学的熊孩子领读了几遍，一堂课就这样糊弄下来了。

二

贺丰所在小学很符合"小"的意念，一座当年没收的地主的四合院涵盖了所有教育教学场所，当然还占了这"狗地主"院后的打谷场，更名为小操场。在院子和操场间竖一棵枯死的高高的杨树，树头拴一面国旗，树中间固定一块正方形木板，木板上拧个篮球筐，成为唯一的体育器械。这样独特的创意叫人看了总有被人鼻子上打了一小拳酸酸痛痛的感觉。

杨梅秀美的突出点是两只大毛眼，眼睫毛像半面蝴蝶，一眨一眨地勾人魂魄。贺丰就如小孩子饥肠辘辘时看到美味佳肴想吃又怕大人骂似的，总想往杨梅跟前凑，又不敢跟人家说话，还装着不经意的样子。杨梅却对他大大方方地说："哎，小贺老师，你能不能下节课帮我带的班去上体育课，我帮你带的班去上音乐课呀？"贺丰恰似瞌睡有人给放了个枕头般爽快地答应。这体育课他可得心应手了，嘴里吹着哨子，领着这群孩子像模像样地竖排走、横排走、单排走、踏步走、齐步走、跑步走，走得不亦乐乎，显得自己就像专业的体育教师。花有意水无情，殊不知人家杨梅仅是怕太阳晒黑了皮肤拉他新来的做劳工而已。

村小学每个年级就一个班，全校仅七位教师，六个萝卜六个坑，剩余的"萝卜主任"兼各班一天一节科普常识课。每个人几乎包办这个年级的一切，像无所事事时时又在一起又结婚多年的夫妻似的，天天与这二十几个孩子厮混在一块，互相烦躁一说话就反感，却不能离分。全校师生最开心的就剩那课间十分钟了。办公室内门框上安装有电铃开关，控制上下课时间。主任在时大部分都由他来掌控，因为他手腕上还戴着一块资深手表，虽然还得每天多次与他办公桌上的马蹄表闹钟校对，但也足以具备独一无二的权威性。主任不在时可就猴子称大王了，大家谁也可以按电铃，往往下课铃声比往常来得早了些，而上课铃却迟迟没人按。课间十分钟被有限延伸放大，师生共享其乐融融！

当贺丰知道各科都有教学参考书，就像哥伦布发现新大陆一样，方知当个老师实在没有多了不起的，也明白了其实大可不必当年那样佩服自己的老师站在讲台上侃侃而谈啥都知道似的伟大了。

三

吸引贺丰上班的动力除了工分和现金外，就是能天天看到杨梅的音容笑貌，印证了那句一切为了金钱和美女的话。特别是每当杨梅弯腰时隐约露出的臀部上面的腰沟（以后的岁月里才留意有美好腰沟的女性并不多，瘦的无臀难有沟，胖了无腰何言沟），以及抬腿时暴露在外的粗细适中的脚踝，都使贺丰倍感遐想连连。

他都把偷窥杨梅的举手投足变得有瘾了，就像酷爱画画的人观察到美丽风景般着迷。然而自始至终贺丰也没敢去实施追求这个城市姑娘的任何举动。个人的身份落差及家庭的不同地位叫贺丰只能是有贼心没贼胆，空留隔岸观火的隐痛，赏识之心无人知。

老主任可能看出了些端倪，提示贺丰踏实上班，年轻人把心思放在学习和教书上。这老主任可是个村里的大知识分子，那个年代能说出美国还是个比较说理的国家，而历史上俄国和日本可是对中国祸害了不少，还总在研究小孩们玩耍时唱的歌谣"三五七，三五八，三八三九四十一"是预示着未来中国即将发生的啥大事件。当然这个课题太大，实在叫他煞费苦心。

直到杨梅要调走的消息确定，在一起这半年加起来贺丰也没能和杨梅说上二十句话。然而杨梅临走竟然还送给贺丰一个精美的笔记本，使贺丰心里美妙无比。

没过多长时间，贺丰也离开了这所小学，被大队安排去修建县重点工程"军民大渠"的公社工程点管理伙食了。

工作的变故让贺丰想起了唯一可谈吐心思的哥哥贺庆。哥哥既然认为是个不错的事情，那就可贺可庆吧，贺丰还是带着快乐的心情去新的环境上班了。

之二：此花开在天凉季

一

那一年闹地震贺丰十九岁，在民工食堂当管理员，与本村一个当民办教师的姑娘交往。也说不上多喜欢她，但也不讨厌她。就想别地震压死了连女人都没有交往过，于是就不冷不热地与之相处着。错就错在她不该带着她的好姐妹来找贺丰玩，也估计她在这个姐妹（姑且叫她菊，因为这个人将是后面的主角）面前没少说贺丰的优点，菊一开始看他的眼神就热度很高，俩人彼此一下就对上眼了。以后每次见面大都是三个人在一起，都搞不清她俩是谁主动提出来找贺丰玩的。他还是和教师姑娘大部分时间说话，菊有一句没一句地插话，大家嘻嘻哈哈，都像特别开心。

二

菊在村里也算得上是个美女了，虽然有点前倾头，由于脚大走路像大象，"吧嗒、吧嗒"的，但丝毫没有影响她高挑身材的婀娜之美；由于从小生长在外县，菊说话时"这""择"不分，"吃""瓷"难辨，如"这个"说成"择个"，"吃了"

说成"瓷了",但也无法阻挠她银铃般甜甜笑声沁人心扉。她们两人找了贺丰几次就渐渐来得少了,可能是教师姑娘看出了些端倪,毕竟感情上的事谁都是很敏感的吧。贺丰和菊却有感觉了,菊又不好意思一个人来找,贺丰也没胆量独自找菊,俩人就猜心眼儿,谁也不去主动找谁。

贺丰发现民工食堂下面就是菊生产队每天派工的地方,就在院墙上挖了个拳头大小的洞,早晨队长派工时他就趴在洞口偷偷地观看,连着几天菊都往食堂这边张望,贺丰心里揣测她也是在想着自己的吧。

机会终于来了,那天村里放露天电影,贺丰到处转悠,满场找菊,终于看到了她和一伙女孩在一起,其中一个和贺丰较熟的开玩笑说:"你找我们哪个呀?"贺丰小脸涨红地说:"谁也不找!"就快速地走开了。过一会儿他又从她们后面去看,菊居然没在那里了。贺丰赶快去外边找,没提防突然被一只手拉到一边,一看正是菊。

她说:"你瞎转啥呢?"

他说:"找你呀!"

她说:"那刚才看到我时不说。"

他说:"人太多,没好意思说。"

她说:"好事不背人,肯定憋着啥鬼事吧。"

他说:"啥鬼事你不知道吗?"

她就佯装生气似的捅了他一下。

他说:"你冷不冷?"

她说:"真冷。"

他就让她把手放到他的棉大衣兜里暖和暖和,她乖乖地把两个手都揣到他的一个衣兜里。

他说:"好点了吧?"

她"嗯"了声。

他快速地把自己的手也塞进衣兜里,并攥住她的一对纤手说:"这样更好吧?"

她抽了抽,羞涩地说:"你这人有病吧?"

他说:"是啊,病得不轻哩。"

她不言语了,他也不说话,就这样两人美美地待了一会儿。

她依依不舍地说:"我得走了,让我爹看见要骂我的,记得回家看衣兜里的字条。"说完就跑了。

三

男人喜欢上女人,爱用虚假的甜言蜜语表达,潜意识里想的是怎么可以向她动手动脚；女人喜欢上男人可是要用实际的东西表现，总想的是以后和他过日子。菊给贺丰的纸条只有五个字，上面写的是"好象对我说"，贺丰也想不明白是要表达什么，就趁晚饭后她去生产队队房记工分的路上迎住她，问那纸条啥意思，她说："啥意思自己看着办，你反过来看就明白了。"他反过来看是"说我对象好"还是云里雾里。就说："还是不懂。"她说："你自己理解吧。"说完就走了。临走时在贺丰手里放了一个玻璃筋编的小鱼，当时可是放在钥匙链上的时髦物件。

两人就这样隔三差五地偷偷摸摸来往着，菊每次都有东西送，手钩的白线衣领、自己纳的鞋垫，已经翻烂的《林海雪原》和没有封面和封底的《红岩》等。也不知她是从哪里借来的，她一定是费了很多心思吧。贺丰从内心特别感谢菊，因为他最喜爱看书了，这段美好的时光使贺丰终生难忘。

一晃一年多过去了，村里女孩儿过二十岁就要谈婚论嫁了，可贺丰却犹豫了。

四

菊真心实意地相处相爱，使贺丰再没了开始时的只想瞅机会拉拉手、抱抱她的幼稚向往。可要认真对待这份纯真的感情，似乎还没有做好起码的准备。他的家庭在村里只能算中下游水平，拿什么给她幸福？菊越对他好，他越认为不能忍心让她跟着自己吃苦遭非议。

那天，德高望重的村会计瑞祥来找贺丰，因八队年轻的生产队长让他去为菊提亲保媒，他想先来探探情况。

瑞祥说："听说你和菊在搞对象，所以过来问问，如果你们俩好上了，我就去找菊的爹去挑明，帮你促成这份姻缘。"

贺丰想了想说："我们俩是关系不错，但不到谈婚论嫁的程度，谁让你说媒你就去给谁去说，我不让你说，你也别瞎操心。"

瑞祥悻悻然地离去了。

第二天菊两眼泪汪汪地来找贺丰问罪了，吓得在一旁说事的厨师赶快离开了。

菊满脸泪水地质问道："你难道是不想娶我吗？"

贺丰也略带生气地说："想娶，但拿什么娶亲呀，一天十分，一年三千六百分，年底分红不足百元，等多久才能盖新房、买三大件！（当时条件好的家庭结婚要备齐自行车、手表、缝纫机的）我这穷样能配娶你吗？"

菊只是不停地哭。看他必须要去食堂干活了，就说："你可以不和我结婚，但要永远跟我好！不能不管我！"贺丰肯定答应后，菊才黯然离去。

五

接下来的时间里，贺丰再没和菊交往。因为爱而主动选择放弃，他内心既痛苦又释然，只能默默地关注着心仪的人。

菊是个很敢追求幸福的姑娘，她没有嫁给那个生产队长，却和村团书记向东好上了，向东父亲是煤矿工人，在全村家庭条件最好，但向东母亲坚决反对，最终没成。接下来菊又与村大队推荐的师范毕业在村任教的教师建平来往一段时间，人家嫌她文化低，又没有缘分。村里一些长嘴婆开始了风言风语的议论，说菊是心比天高命比纸薄，说菊作风不好等等。

不觉地，贺丰好长时间都没看到菊的身影了，跑到学校找她念书的妹妹一问，才得知菊已经嫁到她出生地邻县老家了，夫家是泥瓦匠，家里条件殷实。

自此后四十年，贺丰再没与菊相见过。

之三：在那青春如潮的日子里

一

民办教师贺丰年轻时，村文化生活特别贫乏，特别是每天夜晚，大家只能聚在生产队房内胡侃一气，贫下中农们说点荤段子逗大伙哈哈一笑。

由于有心仪的姑娘吸引，贺丰有空就经常去队房里凑热闹。队长就抓他给大家念念报纸，也就是那份唯一的地区小党报。贺丰一般都是找国际形势读，无非是帝修反国家这里着火、那里枪杀的负面新闻，或者给社员看看报纸上刊登的资本主义国家高楼林立的大街上也有身穿整齐呢子大衣的乞讨者的照片。

全村特别企盼的就是大公社放映员瘸老马排号来放电影了，但这样的奢望也是两三个月才轮到一次，因此三里五村放映时，大家都要结伴前往观看。虽然基本上是放同一个电影，甚至是看了 N 遍的影片，如《地道战》《地雷战》《南征北战》《青松岭》《艳阳天》等。放正片前一般都先放加片，加片的内容大都是工农业生产简报，或者是毛主席亲切接见西哈努克亲王等外国来宾。

观看电影时基本都是在打谷场里，大家早早就搬着小板凳坐齐望眼欲穿地等待，一些成熟男女趁看电影机会摸摸手甚至互相摸摸其他敏感部位。一次，贺丰发现村里一对颇有暧昧关系的男女看着看着电影，竟然互相交换了左右位置，颇叫人疑惑不解。第二天问资深的女同事老师，这位大姐笑言："你真是年轻呀，你都不知道那女的裤子是一边开口的吗（那个年代女裤式样是在右侧面开口的，不像现在男女裤都是前开口）？手伸进去不方便才换地方啊。"唉，无知害人，恍然大悟为时已晚，贺丰遗憾没看到正戏！

二

这年，大队领导决定，村里要主动搞点文艺活动，组建俱乐部，活跃春节文化生活；责成村团支部书记、妇联主任、民兵连长选择有文艺才能的年轻人，利用过去唱老戏所剩的设备，再投资购买所需乐器等，组织安排排练革命文艺节目。

由于贺丰算是村里的文化青年，又略懂些乐器，能锯锯胡琴，弹弹脚踏风琴，居然矬子里面拔将军成了文艺骨干，担任了村俱乐部常务副团长，直接接受村三位干部团长领导。

高大帅气的张福来首先被选上，在贺丰心目中俊俏可人又嗓音甜美的本生产队刘桂花也当然地确定为主要演员。又把村里的年轻人筛选了一遍，过滤出二十多人。剧团就算成立了。剧本是从县文化馆找的几个小表演唱脚本、对口词、快板和几首好听又会唱的歌曲谱词。

接下来分配角色、背台词、揣摩动作。张福来最受女孩子青睐，身边总围着女人，也因他每天都要在裤兜里放几块糖的缘故。一开始是他掏给几个姑娘吃，后来姑娘们就不客气地动手自己从他兜里抢了。那一天，淘气的张福来在家把每次装糖的裤兜剪去来到俱乐部，几个女孩又去争着掏他兜抢糖吃，动作最快的姑娘胳膊伸进去半条，一摸，一瞪眼，一声大叫。大家都很惊讶，原来这个莽撞的姑娘竟然摸到人家的大弟弟了。

三

演出的日子临近了。大家要移师戏台子上走台并与乐队合练，大队给做了木格栅把戏台围起来，又生了个大煤炉子，尽量为演员们提供好排练条件。根据排练情况，初步确定演出三个晚上，分别是大年三十、初一和初二。

演出那天来了好多人，因为演员就是身边的人甚至是自己的亲人。台口放两个大喇叭，麦克风绑在台柱上，300瓦的大灯泡照得戏台贼亮贼亮的。

一阵锣鼓后，大幕拉开，演出正式开始。报幕员是张福来和刘桂花，先演出的是人数较多的舞蹈《草原牧歌》，八个姑娘穿着红色毛衣，头上用围巾一包，手扬小鞭，踏着《草原英雄小姐妹》的曲调，双腿交叉跳跃着出场，还真如骑马样子。接下来是表演唱《传家宝》，女演员左手向外一伸唱"这传家宝"，右手向外一伸唱"你收下"，整个演唱男女演员就这两个动作，很滑稽搞笑。快板《老司机运木柴》演员演到半截忘词了，到"山间道路很难行"后，卡壳了，很难行，很难行，吧嗒吧嗒，很难行，一个人在戏台上转来转去。贺丰一看，赶忙跑到后台找到脚本，忙大声提词"弯路崎岖道不平"。演员却说成了"弯腰嘘嘘尿不停，尿不停，尿不停，开着汽车返回城"。在一片哄笑声中慌忙下台。舞蹈《北京的金山上》还是跳《草原牧歌》的几个姑娘，只是把毛衣穿成一个胳膊在外，就算藏族女人了。

接下来的两天演出还是失误频现，由于演出很接地气，虽然不足的地方很多，但一天比一天来的观众多，大家以善意笑声共享节日欢乐。

最后一个节目是大型舞蹈《万岁毛主席》。大家事先借了好多雨鞋，男的穿高靴的，女的穿低靴的。在古戏装上粘上彩色纸条，穿着就像新疆维吾尔族的服装。连村干部都参与表演，跳着跳着台上就剩打鼓的、打镲的和吹唢呐的三个人，二十多人都登台跳舞，场面十分壮观震撼，达到高潮。大队书记和大队长非常高兴，最后演完，又把主要演员们叫到大队部，在大喇叭上继续唱歌奏乐，折腾到凌晨三点多才算尽兴各回各家。

四

自从春节文艺演出过后，大队书记刘有福对贺丰就有了相当不错的印象，好似类人猿遇到了猴子，真有点惺惺相惜的感觉，有事没事都爱叫贺丰到大队部去闲聊。

大队要召开社员大会，刘书记也要通知贺丰带着几个会唱歌的小学生，用二胡或风琴伴奏，先演几个小节目，吸引大家来大队院里聚集，再在村广播进行通知，效果还挺好。

这个书记每次在大喇叭上或在社员大会上讲话时，每句话开头必是"说"什么什么，每句话尾必是"啊"，如"说首先说国际形势大好啊""说社员们别说话了啊"。如果讲到需强调的地方时，一定要提高八度嗓音，大喊一声"但是"，往往把下面的群众吓得一哆嗦。为了提防再被吓着，背地里大家就给刘书记起了个绰号"老但是"，叫着叫着就成了"老旦"。

由于旦书记是贺丰对象刘桂花的亲叔叔，贺丰也乐意经常去大队部转悠，有事没事地与旦书记贼煽。

这一天，贺丰晚上在学校备完课又来到大队部，旦书记颇为神秘地告诉他说一会儿有任务。等到快半夜十一点了，书记才领着他和民兵连长来到村南的一户人家门口，并言这里有坏人活动。他们三个人等了将近一个小时，一点动静都没有。正纳闷间，这户的窗户打开了，一个女人放声大骂旦书记，言语间表达的是白天我们这位书记大人来人家家里串门了，想搞点儿情调，被拒绝了。于是自认为这个女人一定在与其他男人乱搞，半夜三更想抓个现形，结果却是挨了一顿臭骂。后来才知道这个女人的丈夫在离家很远的煤矿上班，三班倒，经常晚上独守空房，而且她还有个流传全村的说辞："大眼睛，瓜子脸，听见说 × 搁下碗。"不知实际情况咋样，敢骂书记也说明是个烈性人物。

五

民办教师贺丰的假期是要参加生产队劳动的。可爱的大队领导为了培养这个顺鼻顺眼的年轻人，特地安排贺丰秋假期间带队领人护秋。他和民兵连长各带一拨人马，白日黑夜轮流倒班，在全村庄稼地里转悠，全力保护集体丰收成果。

看护大家一年辛勤劳动的果实，似乎很神圣。但其实也寡淡，倒不是说不重要，就是该偷庄稼的人每年必要偷，不偷的人你不看他也不去偷。贺丰一伙儿共计九个人，其中不乏干了几年的老护秋员，村里谁爱偷大家心知肚明。到晚上护秋队伍基本上都不去庄稼地瞎转，一来是怕有狼（当时秋天野外还真有狼）出没，二来是怕贼暗地里扔石头砸伤。于是护秋员就三五一伙在村子里晃悠，贼没发现，却发现了乱搞男女关系的人。这些人大都是在村里有点身份的，真是白天道貌岸然，晚上男娼女盗。贺丰他们就使用一些歪办法逗这些人，或者用铁丝从外面把门拧住；或者在门上面放一块石头，人出来时门动石头会掉下，天天脑子就想着搞恶作剧了。

白天一部分人在地里巡逻，另一部分人把守村口。偷集体庄稼的人也就是个别妇女。这天，贺丰正和三根在进村道口检查，一个中年妇女挎着篮子神色有点儿慌张地走来，刚上前欲检查，妇女突然把裤子脱光了，贺丰一愣，三根却没慌，弯腰就地抓起一把土扬过去，妇女赶忙就提起裤子了。一查该人篮筐里真藏着青玉米呢。玉米没收，给以警告完事。

六

贺丰谈的对象刘桂花父亲是残疾军人，她父亲是在解放战争后期参的军，且在去所在部队报到的路上就被火车箱门挤断了拇指，没有参加过一场战争，等治好伤就内战结束了，他老人家只好带着光荣证复员回村了。因此复员证上只写着某野战军某团新兵连，至于是几连几排几班实在是无法标注。特别让老刘尴尬的是当了一回兵，一辈子都联系不上一个战友，不过当然成了荣誉家庭，处处享受优先级待遇是自然难以阻挡的事实了。如今桂花的叔叔又是大队书记，县新建化肥厂招工，刘桂花理所当然成了唯一的人选。大队提名、贫协推荐、公社批准，一套程序下来，没一点争议地就去化肥厂报到了。

这一天，刘桂花与贺丰告别，桂花眼含泪花地说："不管你以后干什么活，我都要好好的和你在一起。"贺丰眼睛就像路边带露珠的小草也是雾蒙蒙，哽咽着只是点头，但内心深处依然想的是一定要出人头地，才能配得上人家。

从这件事贺丰认为，只有在大队当干部，才能知道哪里招工的消息，才可能有机会努力改变农民的身份。当时工农差距太大，脱离了农村简直就是一步登天。

世间事往往都是事与愿违，好像水到渠成，实则根本无望。

村党员派性斗争相当严重，时间不长，旦书记就在支部换届选举中落马，另一派的代表当选为书记，贺丰不但无任何希望进入村班子里，就连民办教师的身份也被新书记刚高中毕业的侄子顶替。

贺丰又成了地地道道的生产队社员，天天和大地摸爬滚打，已然命运多舛到家。想到自己短时期难以混出个样子，贺丰心如刀绞，于是他也无信心再去与已经转成正式工人的刘桂花交往了。虽然人家还给他写过多封信，但他也没有回一封。时间长了，两个人感情也淡薄了好多，后来刘桂花回家找贺丰，贺丰也借故拒绝了。再后来刘桂花就领了同在一个工厂帅气的对象回家，贺丰彻底心灰意冷，天天郁闷劳作在田间，以消耗体力、排解无限寂寞，好在有乡亲们的温暖陪伴度过了伤心的那时光。

命运真是个反复无常的家伙，没想到半年后，国家政策大变，恢复了高考制度。贺丰抱着试试看的想法去报考，居然考上了个中专。自此背着一卷简易行李离开了他深深眷恋又带给他无比心痛的小山村……

作者介绍： 韩凤舜（网名：天街小雨），河北省怀来人。1957 年出生，大专学历。曾做过农民、教师、干部，管理过集体企业，自己创办过公司。喜欢结交朋友，性格随意独立。

没有（外一篇）

李树德

老同学聚餐已经进行三个多小时了。八个人已经喝光四瓶白酒和两大瓶可乐，有几位男士已经喝高了。开始时的温良恭俭让完全消失了，肢体语言越来越多，先是对自己使用，敲桌子、拍胸脯，接着就对别人使用，拍肩膀、擂胸口。在政府衙门工作的老权正大声地告诉大家他在南方多个旅游胜地都有房，邀请大家去那里避暑……

"别说了。"经商的大老板老钱打断他的话，"我们都知道你有豪宅、有香车、有美女……我们想听听你没有什么。""没有"两字是用一种特殊的腔调说出来的。

"我没有什么？"老权略加思索，然后晃着身子站了起来，好像下定多大的决心似的说，"好。我说！但有一个条件，我说完，你们——也——都得——说——"

"没问题，一个个轮着说。"好几个人响应。

老权为了吸引大家的注意力，佯咳嗽一声，然后不无自豪地说："我没有办不成的事。"

此言一出，一片愕然，还是老钱反应快："别吹牛，举例说明。"

"例子有的是！我小舅子，一个小厂看大门的临时工，我把他先弄到交警大队当协警，一年不到转正，又一年不到调到派出所，三月后原来老所长退休，现在他就是所长。"

"对你来说这算不了什么！"不知是谁的声音。

"别急，还有啦。"老权自己给自己满上一杯酒，一饮而尽，然后扫视全桌，说，"我想问问，诸位有几个户口？"还没有等别人回答，就近似干号地叫道："哥们在津、京、沪都有户口。"

"这个例证具有典型性。"在大学工作的老文一边拍手一边说。

"轮到你了，老晏。"

老晏是位艺术家，这些年来他导的电影和电视剧可真不少，有的还获国际大奖。虽然已经五十多岁了，还是一个劲儿地"蔫黄瓜刷漆"——装嫩。他也站起来，下意识地用左手理了理长发，然后瞟了在座的两位女同学一眼，说："我没有泡不到的姐。"略作停顿，接着说："都知道那位红得发紫的女演员，粉丝遍天下。多少靓仔追她，什么主持人、歌唱家，什么富二代、官二代，她连眼皮也不抬。告诉各位，她是兄弟的红颜知己。"

"你那是自作多情，人家能看得上你这个老刺猬。"一个女同学揶揄他说。全桌哄堂大笑。

老晏一头灰白的头发，胡子也白了，再装嫩也是一副苍老的样子，所以"老刺猬"三个字刺伤了他的自尊。他的脸涨红了，对着那位女同学说："我还别不告诉你，'红颜知己'是委婉的说法，我们俩的关系要比这深得多。"

"老晏是在意淫吧。"不知谁又吼了一声。

"意淫！你们谁知道？大名鼎鼎的叶海伦心窝上有颗朱砂痣，享誉歌坛的吴曼丽尾骨部长着一颗痦子……"

他还要说下去，但被老文打断了，老文摆摆手说："你们文艺界那些鸡零狗碎的事多得很，我们信。"说完，他看了看老武："该老武说了。"

老武是名律师，而且是自学成才的律师。老武站了起来，但身体没有摇晃。他说："我没有摆不平的官司。我能让欠债的，分文不还；我能让该左手截肢，把人家右手截去的医院，分文不赔；我能让打伤人者，无罪释放；还能让房客变成房东，原告成被告……"

"老武你真是神人。"

"不是我神，是法律神，是法官神。这一切要靠你找法律的空子，要靠法官的合作。"

这时，不知谁突然说了一句："老韩一直没说话，让老韩说说。"

在这次同学聚会上，老韩确实没有说什么话，他一直沉默着，听这些老同学在说。他本不想来，自己没有的东西太多了，没有车、没有房不说，现在连工作也没有了。但经不起组织者的怂恿，都是老同学，在一起没有官与民、贫与富，而且有些同学确实也很多年没有见面了。基于这种想法，他来了。

现在要让他讲讲他的"没有"，他犹豫了一下，站了起来，举起手中的酒杯，说："谢谢老钱，给我这样一个机会，见到了这么多老同学。"说完一仰脖把杯中酒喝光，"从今以后，我没有你们这些同学了！"

"没有"两字说得很重，说完，拂袖而去。

我姓"道"

午饭以后，梅子就在办公桌前干坐着。赶上今天下午也没有人来找她，正好考虑考虑与肖奇的事情。与肖奇结婚快两年了，虽说没有孩子，感情还过得去。但自从两个月前与赵明单独在宾馆的那次会面以后，她的心就乱了。赵明对她的爱还是那么真诚、那么热烈。他的拥抱让她热血沸腾，他的吻让她如醉如痴，他的爱抚让她欲死欲仙，要不是那天正赶上……那一定是一次惊心动魄、脱胎换骨的经历。想到这，她的脸发烫，心跳也加快了。

肖奇似乎也发现了什么，他在偷看梅子的手机信息和聊天记录。为此他们吵了好几次了。梅子骂他：你不是"肖奇"，你是"小气"。他反倒说：在这个问题上，男人就是要小气，这是尊严，也是责任，更是对妻子的爱。弄得梅子无言以对。昨天晚上她们又大吵了一场，肖奇说梅子成心给他找岔子，还打了梅子一个耳光。

今天梅子一上班就把心里的秘密告诉了两个闺蜜，可她们的意见却相反。

王巧说："你是美人坏子，就凭你的两眼、三围、四肢、五官，哪个男人见了不爱？嫁给他肖奇，是他家祖坟冒青烟了。他还这样对你，就该和他掰。你早该交几个'白脸知己'，可不要再白白地浪费资源了……"

李燕说："你家肖奇，虽说人长得一般般，可是人家有才，郎才女貌嘛。咱们女人凭的是脸蛋儿，男人凭的是本事。他还挺有幽默感，你没有听人家说，幽默是男人的第一美德，你就跟人家好好过吧，别胡思乱想的……"

听听这个说得有道理，听听那个说得也有道理。梅子想，干脆谁的话也不听，自己的事情自己做主自己扛。

从小连父母的打都没挨过，竟然挨了肖奇的耳光，梅子越想越气。这次绝不妥协，他就是把稻草说成金条也不回家了。晚上就到王巧家去住，她那三间卧室空着两间，我去她一定很高兴。就这样办！一不做二不休，现在就约赵明吃晚饭。想到这里，梅子从办公桌上拿起手机，叫通赵明。赵明自然是喜出望外，他兴奋地说："老同学，怎么能让你做东？你约我一起吃饭，是我最大的荣幸。今晚我做东，去那著名的'浪淘沙'，我们去吃海鲜，你不是很喜欢吃海鲜吗？就这样定了。记住六点钟，浪淘沙，浪淘沙。"

刚把手机放下，它就响了起来。拿起一看是肖奇的来电，不接！坚决不接！梅子气恼地使劲把手机拍到办公桌上。但是对方很有耐性，一直等待着她的应答，手机一直响着，她瞟了一眼，拿起来，犹豫一下，挂断了。心里想，有本事你再打。她算是说对了，手机又响了，还是他的号，梅子又把手机放回办公桌上，手机一个劲地响着，隔壁的人也听到了。不接！梅子又一次把手机挂断。手机第三次响了起来。梅子琢磨，会不会是别人用他的手机打电话，有什么急事吗？他不会这样不间断地打起来没完没了吧，也许，要不……

梅子拿起手机，按下"接听"键。但对方没有声音，什么也不说。她下意识地"喂"了一声。只听对方说："您是郑梅子女士吗？"

分明是肖奇的声音。梅子气不打一处来，玩什么鬼花样。她也假装不认识他，没好气地问："你是谁？"

"我姓道，我叫'道歉'，曾用名'肖奇'，也有人叫我'小气'。我不再叫肖奇了，我叫'道歉'，我是真正的'道歉'！今晚六点钟，'道歉'请郑梅子女士在望海楼饭店共进晚餐——吃海鲜。请务必赏光。记住：六点钟，望海楼。"还没等梅子完全反应过来，电话就挂断了。

梅子又坐在椅子上发呆了。五点半下班的铃声响了，她站起身来，从衣帽架上取下外套穿上，又从包里取出化妆盒打扮了一下，然后锁好办公室的门，下了楼。

走到路边，一抬手，就有一辆出租车停在身边，她拉开后门，敏捷地坐了进去。

"小姐，您去哪儿？"

……

作者简介：李树德，河北廊坊师范学院英语教授、中国翻译协会专家会员、河北省作家协会会员。教学之余从事翻译和文学创作。翻译作品有《欧·亨利全集》（合作）、《助你成才》《世界名家名著赏析》《梦幻城堡》《马克·吐温中短篇小说选》等，出版学术著作40余部。近年在《人民政协报》《中华读书报》《天津文学》《山东文学》《散文》《读者》《世界文化》等报刊发表散文、随笔数百篇，散文收入《河北散文家作品选》。多次获文学奖励，主要有：2003年《人民日报（海外版）》征文三等奖，2012年河北省第二届"我的读书故事"征文一等奖，2012年"走进巴金故居"征文二等奖，2016年"河北散文30年创作银星奖"，2017年"东丽杯"梁斌小说（小小说）一等奖等。

春月生命中的某一天

紫　依

　　春月带着孩子从家里出来才发现自己穿得是单薄了些。虽说一大早阳光就挺灿烂的，但秋风吹在身上毕竟是很凉。春月庆幸出门前给儿子多加了一件衣裳。

　　送完孩子春月去吃早点。其实春月心里堵得难受，不想吃东西。但她还是要了一碗加了糖的紫米粥，喝碗热粥至少会暖和点儿。春月慢慢地喝着粥，想晚点儿再到单位，这时去正是忙的时候，同事们要进进出出地打水、擦楼道。春月不是偷懒，她只是不想在楼道里人正多的时候去跟每个人都打招呼。要是那样就会有热心又细心的人看到她昨夜哭肿了的眼睛。

　　想起昨夜和老公闹的那场别扭，春月就还想哭。春月清楚地记得事情的前因后果，也清楚地记得他们仍然和往常一样没有吵架。谈恋爱时春月觉得男朋友人很好，两个人相处得也很好，那时春月还小、很乖，不会吵架。刚结婚时春月觉得过日子特别有意思，什么都特别新鲜，有点儿像两个人在玩儿"过家家"，不用吵架。结婚一段时间以后春月觉得老公的事业刚上轨道，应该全力支持他，即使自己帮不上什么忙，至少也给他创造一个宽松的家庭环境，不能吵架。有了孩子以后，春月觉得孩子太小怕吓到孩子，不敢吵架。现在孩子大了，而对于夫妻之间的磕磕绊绊，春月又不想吵了。不知是不是过了7年不吵架的日子，已经习惯了？春月听过一句话："夫妻吵架最好的解决方式是在床上。"春月不吵架，也就用不着那种方式去解决问题。春月有她自己的方式，就是一个人躲在卫生间里大哭一场。她有时也问自己：老吵架不正常，可不吵架正常吗？

　　喝完粥，春月该去上班了。走在上班的路上春月还在想：如果有人问起眼睛肿着的事儿，就说"晚上看书熬夜来着，没睡好"。

　　到了单位，春月忙着处理业务，手里忙着脑子也跟着在忙，没有空闲再去想昨夜的不愉快了。是谁说的"工作着是美丽的"？真有道理。干完活已经11点多了，同事们开始闲聊"今天中午买什么菜、做什么饭了"。春月不想回家，昨夜的事她心里还是堵得慌，她不想回家可也不想冷战。"晚上再回家吧。"春月知道，到了晚上老公就已经不记得也不会提起昨夜的事了。

　　下班了，同事们说说笑笑地走光了。春月在办公室看报纸待到了12点多。"不回家又能去哪呢？总不能在办公室坐到2点钟上班吧？还是出去走走吧。"下楼时春月碰上了单位的那帮单身汉们，一个个哼着歌、敲着饭盆儿从食堂出来。"月姐，才走呀？""月姐，打牌吗？""甭叫月姐打牌，只要她不张罗着找咱们打牌，一准儿月姐老公在家。月姐还要回家给老公做饭去呢！"春月没有回应单身们善意的玩笑，嘴里只是"啊、啊"地应着，从他们身边走过。

　　春月骑上自行车，一边想着："去哪儿呢？"一边拐进了平日里常去的菜市场。"来这儿干吗？不是不回家吗？"春月想反正也进来了，那就买点儿菜晚上吃。当她把菜放进秤盘后，自己不自觉地苦笑了一下：原来她随手挑的两样菜是老公最爱吃的茭白和鸡毛菜。"7年了，习惯成自然了。"

　　从菜场出来，春月决定到附近的一家小饭店去吃午饭。老板娘招呼着春月："来啦您，几位呀？""一位。""哦，您要点儿什么？""我要一屉小笼包。""带走吧？我给您打包。"精明的老板娘开始拿饭盒。"不了，我在这儿吃。"春月连忙摆手让老板娘停下动作，然后又像表明她"在这儿吃"的坚定决心似的，说："我再要一碗蛋花汤。"她找了一个角落坐下，听着雅间里劝酒的热闹动静，环视着饭店里的每一桌吃客。没有一桌只坐一个人的，只有她这桌例外。在等待蛋汤的时候，春月看了看表：12:35，如果老公回家吃饭，这个点儿应该是到家了。

　　春月犹豫着是不是给老公打个电话。"打就打呗，有什么了不起的。"电话铃响了三声，老公来接电话。春月本想在说完"我有事，中午不回去了"这句话后就挂断电话的，可不知怎的又脱口而出说了一句："冰箱里有现成的，你用微波炉热一下再吃。"放下电话，春月开始埋怨自己："这算什么？这样说话怎么会让他意识到我还在生着气？哎，算了吧，即使不这样说话，即使语气冷冷的，他也不会知道我生气了，也不会知道我为什么生气。7年了都没和他吵过架，他一定以为我这个人没脾气、不会生气！"

　　吃过饭，春月在街上漫无目的地转着。"去哪儿呢？"回单位值班室看会儿电视？不行，电视频道里都是那些无聊神剧。"去网吧打打游戏？"这条街上网吧一家挨着一家，生意都挺红火。但当春月看到网吧出出进进的是一张比一张年轻的脸时，她没有勇气走进网吧，而是进了街边的一家音像商店。春月喜欢进这家店来看看，因为这家店门口的音箱里常会放她喜欢听的那些老歌。正巧现在放的是春月最爱听的《人鬼情未了》中的主题曲。春月还喜欢看店里的那些黑胶唱片。春月曾经和老公说过："如果你听过黑胶唱片，就会知道那种空灵感和现场感是现在的数码声无法取代的。"但是被老公取笑了："数码时代了，谁还傻得要听那些老东西？"春月特别想要一台唱机，但她却从来没说起过，因为她知道每个月为了房子、车子、孩子……太紧张了，没法把唱机和唱片这些"奢侈品"列入开支的预算。春月对着唱片贪婪地看了又看，无奈地又回到大街上。

刚 13:40，下午 2 点半开会，可以踩着点儿直接去会议室就行了。这近一个小时时间去哪儿呢？

"上书店吧。"在当今流行掌上阅读的时代，春月还是喜欢读纸质书，因为手机里读的书没有墨香。春月进了新华书店。她转到"外国文学"的书架前，看到上面摆了一溜儿渡边淳一的作品。想起渡边淳一的作品刚传入国内时，春月没怎么看他的书。一是因为知道他的书大多写中年人的婚外恋，二是因为春月不爱看日本人写的东西，总觉得他们写东西啰唆。不过爱看书的她还是看过不少日本作家的作品。印象最深的是谷崎润一郎写的《细雪》。里面引用的一段俳句"忽忽近佳期，独自愁看新嫁衣，深闺沐落晖"，她至今还记得。直到后来春月看到一段话："不管活到什么岁数，总有太多思索、烦恼与迷惘。一个人如果失去这些，安于现状，才是真正意义上的青春的完结。"春月深以为然。当春月知道这是渡边淳一说过的话后，也开始喜欢上了他的书。

春月挑了本《一片雪》，想着重读作品以示纪念一下这位刚刚离开人世的作家。

看书时间过得是快，春月从书店出来已是 14:20 了，正好可以赶到会议室找一个靠近门边的位置坐下。这样可以离领导远一些，进出也方便。每次的开会或政治学习，总会有人打瞌睡，有人偷着看报纸，有人交头接耳，有人借着上厕所的机会躲出去抽烟，春月不做这些，她只是静静地自己想心事。

想着想着心事，领导终于念完了一份份文件，散会了，春月该去接孩子了。

接了孩子回到家，老公也和她前后脚进了门。看到春月新买的书，老公嘟哝着："这种书网上看看得了，除了专业书都没有必要买。"春月没吭声，忙乎着把晚饭弄好。

饭菜上桌。老公边吃饭边看电视边和她说话："中午你没回来我可惨了。""怎么了。""一中午来了三拨儿收费的，水电费、卫生费和有线电视收视费。一会儿来一拨儿，害得我一中午没睡觉。""哦。""有线电视又涨钱了""涨了很多吗？""可不，是涨了不少。"晚饭就在这么一言一语中过去，一顿晚饭吃得和平时没什么两样。

收拾完碗筷，春月带着孩子下楼散步。遛过了两条街回家，老公还在查资料。春月开始给孩子复习"功课"。哎！现在的孩子真可怜，刚上幼儿园就学认字、学英语，也够孩子受的。

九点一刻，到了孩子睡觉的时间。春月给孩子洗漱完毕从卫生间出来时，老公早已和平时一样在床上鼾声大作了。对于老公早睡的习惯，春月曾和他开过一个玩笑："什么时候哄咱儿子睡觉也像你睡觉那么省事，我就轻松了。"好容易在一连串的"讲故事""挖挖痒"之后，儿子终于睡着了。

春月下床去洗完了全家人的衣服，已经 10 点半过了。尽管昨夜几乎一夜没睡，但她竟然不觉得困，拿出今天买的书，躺在床上看起来。中年人婚外恋的故事也确实没什么新鲜的，无非也是有情、有爱、有性，有喜、有悲、有痛。但医生出身的作家对于主人公的心理刻画得极为细腻、极为到位。

夜很深了，春月看下表：凌晨一点。

旧的一天已经过去，新的一天已经开始。这一天天的日子过得可真快呀。

春月再次起身下床：该叫儿子起夜了。

作者简介：紫依，70后女作家，河北省作家协会会员。自小受父亲、姐姐的影响，酷爱文学。14岁起开始诗歌创作，16岁创办文学社团"西廊诗社"，被《廊坊文学》杂志报道并推介。随后的文学创作开始向散文、随笔、小说、电影评论等方面发展，电影评论多次获河北省影评协会"银辉奖"。曾与父亲、姐姐合作在《廊坊日报》开办"花间诗话"专栏，并将200余篇专栏文章结集成书。从事文学创作20多年来，共发表各种体裁文学作品300余篇，约20万字，散见于《北京青年》《父母必读》《春华》《河北统计信息》《廊坊文学》《蓝色周末》《廊坊文艺报》《廊坊日报》等报刊。

小小说四题

幽 兰

紫甘蓝之死

我是一枚紫甘蓝。

其实就是紫圆白菜。可安妮说，那样叫有诗意。

今早五点半，我被一个矮胖男人趿拉着拖鞋、打着哈欠，一刀下去就一分为二了。

一半切成了细丝，加了芥末、麻油、青椒丝、香油、味精、米醋等，反正装了整整、满满的一个八寸的盘子，被安妮大加赞赏后，津津有味地被她吃进肚子里了。

一半被放进冰箱里。

男人是安妮的老公，不管多累，只要他一回家就抢着给安妮做饭，贱骨头吧？谁让安妮漂亮啊，明眸皓齿、肤如凝脂。当初把她追到手，男人半夜乐醒过 N 次。他可舍不得安妮的小白手变糙了。

看看，就这样宠着，安妮还在日记里说，她的爱情濒临死亡。

安妮为我写过诗歌、散文，把我写得美极了！说我像女孩的百褶裙，紫白互嵌，像一杯牛奶里漂着的紫丁香花瓣。美吧？

其实安妮喜欢上我，就是为了那诗人的一句话。

那诗人说，紫甘蓝，大自然赐予的色彩、雕琢的纹络，鬼斧神工……

于是，安妮就喜欢我了。据我观察，不单是我，诗人说啥好，她就喜欢啥。

诗人说，周杰伦的《青花瓷》好听，她就整天哼唱，还让电脑唱、手机唱，连我都倒背如流那词了。

诗人说，不喜欢女人涂指甲油。安妮就赶紧抓过卸甲水，三下五除二就把手手脚脚的指甲，都抹扒得没有血色。

事情明摆着了，安妮爱上那诗人了！这次，就是要去见他的！傻帽男人还以为她去开什么诗歌笔会呢。

安妮已经坐了三四个小时的火车了，她可没受过这样的罪！可安妮不说累，挺享受的样子，捧着那诗人的诗集一直看呢！

我在她的胃里美美地睡了一觉。

火车停下又走，车厢里有人下，又有人上。

呀！新上来个男人就是那诗人！就坐在安妮的对面！

安妮早认出来了，她有他的照片。我感觉到了安妮的激动，安妮的胃在痉挛，我就在那里面不舒服啊！拜托，别这样好不好？那诗人无数次要求跟她视频，索要她的照片，她就是不答应！我想安妮是想给他一个惊喜。可安妮咋不跟诗人说，她就是安妮啊！女人的心思真难猜。

嗯？气氛好像不大对！

诗人一直在色迷迷地窥她，还没话找话地搭讪，安妮的眉头皱起来。

诗人啊，你再矜持上哪怕十分钟，安妮就会主动相认了。这点心思，我会不知道？我在安妮肚子里呢！

其实，安妮是真的不愿意相信他就是她的诗人。

安妮旁边坐着一对中年夫妻在吃夜宵，餐车供应的一种色拉。难道是因为那菜是紫甘蓝吗？安妮第一次主动向他们示好。

安妮问：紫甘蓝是不是很好吃？

夫妻里的男人说：好吃，又脆，又嫩，您来尝尝？一个大美女问话，谁好意思不搭理？

女人说：好看而已，又没什么营养！显然，她对丈夫表现出来的热情很恼火。

夫妻里的男人一时语塞。

安妮说：是啊，是啊，搭配在什锦菜里，很好看。

女人继续说：听到没，也就是因为颜色鲜亮，做个配菜！就像老婆虽然老了但永远是主菜，小三再怎么年轻漂亮也就是个配菜！然后狠狠夹了一筷子菜，狠狠地嚼。看来，这女人的话是说给自己男人听的，八成那男人出过轨，偷吃过外面的"菜"。

它是紫甘蓝，大自然赐予的色彩、雕琢的纹络，鬼斧神工……安妮肯定是故意的。她把诗人对她说过的话大声地说出来。

然而，诗人像是聋了没什么反应。

因为那时候，诗人正在接电话。女人打来的，接完一个，又接一个。

第一个是他妻子打来的，这是常识性的分析，因为只听他说了几个字：嗯，我来B城开会了，就挂断了。

第二个肯定是情人打来的，他表情丰富，柔声细语的，什么早晨露水重，来接我的时候，多加件衣服，什么我爱你啊，睡吧，宝贝！最后，还旁若无人地对着电话啵了一下。

安妮显然不知所措了。

她腾地站起来，手忙脚乱地打开了车窗，把我大部分呕了出去。所有人一愣。中年夫妻里的女人急忙递给安妮一方纸巾。

我眼睁睁地看着自己葬身车外，化作尘埃，消失散尽，却无能为力。

呜呜！安妮歉意地对众人微笑了一下，然后别过高傲的头，面向窗外。她一句话也没有再说，甚至睫毛都没眨动一下，像尊塑像。

天大亮的时候，车到站了。

诗人快步下车，紧紧拥抱着来接他的女人，那女人小巧玲珑的，穿着一条紫白花纹的裙子，像一块切开的紫甘蓝。

我正为看到和我一样的花纹激动万分，安妮却突然再次呕吐起来。

这次，我是一点不剩的，从她身体里被抛弃了。

等她缓过气来，竟然鬼使神差地尾随在那诗人身后。

安妮拿出手机，拨出一个电话，直到听见《青花瓷》唱响在诗人身上。不过，仅仅唱出几个字，安妮就挂断了。女人问：谁啊？诗人打开看看，说不知道哦，骚扰电话吧！就搂着她走远了。

安妮站在原地，发了会儿呆，然后围着车站转悠了三圈。最后，她来到售票口买了返程的车票。

安妮给诗人发了个信息，说：这次笔会，我不去了。

一阵风吹来，我飘上了天。

撞　克

刘生和刘仙女私奔过。刘生九岁那年随母亲改嫁到刘家，俩人算是堂兄妹。尽管他俩没有血缘关系，却无法违逆伦理纲常，纵然真心相爱，也只能私奔，直到生下儿子才敢返回家乡。双方老人见木已成舟，只好默认。这故事在当年轰动十里八村，一时做了很多年轻人追求婚姻自由的楷模。

人到中年，刘生做服装生意发了财，酒场饭局越来越多，身边整天围绕着青春气息涌动的妙龄女郎，难免对人老珠黄的刘仙女冷落起来。

这不，城里又开了一家连锁店，刘生已经一个多月没回家了。

这天中午，他接到刘仙女的电话，说给他做烙饼煎鱼。那可是刘生最好的一口，刘生想起氽了盐卤的鲜梭鱼不用油煎都嗞嗞冒油的香气，心动。他毫不犹豫地扒拉开妙龄女郎粉嘟嘟的手，冲着电话说：好，我晚上一定回。女郎不乐意了，啪！掴了他一个脆耳光摔门走了。刘生愣了愣，起身追了几步，又停下来虎着脸运气，气还没运几口，电话响了。

是刘生的岳母，刘仙女的老娘。她说，仙女撞克了。

刘仙女知道刘生不喜欢吃电饼铛烙的饼，说那个软塌塌的，没嚼头。刘仙女就去抱柴火烧大铁锅，可这手刚伸出去，柴火垛里就钻出来一只灰毛刺猬。刘仙女不是胆小的人，可那刺猬足有磨盘大，还直勾勾瞪着她，不停地嘶嘶地笑！刘仙女的头发都竖起来了……

刘生，你快去城南请那神医……老岳母哭了。

刘生急忙备车拉着神医回家。一路上，神医大谈治撞克。他说，长虫（蛇）、刺猬、黄鼠狼活得年头久了、个头够大了都会成精成仙，一旦撞到人身上，人就会发疯，这都是普通老百姓的说法。科学研究表明，动物和人类一样都是有磁场的，人在生病、生气时候，磁场削弱，会被动物的磁场克制，动物的脑电波会感应到人的脑电波，也就能控制人的思维。

正说着，就看到了距离刘生家不远的那个三米多高的柴火垛。刘生心里不是滋味，这柴垛都是刘仙女一筐一筐地背回来的。神医突然用手一指，说你瞧你瞧，那畜生正在柴火垛边上滚草球呢！神医怕惊了猬仙，不让司机停车，刘生顺着神医的手指恍惚看了一眼，车就疾驰而过。

神医拍了拍刘生的肩，神秘地说：我敢断定，你媳妇在干吗！

于是，透过玻璃窗就看到正似笑非笑、似哭非哭地撕扯着毛线球的刘仙女。神医掏出早就备好的银针毫不留情地扎了过去。

刘生这回是真的信了。

银针一根比一根长，一根比一根扎得深，转眼，刘仙女变成了个刺猬，随着一根足有十公分长的针没进她的发髻，刘仙女惨叫一声，晕倒在刘生的怀里。

刘生觉得自己的心脏忽然缩成了一个小团，无数根银针迅雷不及掩耳向这个小团刺来，小团顿时千疮百孔，鲜血迸溅而出。

刘生手足冰凉，无法呼吸。

刘生想喊，得喊，必须喊，他不喊就快憋死了。

——仙女！仙女啊！你回来啊，我再也不离开你了！

好奇怪，刘生喊完，立马觉得浑身血脉通畅，一股热流从脚趾开始往上蹿，一直蹿。怎么那么热？烫眼窝子啊，随着两行热泪奔流而出，刘生心里紧缩的小团忽的舒展开来。小团里蹦出个声音说，刘生，你依然深爱着面前这个老女人。

刘生把刘仙女搂在怀里，轻轻擦去她眼角的泪。

世界出奇地静，卫生间的水龙头好像在嘀嗒水。一个月前才换的，咋又坏了？刘生蹑手蹑脚走过去，水龙头没有漏水啊。刘生运了口气，他知道是自己的心漏了。

刘生耳畔回响着神医的嘱托：刘生，猬仙知你对妻不忠，它进入你妻的思维本想代她罚你。你妻向它求求，愿代你受针刑之苦，还好，你良知未泯。不能松手，一定要抱紧她三个时辰！

刘生千恩万谢，让司机送神医回城，手机关机，胳膊麻了也不敢动。

月亮出来了，柴垛里，大摇大摆地钻出三只刺猬，两大一小。刘生隔窗看它们消失在月色里，无声地笑了。

刘仙女的枕边响起刘生如雷的鼾声，这是他睡得最踏实的一觉。

这边，回到家的神医洗漱完毕，正准备休息，电话响了。刘仙女的老妈打来的：表弟，你可真下得去手扎，那可是你嫡亲的表外甥女……哈哈，表姐，我不真扎，你家姑爷可要飞了……

据说，时隔不久，妙龄女郎气咻咻地给刘生打电话，说她也撞撞克了。刘生打发人请了神医过去诊治，神医的银针刚从布袋里抖出，女郎就跳起来一溜烟跑了。

落　钩

过去，讲究扁担挑水，挑水一般是男人的活儿，树青婶是井台上极少见的挑水的女人。

挑水的扁担五尺左右，扁担头的铁钩钩住水桶探进井里，挑水人手腕一拧，一桶水五六十斤，开着水花一跃而出，外人看轻飘飘的，其实使的是手腕上的巧和力。有时候，赶上手腕不给力，铁钩子一歪就脱离了水桶，偌大的桶就掉进井里。掉水桶的人骂着娘急忙回家带竹竿和几十米的绳子前来打捞，挑一担水几分钟的事就得折腾大半天。于是，我们这地方，骂那种一去不复返的没有时间观念的人作"落（lao）钩"。

我被骂作"落钩"那年十岁。

天快黑透了，我看在二婶塞给我煮鸡蛋的面上才答应去喊二叔回家吃饭。

离二叔看瓜的小屋几步远的井台边，静静地躺着一条扁担和两只水桶。

小屋里有个女人在说话，是树青婶。

小屋没有装电灯，煤油灯的亮儿被一阵阵小东风刮得忽明忽暗，可这丝毫遮挡不住树青婶的美丽，她齐眉的刘海儿，鸡蛋清儿似的脸皮，和足以让全村女性羡慕嫉妒的凹凸有致的身段。

树青婶正变戏法似的从小花布包里拿出一只盖子扎着红绸子的酒罐和两只玲珑剔透的白酒杯。灯影里，她葱白似的手腕一抬一摆，稀溜溜，两只酒杯就斟满了通红的酒。

"二弟，这是我陪嫁的，在我老家是新郎新娘当晚喝的酒。可惜，我不愿意跟你树青哥喝。今天，嫂子要谢谢你……"我搞不懂树青婶话的意思，就觉得她浓重川味的声音很软乎，像我吃过的棉花糖。这软乎传染了二叔，二叔那么高高大大的男人也细声细气起来。

"嫂了，俺不就是借给你一口袋红高粱吗，谢啥啊！快别提当年那臊死人的事了！"二叔朗声大笑，仰脖把杯中酒一饮而尽。

"这酒，嫂子，好酒！"二叔吼了一嗓子，吓得我赶紧缩回头。

"你也觉出这酒好？是当年进贡皇帝的呢！"树青婶嘴角眉梢都往高处挑了下，长睫毛后面的眼珠闪着光。她又给二叔斟满。黑酒罐上的确有红红的三个字，我只认得一个红字。

"好喝你就多喝几杯！"

"嫂子，红高粱真的能酿出这样的酒来？"

"当然能啊，我有秘方……"

当年，因为树青叔背上有个驼包，就求我二叔代替他去相亲。新婚之夜，树青婶哭了。树青叔指灯发誓说会对她一辈子好，树青婶还是哭，树青叔搬起被窝就去了他娘的炕上。来年春上，树青叔翻盖东厢房，发现了地下埋了张咒他家出驼背的"符"，据说，自从那东西取出来后，树青叔背上的驼包奇迹般地就没了。驼包没了，五官清秀的树青叔似乎一下长高了些。某晚，树青婶把树青叔的被子抱回了自己炕上，第二年，他们的儿子就出生了。

我清楚记得二婶每次说到这事，嘴就快撇到后脑勺儿上去，临了还不忘吐口唾沫，说：呸！骚货，势利眼，离了男人还是活不了！

月亮升起来了，我手里的鸡蛋都冰凉了。进不进去呢？我正犹豫着，二婶风风火火奔来了，嘴里还叫骂着：月丫头，你落钩啦！

村口，树青叔在喊：红建的妈，你落钩了？也正往井台这边小跑。

二婶闯进小屋，翻了桌子，砸了酒罐。二叔架起二婶往外走，树青婶只救下那俩酒杯。

奇怪的是，几个人从小屋一出来，谁都不再出声。世界恢复了宁静。月光下，树青婶兀自前头走，树青叔挑起井边的水桶，一扭一扭地跟在她身后。二婶甩开二叔，背起吓得都不知道哭的我，默默往村里走。脚步嚓嚓，草窝里的蛐蛐旁若无人地唱着歌，我听见树青叔的水桶吱扭吱扭地响了一路。

树青婶的酒没有酿成。开封了，酒不是红的，泛着枯黄。树青婶慒了，急忙手指蘸着一尝，一下就跌坐在地上，眼泪哗地就下来了，待了好久才喃喃自语：一定是，水，是水……

树青婶忽然就在院子里放声大哭，树青叔也不敢过去劝。院墙外的几个老妇人叹息着摇头离开，她们说：树青婶都十年没回娘家了。

自那以后，树青婶再也不去井台挑水。

现在家家都有自来水，那座老井早就被填了。

镇 殃

锦儿和王金宝钻进猪圈后面的草丛里，头抵着头，撅着小屁股。

刘秀华知道他俩在看什么，却视而不见，依旧啰啰地吆喝，扎撒着白藕似的胳膊，晃着笤子喂她的猪。

那是一只普通得不能再普通的带盖的茶碗，土呛呛的白，连个青蓝花边都没有描。锦儿小声问：宝哥，这是啥？跟我爷爷喝粥的碗一个色。金宝嘘了一声，说：这是俺奶奶给俺妈下的镇殃。

刘秀华扁起笤子把，拨开一只猪仔的头，猪仔似乎疼了，夸张地吱吱叫着往妈妈身边蹭，正吃得津津有味的猪妈妈不耐烦地拱走了它。刘秀华一皱眉，抡起笤子狠狠砸向老母猪。

那个午后，瓦蓝瓦蓝的天，篱笆上的丝瓜秧正在疯长，风从稠厚的叶蔓里伸出手挠人脸，麻酥酥的。

茶碗里有三颗小枣大小、米黄色的佛珠，被一块暗红色的绒布隔开。佛珠上都刻有字，紧挨在一起的两颗刻的是"柳""王"，另一边的那颗刻着"刘"。

刘秀华几乎每天睡觉前一闭眼就能看见这些。她委屈，她就哭，就使劲掐金宝的爸。金宝的爸紧紧抱住她，在她耳边央求：看我、看我吧，我娘不容易。那些都是迷信，不灵的，不灵的……黑暗里，刘秀华一声长长的叹息。

西厢房的门窗大开，不断传来四奶奶拉风箱似的喘息声。院门外，陆续走来上了年岁的男男女女，他们都沉默着，面无表情。锦儿望望那些背影，看向金宝。金宝低声说：我奶奶快死了。

秀华，娘说要喝水……金宝的爸跪在炕上，从窗户探出头急急地喊。

刘秀华哎了一声，小跑着进屋。顷刻，屋里传来稀溜溜的倒水声，筷子搅动声，嘘嘘地吹水声。

有人抬着一扇门板走进院子，腋下还夹着一摞鞭炮。

金宝呢？金宝……有洪亮的男声喊走了眼神怯怯的金宝。

猪圈里，猪妈妈喂饱了四个孩子，哼哼唧唧地唱着催眠曲，草丛里，蛐蛐一长一短地叫。

锦儿把茶碗的盖子盖好，站在那儿发呆。

天爷啊！你可算睁眼啦……娘啊！你可算看到俺的心啦……刘秀华被人架着跌跌撞撞走出来，跪倒在天井中心，捶胸顿足，号啕大哭。

四奶奶娘家姓柳，三十岁就守寡，一个人拉扯着儿子长大成人。刘秀华和金宝的爸是自由恋爱，四奶奶最怕儿子会"花喜鹊尾巴长，娶了媳妇忘了娘"。她对刘秀华横挑鼻子竖挑眼，嫌她胖，个子矮，吃饭稀里呼噜，无奈儿子就是非她莫娶。那年镇上赶庙会，人们都去娘娘庙烧香拜佛，四奶奶颠着小脚也去了，抱回一个拳头大、雪白的带盖的茶碗。金宝的爸啥事都跟媳妇汇报，可刘秀华给四奶奶收拾屋子，犄角旮旯也没找见那个茶碗。

我们这边把房地基、墙缝里被人偷偷放上个被施了法的物件，叫下镇殃。下镇殃的人都是跟房主人有怨仇过节的，可亲娘给儿子下镇殃还是头一回。

四奶奶瘫痪五六年了，刘秀华精心照料，没有一句怨言，金宝的爸更是唯命是从。四奶奶一直以为是埋在墙根底下的镇殃的法力，儿子才如此孝顺，跟自己一心。其实，三年前他们家装修房子，那东西早就被挖了出来。她咽气之前总算良心发现，亲口对刘秀华说了实情。

娘，你往西方大路，好走啊……金宝的爸双手扳住门楣，涕泪横流，撕心裂肺长呼一句。屋里屋外顿时哭声大作。

四奶奶，死了。

鞭炮声如爆豆在锦儿耳边炸响，她惊得跳了起来，那茶碗被打翻，几颗珠子骨碌碌滚进草丛，杳无踪迹。

锦儿又急又怕，哇一声哭了。

锦儿那年九岁。

锦儿二十岁那年，刘秀华托人来提亲。锦儿妈回绝了，说锦儿不喜欢嫁一个村的。其实，很多人看见四奶奶临终跟刘秀华耳语好久，都认为那是口授秘诀，锦儿妈当然是担心她会给未来儿媳下镇殃。

后来，金宝娶了个很漂亮的媳妇。媳妇心眼活泛，拉着金宝做建材生意发了财早就搬到北京去了。刘秀华一年到头也见不着儿子几回。有一回刘秀华跟锦儿妈诉苦，抹着眼泪发狠说，她要给金宝也下个镇殃，那东西，是真灵……

作者简介: 幽兰，本名周月霞。女，生于70年代，河北省沧州市黄骅人，乡医。业余痴迷文学写作，河北省作协会员、河北散文学会会员。

醉仙张三（外一篇）

楸 立

我是张三。

张三语气中荡漾着蔑视，平淡而又坚定。日本少佐美津智朗，上下打量了面容清瘦却棱角分明的张三。

哟西，有胆量。

斟得满登登的四十大碗酒，排满了两张条案，正宗鲁北烧刀子。

美津智朗伸手道"请"。你的，一碗酒放一个，四十碗我放四十人。张三爷点了点头，走了过去。

张三德州武城人，居武城瓦房胡同，几十年来，人们记忆中的张三总是身着长衫，袖口高挽，手端鲁北老酒，泰然自若，在柴家酒铺门旁的长椅上，有滋有味地品着。

所有老人的记忆中，没人清楚张三爷以什么为生，有无子嗣，有人说他在辛亥革命去过东洋，有人说他参加过义和拳，还有人说他在马家作坊教过私塾。

酒是张三爷的全部生活，酒持得稳，喝得淡，放得轻，一天没酒日子就不是张三爷的日子，日头从东方初升，张三爷的酒碗端起，日头落西，最后一滴酒也淌入肚子。张三爷微抖长衫，轻抬阔步，背背双手的样子，反复在人们的记忆里。

民国二十五年的冬天冷得早，可张三爷一身单布长衫早早坐到了柴家酒铺门口，右手高擎海口酒碗，口称，武城张三烦请柴掌柜赐酒。

早有伙计从坛子里舀出一提，斟到三爷的碗里，三爷抿了一口，扬手将酒泼在青石砖道上。掺水了。伙计赶忙又开一坛，十里香。苦，又泼。伙计热汗直流，米掌柜闻听颠儿颠儿地跑上来，连开隔壁好、四季青、一杯醉三坛老酒。张三泼了三碗，腥，涩，火嫩……一时酒气充满了整条青石街。柴掌柜面红耳赤，哭丧着老脸无计可施。张三爷喝谁的酒是给谁家捧场子，是看得起你，你想请都轻易请不来。何家的"小米香"、胡家的"杂粮酒"、马家的"地瓜烧"和孙家的"状元红"，那都是张三爷给品出来，叫出来的。

忽听一声银铃之声。"请三哥品小女子的手艺！"柴家掌柜大女儿步履轻冉，双手捧着一碗高粱酒，不喊三爷口称三哥，轻迈金莲来到张三近前。酒未沾唇早闻酒香，张三脖子一扬滴酒不剩。好一碗女儿红，好酒好酒，抬足离去。

有人说，张三和柴掌柜大女儿有一手，有人说，非也，柴掌柜故意请张三来变个法子给他的酒坊造声势。无论怎么说，自那次后，柴家红高粱酒坊叫响了鲁北一带。

据老人说，德州附近喝酒比得上张三爷的，没有，一个都没有。真有不服气的，比如，陵县醉弥陀金灿，骑着枣红大马来找张三，那家伙，论坛地喝，两个人从上午喝到了下午，未分胜负。金灿光膀子骑马向东，张三爷折西回瓦房胡同，金灿走了十里路，一个趔趄从马上栽了下来，一命呜呼。张三睡了七天七夜，酒汗流了一炕，醒来仍喊，痛快。

美津智朗是想夺柴掌柜的酿酒方子的，柴掌柜就是不吐个口话，美津智朗恼羞成怒一个破坏大东亚共荣，就捆了柴家四十来口。

张三爷端起一碗酒，咕咚一口，那边绳子头就松一个，张三爷连干了二十碗。烧刀子常人一碗就会放倒在地，美津智朗不住点头。

张三爷喝到三十来碗时候，身子晃动了一下，柴掌柜吓得体如筛糠。张三爷淡然地看了柴掌柜一眼，又一碗酒入口，柴掌柜那头绳子一松，人瘫倒在地上。

喝到三十八碗的时候，张三爷腿眼皮发木，视线模糊，柴家大姑娘和新女婿双双捆着手注视着张三，张三爷对大姑娘微微笑了笑。

"三哥！"大姑娘欲言又止。

张三两碗咕咚咕咚吞了下去，四十碗喝完，在场所有人都惊得目瞪口呆。美津智朗拍了拍军刀，放人。

张三爷迈着八仙步，拨开日本兵的刺刀就向院外走，美津智朗呜哩哇啦地说了一通日本话。

张三爷止住了脚步，回头问美津智朗，你说中国人酒痞野蛮无酒德？

告诉你，"酒德"两字，最早见于我中华民族《尚书》《诗经》，儒家有"饮惟祀""无彝酒""执群饮""禁沉湎"。晋代《断酒戒》，唐代《酒箴》，宋代《酒赋》，元之《饮膳正要》，明之《本草纲目》，清之《日如录》，无不是酒德之说，小小番邦岛国无端侵略，竟敢陈说礼法，只如蜾蠃螟蛉如侍侧在焉也。

张三爷滔滔不绝，不觉兴起，身子晃动，嘴里兀自振振有词：

铁拐李提腿把神起，回头观望汉钟离，韩湘子口中吹玉笛，吕纯阳拔剑把头低……一套八仙拳使出来，如风如影飘逸出神，少顷收势站定，张三爷气不长出面不改色，更增神采。美津智朗没想到张三精通日语身怀武功，狞叫，八嘎，把人留下。

张三爷一鹞子翻身飘上了高墙，晃动几下就没了影子，从那以后，武城再也没有人见到过张三。

　　张三爷后来的故事发生在建国后的1952年,武城县政府联合何胡柴马孙五家,各取其祖传酿酒秘方之精华,在运河东岸组建新国营酿酒厂,酿出新酒的第一天,大门口外,直直走进一位清瘦矍铄的七旬老者,说是来尝新酒的,门卫见来人仪表非凡,不敢阻拦,又恐是敌特分子破坏社会主义建设,赶忙向厂民兵连报告,民兵连紧急集合赶到,那老人早不知去向。众人听到贮酒仓库有轻微声响,民兵们进去搜查,见一坛高粱酒封泥打开,一口空瓷碗放在当场,墙上用干树枝划得一行草字笔走龙蛇:

　　好酒。故人张三到此。

琴　义

　　陈公乃一方名士,颇具声望,一日信步览胜,路过一座宅第。忽闻里面琴瑟之声入耳,陈公止步,对随从说,此曲如泣如诉,赋琴之人必是孝子。

　　随从人等随即问两旁邻里,得知抚琴者是公子刘乙,母亲新故,故常常抚琴念之。众人皆称赞陈公不凡。

　　刘乙闻听后遂出门参拜,邀陈公席间一叙。

　　陈公欣然前往,两人一见如故。

　　翌日,刘乙派人邀请陈公喝酒。陈公走进刘府,屏风后传来刘乙抚琴之声。陈公听后,脸色骤变返身折回,刘家奴仆回禀刘乙说:陈公没见您面,就回去了。

　　刘乙忙让仆人追赶。

　　陈公和几名随从正在驿馆收拾行李。

　　刘府仆人问:先生这是为何呀?

　　陈公答道:你家公子要杀我,这又是为什么呢?

　　仆人回去如实向刘乙禀告:

　　刘乙很惊讶,这是从何说起呢?

　　陈公对大家说,我听刘乙琴声到处是杀机,杀气腾腾,我不走更待何时?

　　大家都好奇怪,刘乙思想片刻恍然大悟:

　　刚才在弹琴之时,见树杈上有只螳螂对着鸣蝉,震动着翅膀将要捕食,我弹着琴看得心惊肉跳的,指尖也就随意拨动,难道这就是杀心吗?

　　刘乙知遇高人,遂亲自前往驿馆迎请陈公,与其结为异姓兄弟。

　　日复一日,秋去春来,两人情谊日深。

　　次年中秋之夜,陈公邀刘公子到家中赏月。推杯换盏,二人都微有醉意,陈公挽着刘公子手说,兄弟可知道天下谁家琴乐书籍最广?

刘公子疑问：莫非陈兄？

陈公喜形于色，挽着刘公子的手来到藏书房，书房之内，上至先秦《非乐》《乐论》，晚至当今《三教同声》《文会堂琴谱》等书册，一应俱全。刘公子转身看了又看，后来摇头。陈公不悦，问：刘公子，难道我乐书还不算最多吗？

刘公子言道：兄台书籍当然最多，但缺少名篇。

陈公脸红：贤弟这么说，难道有绝世之作？

刘公子一声长笑，复回琴前，泰然端坐，手动琴响，平缓弹出，少顷曲风渐变。一阵细密的轮指过后，音调一下子高亢清越起来，那密集音符动人心弦，撩人魂魄，如雨点阵阵敲进人的心坎，一时间有透不过气来的感觉。瞬间又旋律慷慨激昂，院中池蛙息声，秋月黯淡无光。

陈公惊立一侧骇然不语，曲子停了许久才回过心神，问刘公子：此曲可是天下闻名的《广陵散》否？刘公子点头称是。

可否让兄一阅琴籍否？

那是当然。

刘公子回府，半个时辰后果然捧来一书。陈公端在眼前爱不释手，刘公子见陈公喜爱，便将书留下，自己先回去了。

几日后陈公阅毕，心事重重闷闷不悦，整日长吁短叹。

陈公四弟太史陈中一日前来探望兄长，见陈公如此，询问究竟，陈公只得说出心事。

原来陈公见广陵散一书，爱惜有加，欲占为己有，但又恐刘公子不舍，心里踌躇。

太史一笑，原来如此呀！这个有何难，我们多给他黄金银两不就是了。

陈公摇头：刘公子非势利之人，恐难接受。

太史说：没有试怎么会知道。

太史令掌簿携黄金白银三百两，丝缎百匹，来到刘府，说明来意，欲用千金求得一书。

刘公子婉言拒绝，掌簿悻悻而归。

陈公闻之黯然。太史思忖片刻，对陈公暗道：千金不从之，必杀之！说完做了个"杀"的手势。

陈公大怒，道：我辈岂能如此，这不是毁我一世名声！

太史惭愧退出。

夜深之时，陈府上下大乱。有盗贼进入书房，他不取书只将广陵散偷走。陈公后悔不迭，次日，差人到刘府，请刘公子谈话，可人去宅空。

陈公暗自思量：莫非是刘公子派人盗走琴谱，自知对我不住，而不辞而别？

心中暗自惋惜，但也无可奈何。

这又过了数年。

陈公到徽州任刺史，一日在巡街时，见一个男子在一高台之上，操琴一曲弹得高山流水。此音一出，万物失色，黄莺不啼、骡马不嘶、路人止步。陈公仔细观看，正是刘公子。

遂前去相见。

刘公子停琴施礼，两人言语片刻。刘公子问：不知《广陵散》陈兄看得怎样？

陈公惊讶，说：不是公子已取走了吗？

刘公子说：书给了陈兄后，不知道怎么走漏了消息，有官宦人家欲使千金占有《广陵散》，弟唯恐给陈兄带来麻烦，所以一家人举迁于此。兄长怎么会说我拿走了呢，真是笑话。

陈公汗颜，将广陵散被梁上君子盗走的事说了一遍。

刘公子顿生不悦，甩袖离去。

陈公回去后一病不起，感觉自己太对不住刘公子的一份情意。

左思右想，茶米不进，忧郁成疾，不日病于榻上。

中医把脉气若游丝，经络不通，命不久矣。

其弟赶来把事情真相告诉陈公，太史陈中见重金收买不成，便瞒着陈公想出了盗书下策，陈公在床榻上大呼：弟助我却害我不义！说完大口吐血而死。

太史悔之晚矣，陈府上下悲恸。

陈公落葬的夜里，徽州城人听到，徽山之上琴声阵阵，如海啸惊涛，如山风哭咽，如万鸟悲鸣，如神鬼哀号。

天明有人发现在陈公墓前，一张古琴弦断身折，另有一本书册早烧成灰烬。自此以后，豫皖两地再也没有谁听到过那么动人的琴声。

作者简介：楸立，本名崔楸立，河北省大城县人。河北省作家协会会员，2013 年在第二期鲁迅文学院公安作家班学习四个月，系河北省公安文联理事，全国公安文联签约作家。作品多发在《广西文学》《山东文学》《星火中短篇小说》《飞天》《啄木鸟》《小说月刊》《北方文学》《百花园》《厦门文学》《牡丹》《南方文学》等省市级期刊，多篇作品被转载并入选各种年度精选本名家排行榜，曾获"浩然文学奖""河北优秀作品奖"等多种文学大赛奖项，出版小说集有《红孩子》《倔强的青春》《鲍哥的草原》三部，现工作于大城县公安局某基层派出所。

怀想篇

落叶与静美

李宏志

终于从出站处看到了弟弟的身影,我上前接过他手中的提包,紧紧地搂在怀里,泪水不停地往下流淌。这个包里,是没有了生命的父亲。

父亲在老家骨灰室里闲居了两年,终于被我们接过来住进城郊林木葱茏的墓地里,总算入土为安了。一生喜欢思考的父亲呀,我深信,此时,您正在绿树的环绕下,静静地思索着有关生命的话题。

一个秋天的下午,我坐在您的墓碑旁,望着被秋风吹得哗哗作响的一树叶子及正不断往下掉的叶片,心境猛然生出一种近乎于飘零落叶的悲凉!生命总会消亡,它不过如树上的一枚叶子。

人的生命就像树上的叶子,那是一面面张扬生命的旗帜。叶子生命短促,从初绽到喷发新绿、凝浓滴翠直至叶脉干涸、叶片枯萎,显得那么匆忙,飘落得那么无奈。对于树而言,总是这么新芽催陈叶,陈叶恋旧枝。

父亲,知道此时我是怎么想的吗?可能您也这样思考过但从未同我说起。父亲,其实我就是您身后那片把您催黄逼落的正绿得滋润的叶子啊!您给了我生命,而我却是命中注定在人生路上不断催您变老,最后又亲手埋葬了您的那个人呵。父亲,现在我也做了父亲,我的女儿虽然才学会走人生的第一步路,可她终究会飞似的成长起来的,她也是我身后的一季新绿。

我踏着满地的枯叶,如同踩着飘零的岁月。生命就像这纷纷扬扬的落叶,遵照大地的嘱托,风将它轻轻摇落,然后,在大地的怀抱里消融、化解。然而,叶子落了树还在。站在秋日的旷野里,赤裸的生命被凝练成一个悲壮的符号。当下一个春天来时,颗颗嫩芽以叶的名义告诉这世界,生命已从冬天凯旋。

"西部歌王"王洛宾说,一生很短,只能够写一首情歌。法国十七世纪的伟大思想家帕斯卡尔说,人只是芦苇,自然界中最脆弱的生命。但却是会思想的芦苇,想要毁灭它无需动用整个宇宙的力量,一缕烟气,一滴水,便足以杀死它。

生命的短暂因为那首情歌而"在那遥远的地方"永远地歌唱;脆弱的生命因为有了思想而完成着一次次落叶凯旋般的超越,生命是不会被埋葬的。父亲呀,如果说您是那片飘落的叶子，那么，我和我的女儿以及女儿的儿子或女儿，都是您生命的一次次凯旋！

在那个秋天的下午，我久久徘徊在父亲的墓旁，行走在枯叶上，脚上发出籁籁的响声，漫无边际的思绪，如同满地金黄的枯叶。于是，思接百年，我好像读懂了泰戈尔那句话：生如夏花之灿烂，死如落叶之静美。

这话对么，父亲？

作者简介：李宏志，祖籍山东省海阳，生长于内蒙古根河，现供职于河北省廊坊市某行政机关。河北省作协会员，廊坊市作协理事。著名网络专栏时评人，人民网强国十大优秀博客，中国社会责任百强博客，社会责任博客首倡者。曾在《美文》《青年文摘》《特别关注》《长城》《青年科学》《河北日报》《中国机电报》《中国建材报》《燕赵都市报》等报刊发表作品若干。

客居者（外一篇）

荆淑英

我居住的地方离学院很远，上班要乘通勤车。等车的地方在建设路口，正好挨着京红制衣店。制衣店的老板是东北人，三十出头，个子不高，眼睛挺大，理个板寸头，显得很精干。他很爱笑，见了人开口不开口的，总是向人微笑着，使你有很难拒绝之感。

我们时常因为天气的原因，在车一直等不来的时候，转悠到他的店里面去，并不看面料，也不做衣服，只是进去避避冷风或躲躲烈日。开始我们不好意思，假装进去看布料，摸摸随便一种什么料子，然后看一眼表。通勤车一来，我们忽地一下全飞跑出去，把制衣店彻底腾空……次数多了，见老板总是笑眯眯地看我们，从没有对我们的假装光顾有过半句微词，就渐渐坦然从容了，慢慢地再光顾制衣店的时候，就如同进自己的办公室或随便一个什么公众场所一样自如了。日子长了彼此熟悉起来，我们一走进去，里外的人就会相互打起招呼，不是那类虚假的什么客套，纯粹是一种由衷的致意问候。有时，我们也像回事似的，真的很认真地看看哪种自己比较喜欢的布料，请教套装的款式什么的。每当这时，老板都会很有耐心地解答。当然，更多的时候我们只是进去转悠转悠，只是在纯粹地等车。老板是知道的，但他依然待我们非常友好，看见我们，就像是看见了他的老顾客或是老朋友。店里的生意其实一直不是太好，可老板静候顾客的心态总是很平稳，一点也透不出一丝一毫的焦虑。感觉他内心其实是极其焦虑的，但表面上我们什么也看不出来。我们看见的通常是老板坐在店外面，跟一个常跟他厮杀切磋的棋手对弈。有时也遇到他正忙的时候，我们便站在旁边兴致勃勃地欣赏他裁剪衣服的风姿——动作麻利，剪刀行驶得飞快。真的很帅。最主要的是我们发现，他竟然是用一只手在裁剪！他也只能用一只手裁剪——因为他的另一只手是残疾，没有手指头。他一只手裁剪布料的事开始并不是所有等车的人都知道，是在某一个人率先知道后，悄悄传给其他人的。于是，大家就都带着一点点好奇心，找了机会等待或捕捉他工作的时候，验证一只手裁剪的说法的真实性。经过亲眼目睹，大家对他的佩服就都在心里了。一只手，既要把布料扯平，又要把线画好，还得裁剪好，不简单不容易。这人奇呀。

有时他不忙的时候，也经常在店门前闲站，抽着烟看过往的行人。见我们过来等车，就跟我们随便聊点什么。也有的时候，我们下班以后去办别的事，路过这个店，他一样笑容满面，跟你很热切地打招呼，让你觉得这个人就像是生长在什么礼仪之邦似的。

一天傍黑，儿子要吃炒疙瘩，我便到京红制衣店斜对面的沙湾饭店去买。那天他恰巧在门前站着，看见我后马上笑着对我说：节日快乐！我愣了片刻，才反应过来那天是"三八"，赶紧点头说谢谢。他问放假了吧？我说，嗨！不但没放，还家里家外忙了一天！他跟我开起了玩笑，让你那口子干呀，今天他该把妇女同志解放出来嘛。我说从来就没指望过。他仍然微笑着说，就别抱怨了吧。其实男人也不容易，也有男人的压力呀。我信服地点着头。开始还有点不高兴丈夫的迟归，听了他的话，那一丁点儿怨气立刻烟消云散了。

不久前，下班经过京红制衣店时没看见店老板，后来一连几天店门都锁着。兴许店老板有什么急事去处理一下吧？我一直抱着还能看见店老板的幻想等待着，直到几天以后，店门打开，里面摆满了货架子和烟酒食品，我才确定京红制衣不复存在了。那个个头不高，人很和善，手有残疾的东北裁缝离开这里了。许多天我都恍惚着，觉得这一切有点像做梦，不愿相信这样一个事实。总盼着奇迹出现，总幻想着突然的哪一天，于不经意的时候，在建设路的路口，重新看见那个我熟悉的店老板……可惜，他再也没有出现在我的视野里。

一个客居者就这样从我们生活的这个城市消失了。他不是我的家人，不是我的同事或朋友，只是一个曾经客居在这个陌生城市的外来人。可他却曾带给我这个当地人许多美好的记忆。特别是那天傍晚，当他对我道节日快乐的时候，我的心真的充满了城市大家庭的温馨感。这种温馨还没有来得及走远，这个客居者却悄悄地离开了，使我莫名其妙地产生一种失落感，以至于让我这个与他素昧平生的人对他和他的制衣店有了一种不由自主的牵挂。他就像从这个城市蒸发了一样，看不见踪影了。他是从东北来的。近几年，很多东北人向我们这个城市移居，成为漂流一族。我想，他一定是因为东北下岗工人太多，生意不好做才抵达的这里，可这里的服装生意一样不好做，特别是他经营的这种毛料服装店，生意就更是寡淡，无人问津了。生存压力使他不得不不断地辗转。他可能还是在家乡以外的什么地方飘着，但究竟去了哪里？又是在用什么样的手段维持生计呢？我一面在心里牵挂着这些，一面回忆在他的店里避冷风躲烈日的情景，还有他那熟悉的微笑……我敢断定，这是一个好人，可好人却生存得这么艰难。仅凭一只手，不做服装生意，他还能靠什么谋生呢？这是我的担心，可我已无法向他传递这种真诚的担心。他漂流到了何处，我无从知道，我只知道他将面对更大的难题，来支撑自己的生活。好在，他是经常微笑的。他是个乐观的男人，乐观的男人轻看困难。

想到这一点，我的心才略微宽慰了一些。

日子一天天地过去了，我的眼前出现了一幅虚拟的画：建设路路口，我们在等车。车不来我们就踅进了京红制衣店，店不大，可我们在那里避冷风躲烈日。面带微笑的老板与我们闲聊，或者在裁剪布料，或者在门前跟老棋友下棋……一切就仿佛是昨天才发生的一样，清晰而切近。我的耳畔老是回响着那句诚挚的问候：节日快乐！此生我被不同的人问候过许多次，但没有哪一个人的问候能比这个客居者的问候更令我感动。可这个问候过我的人忽然不见了，我的内心因而变得异常失落和空阔。我的眼前还老是呈现着他向我们露出的每一次微笑。后来，客居者的亲切微笑，就只能在回忆中领略了，虽虚幻，但又极真实。

我们还是在建设路口等车。等车的地方没变，可看我们等车的人变了。那个卖烟酒的男人不大出来，总是坐在屋子里，我们很少看见他，他也不大关注我们。前些天下雨夹雪，我们打着伞，就站在雨地上，谁也没有踅进店里去。开始我感到奇怪，后来想想，也不奇怪，大概大家的心态跟我的大致一样，所以才宁肯被雨雪淋，也不走进店里。因为大家知道，过去那种温馨已经无法找回来了。店主变了，感觉还怎么会相同呢？

慈　母　情

我是汗脚，离不开鞋垫。我的鞋垫，都是母亲做的。在我稍稍懂事开始有了记忆以后，感觉之中，家人的鞋垫没买过，全是母亲用碎布片粘成袼褙，然后拓上大小不一、男女不同的鞋样，一针针一行行密密地纳制而成。那时，我们一家五口人，爸妈上班，工厂离家又很远，下了班还常常要开会、政治学习，所以，母亲的时间其实是很有限的。她就经常在夜深人静的时候劳作，洗衣服、拆被褥、做鞋，包括纳鞋垫。

说起来，母亲不能算是一个巧妇。她嫁得早，十八岁就出阁随父亲来到了城市。小的时候，正是学习女红的年岁，因为妹妹多，她老得抱她们，带她们玩耍，没有空闲学做手工。稍大一点儿又要下地干活，什么精细的活计都没学会。因而母亲只会一些简单的缝制，精美花样的手工根本做不来。比如，别人会做颜色鲜亮、图案奇特的老虎鞋、猫兜肚什么的。她不会，只会做大头棉鞋和男女布鞋。样式也普遍陈旧，更不会翻新出花样。人家有的巧手妈妈，会在孩子的单色鞋面上绣上花朵或镶上艳丽的花边儿，使它们看上去更加受看。母亲不会。她做的鞋垫就更是单调，只是用针一趟趟一行行地纳一遍。有时，我会有一种强烈的渴望，期盼着一种奇迹的出现，渴望母亲破天荒地在我的鞋垫上纳出个图案来，可是，这种渴望和期盼从来没有获得过满足。母亲似乎也没想在女红方面有所突破和创新。所以，她一辈子都在纳鞋垫，但都是纳的同一种式样，从来没有过些微变革，也就从来没有令我新奇和振奋过。

堂兄在我们生活的那个城市当兵，后来在家里找了一个女朋友。这个未过门的女朋友到这个城市看堂兄，住在了我们家。她也纳鞋垫，但她纳的鞋垫别出心裁与众不同。她会在鞋垫上纳出动物或花草的逼真形状，还会用彩色的花线在鞋垫上纳出蓝天云彩大海波涛……她的女红无比杰出！令我目瞪口呆，羡慕不已。看见她纳出的第一双鞋垫，我就认定，这是迄今为止我见到过的最精美的鞋垫。我很想要这双鞋垫，眼睛老是不离开这双鞋垫。未来的堂嫂看出了我的心思，笑着对我说：小妹，这就是给你做的，快试试看。我欣喜若狂，接过鞋垫捧在心坎，爱不释手。见我这般模样，她说：小妹爱美。母亲说：可不是，我笨，做不来，你来了，也叫她满足一回。我真的很满足。这是我梦想已久渴望已久的鞋垫啊！我为那双鞋垫激动了好几天，每天临睡觉的时候躺在床上，还要反反复复端详着它们，看够了，就把它们放在枕头下面，却不舍得放在鞋里穿。未来的堂嫂特别理解我，见我对一双鞋垫喜欢成这样，紧忙又给我赶制了一双同样精美的鞋垫。并说：只要你喜欢，我还给你做。我这才把鞋垫放在了鞋里，感觉自己是穿上了世界上最美的鞋垫。心里那个美呀，简直无法描述。

人就是个喜新厌旧的东西，见了更好更奇特的，便会厌倦陈旧平常的。有了艳丽漂亮的鞋垫，我就把母亲缝制的鞋垫束之高阁了，看也不看，碰也不碰，天天穿那好看的。母亲见我冷落着她缝制的鞋垫，并不说什么，不忙的时候，还是手里不停地纳着她那种朴素平常的鞋垫。虽然未来的堂嫂在短短一个月的时间里，给我们的家人做了不少鞋垫，可是，鞋垫不是可以长久存留下来的东西，它是损耗品，我终于还是把它们一双双地都穿烂了。曾经的美好戛然而止，就像一个美丽的梦想最终被打破。

后来我一直在穿母亲做的鞋垫，但我的情绪却越来越低沉。随着我一天天地长大，有了审美观，有了攀比心理，我对美的渴望也越来越强烈。我对母亲缝制的鞋垫渐渐感到了一种失望，甚至有了一点嫌弃，再穿鞋垫的时候，就总是怀想曾经穿过的那种艳丽夺目的。因为没有，所以愈加失望，乃至经常独自黯然神伤，默默体味着遗憾与无奈，心中有时会涌起一股股莫名其妙的感伤来。母亲看出来了，叹口气说：妈笨，比不了你堂嫂，你就将就着穿吧？话里竟有着丝丝央告。听母亲这样说，我心里立刻升腾起一种自责来。妈这辈子忙忙碌碌地操持这个家，够苦累的啦，你还挑剔，让妈感觉亏欠着你，多不好啊！我赶紧说：妈，你做的鞋垫是世界上最好的，我一辈子都穿不够。母亲听了我的话，笑了笑，没说什么，低头还是纳她的鞋垫。

再后来，大量机器缝制的鞋垫就上市了，很便宜，五毛一块的，就能买一双。

哥对母亲说：妈，以后别做鞋垫了，挺累的，又费事，买双穿就行了。母亲不说话，闲的时候，手里拿的还是鞋垫。自从市场上开始卖鞋垫以后，我们就很少穿母亲做的鞋垫了，只有父亲还在穿，我和哥哥都是买着穿。但是，母亲对于缝制鞋垫的热衷，却始终没有减下来。我们对于母亲手工的日渐嫌弃，丝毫没有影响她继续缝制鞋垫的情绪。她依然每天兴致高涨地忙活她的，乐此不疲。

可是，时间长了，我们就发现市场上卖的鞋垫的弊端。很多鞋垫，用的不是纯棉布，是化纤的，又是机器扎的，总是不如手工缝制的好，太硬，穿上去既不透气，又不柔软，找不到舒服的感觉。这样，我和哥哥后来就又改穿母亲做的鞋垫了。这个时候，母亲给我们缝制的鞋垫，已经积攒了许多。就在我们谁也不喜欢穿她做的鞋垫、在我们开始冷落她的鞋垫的时候，我和哥的鞋垫，在一个衣柜的一角，早就码成了很高的一摞。这时，我才真实地感到母亲缝制的鞋垫的好处和珍贵。我想，它们虽然看上去平常，缺乏美感，但却适合我们。再说，反正是穿在鞋里面，压在脚底下，艳丽与否，又有多大关系呢？重要的是舒服，这才是最重要的。

随着日月深邃绵延，家里添丁进口，母亲做的鞋垫，数量不但没有减少，反而越来越多。因为哥娶了嫂子，我嫁了老公，父亲得了孙子，母亲添了外孙，五口人渐渐变成了十一口之多。所以，母亲的鞋垫也就越做越多。母亲究竟为家人做过多少双鞋垫，谁也无法统计得清。她孙子的鞋垫，是从小做到大，现在已经穿四十几码的鞋了，却没有穿过一双市场上卖的鞋垫。因为哥说，还是母亲做的鞋垫穿着舒服。岁月的残酷风蚀，使曾有一头青丝的母亲渐渐地衰老了，她的岁数越来越大，做事情动作迟缓，手脚也不大如先前灵便了。但她还是闲不住，还是在给一家老少做这忙那。她为家人缝制鞋垫的生涯，始终没有停止。眼睛花了，她就戴着老花镜做。她不仅给儿媳做，给女婿做，给孙子做，还给外孙做。在我远嫁之后，离别母亲生活在异地的另一个城市时，我们一家三口穿的鞋垫依然是母亲缝制的。有时是我们回去时，她分别发给我们；有时是她到我家时，捎给我们。儿子最爱穿姥姥做的鞋垫。转眼间，他十四岁了，不知已经穿坏了多少双姥姥做的鞋垫。我也劝母亲别做了，忙了一辈子了，歇歇吧。她说，累不着的。闲着也是闲着，手里没点活儿，待着寂寞，我是在打发时间。她虽这么说，但我知道，这是母亲对家人爱的体现。是的，她爱我们，深深地挚爱着我们。她一生都在为我们忙碌和操劳，上了岁数也依然如故，爱我们的心丝毫不减。母亲像一个停歇不下来的机器，不知疲倦地劳作着。她总说，别看妈的活计糙，看着不顺眼，可穿着舒服，是不是？她银丝染鬓，戴着花镜在窗户底下一针针纳活的安详样子，就是一幅慈母像啊！凝望着日渐苍老起来的母亲，厚重的母爱情分在我心头强烈泛起。我忽然有了一种异样的感动。我觉得，手并不灵巧的母亲，一生执着为儿女忙碌为儿女劳作的母亲，是那么的可爱可敬！我的眼睛湿润了，泪飞如雨。

直到现在，母亲家里还有一张张粘好的袼褙，还有尺码不同的鞋样，还有正在缝制尚未完工的不知将是我们谁的鞋垫。应该承认，我对堂嫂缝制的精美的鞋垫的怀想始终没有停止，我甚至后悔当初不该把几双鞋垫都穿了，应该留一双，做个纪念，那是多好看的鞋垫呀！简直可以称得上是手工艺品。但是，我最感念的，还是母亲千针万线缝制的鞋垫，那凝聚着母亲多少辛劳啊！虽然它够不上美，甚至有点拙劣拿不出手，但我们一家老少都在享用着那种受用、透气性好而且柔软的鞋垫。那朴素的式样，那密密实实的针脚，在我看来，她缝制的并非鞋垫本身，而是最伟大的爱！母亲一生话少，不善表达。她对家人的丝丝情感，都融进那密密实实的针脚里了。她在生活的所有闲暇里，都是耐性十足地摆弄着针头线脑，但那决不只是一种机械的重复劳作，而是母亲在对家人表达着深挚的情意。

　　一双鞋垫，其实怎样？但鞋垫穿在脚下，永恒伟大的爱却在我心里永驻，绵延无边，况味持久。每每想起，每每感动不已。

　　作者简介：荆淑英，河北省作家协会会员、中国石油作家协会会员、廊坊市作协理事、中国石油作协理事。1984年发表文学作品，小说处女作刊于《长城》。中短篇小说、散文、报告文学散见于《中国作家》《长城》《中华散文》《报告文学》等文学期刊。发表中篇小说18部，短篇小说20余篇，报告文学6部，散文作品百余篇，出版有34万字散文集《心灵风景》。短篇小说《老车轶事》获"第四届全国石油职工文化大赛"短篇小说一等奖。报告文学《第二代中国管道人》获"中国时代新闻人物"报告文学征文一等奖，入选获奖作品集。报告《戈壁神话》获中国石油作家协会举办的"在西气东输的日子里"征文优秀奖，同时获第六届"廊坊文艺繁荣奖"三等奖，入选由作家出版社出版的《紫气赋》文集。散文《你在我眼中》获"复兴之路"纪念改革开放30周年全国文学征文大赛散文一等奖，同时获第七届"廊坊文艺繁荣奖"优秀作品奖。

一世相伴永世相随

毕树志

很多年没有想起父亲母亲了。

每年的清明、祭日、中元，还有春节，我会隐隐记起他们。只是这"记起"呈逐年模糊的趋势，且大有风扫落叶的态势。父母去世第一年的祭日，我和姐姐弟弟一大家，拖儿带女浩浩荡荡前往祭拜，还未出发，眼睛已被泪水咣当咣当击打得灼热而酸痛，及至在殡仪馆捧起父亲和母亲的骨灰匣，那痛楚、那想念便潮水般漫卷而来，势不可挡，竟至痛哭到手脚冰凉肢体抽搐，其后的几天都是神思恍惚，犹如神鬼附了体。

再后来，思念依然，但不至伤痛欲绝了。每每沉默而去，沉默而归，在纸钱的飘飞中依稀能看到父母的在天之灵微笑着看着我们这些儿女的一举一动。再后来呢，应该是五六年以后吧，祭拜父母逐渐成了一种仪式，鲜花美食比以往多了不少，情感却渐次淡去，有时会在祭拜的路上或者墓前给日趋长大的儿子讲一讲爷爷奶奶生前的种种。更多的时候，烧过纸钱，行过祭拜礼之后，转眼便又回到了当下的状态，一路上说的更多的是这个凡俗世界里的凡俗世事，与在天堂里的父母没了一点干系。而这两年，在去墓地的路上，我们竟然能够一路欢语，甚至在焚烧纸钱的过程中会风趣幽默地和父母说上几句俏皮话。那日听旁边一位烧纸的女儿对着逝去的亲人念叨："爹，闺女给您送钱了，这些钱够您打上一阵子牌的了，祝您在那边把把提溜闷，回回自摸和，把他们都赢了……"一番话竟把我们这一干人逗得忍不住笑了起来。

逝者远走，生者自当好好地活下去。一年一年的岁月风蚀，曾经鲜活的记忆之花渐次枯萎，失去了分明的色彩。对于父母的记忆也随着年龄的增长和世间的灰尘蒙覆，逐渐黯淡、消逝。若干年后，当我们逐渐长成到父母当年的年岁甚或更老，对于曾经给了我们生命，在我们生命历程中不可或缺的他们，我们还能记起多少？对于身体上同样流淌着他们的血脉，或多或少遗传了他们身体发肤特征的我们的后代，父母曾经在这个世界上的种种，于他们而言，究竟有何意义？

犹若神示。尽管今日清明，尽管昨日远在家中的妻子告诉我，她已经和弟弟去了墓地，为父母扫了墓，远在异乡的我依然没能静下心来想一想父母，依然处理着一些繁杂的琐事，甚至闲暇时，还在兴致勃勃地看着一部无聊的肥皂剧。直至此前几分钟，我随手拿起床头上的一本书，漫无目的地翻开一页——那是我基本翻遍了的一本书，但那篇怀念父亲的文章我竟从未读到过！在这样的一个日子，我随意地翻动，看到的竟是这样一篇文字！这不得不让我心生敬畏——这会不会是父母在天之灵的昭示，告诉我，他们始终在儿女心里，从未远去？或者，在他们那里，永远有着对我们的牵挂？

好吧，趁着记忆还未完全湮灭，趁着生命还未开始衰败，记住父母在我内心滞留的点滴，记下来，给自己。待年迈时，慢慢怀想年轻时、年迈时的父母，怀想我记述父亲母亲的今日、此刻……

<h1 style="text-align:center">一</h1>

父母刚刚去世的那几年，我写下了数篇怀念父亲的文字。但对母亲，却未著一字。内心里，始终对母亲有微词——她的暴躁，她的自私，她对子女的漠视……这些无情的字眼此刻出现在我对母亲的回忆中，想来母亲在天之灵定会又一次愤怒地骂我这个不孝之子了。

我五岁时便学会了做饭。农村的锅灶，我可以熬粥，烙香喷喷的大饼，炒半生不熟的白菜。我做这些时，母亲在和邻居的一些婆娘们玩儿纸牌。到饭时了，我会喊母亲吃饭。喊过几遍，牌局才恋恋不舍地散去，那些婆娘会用喷着劣质旱烟味道的嘴对着我大肆称赞：小志这孩子，真能干！长大了肯定是个会疼人的爷们儿……小小年纪的我，丝毫没有被夸奖的自豪感，恰恰相反，我对这夸奖满怀了仇视，满怀了屈辱。但我不敢对母亲表达我的仇视和屈辱，只能将那些东西压在心里，对母亲始终唯唯诺诺。母亲的暴躁我时常领教，有时会毫无来由地招致一顿暴揍。

姐姐八岁时被母亲塞上火车，免费"邮寄"给500里之外的父亲。姐姐一个人在火车上茫然无措，一个车厢一个车厢地游逛。而姐姐被"邮寄"给父亲的缘由是，家里没钱了，让姐姐去找父亲要钱！拿了钱还要火速赶回。母亲给父亲写信，说让父亲带着钱去车站接姐姐，把钱交给姐姐就让姐姐直接回来。后来听姐姐说，父亲到车站抱着她当场就哭了。留姐姐在那里待了两天后才买了票，交代给列车员照顾下姐姐，拍了电报让母亲去车站接姐姐。最终，姐姐还是用她那双稚嫩小脚走了七八里路，才从车站走回家。

我是生在野地里的。据说，母亲生我时，正在生产队的田里和一群妇女劳动，后来就感觉有些内急，慌慌地跑到一个水沟里，刚刚蹲下，我的脑袋就急不可耐地探出来打量这个世界了。

生得容易，活得也就潦草。按说，上面姐姐是女孩，我这个男孩的出生应该给到现在还有重男轻女习俗的农村任何一个家庭都会带来惊喜和欢乐。但我，好像没有这个殊荣。记忆这种东西好像天生具有过滤功能，许多重大的事件，临近的事情不一定留存下来，但一些遥远的、细节的东西却固执地赖下来不走。我对母亲的记忆，留下来的，大多是她对我这个孩子的漠视。

无数次地记忆都定格于我独自在家的情景——不知道当时几岁，但肯定没有水缸高。睡醒了的我先是摸着炕沿往下溜，然后就摔了一跤。爬起来，往水缸那儿走——我渴了。扒着水缸去够漂浮在水面上的水瓢，只有半缸水，个子矮，够不到。翘起脚来够，扒着缸沿够……终于够到了——我一头栽进了水缸里！直至母亲回来，我还在水缸里扑腾着没有爬出来。落汤鸡般的我没有得到母亲的抚爱和怜惜，她把我从水缸里拎出来，狠狠地给了我一脚——我糟蹋了半缸水！

姐姐比我大三岁。上二年级时，姐姐带着我上学——不知为什么，母亲没时间照看我。或者是要去生产队里挣工分，或者打牌？我真的记不起来了。总之，很长一段时间，我是坐着一个小板凳，坐在姐姐的旁边，浑浑噩噩地听老师讲课。姐姐作文很好，在班里经常当范文读给学生。但到了五年级，姐姐就辍学了——因为她可以挣工分了。

我上学了。母亲用不知从哪儿淘换来的草纸为我订成作业本。明确要求，正面写完反面写。两面写完了，用橡皮擦完再接着写，必须把纸擦破，不能再用了，才能换新本子。这是我记忆中唯一关于母亲"关心"我学习的片段。我抗争过，两面写完后，故意使劲儿用橡皮擦本子，很快就能把本子擦破。但，道高一尺魔高一丈，小孩子是糊弄不过大人的，结果又是招来一顿胖揍，边揍边骂我这个败家子。后来实在不堪忍受使用破本子的痛苦，我偷偷从炕席下面偷出来一毛钱，可还没等实施买本子的计划，便被母亲发觉，追着我一圈一圈地跑。那时我已经跑得很快了，母亲不能轻易追上我，气喘吁吁的母亲就大骂：你这个败家子，有本事一辈子别回来。那天我在外面躲了一夜，又冷又饿的我最终还是乖乖地回到了家。对我这个乖孩子而言，这无疑是一次显著的"犯罪"，我只能硬着头皮等着情理之中的一通暴揍。但也只有这一次，母亲没有打我，只是把饭往我面前一墩，气咻咻地走了。

母亲还干涉姐姐的婚姻自由。她总是盼着有一个人能够帮她分担家务。母亲根本不会莳弄庄稼，或者她本来就不想莳弄庄稼。记忆最深的是，农村联产承包责任制以后，土地分产到户。那时家家户户干劲儿十足，我们家也在叔叔大爷的帮助下，播了种。母亲有一次带我们下地锄草。到了田头一看，扭头就走，边走边说，草太多了，没法锄。

鉴于此，母亲总想找一个本村的女婿，可以帮着家里种地。托人介绍过一两个，姐姐不同意。那时的姐姐心高气傲。母亲就以死相逼，姐姐还是誓死不从。

现在的姐夫，也不是姐姐情愿的，只因为姐夫家承诺，结婚后可以帮助家里做农活，母亲又以死相逼，这次，姐姐屈服了。每个人一生最终都会或多或少地对命运有所屈服，姐姐的婚姻是我对命运最初的感悟。

母亲与奶奶的关系也极为交恶。奶奶不是我的亲奶奶。父亲三岁时我的奶奶便去世了。爷爷续弦，娶了后来的奶奶。婆媳之间因为什么，小小年纪的我们根本不懂。只记得母亲无数次地和奶奶发生过口角，母亲更不允许我们踏进奶奶家门半步。现在想来，婆媳关系原本就是世间最难相处的关系，很难分出个孰是孰非。只是当时的我，失去了像别的孩子一样享受来自奶奶疼爱的权利。

在清明这样一个伤怀追思的日子，罗列出已经在九泉之下的母亲如此众多的"劣迹"（这个词本身就是对母亲的大不敬），每一个受着传统文化教育的人都可以对我进行无情谴责。没错，这样记忆、记述母亲的时候，我同样纠结异常，我努力想在记忆中搜寻一些来自母亲身上的温情，可是没有。或许有，只是被我的记忆筛选掉了，能够记住的，竟是这些不堪。

对不起，妈妈！

二

对于父亲，我曾经写了太多。但奇怪的是，关于父亲的好，却不能像罗列母亲不好那样，一桩桩一件件地再现出来。对于父亲更多的是想念。不是此时此刻的想念，而是在父亲生前，一个孩子对父亲的想念。

父亲的一生，除去晚年退休、生病外，与我们姐弟几个在一起生活的时间加起来也不会超过两三年。两三年的时间叠加起来，又能有多少可书写的记忆呢！可我偏偏写了许多关于父亲的文字，却没有记述一句关于母亲的事。此刻关于母亲的书写，倒让我有了一种不计后果的快感。

在那个年代，夫妻两地分居是平常的事。父亲在城市工作，母亲在老家带着我们这几个孩子。每年父亲回来大概能有三次：麦收时、秋收时、过年时。麦收、秋收对于还是孩子的我们没有太深的记忆。唯有春节的一次，对于我却有着非同凡响的意义。父亲每次过年回家，都会提前给家里写封信或拍个电报。而父亲回家的那个日子，便是我们的节日。一年四季都是以玉米面饼子、窝头，甚至高粱面窝头为主食的我们，在那一天即将到来的前夕，会一整天淌着哈喇子蹲坐在堂屋里。那样的日子里，母亲会早早蒸好一锅白花花的大馒头，却不允许我们吃上一口，说要等到父亲回来，才能一起吃（这也是我对母亲颇有微词的一个细节）！出于对白面馒头的想念，在父亲到来的那一天，我会一个人早早地跑到村口去接父亲。只有父亲早些到来，我才能早些吃上馒头！往往是这样，在村口接得不耐烦的我，会慢慢地往前走，想早一点儿看到父亲。看不到，再往前走，走出很远，直到前面出现岔路口我才不敢再往前走，我不敢确定父亲会从哪条路上回来。我往远方看，往路的尽头看，看得很累，有时看着看着就睡着了。而往往此时，父亲就如从天而降般出现在我面前，然后一把抱起我，用他那硬硬的胡茬儿扎我，再高高举起来，抛起来。那种痒痒的感觉，会让我落泪。

父亲回来了。家庭的祥和气氛在整个房子里弥散。父亲会喝一点儿酒，母亲的脸上也会洋溢着久违的笑意。我会喝一点点父亲从城里给我们带回来的"北冰洋"汽水儿。在家里，我只喝一点点。剩下的大部分，我会拿到外面去喝，当着所有小伙伴的面，一小口一小口地去喝。他们极少见过这种汽水儿，他们只能喝井水加入糖精的"甜水"。曾经，那用糖精兑成的"甜水"馋得我流哈喇子，母亲从来不会花几分钱为我们买一撮糖精。而现在，那种带着一点儿辛辣的甜丝丝的汽水，成了我耀武扬威的资本。我会比较大方地给其中的一个小伙伴喝上一小口，只一个小伙伴，只一小口儿。这个小伙伴不一定是和我最要好的，恰恰是当初用糖精甜水馋我最过分的那个。让他尝上一小口，看他那惊得目瞪口呆的样子，然后闭着眼睛啧啧回味陶醉的神情，然后开始听他绘声绘色地描绘喉咙走过汽水时的感觉。等他再要想喝上一小口时，我便会断然拒绝，说：你比别人强多了，别人一口还都喝不上呢！于是他就悻悻然又有些满足地咂摸着嘴，一遍又一遍舔着嘴唇上残存的味道。此刻，我内心的快感无法用语言描述！父亲的回家与否，使我童年的日子戏剧性地达到极致，忽而在地狱，忽而在天堂！

当然，父亲在我心中的分量绝不只是如此小儿科的程度。父亲的性格与母亲的性格恰恰相反。在我的记忆中，父亲从未动过我们一手指头。父亲的眼神始终是慈蔼的，父亲怀抱的温度，现在想起来，依然是温暖的。父亲在家的日子，我始终是和父亲一个被窝。现在想来，我那时应该是很招人烦的。我不知终年难得见面的父亲、母亲的性生活是怎样来过的。反正每次睡觉前我是在父亲的搂抱和抚摸下入睡的。醒来时，依然是父亲搂着我。

也有惹父亲生气的时候。印象最深的一次，忘了因为什么，父亲暴怒了，举起手来就要打我。当时的我不知哪来的勇气和倔强，挺着脖子就等着父亲打。父亲的手在半空举了又举，终是没有落下。却冲进院子，抄起了一根胳膊粗的木棒，冲着我就举了起来。我看着那根巨大的木棒，内心的恐惧达到了极点。但匪夷所思的是，我依然梗着脖子，一动不动。父亲的木棒在半空中又是举了半天，然后颓然地扔掉，冲着我大喊：你个混蛋，怎么不跑啊！继而抱着头蹲在地上，竟然哭了！

我为什么不跑呢？到现在我也想不明白。或许，是父亲对我的娇惯让我确信，父亲不可能真的打我，他不会的。也或许，受多了母亲的打骂，我反而想"享受"一下父亲给我的待遇？！

三

终于，母亲不会再打我了。父亲，也不能再给我宠爱。先是 1985 年，母亲罹患脑溢血，在住院治疗 40 多天后出院，却从此瘫痪在床。父亲办了提前退养手续，回到老家担负起这个破败家庭的重担。斯时，因为母亲的病，我休学两个多月。母亲出院后，父亲让我回学校继续读书。而母亲却极力反对。她口齿不清地对我说：别上学了，帮你爸种地吧。

自母亲重病，我已做好退学回家，帮着父亲分担家务的打算。但母亲的反对却激起了我的逆反心理。加之父亲的极力支持，我最终还是回到了学校。

然而，不幸接踵而来。

在我读书的最后一年，有一天，父亲被人从田间背了回来。当时的父亲神志不清，口吐白沫。我慌了，吓坏了，一边安排弟弟去喊医生，一面哭着摇晃着父亲。医生还没有到，父亲却醒了过来。父亲醒后，眼神迷茫地看看我，看看自己满是尘土的衣服，说：我这是怎么了？我把父亲在田里昏倒，被人背回来的过程和父亲说了，父亲困惑地说：是么？我怎么一点儿也不知道？就是感觉有一点头晕，后来就不知道了。看着父亲醒来后没事人般的样子，我悬着的心落了下来。想这或许只是一次意外。或许是累着了，或许中暑。然而随后发生的一切，使我的父亲、使这个家庭，从此跌入了苦难的汪洋之中。

又一次，父亲在家里昏迷，症状依然和第一次一样，工夫不大就苏醒了。又一次，父亲在路上昏倒……随着昏倒次数的不断增加，醒来后的父亲目光越来越呆滞。有时会答非所问，这样的状况需要一天甚至更长的时间才能恢复。在父亲又一次昏倒后，我把父亲送到了县城的医院，确诊结果：癫痫症！针对父亲的具体情况，医生分析病因应该是心理压力过大加上过度劳累所致！

我被这突如其来的变故彻底击垮！那么温良谦恭的父亲，一辈子说话都不会高声的父亲，我深爱的父亲，竟然得了这样一种要不了性命，却无比折磨自己、折磨别人的病症！上天啊，你为何如此不公？！

在父亲的病确诊以后，我毫无悬念地结束了我的学生生涯，开始承担起家庭的重担。瘫痪在床的母亲得知父亲的病症后，哭着对我边打边骂，说是我害了父亲，如果不是我当时不顾一切非要上学，把家里的重活全都压在一辈子没干过农活的父亲身上，父亲怎么会得这样的病！对于母亲的打骂，我内心里第一次充满愧疚，充满悔恨！是我啊，是我的自私、我的任性，才让父亲承担了太多的重压！我无数次在夜里听到过父亲因劳累过度在翻身时发出的痛苦的呻吟，面对繁重的农活和母亲重病的巨大压力，父亲就这样被压垮了！

我不敢再让父亲独自出门，不敢再让他下地干农活。每日里，只让不犯病时还像健康人一样的父亲照顾瘫痪在床的母亲。他想下地帮我干一些农活，被我拒绝了。他想帮我去邻居家借一些农具，被我拦下了。我不知道父亲何时会犯病，一来是担心父亲会在路上、在别人家里犯病，二来是父亲犯病时痛苦恐怖的样子我也不愿意被别人看到。在农村，癫痫病被称作"羊癫风"。人们看待癫痫病人的眼神，和看到傻子、疯子时的眼神差不多。我不想我的父亲接受这样的眼神，或者，更确切地说，是我不想看到人们看待父亲时流露出这样的眼神。这是我的无奈，也是我的自私。

父亲的话越来越少。他唯一能做的是在家里照顾母亲，照顾我们的一日三餐。每次我回来，父亲会早早把洗脸水打好，把饭盛好，端上饭桌，然后照顾母亲吃饭。甚至睡觉时，父亲已经把我的被褥铺好了。父亲看我的眼神还是那么慈蔼，只是少了些许活泛与光泽。母亲依然时不时骂我，父亲对母亲疼爱有加，照顾得无微不至，但绝对不允许母亲对我发火。每次母亲骂我，父亲就会瞪大眼睛，用不多的话制止住母亲：行了！孩子一天到晚够累了，你好好在炕上待着！

我很少看到父亲在家犯病的样子。每次回来，父亲都是安安静静地等着我吃饭。但是时不时就听口齿不清的母亲说：今天，你爸又犯病了。父亲犯病有时会跌倒在母亲身边，那样还有母亲双手的抚慰。可跌倒在地上时，瘫痪在床的母亲一点办法没有，只有眼睁睁地看着父亲自己在地上，痛苦着，抽搐着。当时想到这些，我欲哭无泪，心真的像是针扎了般！即便此时想起，心依然像被人揪着一样，疼！

四

不知父亲当年是承受了怎样巨大的心理和身体上的双重压力，从而最终垮了下来。而少年单薄的我，同样难以承受繁重体力的折磨，只是我，选择了逃离，逃离土地，逃离故乡。

我把父亲和母亲以及年幼的弟弟交给已经出嫁的姐姐，独自一人到城市打拼。母亲包办的婚姻此时得到了善果，虽然姐姐和姐夫结婚很长一段时间以来，始终矛盾不断，但姐夫的敦厚善良最终还是打动了姐姐。心高气傲的姐姐认命了，特别是姐姐有了自己的女儿以后。农村里开导婚姻不如意的女人，大多有一句充满哲理的表述，说，慢慢熬，等有了孩子以后就好了。为什么等有了孩子以后就好了呢？或许是说年岁大了，心智成熟了？或许是说不养儿不知父母恩，有了孩子才能懂得当年父母的良苦用心？也或者，人在一起时间长了，便有了感情？农村人很少谈爱情的，有了感情，就有了亲情，有亲情维系着，一段婚姻就算完美了。总之，随着两个女儿的相继降生，姐姐和姐夫的感情日趋融洽、和谐。所以，当我提出把父母和弟弟托付给姐姐姐夫时，还未等姐姐表态，姐夫早已高兴地应承下来，随即开始张罗车辆了。

安顿好父母和弟弟，我一身轻松地来到了父亲曾经工作生活了半辈子的城市，开始了一段决定自己和弟弟生存轨迹以及父母归宿的生命历程。在这里，我不去过多叙述那些年来我一个人的艰辛和酸楚，因为这是对父亲母亲的记述文字。总之，两年后，当我在城市稍稍站稳脚跟后，我做的第一件事便是把父母和弟弟接了过来。此时的父亲愈发呆滞，话语愈发地少了。母亲除了不能自由行动外，面色倒是比早先好了许多。

我在城乡结合部租了一间十来平方米的房子，一家四口就挤在里面了。弟弟也已辍学，还未成年的岁数，便懂得了生存的艰辛，在一家小企业工作几个月后，便辞职不干，每日里早出晚归，做起了小生意。父亲的病时好时坏，好时，可以帮着料理些家务。发病后，眼神呆滞，会虚弱地躺上几天，倒是要母亲反过来给父亲喂饭喂药了。

看着父亲的病情日益严重，此时作为一家之主的我下定决心要为父亲彻底检查一下，看看有没有治愈，哪怕缓解的可能。父亲说什么不去检查，说我这身体一检查全是毛病，检查了也没用。我百般劝说，软硬兼施，最后才算说服父亲和我去了医院。我让父亲等着，我去挂号。和医生说了父亲的病情后，医生说先去照一个脑部CT吧。我拿着医生开的单子，去缴费。拿着缴费单带父亲去拍片子的过程中，父亲非要看看缴费单，当看到拍一张CT片子需要180块钱时，安安静静的父亲愤怒了，他怒吼般向我发令：把这单子退回去，我不检查了！这是父亲为数不多的几次向我发火。我忍着心疼笑着对父亲说，这是医院，交了费怎么能退呢！父亲说那也不检查了，说着就往医院外面走。我拉住父亲，说：钱已经交了，干吗不检查一下呢！检查完了，病不大咱就养着，病大了再说。

最终父亲还是躺到了CT室里。等到拿着父亲的CT结果给医生看时，医生的表情令我心颤！医生手指着父亲的脑CT图，那里有着大大的一片阴影，还散布着一些零星的小阴影。医生二话没说，拿过处方笺刷刷写了起来，一边写一边头也不抬地说：交五千块钱押金，马上住院！

我惊呆了，木然地问医生，我父亲得的是什么病？医生说，什么病，整个脑子里都是病！癫痫症都不算病了，脑栓塞、脑出血目前都有可能发生！

我的脑子嗡嗡作响，不敢相信父亲的大脑隐藏着如此大的疾患！难怪父亲自己说，一检查都是病，难道父亲早已察觉自己脑子里的严重疾患，才坚持着不肯来医院？

此时的我别无选择。家里已经有了母亲这样一个瘫痪在床的病人，我不能再眼睁睁地看着父亲彻底倒下。我回身想对父亲说，住院吧……但此时，父亲早已不见了踪影。我急急地往楼下跑，追上了父亲。我拉住父亲，说：咱住院吧，住院能治好。父亲倔强得头也不回，说：你要是再和我说住院的事，我现在就死给你看！边说边要往医院的柱子上撞。我死死地拉住父亲，哭着说：不住院，咱不住院了！

其实，说让父亲住院，我是在打肿脸充胖子。莫说五千块钱，就是五百块钱，当时的我也拿不出来。那时，我一个月的工资只有 80 块钱，80 块钱的工资一家人的生活都难以为继。为了这一家人最基本的生存，我已经向单位预支出了半年多的工资了。弟弟的小本生意根本还没有挣到钱，在这个城市，我举目无亲，去哪里找这天文数字般的五千块钱啊！

最终，与其说我向父亲妥协，倒不如说我被命运打败了。在残酷的现实面前，我真的无能为力！

意料之中，两个月后，在又一次发病后，父亲再也没能站起来，和母亲一样，父亲瘫痪在了床上！

我痛不欲生，欲哭无泪。一个多月后的一天，我喝下了整整一瓶二锅头，静静地躺到铁轨上，等待着隆隆而过的列车将我碾碎……

我被人救了下来。清醒过后，我吓出了一身冷汗。如果那一次我就那么死了，真的倒是解脱了，痛快了。可在这个举目无亲的城市，我瘫在床上的父亲母亲怎么办？我那还没有真正成年的弟弟怎么办？再艰难，为了世间最亲的亲人，也要活下去啊！

五

公元一九九六年农历七月十六日上午十一时左右，父亲毫无征兆地离开了我们。父亲走时并没有痛苦地发病，只是慢慢地开始气若游丝。喊来常年给父亲母亲针灸的社区大夫，翻了翻父亲的眼睑，说，也别送医院了，准备后事吧。我放声大哭，一辈子没有对我动过一根指头的父亲，一辈子对我们、对母亲疼爱有加的父亲，就这样，一句话没有交代，离我们而去了！

丧事在一片混乱中进行。还好有父亲单位早年的同事和房东大爷张罗着，我除了哭，再也不会别的了。人们说，要让父亲的遗体在家停放一天才可以火化。晚上，人流散去，只剩下我和姐姐、弟弟，还有瘫在床上的母亲、床板上已然冰冷的父亲。这就是我全部的最近的亲人了。母亲一滴眼泪都没有掉。整整一天，母亲就那样默然地看着我们哭，看着张罗着的人群，接受着好心人的劝慰。终于，哭累了的我渐渐地迷糊起来，好像睡着了。忽然就被身边的母亲推醒。母亲说：给你舅舅们打电话，喊他们来吧，我也快不行了。我想看他们一眼再走。我烦躁地说：什么时候了，别再添乱了！母亲期期艾艾地说：真的，我要不行了，你爸喊我跟他走呢。

我听得毛骨悚然，但依然还是不相信什么被父亲喊走之类的话。姐姐说，叫舅舅们来也行，帮着处理一下这些后事也好。我同意了。母亲的娘家在几百里之外的地方，连夜打了电话，第二天早上，三个舅舅来了两个。独独母亲最疼爱的小舅因为上夜班还没有下班，晚来了一步。等到最终这个舅舅到来，抓住母亲的手时，母亲便安然而去了。距离父亲去世，相差不到二十四个小时……

父亲是河北省南皮县人，那里是我的老家，后代儿孙的故乡。父亲出生于公元1942年，享年54岁。父亲三岁时没了母亲，爷爷用玉米面糊糊一口一口地将父亲喂大。1958年大炼钢铁，16岁的父亲背井离乡，在邯郸铁矿做了工人。当年和父亲一同背井离乡去打工的同乡大都难以承受苦重的体力活而选择回到了家乡，只有父亲坚持了下来。大炼钢铁运动结束后，父亲被分配到天津杨柳青机械厂工作，后调至河北省廊坊市。这里是我和弟弟现在生活的城市，我们在这里娶妻生子，在父亲生活了大半生的城市过着属于我们的生活……

母亲生于天津市静海县，1947年出生，享年49岁，在父亲天津杨柳青工作期间经人介绍认识父亲。婚后，母亲回到河北南皮老家与公婆住在一起，一辈子与父亲聚少离多，独自一人拉扯着我和姐姐、弟弟三个孩子长大成人。性格暴躁，不懂得照顾孩子。我不知道母亲是原本性情如此，还是被生活磨难成了后来的样子。舅舅说：你妈妈人傻，不懂得疼人，受了一辈子苦，但跟了你父亲，值了。他们的感情，你们不懂……

六

这就是当下的我对于母亲和父亲残存的有限记忆。不管是他们的好，抑或不好，我都如实地记录了下来。在这个世界上，每个人都不是完美的，不能因这个人是你挚爱的亲人，便可以夸大美化，或遮蔽瑕疵。也或许，在曾经真实的那个世界，我恨过的母亲，恰恰是给我们爱最多的那个人。只是因为太多，我才忽略了那份爱。母爱，在一个粗线条的母亲那里，或许只能用另一种形式表达。在与父亲天各一方的数千个日夜里，母亲独自一人，拉扯着我们这几个吃奶的孩子，看着我们一点点长大。孤单无助的母亲，内心里还能有多少属于温情范畴的爱给予我们？同样，父亲的爱充分地给予了我们，可那种几十年如一日的有限之爱，给予得再充分，现在想来，更像是为了弥补自己常年不在身边的一个父亲的歉疚。这些，我都不能最终确定，只能如实记下这些能够记住的点滴。但父亲与母亲的爱情，却无疑是这世间难得的稀有之爱！一生两地分居，但至死不渝。老来病痛缠身却能相互依托，彼此的残躯重组成一个健全的躯体（母亲右侧躯体失去知觉，父亲的左侧躯体没有反应），互相照顾互相依偎，后来细细想起，母亲瘫痪的十几年以及父亲病重的那几年，竟基本没有令我们这些儿女为照料他们付出太多的精力，更多的是父母之间的彼此照应，彼此给予。更令人唏嘘的是，这两个做了二十多年夫妻的人，只把这几个他们爱情的结晶悄悄地留在了这个世界上，彼此相约着一同离开了这个世界。不求同年同月同日生，但愿同年同月同日死，父亲和母亲的爱情，是这世间多少男女可望不可即的愿景，但他们做到了。人的一生贫苦也好，富贵也罢，最终都会化归尘土。能够留给这世界一些念想，能够令儿女至死怀念，谁能说他们生得卑微，死得凄然？其实，在我看来，他们短暂的一生是成功的，他们的儿女承袭了他们血脉中优秀的成分，活得有尊严，也懂得爱。他们死得壮丽，双双携手，步入另一程旅途。

父亲母亲去世迄今二十余年了。我不知道，如果没有现在这篇文字，再过一个二十年、两个二十年，我还能记起父亲母亲多少的好与不好？那两个生我养我，将我带到这个世界上的人，除了刻在墓碑上那两张永远年轻的照片和冰冷的碑石，与我们在尘世的生命还能有怎样的关联？

还好，我还有记忆。还好，我记了下来。还好，我的身体里有他们的血液在日夜流淌。姐姐，弟弟，还有那比我们更为众多的我们的孩子，终使这血液一脉相承，永远在这些火热的身体里静静流淌，绵延不绝……

作者简介： 毕树志，20 世纪 70 年代生人。河北省作家协会会员，鲁迅文学院第 27 期作家班毕业。曾当过农民、企业职员、报社编辑、记者。现供职于某企业机关。先后在报刊、杂志发表散文、小说、诗歌、评论等作品 200 余篇 60 余万字。

布　衣

巨凤霞

茅草店，青龙湾，金门御水银沙滩，老父戏渔船。棋牌乐，闲愁远，高楼把盏逍遥仙，鹤发映童颜。

——为家父古稀之年赋词。

一

某一年的某个周末，一个14岁少年，从一个叫作五百户的国办中学步行回家，刚进门，母亲就说：你快去看看吧，队里的仓库门口，他们都在抢花生皮儿。少年不敢耽搁，将书包和书包里节省下来的几个窝头塞给母亲，接过口袋和扫帚，朝着那个抢花生皮的仓库飞奔而去。

这一场景，少年记忆犹新。若干年后，被少年描述过若干次。像钞票上的水印，什么时候对着光亮，什么时候历历在目。

饥饿年代，人人的喉咙里都像长了一只手，到嘴儿的食物还没来得及品味，就被一把抓进了肚里，肚里又是个无底洞，时刻敞开洞口，接纳那些经过嘴的咀嚼可以叫作吃的东西，草根、树皮、棒子骨，相比，细腻的花生皮儿可算是餐桌上的上乘。

少年抢得一袋花生皮儿，背回家，母亲在锅里炒熟，再到村头的碾棚里用石磨碾碎，用以充饥。

"我一大家子人得活着！"

少年涌出的心念绊住了他求学的脚步。自此，少年辍学了，他是长子，长子的下面还有三个弟弟一个妹妹。长子的上面有姐姐父亲母亲爷爷奶奶，有爷爷的五弟，还有爷爷的三叔，这是一个有着长寿基因的家族。

扫草籽、挖野菜、捋榆钱，少年和他上面的成年人一道，并肩扛起了一个叫作"家"的大梁。

班主任和教导主任来家访，动员少年继续修学，少年聪明敏慧，是那一届四个班的前茅。

他们三顾茅庐，讲前途讲命运，讲学校的馒头窝头一日三餐有继。他们或许不知道，这少年，每天饭后主动去食堂帮工，为的是捡拾蒸笼的屉布上遗留的馒头渣窝头渣，或是捞拾刷锅水里那些勉强称为固体的残渣，用以充饥。而将每天领的馒头窝头偷偷藏起来，偷偷带回家，分食给正翘首以盼的弟弟妹妹们。自己的前途命运和一日三餐有继在这少年的天平上，显然是分量不足。以一家人的温饱乃至富裕为己任——这，就是少年辍学的动力。

这动力，从他 14 岁伊始，贯穿大半生，直至古稀之年的今日。

之所以反复提及，反复回忆，不仅仅是因为大饥荒导致的退学，是因为少年这一生，由此翻开另一页，开始品味人世的温寒。也由此，以成年人的姿态和担当经历他饥饿的少年时光。

我与这少年结缘，不谈偶然不谈必然，乃因血脉，乃因命定，这少年，我管他叫爸！

爸有了我那一年，也依然是少年，那一年他刚刚 19 岁。

二

我的出生，让巨氏家族并入五世同堂之列。我可以和爷爷奶奶太爷太奶老太爷及叔叔姑姑们所有家庭成员恃宠撒娇，发号施令，我可以将全家在那个贫困年代里诸如蛋糕桃酥之类称为点心的食物全部占为己有不让任何人染指而感到心安理得。有时，我的一些无理要求得不到满足时，我会哼哼唧唧用我独创的一种磨人的腔调来达到我的目的。奶奶说我那种磨人的腔调像唱歌，拉长了音，有高音有低音，又会拐个几道弯儿。唱着唱着，糖果来了，唱着唱着，江米条来了。唱着唱着，爸爸来了，像是被人点了穴，我的歌声戛然而止，然后装作若无其事的样子，望望顶棚，望望墙壁，又望望炕上的花被垛。爸走了，我会接着唱。有时闹脾气，大人就会说，你爸来了！又像被人点了穴，全身僵住，静下来，只用眼珠儿环顾四周，没有，虚惊一场，引来全家一阵笑声。

就想，这个家里干吗要有爸？小孩子不听话了，大人就会说，把你送人吧！我看着爸扛着锄头从大门走出去，心里说，把你送人！看着爸扛着锄头从大门走进来，心里说，把你送人！

爸那时也就二十出头吧，我为何从小就对这个叫"爸"的人心生畏惧？他为何在我身上轻而易举就获得了家长的威严？

时隔三十年后，我才从爸嘴里找到答案。

两岁那年的夏天，因为炎热，老太爷舀了一大盆凉水，放在堂屋地上，让我玩水消暑。我两个小手放进去，在水里拍打，噼里啪啦水花四溅，这游戏可真来神儿，我越拍越起劲，越起劲水花越大，越大越不过瘾，索性从水盆里往地上撩水。爸刚好看见，说，别往地上撩啊，屋地都湿了。我白了他一眼，继续。爸又重复一句，话音刚落，我大怒，咣当一声，一下把水盆掀了个底朝天，水漫了整个屋地。爸跳起来，一巴掌打在我的屁股蛋儿上，说，这么点小崽，这么大脾气！我呢？我问。爸说，你当时跟蝎子蜇了似的，哇一声，老半天才喘上气来，当时，那小屁股蛋儿上就肿起五个手指印。

堂屋、水盆、水漫屋地还有蝎子蜇的感觉，我没有丝毫记忆，但对爸那种极端的惧怕，应该始于此吧。

也并非天天盼他送人，也有他令我欢喜的时候，有时他会从兜里掏出几块糖，村里谁家有红白喜事，必请他做大厨，爸的厨艺全村有名，没有师从，没有培训，完全是无师自通。有例为证：大饥荒过后，物资匮乏，举国实行经济供给制。一切凭票证购买的年代，酱油也是奢侈品范畴。爸就自制一盆酱油，放在村里大棚席上，随意自取，供调味。大家蜂拥而至，异常欢喜，纷纷讨问秘方。那秘方就是：用文火炒红糖至酱红色，加水，配以花椒大料食盐等作料熬制。自此，这美味儿，在华北平原那个不见经传的叫作茅草店的小村，一次又一次狂欢了全村400多人的舌尖。

还有更令我欢喜的，就是爸收工回来，骑着他那辆铁杆自行车，出门而去，后车座挂着方形铁桶。我知道，一会儿，爸回来的时候，方铁桶里就会有白花花的小鱼和小虾，运气好的时候，还会有小乌龟，老太爷将小乌龟套上绳索，我拉着它，在满大街小伙伴羡慕的目光中疯跑炫耀。

70年代的乡村，温饱依然是大计，窝头咸菜能饱腹的农家已是不贫。这个时候，弟弟妹妹相继出世，我家，已是十四口人的大家庭了，吃饭，需放两张饭桌，屋内炕上的小饭桌，太爷太奶独尊，堂屋地上的大饭桌，是爸他们哥几个的常座，我和弟弟妹妹轮番混迹于这两桌上，妈和奶奶忙碌着灶台。屋里屋外两个饭桌上，窝头咸菜之外，常有泛着霓光的大盘的荤腥，村邻有时来串门，站在门口，说，你们家又吃鱼啦？

鱼，是爸收工后打来的，骑车五分钟到河边，网撒下去，片刻，杂鱼小虾落入网底，收网回家，拾掇干净，配上家里自制的黄豆酱红烧，八印锅大的鱼锅边贴满棒子面饼子，这美味佳肴，于我们，已是家常饭。

三

见过爸打鱼的场景：青龙湾河畔，金门闸遗址北侧，绿树丛，白沙滩，水鸟飞旋，浪花拍岸。爸划着胶皮船驶向河面，用他那双有着鱼鹰般捕捉力的眼睛瞄准一片水域，停摆，理网，提网，身体左转右旋，网从右手撒出，左手顺势跟进送出网口，撒出的渔网飘向空中，以最大的圆形极尽张力地抓住水面，锡做的坠子均匀坠满网脚，带着渔网瞬间沉下去。待沉到水底，爸长出一口气，不紧不慢，控好力道，提纲收网，锡坠贴着水底渐渐合拢，拢住了罩在里面的鱼。提网出水面，拎住网脚，顺网，摘去水草，挑开碎石瓦砾，捡鱼。

常常是，爸的网刚撒下去，岸边的看客已是啧啧声起。他们是以网落水前的形状评价的，一般的评价标准是，越圆，技术越高超，爸打鱼的技术当属高超中的高超。爸可以根据水流的微妙起伏目测鱼的群居形状，依此决定网的抛撒形状。爸撒出的网，可能是浑圆、椭圆，也可能是圆缺一角、空缺一角的水底，定是可能撕破渔网的乱石枯枝。爸撒网的技巧已经进入化境！

农业学大寨的热潮席卷全国农村，参加生产队集体劳动，是否积极出工出力，已上升到政治高度。有人积极踊跃、有人不得不积极踊跃的氛围里，爸逆潮流而上，用每月30元的交付，换取每天出网打鱼不需去队里上工的自由。这相当于5个民办教师工资的数额，很快得到了批准。

在生产队长疑惑的目光中，爸首付60元钱，怀揣大队介绍信，开始了他游走江湖的壮举。

当村村队队的高音喇叭大放高歌，村村队队的社员甩开膀子将田地翻腾得冒热气的时候，我爸骑着那辆铁杆自行车，驮着他的鱼桶渔网游走在可能生长着鱼虾的河汊湖泊。青龙湾水域不再是他唯一的战场，他把战场扩大到了方圆百余里的北京密云通县潮县天津宝坻大沙河小沙河等地，战场上，他孤军奋战，他对面的敌人，是贫困的生活，是家庭的重负，是三个弟弟即将娶妻另立门户而宅院无落的焦虑，那似千军万马伺机他的博弈。他抖擞精神，手持万古长刀冲向敌阵，直杀得对面人仰马翻，丢盔卸甲，直杀到月黑风高，声嘶力竭。

即将冰冻的初冬和冰雪渐融的春日，那正是少有人捕鱼的季节，爸穿着皮袄游走在刺骨的冰水里，收放粘网。打鱼的收益足以抵消他对寒冷的畏惧，即使经常冻得腿部生疼手脚麻木。

为生计，为生活，爸挥霍着身体，挥霍着青春。

多年后我路过通县爸多次捕鱼的一条小河，河边簇拥的砖瓦房屋显现着几个不知名的村落，路广人稀，几棵老树蹲在那里，枝杈横生如手臂伸向苍穹。"谁见幽人独往来，缥缈孤鸿影"，遥想当年，凄风苦雨中，爸独身一人，兀自闯入他乡村野池塘，只为伸手捞取几尾泛着粼光的活物，用以换取生存所需。眼前，这河面的水曾映过爸的倒影，这岸边的沙曾停留过爸的倦足，三十多年过去，河流依旧是这河流，而水，已经不舍昼夜了啊。

向晚的风吹皱了河水，斜阳普照，岸边的茅草，一片金黄。

四

生产队，这个诞生于二十世纪50年代末我国农村最低一级的生产组织单位和基本核算单位，随着改革开放中国农村家庭承包责任制的全面铺开，在80年代初完全退出了历史舞台。

这个十几口人的大家庭，随着叔叔们相继娶妻生子，也同生产队一样，由大锅饭转向小锅灶，各扫门前雪了。爸依然是光顾河边，然后，粼光闪现，然后，半卖半送分给乡里近邻。偶尔停歇下来，也会有叔或婶说：大哥，该去打鱼了吧？大哥，没去打鱼吗？爸本是时刻准备的状态，这一句，又让他听到了战鼓，拿过备好的铠甲，再次披挂上阵。只是，他的对面，再没有什么敌人和对手，劈向贫困的万古长刀，已搁置在南天门了。窘迫时期练就的谋生本领，已被他操练成了一项技艺。打鱼，在爸，纯属游戏，意不在鱼而在一种精神状态，是不可或缺的生活的一部分。即使"满船空载月明归"，也依然是一个喜笑颜开自得其乐。就像戏台上的武将，刀枪棍棒斧钺钩叉一阵挥舞，尔后几个翻转腾挪，然后踱着方步转身离去。掌声热烈与否在其次，要的是兴趣和爱好。

爸那一辈，是由大姑开启了四世同堂之门，爸长门长子孙的身份，自然得到了全家乃至家族的娇宠。爸可以骑在家族里任何一位成员的肩头吆五喝六，或者踏进巨姓的任何一家门里，在饭桌上操练碗筷，挑肥拣瘦。那一日，爸的七姑和堂婶从田里回来，每人背着一筐草，爸来了兴致，说，你俩得背着我！七姑放下筐子，后背驮上了爸，筐子怎么办？爸说，你挂在脖子上！七姑和堂婶就背着爸，脖子上挂着草筐，走在大街上，累了，两人替换着背，再累了，就停歇下来。爸不干，大喊大叫，喊叫惊动了家族的最长辈，爸叫三老太的人，三老太踮着小脚走出门来，不问青红皂白，将七姑和堂婶大骂一顿。两人不敢辩白，争着抢着背上爸爸脖子上的筐，讨得爸爸的欢喜。

爸五六岁时，跟着奶奶到亲戚家陪新姑爷。我老家，管女婿叫姑爷，陪新姑爷，是一种乡俗。出嫁的闺女三天头上带着新姑爷回门，娘家人要挑选家族亲友中德高望重的长辈陪餐陪酒，以示隆重。爸到了那里，大摇大摆坐上炕桌，说：我来陪新姑爷。奶奶把他拽下来，好言劝说，他反抗，那不行，我是陪新姑爷来的。亲戚说，备三桌，一样的饭菜，你吃哪桌都行。爸委屈，就哭，说：你们干吗呀，不是你们接我们来的吗，不是说让我们来陪新姑爷嘛，你们干吗不让我陪呀？终于，爸和新姑爷坐到了一桌。礼仪辈分十分讲究的乡村，一个顽童在最庄严的家族仪式上与贵客与长者推杯换盏，同桌平坐，这绝对是奇闻，也是爸人生历史上开篇的壮举。

五

人的性格或人生观价值观的形成，大都有源，许是对某个人某件事的认知，或是因了某重大事件的影响。爸的性格，由小到大，有着强烈的反差。

爸的成长环境里，不得不提到爸的爸爸，我的爷爷。

爷爷读过私塾，是小村里少有的文化人，爷爷儒雅善良但怯懦，爷爷的怯懦表现在：见了生人说话结巴；家里有客人吃饭，从不上客桌；一生疏于走亲访友，即使是岳父家，不得已非去不可时，都是央求我爸随从。这样一个老实人，某运动时，在账实相符的审查结果后，依然以陪绑的身份被揪出批斗。民兵连长的枪托抡打，让他感到颜面尽失。在一个星光惨淡的月黑之夜，到村头的西井沿寻找归宿，被奶奶发现，幸免于难。就此辞掉了入社以来一直担任的大队会计。此职被他人接任半年后，全村再次投票选举。

爸，在那次比陪新姑爷更为隆重更为严肃的全村选举大会上，又炸了一个响雷。

一轮投票之后，唱票，爷爷的票数遥遥领先，扶摇直上，在绝对领先的优势下，第二轮投票正在进行时，爸猝不及防健步冲上主席台，公社指派的工作组正惊慌无措时，爸背对着他们，面向会场，用脚踢翻了一只凳子作为开场白，然后挥臂咆哮："谁选我爸当大队会计，我骂他八辈祖宗！"

我想我爸那时肯定像一只反扑的豹子，挟风带电，吼声震天，杀气逼人。如果眼前有谁拂了他意，出一点儿杂音，那一定是这头豹子口中的猎物。没有，整个会场无声，包括主席台。这个十几岁的少年，以他的彪悍和强大的气场震慑了所有人。是的，震慑！因为，所有人，包括工作组，都面面相觑。因为，所有人，包括工作组，没有谁对爸吭一声，更勿用说像爷爷那样来一场批斗。虽然，在这场合，这少年的行为已然足够一场批斗，或者，更进一步，以一条实有的罪名，对这少年如何如何，没有，都没有。

最后的结果是，工作组进驻我们家。三天的时间里，没有兴师问罪，没有剑拔弩张，笑眯眯和和气气像邻居串门似的聊家常，跟爷爷软磨硬泡。一个说，您不接任，我们回去没法交差。一个说，您不接任，我们就不走了，在您这儿长期吃住了。

这种工作方法不偏不倚地击中了爸的软肋，这个吃软不吃硬的人，和爷爷，一同选择了妥协。

爷爷接任后，愈加谨慎和怯懦。他如同踏进雷区，何时何地踩响地雷，未知，但是必须迈步前行，所以爷爷行每一步，都更加谨小慎微。他每天除了清楚地记好公家的账目之外，除了侍奉他直至96岁离世的跛脚老叔之外，还记录了自家的账目、自己的行踪、家庭的大小事件、天气变化、国内新闻摘要，等等。直至83岁卸任会计，这种记录也从未间断。我为他撰写的《乡村的记录者》，县电视台录制成专题片，获全省专题大奖。

六

爷爷的六个孩子，从小到大他没有呵斥过一句，更不要说打骂。但他们都无一例外地顺从他。爷爷的轻言细语，于他们，都似当年的最高指示。他们之间，相互传递完什么信息后，如果后边还有一句：爸说的，便没有任何歧义。到了我们孙儿辈，他们若说一句：你爷爷说的，我们也似领了圣旨。我爸，天性桀骜不驯，可他在爷爷面前，犹如孙悟空戴上了紧箍咒，那咒语就在爷爷嘴里，所以他时时刻刻要顾及爷爷的感受，哪怕与自己的意愿相差十万八千里，他也会扭过头转过身，眉头无蹙不折不扣地按爷爷的旨意行事。

有例为证：那一年，家里盖房，在老宅原址上拆旧翻新，老宅地基较高，若倚高就高顺势盖起来，并不存在被指责的过错，是在理儿上的。但爷爷说话了，爷爷说：那不合适，就地儿盖起来，咱家的房子比这一排房都高了，不合适。爸哥四个面面相觑。爷爷这辈子，行事作物不仅讲究个理儿，还要在理儿之上顾忌他人的感受，上合天理，还要下符人情，以维系亲朋友邻间的共和。爷爷说，跟两边街坊等高，找平吧！

爸诺诺无言，以东西两邻的地基为准，拉线找平！

地基落下去了，房子盖起来了，屋前屋后，被半人高的土坨包围着，院子里，不能种菜，不能打井。那一年里，爸和妈，白天，忙着农活，忙着生计，晚上，推着独轮车，愚公移山。时常，夜里醒来，我趴窗一看，爸，在月光下，从院子里向外推土。

长大后，我才认为，这，又是爸的一次壮举！有谁，有哪一家，房子往低处盖，土往院儿外拉？

只因爷爷的一句话！

很多次，我问爸，当年咱家这个事，为什么不这么做，爸说，你爷爷不同意；很多次，我问爸，当年咱家那个事，为什么不那么做，爸说，你爷爷不同意。

爷爷90岁上寿终，村里人的盖棺定论是：那可是个大好人！我知道这"好人"里面的含义：天性的善良、慈悲、与世无争。他与生俱来是一个不会仇恨的人，当年批斗会上向他抡枪托的人当兵政审，作为大队干部，爷爷没有半句微词。他上对耄耋老人，下对垂髫小童，永远是恭谨礼让。他所到之处，皆会赢得所有人的敬重，老家村东三村交会处有个集市，他每去那里，都会有外村人打招呼，他们相互品评着爷爷仁厚的宅心，夸耀着爷爷的善行善举。爷爷推着自行车，结结巴巴应诺着这些陌生人，眼里满满都是心疼万物。迄今为止，我还没有见过有谁，真正具备他那种完全发自内心的本能的不掺一丝水分不带任何表演成分的慈悲和博爱；我还没有见过有谁，无论何时何地身上依旧秉承着一种温良恭俭让的儒气。这才相信，当年孔夫子说要问道于野。大抵他也是相信民间的道统，有余脉遗承。像我爷爷，我爷爷这样的人，哪怕江山板荡，铜驼荆棘，也无法磨去植根于骨子里的仁义礼智信的教养，举手投足，斯文不减。

七

爸，一个从出生便奢望以文章立命的人，被时代的洪流所裹挟，几度风雨几番挣扎之后，在一个文字篇目满天飞的国度，却是一个从不提笔的姿态——这从他的名号"巨文章"的角度看，显然违背了当年起名的涵义和企盼。

他当年的中学同学，有的已成为县长、局长。他当年家访的班主任，正是我步入工作岗位时的老领导，老领导步入退休年纪，依然记得爸的名字，他感慨地说：你爸，巨文章，有才，没接着念下去，可惜了！

假如，那一年，不是荒年，爸没有辍学，现在会怎样？

假如，那一年，没有运动，爷爷没有被批斗，爸也会像现在一样，不党不群吗？也会像现在一样，连最基本的乡村政治譬如村长竞选都充耳不闻，弃权弃票，以小村首富之位坐山观虎般散淡生活着吗？

就想，一个人，要怎样地活过平生，才算不负我才？爸，他的生命过程，就是在回答这个问题。

一个飞扬跋扈的顽童，在中华五千年道统余脉传承的家族里，潜移默化，面对门外纷繁世界里诸多喧闹和浮华，便是天子呼来，也定是不上船了。况且，务实，是他的本性。

种田时，他谨遵：种地纳粮。搞个体时，他谨遵：经营交税。他出过海河工，曾是连长，四两拨千斤的智慧让自己的团队轻巧地提前完成任务，他打鱼时给生产队联系过副业，当过厂长和业务，曾让两个邻县的三位顶级师傅到村里传经送宝，那几年，副业经济效益让全队的社员拿到了不菲的分红。

市场意识一直觉醒的爸，在计划经济向市场经济过渡的大环境里，犹鱼在水，自家经营由小五金铸造转向餐饮，三十年生意风生水起红火至今。

由温饱走向富裕奔向小康的爸，一如他年轻时一样，一边与时俱进经营着自家的日子，一边冷眼旁观着这个多彩的世界，并且，公开着自己的不屑——他对那些用孔方代替腹笥换取庙堂绶带的行径，是表现着彻底的不屑的。

循着他的处事之道，我从一个高中毕业的小学代课教师，一步步自学进修转正又招聘到法院，没有送过哪怕半毛钱的礼。

不送，是因为，那个叫做DNA的巨氏遗传密码使然。出身于爸凛然风骨的门派，当字正腔圆，我岂敢走调儿？我岂能让爸不屑？

不送，是因为我和爸坚信，熙熙攘攘的庙堂上空依然有一片湛蓝的天。

遗传的力量是强大的，冠以作家头衔的我，冥冥之中是爸名号的昭示吗？一篇篇文章的发表，让他膝下的我为他的名号注入了原始的内涵。追根溯源，源是，爸心中一直耿耿然竖着一支狼毫斗笔，那上面浓濡着爸的陈年血泪，已然如墨。一个甲子的经世致用，七十年阅尽人间浮云，谁知心曲？我窥一斑，便了然。爸赋予我生命的意义，便是——为他代言！为一介布衣，代言！

感谢爸，那一巴掌，让我忘疼于体，根植于心，半个世纪的人生，我依然会看着爸的脸色随时矫正自己的方向盘。

白云变苍狗，几度花落花开，春秋有序，沧海已桑田，一任年来年往，岁月无边。

那个扫草籽的少年，那个脚踢会场的少年，那个威严的家长，那个在灶火的硝烟里刀勺挥舞排兵布阵的厨师，那个游历河汉湖泊的渔人，那个铲去自家房基高度的孝子，转顾间已至古稀，岁月霜雪，已尽染苍头了。世间百态，他一一掠过，那是沧海的水，高山的云。那是爸，生命的厚度！如今，一切的一切，他都一笑而过了，只是，面似爷爷一样谦恭随和的笑容里，多了睿智达观的底色，他白亮的牙齿一闪，我感知到了也只有我能感知到的一丝狡黠和爷爷身上没有的爸爸身上任谁也磨灭不去的傲岸。

我和妹，偶回娘家，他得信，必去河边，弄来当年喂养我们的小鱼小虾，依然是鱼锅贴饼子，依然是当年的做法，我们，及我们的孩子，簇拥在桌边，围着爸妈，品评，咸了，淡了。多少山珍海味穿肠过，只是打发了当时的味蕾。唯有这，让我们情有独钟留恋回味，我知道，这是家的味道，爸的味道，平民布衣的味道。

这两年，见撒网换成了粘网，我说，爸，撒网呢？爸说，卖了。为啥？爸说，撒不动了。

那一刻，我和妹，对视，然后，都转过脸去，各自心里，泛着波澜。刀枪入库，马放南山了。爸是个英雄，这多年，爸在我心里，一直是个顶天立地的英雄。原来，英雄真的也有迟暮时啊！

爸老了！

三村交会处的那幢别墅，即是老爸的宅落。每天，爸呼朋引伴，高楼把盏，或有时邀月，对影三人。桌边，一个叫他太爷的小孩儿，绕来绕去，允吸着他筷头儿上的汤汁儿酒液，爸白亮的牙齿露出来，眼睛眯成一条缝。酒后，爸微醺着酡颜，摩挲着手把小件儿，移动他高一米七重一百九十斤的身躯，迈着他稳重如山俨然江湖舵爷一样的方步，走向距别墅一里之遥的老宅。身边，车辆驶过，行人掠过，菜地间的羊肠道上，间或有收菜的车辆停靠，三三两两的菜农忙上忙下，一头老牛拴在村边的树上，哞哞两声，旁若无人地在那里啃草。风掠过，有麻雀在觅食，蹦蹦跳跳又飞上飞下，随心所欲。

爸，走进那个奉爷爷口谕成就的老宅，然后，在那里打牌。

作者简介：巨凤霞，汉族，1966年1月出生于河北省香河。1986年参加工作，曾任教师、报社编辑。现为香河县人民法院法官，中国法学会会员。中国散文学会会员、河北省作家协会会员、香河县作协副主席。作品散见于《人民日报》《人民法院报》《中国纪检监察报》《河北法制报》《河北税务报》《新民晚报》《新农村商报》《中国作家》《河北审判》《鸭绿江》等。其中《布鞋》《烟雨南京》分别入选《中国当代散文精选》。

隐藏在心底的泪花

李　瑞

　　1976 年 7 月 28 日是所有经历过那场灾难的人永远也不会忘记的日子，那个凌晨，地球只发了点小脾气，就给我们的生命里留下了斧凿刀刻般的痕迹。

　　那年我 16 岁，正是多梦时节，只是由于家庭的清贫，使我过早地结束了多彩年华，开始帮父母分担生活的重担了。

　　那时，我们家住在一排石头垒砌的平房里，是矿上分配的福利工房，邻居们都是开滦的员工。我的父亲原本就体弱多病，前不久又患了脑血栓住进了医院。哥哥插队去了渤海边上的一个小村子，大弟弟在小学读三年级，还有两个同是 7 岁的小弟弟小妹妹，母亲每天都要去矿里做装卸煤车的临时工以贴补家用，而我也辍学成了父亲的专职陪护。

　　那是个让人心烦意乱的天气，又闷又热，加上知了没有间歇的聒噪，我的心情便有些莫名其妙地烦躁。我在医院里照顾了父亲一整天，傍晚时分才回到家里，但我还不能休息，我要等到夜深人静时，把家里的水缸挑满，用以维持第二天的生活用水。水泵离我家有百米之遥，而水泵供水是有时间限制的，夜晚挑水又凉快又人少免得排队，所以每天晚上挑 5 担水是我的必修课。

　　我虽身材弱小，但干起活来决不比成年人逊色。大约夜间零点左右，我挑满了特大号水缸，累得气喘吁吁浑身流汗又口渴难耐，便决定和一同挑水的小伙伴们到水泵去喝凉水，并且冲个凉水澡。在那个不知冷饮为何物的年代里，喝一些凉凉的自来水也是一件非常享受的事情。当我们这些半大孩子嘴对着水龙头喝完以后，大家都不约而同地嚷嚷道："今儿的水咋不凉呢？"后来我才想到，那也许是地震的前兆吧。

　　忙碌奔波了一天的人们渐渐进入了梦乡。由于当时年纪小，白天在医院陪床晚上又挑水，真是困极了乏极了累极了，所以倒下便睡得天昏地暗。

　　1976 年 7 月 28 日凌晨 3 点 42 分，一种奇怪的声音把我从沉睡中惊醒。那声音从地下传来，既像是隆隆的雷声又像是野兽的嚎叫，让人感到恐怖极了。慌乱中我以为是刮大风下大雨了，便急急忙忙去关窗户，这时只听妈妈在大声叫我：

"快从窗户跳出去。"大弟弟也在喊我："姐！快跑！"我顺手抱起只有 7 岁的小弟弟跳到了院子里，刚好看到一道蓝色的强光闪过，我们姐弟赶紧闭上了眼睛。此时，大地已经变成了一张巨大的筛子，人们就像沙粒一样被筛得东倒西歪。我和弟弟费了好大的劲才抓住院子里的一棵樱桃树，我们四只手把树干搂在怀里，才没有被摔倒。我们的房子被震得像个喝多了酒的醉汉，更像一个人从哈哈镜前走过一样，一会儿又瘦又长。一会儿又矮又粗，一会儿陷进了地里，一会儿忽地又冒了出来。我们被惊呆了，闹不清楚是怎么回事，只是心中充满了恐惧，我的心一直狂跳不止。

慢慢的晃动的劲儿小了，我们的房子也不再摇摆。墙上裂开了无数条大缝子，竟然没有倒塌。我抱着小弟弟上了院墙，四面倒塌的房子飞溅起好多碎石块碎砖头，把我们姐弟身上划出了无数条小口子，血一直往外浸，我们却没觉得疼，就连小弟弟都一声不吭，跟着我爬上墙头，然后一起跳下去。

我们跑到一块开阔地带，那里已经聚集了许多人。大家议论纷纷，有的说是苏修扔原子弹了，有的说是世界大战爆发了，有的人说这是地震，我才知道是地震了。

人群聚在一起，便开始有了熙熙攘攘的议论声，有了伤者的呻吟声。大概是昨天太热的缘故吧，幸存的人们大多只穿了内裤，有好多人干脆什么都没穿。许多人都奇怪地看着我，我有些难堪地把自己检查了一下，忽然明白了，原来在这么一大群人中，只有我是穿戴得整整齐齐的，手里还抓着一条裙子，我也被手中的裙子弄得愣住了。后来我才想起来，裙子是在抱小弟弟时抓在手里的，当时没有意识到。

这时天空下起了蒙蒙细雨，人们没有地方躲避，就那么呆呆地淋着雨，好在雨并没有下多长时间就停了。我的小弟弟冻得浑身发抖，我用手中的裙子当上衣裹在小弟弟身上。人们挤在一起，不知等待我们的将是一个什么样的白天。我永远也忘不了当时人们的眼神：绝望、困惑、恐惧、无奈、惊慌、期待、渴望。

由于爸爸还在医院里，稍一稳定，我和妈妈弟弟就一起赶往矿职工医院。医院离我们家只有十几分钟的路程。

呈现在我们面前的医院已是一堆堆的废墟，挂号部和门诊部夷为了平地，只有刚刚投入使用的三层楼住院部还孤独地矗立着，却也是残墙断壁。有好多病人被抛在地上，有的奄奄一息，有的已经身亡。有一个 30 多岁的男人斜躺在一堆碎砖头上，他的一条腿从膝盖以下断了，血正不断地往外流。他高一声低一声地呻吟着，叫得我身上起了一层鸡皮疙瘩。附近的废墟上和楼上有好多人在寻找自己的亲人，哭声叫声混在一起。我们被眼前的情景惊呆了，父亲还在这座楼上呀。母亲忽然像一团棉花一样瘫在了地上。

我和大弟弟顺着尚未倒塌的楼梯爬上二层开始寻找父亲。这原本是三层楼的第三层已经被抛到了地上，一、二层也是只剩了空架子。听着身边的人们不停地呼唤着自己亲人的名字，我们也开始大声地叫喊了起来。我们的心里非常绝望，觉得父亲这回肯定是在劫难逃了。就在我们伤心欲绝的时候，我们在最后一间病房的墙角里发现了父亲。父亲身上脸上全是尘土，却安然无恙，只是胳膊被划破了点皮。

我们搀扶父亲往家走。这时的马路上开始驶过一辆一辆的大卡车，车上的人们脸上身上流着血，像一只只没头的苍蝇一样四处乱撞寻找医院。那个断腿的男人因为流血过多已经死了。

余震不断，每震一次，我们的心就狂跳一次，几乎每次大的余震都有房屋倒塌。人们的适应能力太强了，只半天的时间，我就开始适应那一次次的余震了。平时最怕死人的我也适应了身边的一具具尸体。当我们抬腿从一具尸体上迈过去时，就像跨过一道土坎一样无动于衷，正所谓熟视无睹。

中午以后，饥饿的人们开始想怎么吃饭的问题了。在大自然强加给人们的灾难面前，人们变得不同寻常的团结和友爱。我们这条胡同里的几户人家经过简短的商量之后，很快就开始了行动。几个身强力壮的男人平整土地，然后挖坑，在一块空地上用竹竿木棒等东西撑起了几个三角形的支架，上面蒙上塑料布、油毡、帆布等当时能找到的东西，就算有了临时安身的地方。另有几个手巧的男女捡来一些砖头瓦块，就近用挖出来的土和泥，搭了一个挺大的锅灶，把张大爷家一口闲置不用的大铁锅按在上面，开始了几户人家一起吃饭的生活。那时我们凭购粮本到指定粮店买粮食，每月固定的定量，粗细粮搭配，但以粗粮为主，谁家有井下一线工人的细粮才多一点儿，平时根本吃不到大米白面，主食基本是玉米面窝头和高粱米粥。今天是个例外，大家都把自家积攒的面粉拿出来，有几个大妈大婶烙了好多油饼。我家已经有好久没吃油饼了，面对着这脆黄诱人的美食，我的口水都要流出来了，我们这群孩子不禁胃口大开，直到吃得沟满壕平。

下午大约5点半左右的时候，一场仅次于凌晨的余震，使一些早晨还立着的房子倒塌了，我的小妹妹被邻居家倒塌的房子埋住了。我妈妈一直不断地叮嘱弟弟妹妹，让他们别乱跑，一定要和大人待在一起，我不明白妹妹去邻居家门前干什么。后来才听邻居二哥说，妹妹要吃他家的山丁子树上结的果子，他便想去摘一些哄妹妹高兴，没想到妹妹跑到危房下等他，更没想到妹妹会丧了命，二哥因此自责了好多年。

妈妈正在和几个邻居一起准备给大家做晚饭，这场余震把几个大妈全震得坐在了地上。二哥的喊叫声把大家全都惊呆了，大家都很喜欢我的小妹妹，大家都知道妹妹是我妈妈最疼爱的女儿。

失去亲人的悲伤笼罩在我们家每个人的心头。也许是因为地震当天那个特殊的时期吧，妈妈并没有呼天抢地地悲痛号啕，只是默默地流泪，目光有些呆滞。

妹妹叫嫒儿，她的亲生父母是我奶奶的一个侄子，我们叫他表叔。表叔和表婶在新疆生产建设兵团，表婶生下这个孩子后自己却丢了命，也就是说，妹妹的命是她的母亲用自己的命换来的，人们都说这样的孩子命硬。

记得那是个深冬的日子，我们一家人刚刚吃了晚饭，奶奶就带着表叔撞进了家门，表叔的怀里抱着一团破棉被。表叔胡子拉碴，一脸憔悴，见到我们就哭，哭了好久好久才把抱着的破棉被打开，里面竟是一个小小的婴儿。我至今还记得那个婴儿的样子：小脸平板干瘪，皮肤皱皱巴巴，眼睛紧紧地闭着，就像个刚刚出生不久的猫崽。表叔说这个孩子还不到三斤半，也不知能不能活。表叔还说在从新疆回来的火车上，他有好几次想把这个婴儿扔掉，甚至有一次他已经成功地把这个孩子丢在了座位上自己走掉了，可他的心里就仿佛有一面大鼓在捶打，好像妻子的眼睛就是鼓槌，令他战栗不已，他只好重又把孩子找回来抱在怀里。他觉得自己根本没有能力养活这个孩子，自己父母已经去世，便抱着孩子找到了他的姑姑也就是我的奶奶。奶奶知道我的妈妈刚刚生下小弟弟不久，就和表叔抱着孩子来了。我的心地善良的妈妈听完表叔的讲述，抱起孩子就解开了自己的衣襟。

就这样，我们家里多了一个新成员。

妈妈的奶水不足，小弟弟一个人都吃不饱，现在又多了一个小妹妹，干脆一滴奶水也没有了。家里穷，根本买不起奶粉，妈妈就托人从乡下捎来一盘小石磨。妈妈把小石磨里里外外地洗刷了好几遍，再把金黄色的小米粒一遍遍地淘洗干净，晾晒得半干不干的时候，一点点地送到小石磨的孔里，然后手握着小磨的把柄转动起来。只一会儿的工夫，小米粒变成了淡白色的小米面。妈妈把小米面用慢火熬成糊糊喂给小弟弟和小妹妹两个孩子吃。小妹妹的嘴太小，妈妈就用手指把糊糊一点一点地抹进小妹妹的嘴里。妈妈还用这盘小石磨给弟弟妹妹磨过高粱面、大麦面、杂豆面，也用这盘小石磨给全家人磨过香喷喷的懒豆腐。这个石磨可是我们家的功臣啊。

小妹妹到我们家两个月以后，她的皱巴巴的小脸变得很红润了，眼睛也睁开了，小巧的嘴巴竟然发出了咯咯的笑声。我们惊奇地发现，这是个异常秀气俊美的小女孩。妈妈给她取名叫嫒儿。

也许是妈妈的善良感动了上苍吧，嫒儿很少生病，嘴也特别壮，那些粗糙的饭菜吃到她的嘴里，你就感觉她在吃山珍海味，不由得嘴里就流出了口水。渐渐地，嫒儿长成了一个身体健康、古灵精怪的女孩子。她跟我们一样叫她的亲生父亲表叔，而跟我们的父母叫爸爸妈妈。已经再婚并且又有了儿子的表叔非常害怕女儿叫他爸爸，好像女儿不叫她爸爸他就没有了一个父亲应尽的责任。后来我们才知道，表叔新娶的女人非常霸道，表叔惹不起老婆，根本就没敢说过自己还有个女儿，更别说把亲生女儿领回家里了。妈妈也不允许我们说出真相，只说弟弟妹妹是双胞胎。时间久了，就连我们自己也信以为真了。

妹妹从妈妈那里得到的母爱是完整的，甚至弟弟妹妹同样犯了错误，受到惩罚的永远是弟弟，家里的好东西也是首先属于妹妹的，就连称呼也和我们不一样。妈妈叫我们时都是直呼其名，叫妹妹时却喊老闺女，为此，妹妹也把自己当成家里骄傲的公主，让我们偶尔的心里还会生出几分醋意。

地震的那一瞬间，妈妈是抱着小妹妹跑出屋子的，小弟弟却是被我抱出来的。

小妹妹走了，把妈妈的魂也带走了。妈妈经常目光呆呆地望定一个地方，嘴里叫着老闺女。直到几年以后，妈妈晋升了奶奶，笑容才重新爬上了她老人家的脸庞。

地震后的第一个夜晚来临了，随之而来的还有倾盆大雨。我们三个家庭住在一个临时支起的简易窝棚里。说是住，真正睡下的只有几个不谙世事的孩子，各家的家长就坐在地铺上，议论着听到的关于地震的传闻。家里有亲人在外地工作的人家，由于亲人的生死未卜而焦灼不安。那时的通讯还落后，哥哥插队的乐亭县离唐山不过100多里地，我们却得不到一点消息，我们都特别担心。妈妈忽然一个人跑出了窝棚，她冲着哥哥插队的方向不停地喊："儿子啊，你咋不回来呀，你在哪儿呀？"我和大弟弟拉着母亲的手，雨水把我们淋成了落汤鸡。我们费了好大的力气，才把母亲拉回了窝棚。

这一夜，窝棚外大雨如注，窝棚内我们想念小妹、惦记大哥的泪水恣意横流，真是一日长于百年哪。

夜很深了，我也有些迷迷糊糊了。忽然，窝棚外传来一阵嘈杂的声音，透过雨声，我好像听到有人说话，我和母亲立即跑出去想看个究竟。其实我们心底都明白，我们是盼望着哥哥能够早点回来，退一步说，哪怕只是一个平安的消息也好呀！

来人是邻居董大妈家的三女儿。董大妈有四个女儿，其中大女儿在南厂（机车车辆厂）上班，三女儿在传染病医院上班，在当时交通不太便利的情况下，平时两姐妹都住在单位宿舍，周末才回家。冒雨赶回家的董家三女儿看见董大妈就说不出话来了，她的嗓音哑哑的半天才哭出了声。董家三女儿浑身是血迹，脸上有着明显的擦伤，走起路来脚步踉跄，我也不知道是伤痛所致还是太过疲惫。三姐号啕大哭起来，一边哭一边说：妈呀，我大姐没了。从三姐断断续续的讲述中，我们听明白了，三姐住的宿舍全部倒塌了，她也说不清楚自己怎么没被埋在废墟里，但她的脸上手臂上全是血口子，都是皮外伤，作为医生，她知道自己没有大事，便拼命往大姐的单位赶。董家大姐被埋在废墟里，她扒了一整天才把大姐找到。大姐身上脸上没一处外伤，是窒息而死的。董大妈听着女儿呜呜咽咽的讲述，一头栽倒在女儿怀中不省人事，我妈妈赶紧去帮忙掐人中胡噜胸口。董大妈醒来以后抱住我妈妈哭得死去活来，我妈妈也把压抑了一天的悲痛释放了出来。

就在一天之前，这两个女人见面的时候还互不理睬。我也记不清楚到底是因为什么事情妈妈跟董家大妈闹了别扭，彼此见面的时候，都会故意地把脸扭过去。但是，在大自然强加给人们灾难的面前，两个同样失去了女儿的母亲抛弃了成见与怨怒，彼此安慰，互相温暖。

此后的许多年里，我们家和董大妈家的友情一直持续着，至到董大妈2006年去世。

天亮的时候，插队的哥哥出现在了我们面前，妈妈喜极而泣。

原来，地震的瞬间，睡觉特别轻的大哥就醒来了，他马上就从窗户跳了出去，他是知青点第一个出来的人。房子虽说也有倒塌也有人死亡，但毕竟还是没有倒的房子多。知青们干了一天的农活，睡得都很沉。强震刚刚过去，我哥哥就动手开始扒人了。哥哥是个内向的人，他很少说起当时救人的细节，有一次哥哥喝了点儿酒，才在我的追问下说了一点点。他们村里的男知青房子没有倒，但女知青的宿舍倒塌了。哥哥领着几个知青靠双手把他们全都救了出来，庆幸的是没有一个人伤亡。到中午的时候，哥哥领着男女知青9个人开始步行往家里赶。

一路上，他们搭过大马车，还搭了一段路的汽车，但最主要的还是靠双脚。走了将近20个小时，才从插队的小村子回到了家里。哥哥看到经过的一些地方伤亡严重惨不忍睹，又不知道家里的情形，也急得满嘴起泡，双脚更是走得大泡连着小泡。

在那个特定的环境中，一家人能够安然无恙，就是最大的幸福了。

作者简介： 李瑞，本名李光蕊。生于河北省唐山市，1980年参加工作，毕业于廊坊师范学院中文系作家班。中国煤矿作家协会理事，中国作家协会会员。出版著作有长篇小说《季节深处》；长篇纪实文学《追踪开国英雄》；散文集《爱神》等，已发表诗歌、散文、小说、报告文学等作品100多万字。散文《温情的小巷》、短篇小说《生命的一种诠释》《槐花梦》《鸳鸯》，报告文学《农民走窑汉》获得"中国煤矿文学乌金奖"。中篇小说《开口说话》获得"第三届阳光文学奖"。长篇小说《季节深处》获得"全国煤矿文艺作品展览"优秀图书奖并参评"第九届茅盾文学奖"。

缅怀母亲

韩凤舜

　　我的母亲是有姓名的，叫李仲娥，但档案户口写的却是韩李氏。从我记事起，母亲就多病，集肺病、心脏病、间歇性精神病、间歇性抽风病等于一身。家里有几个钱就赶紧送到卫生院了。记得我四五岁时去买药，嘴里念叨着药品名跑着去村卫生院，一下摔倒了，起来忘了买啥药，只好再跑回家问了再跑去买，到现在我记住了"胃舒平"药，好像包治百病。母亲精神病发作时从没有打骂过我，只是说这里有鬼那里有鬼，但我一点儿也不害怕。我大部分时间都在外边拉着母亲的手，一旦犯病了就跑回家叫人来。我七八岁时去打苲子用于家里烧火做饭，由于捆不好，走一段路就得重新捆，晚上十点还没有到家，母亲着急去找我，人没找到自己却犯病了。

　　我姥爷是乡村画匠，母亲也能粘丧事纸人和画一些古年画等。记忆中的母亲没穿过一件像样的衣裳，一辈子就那两三件年年缝缝补补，到故去时穿的是出嫁时的一个棉袍。我们家的剪子和菜刀很钝，母亲干活时特别受累费劲儿。每逢过年过节家里就会生闲气，母亲就一个人去南房小炕上睡，我当时心里特别难受。

　　母亲故去时我十岁，那晚我一直攥着母亲的手，从微热到冰冷，我趴在烟囱门，使劲儿大声叫，娘！娘！娘！但母亲已然离开我们了……此后的半年多，我有空就到野外乱转，总想母亲会突然从哪个沟里出来。晚上失望地回家。父亲问我，我默不言语。夜晚我睡不着觉，看周围黑暗的家，多想有鬼，多想母亲化为鬼来看看我！睡着了多想梦里看到苦命的母亲呀！

　　如果在天有灵，我想对母亲说：在您离去的这五十年里，我遗传了您心灵手巧的基因，学会了做饭做菜，学会了补衣和拆洗被褥；我受您善良能吃苦的影响，没有被自卑和贫穷压垮，努力学习，认真做事，生活步步转好，家庭幸福美满……

　　可惜逝者已去，化为乌有，空留生者已然泪流满面！

作者简介：韩凤舜，网名：天街小雨，河北省怀来人。1957 年出生，大专学历。曾做过农民、教师、干部，管理过集体企业、自己创办过公司。喜欢结交朋友，性格随意独立。

采访刘绍棠

付德友

一个多月前，毕树志主编给我推荐了"大家文学苑"公众号，并特别叮嘱："别净瞪着眼珠子看别人的文章，想着多写点儿稿子。"呵呵，有了毕主编这句话，一是不敢不遵命，二是确实也不好意思光看不写，说啥也得撸起袖子鼓捣出一篇来。

但由于最近十几年总"辍耕之垄上"，抄起笔来还真有些茫然了，创作东西没有灵感，那就把大脑硬盘里存储的与文学沾边儿的事——如三十多年前采访大作家刘绍棠的经历——记述下来，权且算作一篇吧。

刘绍棠，早期爱好文学的朋友都非常熟悉。他以"神童作家"著称，十多岁就开始发表小说。1952 年，刘绍棠的小说《青枝绿叶》更是被编入高二语文课本，而他当时只有 16 岁，尚在读高一。这在中国文学史上是十分罕见的，至少在新中国历史上，还没有听说哪个作家有过这样的情况。

少年得志，难免张狂。以刘绍棠的性格特征，在 1957 年被划成"右派"就在所难免了。于是，这位少年作家不得不放下笔杆，抄起锹把，去从事修水利、修公路之类的粗重活。好在刘绍棠在"文革"之前就早早回到原籍通县乡下居住，古朴的民风使他基本未受到"文革"迫害，同时，幽静的乡村还给他提供了良好的创作环境。这个期间，刘绍棠写了《地火》等 3 部长篇小说，1979 年平反不久，即陆续出版。好多同行都很纳闷：刘绍棠平反这么短时间内就出了 3 部长篇，真是神速。殊不知，刘神童是提前"做了豆腐"。

1984 年冬天，我在《××日报》当记者，去大厂县采访时，巧遇刘绍棠到大厂县做演讲。当时，请名人做演讲是一种时尚，记得当时经常演讲的名人有曲啸、李燕杰、张海迪等，而著名作家的演讲更是一个重头戏，像刘绍棠这样的大牌作家演讲还是挺受追捧的。按说，大厂这样的小地方能请到刘绍棠是不大容易的，但由于刘绍棠的一个弟弟当时在大厂县文化馆工作，于是事情就好办了。

报告会在大厂县礼堂举行。刘绍棠刚一在礼堂门口刚出现，即围拢上来好多年轻人，拿着小本子，要求签名。刘绍棠非常随和，对年轻人有求必应，在本子上——签上了自己的大名，这个过程持续了大约十几分钟。陪同刘绍棠的县委宣传部部长王××一看要耽误事，赶紧招呼年轻人们进入会场，才算是给刘绍棠解了围。

报告会持续了两个多小时，除了王部长的几句开场白外，其余时间都是刘绍棠一个人在演讲。他主要讲述自己的创作经历，以及平反后这几年在国内外的所见所闻，加上自己的见解或评论。演讲中，刘绍棠依然是他那种口无遮拦的风格，时而加上点风趣幽默，逗得大家哄堂大笑。

报告会结束回到县委招待所，我按照提前拟好的提纲，抓紧采访。刘绍棠爽快地回答了采访问题，同时也询问了我的一些情况。他问我是哪个报社的，在哪儿读的书。当听说我是廊坊师范毕业的，马上追问道："田××你应该认识吧？"我回答说："认识，是教我们语文基础课的老师。"刘绍棠说："田××是我读高小时候的同学。"我赶忙套近乎说："那我应该叫您师叔了。"刘绍棠听了，哈哈一笑。

其实，早先我在廊坊师范读书的时候，就听田老师念叨过刘绍棠的好多事。但田老师对刘绍棠的爷爷评价却不高，他说："刘绍棠家解放前是富农，土改后被分了地，按说是从小康坠入困顿，可是由于刘绍棠写小说挣了不少稿费，他爷爷就经常显摆说，'虽然分了我的地，可我照样能吃香的喝辣的'。"田老师能曝出大作家的家史，我们学生娃子听起来当然感到很神奇，但刘绍棠的爷爷是否真说过这话，就无从考证了。

采访结束时，我没忘让刘绍棠给自己写几句。刘绍棠拿着笔念叨着："写什么呢？——就写写我的文学主张吧。"只见他在我递给他的本子上飞快地写下四句话"乡土语言，乡土气息，民族特色，民族风格"。这个本子我保留了很多年，只可惜，在后来的一次搬家中给丢了，令我懊恼了很长一段时间。

那个年代，名人演讲是没有报酬的，大厂县给刘绍棠的酬谢有两个：一是请书法家写了"运河娇子"的字幅赠送给他。大作家一眼就看出字幅上的"娇"写错了，县委的王部长涨红了脸赶忙说："要不重写一幅吧。"刘绍棠风趣笑道："不必了，这样也好，娇生惯养的儿子。况且越是有瑕疵的书画将来越值钱哩。"逗得大家都笑了。第二个酬谢就是招待一顿涮羊肉，这是当年大厂县的看家盛宴。

当时，刘绍棠接近五十岁，体型偏胖，按照现在的养生标准来说，应当是注意少吃、多素、戒烟、戒酒。可当时刚刚从温饱年代过来，几乎还没有养生这个词，刘绍棠在饮食烟酒上很是随心所欲：涮羊肉一碗不摞一碗地吃着，几口就干掉了一小杯高度白酒"燕潮酩"，烟抽得也很厉害，"大重九"香烟几乎是烟不离口。刘绍棠说自己有糖尿病、高血压等症状，医生建议戒烟戒酒，可就是戒不了，没办法。

在那个全民崇尚文学的年代，像我这样的小字辈能结识刘绍棠这样的大作家，是一件很幸运的事情。我决定趁这个机会，进一步加深联络，以期对自己今后学习写作有所帮助。于是，我抓了个星期天的工夫，拿着刊发报道的报纸，还特意花了十多元买了一条"大重九"香烟，去北京觐见刘绍棠。

刘绍棠家住北京府右街西侧的光明胡同××号，这个地方距离中南海很近。我记得胡同内一两户人家门口有卫兵站岗，估计是级别不低的大领导。刘绍棠家是个平房小院，但算不上是四合院，因为北面没有正房，南面好像是三间倒房，东西有小厢房，中间院子约四五十平方米，种着几棵树。一位老者正在院子里剪枝。我向他问道："刘老师在吗？"老者问清我的来历后，便朝着屋内喊道："绍棠！绍棠！"

不一会儿，刘绍棠从屋里出来，热情地将我迎进书房。这间屋子大约十几平方米，临窗放着一个大写字桌，桌上堆放着书、杂志和稿子，地面铺着老式的青砖，有的地方磨得已经凹陷了，屋子中间生着一个蜂窝煤炉子。早先我就从报纸上知道，刘绍棠将自己的书房起名"蝈笼斋"，就颇为好奇：这蝈笼斋什么样啊？

刘绍棠怎么会在这距中南海不远处拥有一处房子呢？后来我听人说，这处房子是刘绍棠在五十年代时用稿费买下的。

五十年代时，我国的稿费标准非常高，根据稿子质量，分为千字15元、18元和20元三个等级，出书时印刷3万册为一个定额，每增加一个定额稿费在上述标准基础上翻倍。而刘绍棠的中篇小说《夏天》一下子就印了10万册，达到4个定额，因此光是这个中篇，刘绍棠就拿了7000多元稿费。7000元在当时是什么概念呢？远的甭说，单说刘绍棠在皇城根儿买的那处平房小院，才花了2000元。而这座小院现在的价值，不算名人故居效应也能卖到1500万元。涨了多少倍？请数学天才们算算吧。哪位文友老兄想用稿费在京城买房，估计比上青天容易不到哪去。——唉，是房子太值钱了，还是文化太不值钱了？

在京城虽然买了房子，刘绍棠却没住上几年，六十年代初不得不搬回通县儒林村，直到平反以后才光复"蝈笼斋"。

刘绍棠看过了我写的关于他的报道，连说谢谢，随后又跟我聊起文学创作。他说，如果喜欢文学写作，就要多观察，多思考，多练笔，别的没有捷径可走；还要注意写自己熟悉的生活，咱们都是农家子弟，多写写农村的故事。

再一次当面聆听大作家的教诲，我心里非常激动，不住地点头。

不宜过多占用大作家的时间，待了约十几分钟，我赶紧把"大重九"香烟拿出来准备告辞。刘绍棠却说："让你破费了，不好意思，我送你一本书吧。"说着，他将自己刚出版的小说集《小荷才露尖尖角》拿过来，用硬笔蘸墨在扉页上写上"德友同志惠存"几个字。由于墨迹一时干不了，刘绍棠拿着书在炉火上烤了几下，直到墨迹全干了才递给我。

临走时，刘绍棠一直送出院门口，还特意摸了摸我的上衣，说道："你穿这么单薄，冷不冷啊？"能与大作家再一次见面，心里早激动不已，哪会感觉冷啊。

虽然得了刘绍棠的当面教诲，但自己却极少进行文学创作，也不好意思再去打扰大作家了。而功成名就的刘绍棠依然笔耕不辍，这种工作狂的精神和不太注重养生的习惯，给他健康埋下了隐患。及至1997年初，刘绍棠刚刚61岁，也是他担任中国作家协会副主席刚刚3个多月，就过早地去世了，成为文坛一大损失。

作者简介：付德友，男，河北省廊坊人。一个文学老青年。种过地，教过书，当过记者，也在机关和国企里给领导捉过刀代过笔，现打工于一家教培机构。虽已接近退休年龄，仍没忘初心，矢志不渝，按照自己的既定目标，跟大家一道奔向中国梦！

生为人杰身后的灿然

刘静月　赵振声

　　有长辈、战友、同仁和亲属等不幸辞世，采用典雅而幽婉的文学样式，书写挽联以表痛悼之情，虽不足以消弭生者的哀思，却是逝者难得的哀荣。此为奠仪中的雅事，也是我华夏生民独有的雅俗，每见必录则是静月早年间的一个雅好。近日，因了清明将至，心有所动，检视所存，一副副挽联佳作便被铺陈开来。它们犹如那一夜间便同时开放的迎春之花，星星点点地灿合成丛丛簇簇，绚烂耀眼，又不啻那早就一并矗立在远方的群山之峰，错错落落，绵亘为重重叠叠，峻极于天。

　　先看其中四副悼念伟人联——

　　最早的一副，摘自 1986 年 11 月 11 日《人民日报》刊载的李烈钧之子李赣骝的撰文。李烈钧系北洋军阀，早年加入同盟会，曾追随孙中山讨袁。1925 年 3 月 12 日，我国伟大的民主革命先行者孙中山在北京病逝，撰挽联痛悼者甚众，其中李烈钧献上的挽联是：

　　才逾汤武，功盖桓文，九万里震威名，天授如斯，前无古人，后无来者；

　　出秉节钺，入赞戎机，二十年共患难，山颓安仰，上为国恸，下为私哀。

　　此联气势恢宏，追魂夺魄，可称挽联中的极品。1976 年 1 月 8 日，也是一个山颓国恸日，我们敬爱的周恩来总理逝世，举国悲痛，诗人臧克家感怀总理人品高尚、业绩伟大，是人民心中树起的一座丰碑，为追悼周恩来写了一副楹联：

　　应凭业绩标高准；

　　不以浮名树伟人。

　　此联见于 1992 年 8 月 24 日《人民日报》所载臧克家《楹联和诗》一文，发慨叹之声，作警世之鸣，不似挽联，胜似挽联。今年已是周总理逝世 42 周年，读此挽联，犹不胜悲戚而怆然泣下。

　　静月还珍藏了一副无名氏悼念胡耀邦联，出处已不可考，但足见人民对这位有赤子情怀、一心为公的前国家领导人的盛誉和永志不忘：

　　高山仰止拓荒总履险；

　　瓢浆甘兮饮水长思源。

缘于信笔至此，忽然想起 2013 年，陈云纪念馆联合上海诗词学会及楹联学会面向全国，举办"纪念陈云同志诞辰 110 周年诗词楹联大奖赛"活动，静月投寄了几副楹联，其中一副获优秀奖。不妨作为向陈老献上的迟到的挽联，忝列如下：

> 陈铁铮，奏以蛩声，乃不磨社稷千秋曲；
> 临岱岳，登则绝顶，为总览江山一片云。

接下来再看其中四副悼英烈联——

1990 年 2 月 11 日《文汇报》载名人轶事，说 1931 年 9 月 15 日，中央苏区第三次反"围剿"最后一仗——方石岭战斗结束后，黄公略军长率红三军开赴瑞金，途中遭敌机扫射，不幸中弹牺牲，时年 33 岁。17 日红三军举行追悼大会，会场两侧悬挂一副挽联：

> 广州暴动不死，平江暴动不死，如今竟牺牲，堪恨大祸从天降；
> 革命战争有功，游击战争有功，毕生何奋斗，好教后世继君来。

此为毛泽东满怀哀痛所写。他老人家是革命伟人和诗词大家，大气磅礴，才华横溢，一生所写诗词不少，亲笔撰写挽联并见诸报刊的却不多见。得若此上上佳作之挽联，公略将军死当瞑目矣。

另外还有笔录聂荣臻元帅为狼牙山五壮士纪念碑题词，亦属悼英烈联：

> 视死如归本革命军人应有精神；
> 宁死不屈乃燕赵英雄光荣传统。

1992 年 5 月聂荣臻元帅逝世，将星陨落，举世同悲。静月为之撰写了一副挽联，因那时不谙联律，实为献丑之作，但是情之所致而书，姑且并录于此：

> 一代元戎十位元帅，随聂老病逝均作古；
> 四海同悲九州同泣，哭将星陨落皆挥泪。

这是只有我们知道的一副挽联，另收录的挽孔繁森联就广为人知了：

> 一尘不染，两袖清风，视名利安危淡似狮泉河水；
> 二离桑梓，独恋雪域，置民族团结重如冈底斯山。

而后来看其中四副悼先贤联——

其中珍存一张不知是何年的报纸剪贴，只知是 3 月 23 日的《人民日报》载文，是关于首都各届向新中国第一位女将军李贞遗体告别的报道。她亲历长征，上过朝鲜战场，战功赫赫，生前没有子女，却用自己的工资抚养了二十多个遗孤。因病逝世后，人们含泪为她清理遗物，除了耀眼夺目的四枚勋章外，别无长物。悼念者在她的灵堂里看到了这样一副挽联：

> 无私无畏，一身正气慰山河；
> 为党为民，两袖清风照日月。

这是女将军身边的人送给她的，是她革命一生的真实写照，当之无愧。

1990年2月8日《健康报》载文说，原安徽医科大学党委书记田玉秀曾长期从事卫生和医学教育事业，退居二线后又积极创办了安徽省老年医务工作者学会，临终前叮嘱亲属把他的遗体献给医学教育事业。过世后，著名作家鲁彦周为他献上了这样一副挽联：

忠厚长者风，一生清白，培桃育李，大地飘扬红十字；

丰功从不语，半世坎坷，似菊如梅，苍天飞雪悼英雄。

此联对仗并不工整，但不输文采，意象全在其中。同年5月15日《人民日报》又发表了首都各界人士悼别"时代歌手"施光南的消息，中载时为文化部领导人高占祥和画家范曾合献的一副挽联：

遗曲谱离骚坠露木兰屈子泪；

希望在田野披霞芳草九歌心。

悲悼这位英年早逝的音乐家，用独特的艺术感觉和优美的旋律征服了亿万人，他的《在希望的田野上》等歌曲不胫而走，自己却倒在每日相伴的钢琴旁，一曲《屈原》竟成绝响，令人唏嘘叹惋。

无名氏悼一教师联，也堪称讽诵凄婉佳作：

四十华年，一弦一柱，谦谦君子竟长去，才祚难偕非得；

九千文字，百学百教，草草劳人今安在，文德犹存有由。

之后，来看其中四副悼才俊联——

半个多世纪从事戏曲剧本写作的剧作家翁偶虹老先生，当老友、著名编剧家范钧宏突然去世之后，为追悼会准备了这样一副挽联：

猎虎三座山，初出茅庐卧薪尝胆，正喜玉簪辉强项；

牧羊九江口，点将杨门锦车持节，陡惊春草荄雪原。

此联别出心裁地囊括了范先生一生所写12出京剧，让人对亡者和笔者皆感佩，产生了不小的轰动效应。此事见之于1990年5月28日刊载在《瞭望》，作家徐城北撰文，时为文化艺术界的美谈。

与此联走偏锋不同，挽联大多使用中锋笔法，且看天津《今晚报》载文，记述1993年7月29日上午，向昆剧泰斗俞振飞大师遗体告别仪式在上海龙华殡仪馆举行，灵堂悬挂一副挽联，实为典型中锋笔法，道尽俞老生前身后事：

管领兰苑菊坛流水高山称绝唱；

师范五湖四海清风雅韵播千秋。

7月似乎承载了太多的文化艺术才俊谢世的哀痛，《林海雪原》作者曲波也于2002年7月弃世，灵堂挽联为：

一世耕耘，文史增辉，此去千秋可瞑目；

平生刚直，鞠躬尽瘁，挥泪万古祭英灵。

散文大家孙犁与曲波同年同月辞世，其生前文学老友送挽联一副：

大星陨落，八斗文章传百代；

四海同悲，倾盆泪雨洒神州。

最后且看其中四副悼亲人联——

黄克诚将军 1986 年 12 月 28 日去世，他的夫人唐棣华卧病在床，拟黄老的口气，为他写出一副挽联：

为人复何求，少逢国危，坚信马列，青年从戎，毕生尽瘁幸得见中华民族光荣屹立；

即死无憾矣，仰不愧天，俯不怍人，国运日兴，人才辈出惜不随全党同志再尽绵薄。

1990 年 9 月 11 日，《人民日报》发表了《钱伟长电祭叔父钱穆》消息，其电函挽联为：

生我者父母幼我者贤叔旧事数从头感念深恩宁有尽；

于公为老师在家为尊长今朝俱往矣缅怀遗范不胜悲。

他深将海峡两岸未通、骨肉睽离引以为遗憾，只能遥祭在台北逝世的叔父、史学大师钱穆，读来酸人胸臆，乃至有痛心疾首之慨！文中附载了钱大师在大陆的学生、时为全国政协常委许宝骙的电函挽联：

数载接高邻，灯影书声今在忆；

别来驻宝岛，学名德望史留芳。

此联工于翰藻文词，必是研习过中国传统文化者方能写就。

静月也曾为她的父母题写墓联，以悼念这对老革命夫妇。如今看来是不甚合联律的，已无法修改：

松竹风骨一生尽显；

梅菊神韵百世犹存。

……

一副副赏析，固然含英咀华，遣兴陶情，此其乐也；然则又解意驰怀，椎心泣血，斯为痛哉！遂舍去这些挽联是否全都合乎严格意义上的联律不议，撰成此文，以缅怀那些早已逝去而精神不死的先辈英灵，权作清明祭祖之举吧。读者诸君看后会不会和我们一样触绪牵情，乃至启发触磕，把泪腺推垮？

想必会的，清明是个总会让人流泪的日子。缘此流泪，又最值得。

作者简介：刘静月，廊坊市国资委退休，平生笔耕不辍，多所涉猎。著有长篇风土传记文学《运河弯弯杨柳青》，于 2014 年由研究出版社出版。

赵振声，中国民主同盟会会员，著名资深记者，其《廊坊纪事——赵振声新闻作品选》，享有"昨日的新闻、今天的历史"之誉，于 2011 年由中国文联出版社出版。

缅怀恩师浩然

徐春燕

　　光阴荏苒，岁月如梭，转眼浩然老师离开我们已有十年之久了。在浩然老师逝世十周年的这个清明节之际，我下意识地翻看着珍藏多年的浩然老师生前在"文艺绿化"实施过程中与我们这些三河作者留下的珍贵照片，他的音容笑貌不时地在眼前涌现，我又仿佛回到了跟着浩然老师搞"文艺绿化"时的那如火如荼、创作激情燃烧的青葱岁月。

　　相册中有当年扎着两条辫子的农村业余作者张桂茹、有爱好写小说的淳朴农村小伙陈立争、有原籍承德落户燕郊的雪松、有经常被浩然老师称为书呆子的文学青年曾嘉楷、有民办教师朱立弘和王海燕……浩然老师亲自走进每个文学青年家中或工作单位辅导创作时留下的一张张照片的背后，都有一个当年发生在他们身上被浩然老师在三河这块文学荒原上慧眼识材发掘出来的动人故事。浩然老师为了扶持和培养文学青年，为了行之有效地实施由他发起的"文艺绿化"工程，不歇的脚步几乎走遍了三河的每一个村落或机关企事业单位，凡是听说哪里有搞业余创作的文学爱好者，他就会出现在哪里，发现一个培养扶持一个。在浩然老师的感召和奔走呼吁下，三河的作者一呼百应地入到了浩然老师文艺绿化的创作队伍中来。信访局的刘燕、财政局的史鹏宇、工商局的贾文江、教委的乔光明、文化馆的崔继昌，等等，三河各政府机关部门的文学作者也都纷纷拿起了手中的笔。

　　浩然老师就像一位辛勤的农夫，终日的劳作，为培养文学作者付出了他毕生的心血和精力。三河这块文学的不毛之地搞文艺绿化之创举，是前无古人的。浩然老师在中国文学史上能称得上是独一无二的奇葩，他以一个垦荒者的姿态，为三河文学事业的繁荣与发展，做出了历史性的突出贡献，可以用殚精竭虑来形容。

　　他把在三河这片文学荒原上发现的每一株文学幼苗，都视为有成长空间的参天大树，及时给他们浇水施肥，修枝剪杈，寄希望他们能够快速成长，事无巨细地关心每一个业余作者的工作及日常生活。他曾为解决当年在地毯厂上班、经常趴在床上写作的徐文静的书桌问题想办法；曾为改变写作条件差的农村业余作者张桂茹的创作环境费尽周折地帮助她找到一份适宜的工作；曾为文学青年曾嘉楷去鲁迅文学院进修写过推荐信；曾为几个只顾写作不问婚姻的大龄女作者操过心；曾父亲嫁女儿般地在百忙之中抽时间去参加朱立弘的婚礼。为了表达他对这对新人的祝福，在婚礼上欣然提笔写下了"百年好合"赠予他们。曾把三河作者写的他认为有一定水平的作品推荐给国家级有影响的文学刊物发表，曾经拿出自己稿费中的 3000 元，资助过农村作者李刚出书，曾为一对农村夫妻文学作者张桂荣在"三佳杯"颁奖大会上亲自颁奖，曾多次组织骨干作者召开创作座谈会鼓励创作……他对每一位有成绩、坚持创作的作者以极大的物质奖励和精神鼓舞，调动大家的创作积极性。浩然老师把每一位三河的写作者都当成他自己的挚亲和孩子看待，尽己所能地去帮助他们解决这样或那样的生活困难和问题，为他们的创作提供必要的条件。

至今我依然深深地记得浩然老师曾经在《苍生文学》发刊词上说过的那段意味深长的话："我们的举动原本是来开垦、来播种的，并不是专摘成熟的大蜜桃。此举即使收获不到成功的经验，还能当一个失败者的标本，供别位作家和后人引以为鉴，这岂不是一点贡献？"可见他老人家为三河文学事业的繁荣与发展所下决心之大，每每想起这些都会让我感动不已。浩然老师当年是这么说的，也是这么做的，他当年搞"文艺绿化"工程时的动人情景，每每忆起都会不约而同地跃然眼前。"十年树木，百年树人。"浩然老师所付出的心血没有白费，当年在他的辛勤培养和扶持下，三河的创作队伍不断壮大，"为苍生写，给苍生看，抒苍生情，立苍生传"的创作热情日益高涨，形势喜人，随着浩然老师"文艺绿化"进程的不断深入与发展，第一期"泥土文学丛书"应运而生，填写了三河没有小说集和诗集的空白，使三河的文艺绿化取得了显著的成果，之后我们这些当年被浩然老师扶持起来的作者，在浩然老师离开十年后，依然没有懈怠手中的笔，各自在自己的工作岗位上笔耕不辍，不断有长篇小说或诗集和散文集问世，他的文艺绿化之树依然枝繁叶茂硕果累累……

当我的目光移到浩然老师来到我家地里走访我的照片时，我的眼角不觉湿润了，这张被收入"浩然文学纪念馆"馆藏的照片是我一生的荣幸，也是我最精彩的一段农村生活的真实写照，我的文学创作是在这里起步的。

记得那是 1997 年的三秋大忙季节，浩然老师带领着中央电视台农民频道CCTV7 节目组来采访我，当时我正在承包的三亩地里干活，一支很有声势的采访队伍开着五六辆小轿车直奔我居住的小乡村商庄子，这次采访当时在我们村曾引起过不小的轰动，几乎没见过多少回小轿车的乡民和在街上玩耍的孩子，突然见到来了这么多的小轿车，不知道发生了什么事，都不约而同地尾随着来到我家的地头围观。

由于这次采访事先没有通知我，那天我和丈夫依然如常地套着牛去地里耘地，当浩然老师他们赶到我家时扑了个空，家里就只有我十来岁的儿子看家，于是浩然老师就让我儿子带路领着他们到地里来找我，当时在地里干活的我看到浩然老师一手拿着《苍生文学》期刊，一手领着我的儿子，身穿朴素的蓝色中山装，外披他喜欢的灰色呢子大依，脚穿深色布鞋，和肩扛摄像机的采访记者一行人脚踩泥土兴致勃勃地直奔我而来时，让我既感意外又万分的惊喜。我做梦都不敢想那么有名望的大作家浩然会带着中央电视台的摄制组来采访我这么个乡下搞业余文学创作的无名小卒，我激动得一时间几乎说不出话来。就只见录像机和摄影机的闪光灯在我和浩然老师的周围闪个不停，记录下了浩然老师与我亲切交谈时的每一个美好瞬间。在采访的过程中，当围观的村民得知来到我家泥土地的就是写《艳阳天》的大作家浩然时，都主动上前争相与浩然老师握手寒暄，浩然老师更是把自己当成了农民中的一员，他具有一位农民作家多年的恋土情结，对农村和农民有着一种特殊的感情与热爱。他不断地跟围拢在他身边的村民打听着粮食收成怎么样，生活得怎么样，饶有兴致地回答着一些农村大老粗猛然爆出的不着边际的问话，并且还一句半句不时地跟他们开着小玩笑，没有半点大作家的架子，营造出与农民融为一体，打成一片的动人情景，让我看到了一位农民作家的修为和大家风范，看着平易近人的浩然老师，不禁让我肃然起敬！我深深地被浩然老师身上散发出来的那种独特的才高仁厚的人性光辉感染和感动着！我在他的身上汲取着一位作家人格魅力的营养。

就是因了这次非同一般的采访，让我的境遇有了很大的改观。在封闭落后的农村搞文学创作，多不被人理解，通常被众人视作是异想天开的瞎胡闹，是件被人嗤之以鼻的事情。这次采访从某种意义上说给我解了围，得到了全村人的认可和赞扬，耳边没了窃窃私语的议论纷纷。最令我欣慰的是得到了家人的一份理解和支持，没有让我这个文学爱好者因无人问津而自生自灭，从而更加坚定了我的自信。

从那以后，我的创作热情更加高涨了，我的诗和散文在全国以及海内外报纸杂志不断发表并且多次获奖。《苍生文学》更是我一显身手的舞台，我的创作成绩被浩然老师看在眼里，他更加大力扶持我，继这次采访之后，浩然老师经常带文联编辑部的领导来我家里鼓励创作，还特意带着北京《人民文学》的著名作家牛汉和《诗刊社》的著名诗人刘湛秋来我家里指导创作，并把我列为他"文艺绿化"工程的骨干作者加以重点培养。在浩然老师的推荐下我加入了廊坊和河北省作家协会以及中国大众文学学会，为我的文学创作铺平道路。

还有一件事让我至今记忆犹新。继第一期泥土文学丛书出版后，浩然老师为了肯定我的创作成绩，我的诗集被列入第二期泥土文学丛书的出版计划，可是书稿交上去许久不见回音，我贸然地给浩然老师写了封信询问，没过多久我就收到了浩然老师的回信，当时我读着浩然老师给我的回信，不禁让我感慨万千！感动至今。为了更好地缅怀他老人家，我把此信原文抄录如下：

春艳同志：

我最近到京郊深山里住了一段日子，回三河后读见你的信。

"三河泥土文学丛书"事，正缓慢进行着。一则资金不易筹措，二则诗集需要与小说集搭配，而三河的小说作者新写的小说，质与量能凑够一本小册子者，实在难找，势必拖延丛书的编辑和出版。我为此焦急，但又无可奈何。

你写作很努力，且有成绩，所以你的诗集是丛书计划之中的。请放心，也请耐心等待。只要有了小说，钱总是可以找到的，起码我还有点积蓄。

诗稿先在金城处存放，待我手头工作告一段落，抓抓小说作者，加快点步伐就是。

顺颂

冬安

浩然一九九四年十二月十七日匆匆

浩然老师与我在信中的中肯坦言，道出了他老人家搞"文艺绿化"工程的不易，同时也表明了浩然老师为培养文学作者不惜拿出自己积蓄的真实心迹。这让我对浩然老师由衷地钦佩和敬重，我深知多方因素的掣肘，是浩然老师第二期"泥土文学"丛书出版计划不能顺利实施的一大阻力。我从内心里理解他老人家的苦衷，即使是我的诗集不能按计划出版，我对浩然老师依然有一种培养和扶持的知遇之恩在心，感念浩然老师不遗余力地为我这个农村最底层作者在文学创作上所做的一切，感恩浩然老师为繁荣三河的文化事业所做出的无私奉献。

我跟着浩然老师在"文艺绿化"工程实施的道路上摸爬滚打的一路走过来，结下了深厚的师生情谊。为了更好地答谢浩然老师对我多年的培养之恩，我只能以勤奋写作，争取多出好作品来报答恩师浩然对我的苦心栽培，以不负他老人家对我的重望。

2002年，我经文联领导推荐去"北京康世经济发展研究所"从事社科类题材的畅销书写作。正因为我对外声称是浩然老师的学生，所以不能给浩然老师脸上抹黑，必须努力地加倍工作。当时一部成功励志的书《压力》，公司要求24万字必须在限定的三个月试用期限内完成，这对于从没有接触过这类题材的我来说，着实"压力"不小，的确对我的抗压能力也是一种严峻的考验。我必须用实际行动给浩然老师多年对我辛勤扶植一个很好的交代，于是下决心挑战这个摆在我面前的重要课题。

时间紧任务重，我边摸索边写，在北京北苑的一间不足二十平方米的出租屋内，一盏白炽灯伴我星夜兼程，终于在试用期限的前一天，落下了最后苦难的一笔，结束了这本书的写作。至今依然清晰地记得那时我留意看了一下时钟，已是深夜三点多钟了。当时我坐在那里看着摆在桌子上的一整摞厚厚的书稿，莫名的泪水不由自主稀里哗啦地顺着脸颊往下淌。这部倾注我很大心血和精力的书稿交到出版社后，受到了"地震出版社"社长程仁泉的好评，他担任了我这本书的责任编辑，这本《压力》出版后不到半年的时间，由于供不应求曾三次再版，赢得了广大读者的喜爱。

继《压力》之后，我又撰写了《习惯决定命运》《摔了跟头笑一笑》等，除此之外我又与北京大兴的两家文化公司"鸿南恒泰文化艺术研究所"和"万卷伟业图书中心"合作，撰写了培养教育类图书《成就孩子一生的88个习惯》和《80后"独二代"父母的教育攻略》，分别由"中国商业出版社"和"朝华出版社"出版。我撰写的图书不但赢得了出版界的好评，同时也很受广大读者的欢迎。这让我感到很满足，最主要的是没有辜负恩师浩然对我多年的栽培。

就在我忙于写书的时候，得知了浩然老师脑血栓再次复发的消息。我约上在一起写书的文友熊金城和雪松，拿着我们各自出版的书来看望浩然老师，本想让他也跟我们一起高兴高兴，不想当我们真正来到浩然老师身边时，他已经没有语言表达能力了，当看到卧病在床的浩然老师这种出乎我意料的情形时，我不由得转过脸去流下了伤感的眼泪。怎么也没想到浩然老师这次病得竟这么重，于是我们相互示意着没敢把带过来的书拿出来给浩然老师看……可是重病卧床的浩然老师，见到我们却表现得非常高兴，他虽然不能说话了，却能听懂我们说的每一句话，我们三个坐在浩然老师的床边跟他说了许多相关写书的话题，他应合着我们不时地点头，嘴里含混不清地发出只有他自己能懂的语言。浩然老师即便是这样，依然表现出他的坚强与乐观，病床上的他用温情的目光望着我们，拿出他最大的努力跟我们示意交流着，由于我们不忍心过多的打扰浩然老师的休息，就起身告辞了，当我们要离开时，浩然老师躺在病床上依然不失礼节地频频晃动着手跟我们作别，他深情的目光中流露出几分不舍，可见他老人家内心深处对我们这些由他亲手培养起来的学生怀有多么深厚的情谊！浩然老师跟我们挥手告别时这动人的一幕深深刻印在了我的脑海里。这次探望浩然老师，也是他生前我见的最后一面，再见到他时就是在八宝山告别厅的追悼会上了，当我透过迷蒙的泪眼，看着形销骨瘦静卧在花丛中的浩然老师时，他已经定格成了"春蚕到死丝方尽，蜡炬成灰泪始干"的诗句，让我们这些得益于他多年扶植、培养的学子们不断地用心咀嚼与回味。

浩然老师用他一生的追求，把自己的毕生精力无私地奉献给了他热衷的文学事业和他热爱的三河这片家乡厚土。不光圆了他的文学创作之梦，也圆了他"文艺绿化"之梦，他是繁荣三河文化的一座里程碑。浩然精神在我们每个热爱他的三河人民心中永存，它将惠泽百世，代代传承。

清明时节，梅雨霏霏，万千思绪萦绕于脑际，许多往事皆成追忆，而今已成长起来的我们，只有把对浩然老师深深的怀念，化作文学创作道路上不断前进的动力。用辛勤的笔耕，多出好作品，来告慰浩然老师的在天之灵。

作者简介：徐春艳，笔名瑜苑、晗子，河北省三河人。河北省作家协会会员，中国作家创作中心会员，三河市作家协会副主席。自1990年开始文学创作。迄今已在多家报纸杂志发表诗歌、散文、随笔等作品数篇首，并多次获奖。出版了与人合著诗集《三叶集》。自2002年起在北京从事畅销书写作，出版了成功励志以及培养教育类图书《压力》《习惯决定命运》《摔了跟头笑一笑》《成就孩子一生的88个习惯》《独二代教育攻略》等十余部，现为自由撰稿人。

我用眼泪祭奠一座照片里的墓碑

阿　香

　　朋友，设若提起西湖，你会想起什么？断桥上的残雪、雷峰塔的夕照？我会想起一座墓，不是岳飞的墓，不是苏小小的墓。那座墓在一张照片里，在杭州的西湖，在西湖的杭州。我不知道准确的地址，我无法去凭吊，只能在心里时时祭奠这座墓。

　　我与杭州就是一座墓的想念。

　　杭州与我大概就是梦中的一带青山、一角红亭而已。

　　因为爱情，我从北到南，从漳河到漳州辗转漂泊。来来去去中许多次中转杭州，西湖近在眼前，雾一般缥缈，仿佛望得见断桥上的一抹残雪，仿佛嗅得到雪中那一剪梅冷冷的香——可是我还是和西湖擦肩而过，我想总会有机会亲近的，而我现在急着赶路，因为赶路，我就这么一次次错过，直到今天我都未能与西湖亲密接触，多么遗憾呀！只有那一带青山、一角红亭还在心底隐隐约约。

　　西湖，设若我早一点见识你的美，会不会停下匆匆的脚步？会不会效仿白娘子建几间屋宇过柴米油盐的日子？今天，我恐怕买不起一平方的面积，更勿论与你耳鬓厮磨窃窃私语，你被人海拥挤被人潮淹没，我只有远远地望着你，望着你的剪水双眸人影憧憧，没有山没有水的映照，那善睐的明眸失去了多少动人的神采啊！

　　没有清幽可言，你同我一样疲惫！

　　没有离愁可言，你同我一样慌张！

　　那么，下一场雨或者一场雪，撑着油纸伞慢慢走近你的身旁可好？你是我梦里的家园，是望也望不到的山河。那一带青山、一角红亭在我梦里闪闪烁烁，若隐若现。是谁在远远地唤我，一声声如泣如诉？是谁在梦中悄悄走近我，一次次向我张开温暖的怀抱？

　　心底藏着许多疑问，其中有关一个人。不知道他的出生年月，只知道在他依然很年轻时他的生命遽然消失。留下唯一的一张照片，英俊的脸庞洋溢着青春的气息，一双眼睛十分灵秀，紧抿的嘴角含着几分倔强，每次盯着照片，我总在努力探寻照片背后的秘密，总想弄明白那没有说出口的话是什么，那双眼睛渴望看到的是谁？目光所及是哪里？母亲？妻子？孩子？还是遥远的故乡？也许都有吧，只是他将这些全部紧紧地抿在嘴角，摁进心里，他没有忘记自己是一个兵，是共和国的军人，他胸前那枚军功章多么诱人，那是他的另一个名字啊！

1960年5月24日，在三〇七二小桥的施工中他不幸牺牲了，他是一名铁道兵，隶属八五〇八一支队二分队，时年三十岁。

一切来得那么突然，一切消失得那么迅速！

年幼的儿子从此没有见到爸爸。只有照片里的爸爸，只有永远年轻的爸爸，永远穿着军装戴着军功章的爸爸，那一双穿透岁月的目光，那紧抿的嘴角，从岁月深处透出一丝坚毅的光芒，告诉我们：莫悲莫叹，永远向前走。

当他长大后也选择穿上了军装，成了东海舰队的一名战士，舟山群岛从此刻入他的生命里。我认识他时他已离开部队多年，他给我讲他父母的故事，我问那墓在哪里，他说在杭州。

可惜的是他没有继续说下去，我没有继续问下去。

他说完便睡了，我也睡了。

我做了一个梦。梦里，我走啊走，走了很久也走了很远的路，直到我快走不动了，忽然远远地望见山上露出一角红亭，那鲜艳的红，那飞檐，无一不在召唤着我：快来，快来！我立刻抬起腿走去，走得快速而急切，弯弯曲曲来到一处园林的尽头，我惊讶地站住了！

一个圆形的墓出现在我的眼前！一座墓碑立在那里！

这就是那座墓吗？就是那座墓碑吗？我想了千遍寻了千遍的墓园吗？

我恭恭敬敬地走过去，弯腰将手里的一束白花敬献在墓前，一路跋涉就是为了走到这里，为了敬献一束鲜花吗？

我看看四周，希望将这里记住，下次再来就不会迷路了。可是还没容我看仔细，我突然醒了！心头惊惧，慢慢回想那梦依然历历在目，那一带青山、那一角红亭，仿佛亲眼所见一般分明。我描述给他听，他没有说话。

某一天他交给我一张照片，照片上一座墓碑矗立在那里，碑上刻着几个字：翟思新烈士，1990年，杭州。除此什么也没说。我想等我们的孩子长大了他会告诉孩子的。

然而一切还是改变了，来不及知道的永远来不及了，以为岁月很长时间很慢，有的是"说"和"听"的时间。一切来得那么突然，一切消失得那么迅速，一如他父亲的当年。

我抱着十个月的幼子站在二月的冷风里，站在黑夜里呆呆地望着万家灯火的光明，我多想哭可是我不能哭，孩子还在吃奶。那一刻，我的心比夜更黑，比风更冷！

没有故事也没有答案。我不知道如何面对我的孩子，说不清楚他们的爷爷在哪里，也找不到一点踪迹，只是梦里那一带青山、一角红亭而已。

明代张煌言《忆西湖》写道：梦里相逢西子湖，谁知梦醒却模糊。高坟武穆连忠肃，添得新祠一座无。

杭州于我的记忆就是一个梦，梦里一带青山、一角红亭！

天堂一般的杭州啊，古往今来多少人歌咏过你的美，多少人对你赞不绝口，多少人对你魂牵梦萦，其中有我！西湖，我要谢谢你，谢谢你曾经给过我一个梦，一个关于爱情和家的梦！

余生所愿我可以真真切切看到那一座墓碑，不是在梦中！我可以告诉我的孩子，他们的爷爷在那里。

2018 年，在暌违了十八年后我终于踏上了他的老家闽南那方土地，一颗惴惴的心无比沉重，不承想在这里我居然得到那座墓的确切地址，瞬间睁大眼睛，简直让我不敢相信！

大姐拿出 1999 年她去扫墓时陵园给的一个小本子，我赶紧拿手机拍下来，更意外的是，我看到了那张牺牲证，虽然只是复印件，我依然激动不已，小小的心脏颤抖着，我从心里感谢命运的善待，我可以去扫墓了！

对不起，十九年了，你的墓前如此凄清！

从此，我的眼泪可以真真切切洒在你的墓前了，那些你没说出口的话我可以帮你说出来！你用生命热爱的土地不会忘记你，我们不会忘记你，祖国不会忘记你！

从此，你不再孤独！

作者简介：阿香，一个躲在红尘之外看世间熙熙攘攘的女子。

诗情篇

王克金的诗

峡谷之上

一

那些开始漫步的云，已经洗白了
自己的身子
它们把乌黑消融到一片蓝里
我活着
虽然以百年为限
但我知道，这天堂般的浴场
是亘古常在

看着，在峡口，我头顶上的这些云
已不是现在的云
它们重新回到了
亿万年前的样子
它们在天界中漫游
好像从未涉足过人世

二

这些云妙曼而赤裸，它们像是
裹挟着一群身着夏日薄衫的女孩子
来野外嬉戏。它们看到
又一片白云在远山那儿驻足
它又白又亮——带着天外的光芒

我觉得，它好像还带着不变的情感

大 家

它正把一腔纯情
转到一双手上，她正轻柔地
轻抚一座黛绿的山峰……
可这些云因为天界太大，路途太远
它们还无法
与那又白又亮的那片云聚合

玻璃之窗

那天不是你，也没有你，
那天，在窗外
是我自己走过
但我不否认，我突然成为了那个人

这那一个与任何人无关，他也许就是
我自己意念的影子
那与窗内不同的天地，另一个宇宙中
制造的另一个我

此刻，他又出现了，孤独者的孤独
我希望他停下来
多看看空悬的云朵，也侧身，多看看我
同样惊讶

——不考虑世界的居所
只相信我与另一个我，我们彼此都有
一朵玫瑰，心中意念
是它们，使孤单彼此确认

窥 视

你明白，机缘，使你看不到我
我也知道，不仅你看不到
我也看不到我

我看我，我看到的却是虚空
即使我是想看到
我突然活动在你眼前

然而，我是我的深渊，我更是
一个空洞
更是幻影和回声

我还没有像他们那样，来到或
经过你的窥视之所
看到你的惊慌甚或好奇

不，我也热望成为那个人——
他像你一样
张着眼眶，刻意盯望

他就是摄像机本身，
他把想
看到的和能看到的
你，包括树后，一并捕捉

一句话

我是主宰，它是被造之物
不！有时它是主宰

我是被造之物
彼此，倾向于无形

造物与造物主，
在相互
肯定或否定
一种力量脱胎于一种纠缠
又制衡于另一种纠缠

在它之中，包含着你与它
你进入它
它萌动于你在

有多少人曾说：
它即是你，但有些人不解
又有人指出
它不是你，你又有所不解
不，这都是失败

彼此浸淫，相互出现——
"变血为墨迹的阵痛"
你抵近世界的头顶
我——便横空出世

人也是魔啊，他写出来的
一句话，无限而有形
当让我写下，我就是一
我消灭转折

作者简介：王克金，诗人、诗评家，廊坊师范学院河北诗歌研究中心成员，廊坊师范学院文学院《雨时诗刊》副主编，《雪魂》诗刊、《燕京诗刊》编委、"砺之影术"公众号顾问，京津冀诗歌联盟常务理事，廊坊市文联诗歌艺委会副主任。自20世纪80年代，其诗歌被选入《88年全国诗歌报刊集萃》后，不断有作品被选入全国各种选集。2014年被列入中国回族文学史。诗歌选集《王克金的诗》，2008年10月列入中国作家协会诗刊社《诗刊诗词选丛书》。

张建丽诗选

我甚至连氤氲都过犹不及。

　　　　　　　　　　　　——给 yr

关于孟秋的岛城
骄阳，是我给你的
一片潮红

流传的花树
作为一只蝉鸣
你呼唤那海
龙王，今夜会向哪里
封印着

我的想象就隐喻在向晚里
路，反复成像
我必须身披无尽的汪洋
如同我还在转世

缓慢的
我甚至连氤氲都过犹不及
另一种灵魂深处
必须像少女，就是火种
叫女儿红

让我们等十八年的描述
在飞扬的灵魂里
就算不独比好多的紫薇，比他灿然

也比某个无法复苏的我，宛然多了

从疼痛开始，谁触了我做茧的老酒
泡沫，漩涡，一定来自流水

出没在那个多情的岛屿
或潜然的岩床……

每个绝世的百日红

这灿若明霞的
心
躲进雨中
偶尔别上这高不可攀的极顶

每个绝世的百日红
我说那个千年之约
又来看你
你把我叫作　世世轮回的
晓迎秋露

并抚琴花下的
最失落的花泪
宛如一年又一年的傲霜斗雪

这一轮一轮的小情绪
谁本质却是孤独的

谁以花命名
谁绝无仅有，一如当年
种一朵紫微

谁只剩一种底色了

且高昂着红火
引雨珠叠翠
有，只有这一句

那些隐语在伞下的

雨，一直在风中
那些隐语在伞下的

我如花，在画面中央
有风波，有叶动
有我随风扶摇

这只是一次摇曳
或许长久地伴我安眠

在四野
风，带着我
将我裹挟进漩涡之中
雨夜，像轻声啜泣

花事，次第遮掩了心河
想念，在千里之外
月盈了还亏

生活会向哪儿散射
那些眼里的，心里的
风里的，雨里的

这些
一直滂沱在岁月里的
雨……

傍　晚

夕阳正下，犹如和情人若即若离

出于一种惯性，我来到这里
在落日和闲散的人群中
寻找现实以外的惊喜

比如一只小鹿朝我跑来
它智慧，灵动，孩子一样
身上有着美丽的斑点
如果邂逅，我并不保守
我会抱它在怀里

就像我爱上的水鸟，喜欢看
它们团圆，在湖心的岛上
芦苇是它们最好的栅栏
即使夕阳有点昏暗，娇羞，低着头
但这并不影响我每晚的到来

回　望

最后的回望
在夕阳中且远且淡
往事，镶上了一层金边
还是忍不住回头

青铜的目光
终留下心底
一个冶炼炉的出口

喷溅出硕大的花

风从远处回来
心底的寒凉，一阵紧似一阵
风带走了全部回望
各自珍重

独自站在这里
平原像一只巨大的手掌
已经的和未知的
无人知晓

独立黄昏

穿过你的阴影
一枚蛋黄，落得有滋有味
吟唱，从悬铃木的枝丫间滴落

脸畔贴着金光，喘息
像蜜蜂一样黏稠，透明的等待
淹没了群星密布的深蓝色海岸

一颗小星子不经意的眼神
告诉我风也有生命的渴望，而爱情
永远背负甜蜜的疼痛

红嘴玉扇动夜晚的翅膀
她裸露的鼻孔能辨析风中的香气
月亮有白银的颜色，水汪汪的亮

礼　物

或许你们正在交换姓名

住址，偶尔模仿多愁善感

甚至练习安静的坐姿，这多么好啊

一对蝴蝶，我把你们比作恋人

原谅我从花园里走过

原谅一个陌生人的错误

我真的是无意的，就像孩子

不小心窃取了童话里的风景

或许你们知道，我只是过客

我的到来，并没有影响这里的秩序

因此，我请求风给你们献礼

运来糖浆，水果，爱情，歌曲

我只请求离开，这是我唯一的礼物

作者简介：张建丽，回族，国家二级作家。中国作家协会会员，中国文艺评论家协会会员。河北省文艺评论家协会理事，河北省廊坊市作家协会驻会副主席兼秘书长，《廊坊文学》副主编，现供职于廊坊市文联。已出版个人专著五部。

柠檬的诗

十一月，奔跑

十一月，蓝的澄澈，灰的冷静
一树一树的肃穆
跃过野草的黄和褐
逼近视觉
早晨和黄昏，白天和黑夜，工作着，闲散着，等待着
是啊，我一直都在等待
等你，我的十一月
等待一切都在你的包容里
冷静下来
安顿下来
然后，我才可以
开始我的旅程

奔跑，不回头地奔跑
执拗地奔跑，痛快地奔跑
丢掉那些起伏的过往
你不知道，我多么珍惜向前，投入远方
远方的湖水，堤岸，树丛，山峦
哪怕这过程充满了不可测的恐惧和孤单
奔跑起来，我成为信仰着的勇者
盲目地遥望着远方，和远方未知的光明

不去追问几时到达
距离淡出我的视线
我只在意，奔跑的事实

不是吗？这是一场一个人的比赛
这样的奔跑，才是纯粹的奔跑

是啊，我终究难免是个俗人
还是渴望在大雪纷飞的皑皑里
存着这样一个温暖的接纳
如此，我好在十一月的尽头，稍作停留
喝杯暖茶，然后再写一封信给你
给一直微笑地看着我的天空和河流
因这微笑，我才可以完美地收场

我试过了

我试过了
除了欢喜
快乐的时候
我写不出诗

当我落笔
一定是雨在炭火上烤着
有时候烤着烤着
就干了
有时候
烤出了更多

我试过了
除了喝酒
清醒的时候
我写不出诗

当我落笔
一定是风不分方向地乱吹
树枝都打着结

云越来越低
而你　　查无此人

无　题

我需要
一些时间，用来浪费
一些用来发呆，
一些用来回忆，
一些，随手扔掉
走到哪里了
说好的月亮还没升起
风，别闹
树木让开道路
路上
最好没有人

我　们

某一刻
你必要看见我
用以照亮你虚掷的肺腑、山河
以及，流浪的灵魂

某一刻
我必要感受你
用来喂养这干瘪的躯壳、脉络
以及，荒废的青春

更多的时刻
我们卡在匆忙里无法抬头

甚或回望
只能日复一日
化掌为刀
一下一下
雕琢着
这没完没了
又朝夕必争的生活

春　日

紧赶慢赶
连夜酿了一杯甜酒
一路奔跑
终于赶在正午来临之前
路过春天

春天浅笑颔首
弯弯的眼睛
照亮了我的额头

清明感怀

那些远走的笑容和怀抱
一直都在生命的深处
鲜活着，温暖着
或念，或不念

那些逝去的欢乐和忧伤
一直都在遗忘的路上
每回忆一次
它就

重生一次
或长久，或瞬间

当死亡成为一种必赴的盛宴
当心绪只能成为思念
那么，平静吧
心就是祭奠的天堂
或歌，或酒，或无眠

作者简介： 柠檬，原名李欣伟。70后。河北省大城人。热爱生活，崇尚自然。无门无派，自由自在。写作如着装，首先要符合自己的审美，倘若恰巧也符合了他人的审美，谓之幸运。

国青的诗

冬 至

青砖布瓦
像个怀旧的妇人
站在风中

还有那棵老槐
也缩紧身子努力地伸出
满是沧桑的手
向着天空

冬至已到

秋 天

暴雨过后是淅淅沥沥的小雨
大地被涂上透明的颜色
河水开始放缓
白云挂在高空
果实们蜂拥而来

伤　痕

在冬季有
落叶雪花石头和
一些没有生命的杂物
它们堆积着坚硬着不带些微表情
任寒冷从身上碾过
还有一些病毒它们
无处不在地侵袭着吞噬着掠夺着
让时间的表层划满
道道伤痕

作者简介：国青，本名王国青，河北省作协会员，出生于20世纪60年代。识途跋涉三十余载，在国内刊物偶有诗文发表，未敢结集。因对自己作品满意度偏低，仍在努力中。

姚一梅的诗

沼　泽

我曾经那么向往
你走过的每一个地方
希望站成你经过的无数个路标
似乎你看过的每一株鲜花
都羞涩地飘扬出芳香
似乎你脚下的每一寸土壤
在雨后
在烈日下
都任性地翻滚着
完全不割舍不退让
如果春天真的变成沼泽
我情愿张开双手捂住双眼
往你的方向跋涉千年

悲伤的蓝星星

没有什么能阻拦芳菲的掉落
就像乌云不能阻拦四月的风吹过
它裹挟着愤怒和悲伤
目睹阴冷的冬季在春天漫长
空气里花香在诉说
泥地里青草在唱歌
树丛下的蓝星星
张开幼小的眼睛在看我

如此卑微
却如此摄人心魄
谁偏要爱你微不足道的魂灵
就像嘉陵江畔簇拥着的细沙
流不尽亦数不清

混沌虫儿

一边揣摩着四月的温度
想着振动新翅的模样
能否温柔乍一见面的时光
春天在那里
那里终究有那么特别的一张网
它等待着
它晃荡着
总有混沌的虫儿落下翅膀
为了一直都有的花香
为了四月南下的嘉陵江
它鸣唱着
它奔跑着
全然不顾着头顶的夕阳

春之羽毛

桃花此起彼伏地开了
幻想亦如春风
恶作剧地
撩动着她们的裙裾
阳光唯恐落后
把艳红描上了她们的脸颊
却又在夜晚褪去

大 家

留下浓密的春寒
你可以卸下羽毛吗
她好像如此需要
却又如此漠然

致红月亮

你在那里
和往常一样不远不近
我一直这样望着你
希望在我热切的眼神下
清冷而孑然的你
终究会红了脸
亲爱的
我用了 152 年的凝眸
今夜
你招架不住地微倾着头
红晕终于漫上你的眉眼
亲爱的
我多想再用几千年的倾心
换得你毫不犹豫的转身啊

等 吧

天阴阴的
风儿也遁了
隔着几万里
花香忍耐不住
搭着蝴蝶的翅膀飞舞
高棉的微笑
越过远长的海洋

如此恍惚

丢

走吧走吧
绿树和小草都在开花
错过了春天
初夏已然来啦
那些恼人的春寒料峭
丢了吧

内 与 外

眼望着
暗黑攀上你的窗台
窗内的灯光明亮着
窗外的星辰黯淡着
亲爱的
为什么胸腔内的心冰冷着
而脸颊上的眼泪却滚烫着

颤

那是青鸟掠过枝畔，
颤了一颤地，
因了啼声挟着雨点
轻悬，
轻悬。

作者简介： 姚一梅，中年女子，酷爱文学，政府部门工作人员。

姜庆乙的诗

熟悉的东西

熟悉的东西在经验中死掉
还会有什么
又一度秋凉
虫鸣从大地掏出夜晚
漫延无际的星火

卑微者唱挽歌
勇敢地鸣唱
每个希望都急于投胎
醒在无涯之岸
——陌生

有着美梦的面孔
可以无数次交换死亡

虫鸣覆盖的野地
点滴善的亮光
不过是生活和死亡游戏
捉迷藏

失眠夜

失眠的夜晚，遍野虫鸣声

摘下星空
像那些离开床铺
睡进泥土的人
借万物各样的声响
变换自己的影踪

而我
顽固地醒着
夜空
成了一个人的休闲大厅
像失物等候认领
退场者也需购买
时间打折的门票

——等候睡意安抚
开方便之门
这些坚韧的虫声
会打着灯笼带我进入
青草味道的
睡乡

时 光 帖

季节、年龄、尚在人世的
近乎异端的生命
呵，年深日久的打造
以我无数的败笔
建立它的功绩

无名的牵引
置身岁月深处
却又总是第一次来到
今天

大 家

搓着手
像个陌生人

可以随时开始恋爱
形影追逐
为了寻找那个
总要分手的
理由
灾难或
节日

盲人文学会

我们穿统一命运的外套
像古老的印第安人
被新大陆发现
多不容易，被他们从无用的
文学的盲肠翻找出来
——火车穿过祖国的隧道
漫长而又短暂

是的，在命运的箭矢下
盲人等同固定靶
我们需要拔出多少目光的流矢
和
口舌的飞剑
朝空无的来处一一奉还

我旋转手中锥形的盲笔
试图实现一次定点降落
和我一样蒙面的人
揭开
潜伏在体内爱的谜语

从自由的无限的少数
继续撤离到某处
人迹罕至的边界

微 笑

早起，滑出梦的跑道
独自漫步
发现口袋里竟有
许多偏见的零钱
互相撞击，叮当作响

古旧的钱币证明
我无数乞讨的收获
免除了羞耻
今天，一一抛向空中
它们也会像飞鸟
投奔银色树林
金色草场

而我
爬到山顶看云
花一生工夫
只为这清风拂体
空着手
微笑

礼 物

起卧行走，身上一块疼痛
比影子顽固

紧跟不放
岁月的奖章钉在肉里
只有最后的火焰摸得到
正如蹄铁
戕害过道路、目的
静止在来世的陈列馆
上面竟刻着什么
深入骨髓和大海的笔画
仍嗡嗡作响
证明曾经存在的肉体
一粒硌脚的沙
也会被抛到天上
从遥远的地平线看去
却是
重返尘世的星光

下雨的清晨

下雨的清晨
鸟声寂静
唯有雨拍打着
发出回声的
万物的心

水滴追随水滴
飞行的轨迹
隐形的翅膀背后
跳动着火焰
像看不见的天使
护送它们进入
生长之力

像我来到人世

选择了倾听

成为搜集回声的过客

——每滴雨里都亮着灯

找寻前生和来世

我失散的亲人

晨　读

鸟鸣在空中写字

声线的笔画点勾撇捺

偶有飞动的妙笔

空气痒痒的

散发新鲜的墨香

——我的耳朵有福了

为天籁的传送

搭窝、筑巢

收存自由挥洒的字迹

一部夹带清凉夜色的

晨光启示录

作者简介：姜庆乙，满族，1969 年 12 月生于辽宁省宽甸，12 岁因病失明，现以盲文写作。参加诗刊社第十八届青春诗会。中国作家协会会员。诗作入选《诗刊五十周年作品选》等多种选本。出版诗集《盲道》，获辽宁文学奖、《民族文学》年度诗歌奖、盲人优秀文学一等奖。《诗潮》杂志社评选的"自强荣誉中国十大诗人"。

王品成的诗

母亲飘扬的银发

您在的时候
我的话随便说
净是您不爱听的

现在您不在了
我后悔了当时的话
假如再像当年我
入伍远行
您再也不会
站在苇坑边
像当年一样看着我
走向伸进青纱帐的土路

我记得
在将要拐角处
我回过身
看见风穿过坑沿的树
吹动您的银发在飘闪
您用大襟擦着眼
而我
已泪蒙双眼

我平时嘴硬，很少
叫：妈、妈妈
我顿觉此时我的不孝

我亏欠了我的
妈、妈妈

从那之后
无论天涯海角
那满头银发
总在我脑海飘扬

我依稀看见
天堂里的您
还站在银河边望着我
您是在担心啊
担心您的儿子
在这世间孤单

我看着夜空，喃喃：
妈，妈妈
河边风凉
您
多穿件衣服……

我 和 你

煎熬了多少万年
才有了我和你
苦想了几千年
怎么就有了
我和你？

我们被什么赤裸地丢弃
宇宙洪荒的大地？
你裹着我
我温暖着你

你遮挡了我的羞耻
我彰显了你的美丽
你托着我
踩不到泥土
我带着你
周游天宇

你替我擎着天
我为你踏住地
没有我，就没有你
没有你
这世界凄风苦雨

但你和我啊
命定劳苦东西
我却依然死死抓住你
任你我相背而劳
谱写人间"史记"

作者简介：王品成，男，汉族，河北省香河人。香河县作家协会主席。1978年开始发表作品。有丛诗作品《武夷山颂》，散文《莲塘的夜晚》等。从事哲学、美学研究，长期关注文学。崇尚：一切的思想和文学艺术作品都是在探讨人类共同的命运，尽管结论相左，目标是一致的，历史的某一天会证实这一点的。

涟漪的诗

弦外音

（一）

泠泠七弦琴

横陈膝上，抑或竖起揽进怀中

怎么弹，由你

一弦是青葱年华

一弦是西风落叶

中间是似水流年

弹一曲吧

趁花儿还没有全部凋谢

牙齿还没有脱落

皱纹还没有全部折叠

弹一曲吧

弹《高山流水》还是《凤求凰》

由你

（二）

指尖滑过

触碰我的心跳和呼吸

吟揉滑抹，勾挑滚搓

将生命中的柔软和欲望织成旋律

包裹浪漫，抑或孤独

欲诉心事付瑶琴

选择优雅和辽阔

大　家

托起心底的婉约与激情

穿越桎梏，飞上云端

弦外有音，风起云涌

弦外无音，涛声依旧

抚　瑶　琴

从一根弦说起

由音转意，由意成韵

不按曲调，不就乐理

不管月影盈亏

指过弦边，随意折返

泠泠其声倏缓倏急，猝然心醉

然后在如胶似漆的缠绵里乐不思蜀

我庆幸，你质感的厚重修饰了我的单薄

带我领略高潮迭起的剧目

说不清谁是主角，谁是配角

从来不用排练，也不需要导演

一幕比一幕精彩，一场比一场娴熟

轻声吟唱，是最美的画外音

作者简介： 涟漪，本名张瑞娇。女，供职于华北油田社区居委会，大专学历，华北油田作家协会会员。喜欢戏曲、音乐、绘画等中国传统文化，最后爱上了诗歌。学生时代开始阅读并模仿写一些所谓的诗歌，2004 年参加《诗刊》举办的诗歌高级研修班。2007 年参加《诗刊》在霸州举办的全国诗歌笔会，开始有目的有计划地学习诗歌写作，有诗歌发表于《诗刊》等多家刊物。

郭香荣的诗

醒

孤独
关上了世界的最后一扇窗
与这个夜的黑一起缄默
如同这满屋泛滥不肯入睡的灯火

寂寞
吞噬下这时光里剩下的
唯一一粒解药
却仍然无法安抚躁动
便与蝶一起在斑斓的灯火里买醉

于是
白天里粉饰的所有美好
像影子悄悄地躲起来
裸露着的　　只有人之初的模样

欲望
是被烈火烧烧痛的蛇
忽冷忽热地将内心撕咬

还好
无数次的辗转反侧中
灵魂叫醒了黎明的第一束光

终于
夜睁开眼睛
天便亮了

归　去

今日
风抚琴
弹落一地的花瓣
作雪飞

归去
捻香的女子
倦了的蝶
久坐听禅的尘心

莫泣
葳蕤的枝叶
阑珊的灯火
寂寞无语的夜

吟诵
焚一缕花香
无须木鱼声
我在你额前羽化

两朵爱

一朵菊望着一朵菊
一棵蒲公英守着一棵蒲公英
就这样　悄无声息

无须拥抱
这个距离刚刚好

无须言语
这种方式刚刚好

若开放
我愿和你一样美丽
若生长
我愿和你一起努力

同样的呼吸
我们才能经历同样的生死
同样的高度
我们才能拥有同样的天空

若流浪
我们也是同样的风向
若落地
我们也是同样的土壤

若有一天
花开两处　各自天涯
我们也会遥望着欣赏

因为
有种牵手是无关风月
有种美好是安心守望

夙　愿

我想
比风的脚步快些　再快些
好用衣袖挂满纷落的花瓣
不让那些清香沾染尘埃

大 家

我想
比黑夜的脚步快些　再快些
将那扇久封的门扉叩开
好让阳光早一点照进来

我想
比时光的脚步快些　再快些
将那弄深巷里的故事写完
还有一直泊在雨中的初见

我想
比你的脚步快些　再快些
在你必经的路边把风景种满
尔后　微笑着等你
看那曼陀罗花盛开的彼岸

念

一念地狱
一念天堂

你在哪里
你便是一切的源头

你若怨恨
你就在痛苦里

你若指责
你就在黑暗里

你若冷漠
你就在冬天里

你若无情
你就在废墟里

你若恶毒
你就在地狱里

一念天堂
一念地狱

你是快乐
你就在笑声里

你是阳光
你就在白天里

你是美丽
你就在风景里

你是善良
你就在春天里

你是爱
你就在天堂里

你在哪里
你便是一切的源头

你灵魂的高度
就是你的高度

作者简介：笔名寂香，原名郭香荣，河北省大城人。教师一枚，红尘中的一颗微粒，人间烟火深处的一只翘，寂静角落处的一株野菊。愿潜心修炼，出水如莲，端坐云水间，风过，落一池香，以祭奠那些淤泥里的时光。最近重新拾笔在网络平台、报纸杂志发表诗歌、散文多篇。

染香的诗

上午九点三十分

此时阳气上升，流光悬在檐上
有别于夜晚
枣叶以宁静的心跳返照，世界坐北朝南
这天空啊，蓝得太真了
适合众生们眺望，觉悟，以色身临摹

此刻如果看不清对面，或更远的远处
就沏一壶淡茶，慢慢品
一个字的平仄
原本明媚于心
——就让温软透明的美意在杯底积攒
此刻想填个小词
最好简短些的词牌，不打扰升温的蝉鸣
和三只挤在自行车筐里睡觉的半大猫
——它们是兄弟

此刻最有爱的觉知，是万物禅静
最清醒的意念，是庄周梦蝶
最光明的事物是太阳毕竟高过了地平线
最慈悲的意象是：
你心光澄澈
——就那么清清的一声鸟鸣
云便散了

宁静的世界

让冷却的香灰把罪根烧尽
让佛给你欢喜和寂静
唯独不能交换的，是平常心
要好好的，顺从风，雨，甜蜜的瓜蔓
好好安顿那个吉祥咒语
——在日轮之下，好好守护你的孤独
偶尔，听一听星辰，听一听自己
唉，那微凉的，震撼的，善于隐遁的
一弯月光
那么近，又那么远

让檀香升起，托住五彩的云
——除了爱，这个早晨
还有鸟鸣，凋落的丝瓜花
七月的湿，半个梦的残迹，远方无声
你轻轻痛了一下
报以无声。如同虚空，如同一朵花的世界
寂寞，跳跃，灿烂，而后静美如初

不知谁在收起，谁散落的暗香
静仍然是最深刻的语言

让死去的夏天重生在最高的树上
然后擦掉画着金黄夕阳的归路，不说再见
这一天其实庸常，这一天风很轻
也没有打动静坐的钟声，没有病和药
没有忧惑
你透明的身体在接受万物与众神的赞叹
多么庄严的时刻

七月滹沱

第一次，你以翻滚的白浪，拒绝我更远的注目

第一次，在如此悠长的天空下

默念一个平凡夏日

第一次，被绿意濡暖的河滩，忘失了当初

第一次发现，一片叶子漂泊于水面

它具有佛性

第一次了悟，流动的不是日光，是因缘

止住的不是浪花，是念心

第一次，你经年孤独的额头挤满了世俗的烟云

第一次，看着你化水向东，没有回头

作者简介：染香，河北省作协会员，河北省传统文化教育学会会员，杂志主编。出版有散文诗集多部。作品见《诗刊》《诗选刊》等国内外文学刊物，并入选各种年选。

尹凤玲的诗

就这样

就这样
把自己融进时光里
轻轻地
细数日月星辰

就这样
徜徉于春夏秋冬
缱绻了
每个季节的黄昏清晨

就这样
放自己于平川山野
只为山间
掬起的那捧清泉

就这样
让心一起与双手合十
蓦然间
花开与我浅吟轻唱

就这样
让自己活成了一部书
一句一句
写着有你的幸福

大　家

就这样
想把日子过成传奇
一天一天
写着想你想你的诗句

爱在轮回

喜欢一个人
不一定要去拥有
只要你每天快乐着

爱上一个人
也不一定会相守
因为错过了相逢的年龄

相牵的手
暖暖连接着幸福
只为相遇时的那份感动

凝望的眼
是渴求被爱的纯真
只想沉醉在温柔的怀中

送你一个微笑
只要你和我一样幸福
一起沐浴在蓝天阳光下

既然喜欢了
就捧在手掌心吧
让那份感动沁人心脾

既然爱了
就忘记世界吧

拥抱你走进爱的轮回中

不说
是前世的约定
在今生转角处相逢

望去
只看到前世的你我
一直在走向今生重逢的路口

那一刻
没有一字承诺
只有心中流淌的幸福

无语
凝望时
是那种相视一笑的读懂

作者简介：尹凤玲，女，生于70年代。河北省沧州人。爱诗爱文爱做梦。

毕树志的诗

浮　云

1

碧野，少年奔跑
落日金黄，少年灿若云辉
从尽头到尽头，没有起点
云朵般羊群
静卧若处子，默念生命符咒
故乡在彼处，永远的彼处
终其一生奔跑——宿命

乡村是个传说
少年是传说中的阿瑟·兰波
一切只是象征
一如火焰象征燃烧青春象征梦想
乡村，象征东篱田园
一条河流，于梦境中流淌，永无干涸

2

苍翠……苍翠
火车的速度
使一切生命迅速倒退阑珊

3

少年迷惘

城市高大耸立，抛弃所有宁静
星空不再闪烁
沥青代替泥土行使职责
欲望海浪般拍击，破碎，重又聚拢
梦在格子的暗影里，阴郁而诡秘

4

少年志忑，岁月开始留痕
站在边缘，旁观，打量
小心翼翼进入
如禁果初尝，新奇、刺激、晕眩
如梦如幻
困惑、迟疑、迷惘、抗争
憎恶……恶心
苹果内的虫子，蠕动，在城市的内脏
光鲜掩饰腐烂，无耻击碎高尚

5

梦里，落日萦绕四野
土地淹没河流
奔跑……行走
行走……踯躅
踯躅……踉跄，跌倒，爬起
复又跌倒
疲累

6

逃离
却不是回归
城市和乡村都不属于他
故乡深藏于内心
隐秘而神圣

7

路上的行走永无定格
头顶上有一片云浮游
不升不落
或成雨，或成烟
最终消散——
于无声
于无形……

瞬　间

有些东西，是你注定抓不住的
比如水，比如沙，又比如生命
有些东西，又注定是甩不脱的
比如深藏于内心的种种

如针尖置于心尖
凉凉的刺痛

瞬间失血，苦痛也怅然
没有结尾的童话不是好的童话
没有结局的人生呢？

一切早已注定
生灵万物殊途同归
抱紧臂膀为自己取暖
这个世界，没有想象的温暖
也没有想象的苍凉

宇宙浩荡，上苍俯视众生
一粒微尘湮没于风

凛凛而生的，从来不是自己的声音

得意、失意、忠诚、欺骗、信任

猜忌、爱恨、仇怨……

冷冷暖暖如四季流转

而最长的那一季——生命呵

其实最短

我看到一位老者

他只回了一下头

那看似漫长的一季

便瞬间成烟

还有什么无法释怀

还有什么值得去怨艾

终点它静静地矗立

哪管你是走得快

还是走得慢

新　年

是开始，也是结束

是轮回，也是过渡

是天堂还是宇宙

是地狱还是星球

谁能够永生不灭

是嫦娥，还是星宿

千万年亿万年

一个个生灵

在这个世间

相跟着，得以超度

他们向你问好

而你

只不过是个怪物

你让旧的变新

新的变旧

你让鲜活化为尘土

你让尘土滋养万物

你让万物生机勃发

你让生机在你到来时

谢了芳华

我不知道你会不会来

我只知道你马上会走

当你再一次姗姗临幸

这世间又会

多了多少萌发

少了多少霜华

来吧

去吧

来来去去

相忘天涯

作者简介：毕树志，本名毕书治，20 世纪 70 年代生人。河北省作家协会会员，鲁迅文学院第 27 期作家班毕业。曾为农民、企业职员、报社编辑、记者。现供职于某企业机关。先后在报刊、杂志发表散文、小说、诗歌、评论等作品 200 余篇 60 余万字。

后 记

　　该说的话太多，一时竟不知该从何说起。作为本书作品最初的载体，微信公众号"大家文学苑"，在这里我倒是不想过多去说，毕竟，它只是一个平台。虽然它承载了太多编委会成员以及编辑的辛苦付出，但它原初的使命是为全体作者服务的，从这个意义上讲，它与本书的编辑出版是有着紧密的"血缘"关系的。在这有限的篇幅里，说说本书的缘起和结集出版的过程吧。

　　因了"大家文学苑"，我们拥有了一批优秀的作品，更拥有了一群志同道合的师友。在这个不大不小的圈子里，我们彼此相识、相知，彼此信任、欣赏。网络让我们隔着薄薄的屏幕，走进彼此的内心，最真实的自我在这里得以展现：展现在作品中，展现在对作品、对人性的欣慕中。作为"大家文学苑"的主编，对此，我深以为傲。

　　每一篇作品的推送就如迎接一个新生的孩子，接受着大家的审视，接受着大家的赞誉，也接受着大家的批评。作为编者，我心有忐忑，更心有敬畏。对每一篇作品的筛选，我如履薄冰：既担心错过优秀的作品，又担心为大家端出的是一份寡淡无味的鸡肋。好在，有着大家的宽容，"大家文学苑"一路走来，虽步履蹒跚，但一步一个印记，也算坦然。

　　本书结集出版之日，"大家文学苑"已逾200期。200期，不到两年，在历史的长河中忽略可以不计。但对于这些散落于网络中的作品而言，确是实实在在承载着百余名作家朋友的情感的。这情感不单是作者赋予作品的情感，更是在这短短的岁月里，承载着一群志同道合者赋予这些作品的另一份热度。如果把因"大家文学苑"而建立的作者群内众多作家对作品的评论、留言结集出版的话，其厚度是绝不亚于本书的。大家的评论赋予了这些作品第二次生命，由此，它始终保有着群体的温度。

　　只是，随着时光的移转，随着我们推送作品的不断累积，随着信息时代碎片化阅读的盛行，再优秀的单篇作品也难以抵御这巨大的冲击，最终会湮没于滚滚的信息化浪潮中，不知所踪。而出版一本作品集，就是希冀记下，记下在生命的某一个阶段，我们曾经在一起！希冀我们记住，我们可以，永远在一起！这里收录的是作品，更是收录了我们共同的记忆！同时，我相信，这本集子里收录的作品，她所承载的文学意义和社会意义，将会在更为久远的时光里凸显出来。这些精美纯良的文字，会使你感受到文学的力量和人性的光芒。

本书所选作品，取自于"京津冀·春秋"到改版后的"大家文学苑"，跨越140余期。而收入本书的30万余字的作品，是从总计约70余万字作品中遴选而出的，也就是说，有超过一半的作品未能选入。这其中当然有出于作品质量高下的考量，但更是限于本书的篇幅。好在，这只是开端，而并非结束。在接下来的日子里，我们将致力于打造一个属于我们自己的图书品牌，所有遗珠在今后依然会被我们视若珍宝，没有收入作品的作者，依然是我们最珍视的朋友。我们期待着下一次的相聚！

本书的编辑过程，有太多令人感怀、令人动容的难忘经历，记在这里，留给未来：

为了本书的出版，韩凤舜老师不但在出版过程中给予了大力支持，更是不远数百里来到廊坊，与众编委一道，为本书的顺利出版献言献策，彻夜长谈。

张同乐老师在繁忙的工作之余，更是为本书的顺利出版付出了大量心血。往往是刚刚开完董事会，工作餐都顾不得吃上一口，就驱车回廊坊，与众编委跑出版社，递送书稿，签订合同，其重情重义之举，令人动容。

李东辉老师长期以来，不但为"大家文学苑"的发展耗费着心血，更是在阅读、写作条件极其困难的情况下，欣然为本书作序，使得本书具有了另一种意义上的高度。

千言万语不足以表达对各位师长的敬重，只让历史作证，今后的岁月里，我们同在！

独木难成林。一个人的力量终究有限。在本书的编辑过程中，"大家文学苑"编辑北风女士只求付出，不求回报，承担了本书大部分作品的编辑校对工作；这份为了文学，为了情谊始终不改的初心，编者铭记在心。年近六旬的刘静月老师在本书编校过程中的精神令人敬仰：对一个词语的运用是否贴切，会请教多位专家反复确认，反复推敲，直至无误。不放过一个细微的标点符号，直至精准。这种执着和认真精神，是后辈的榜样！还有木木老师、谢雁冰老师，他们为本书的编辑校对工作放弃了五一假期，不遗余力地为本书的编校工作默默奉献！

在此，向以上各位老师致以深深的谢意！

同时，还要感谢柠檬女士为本书制作了精美书签，使其凭添了一份别致与意趣。

同样，收入本书作品的全体作者，为本书的出版也是尽己所能，不问得失，情深义重，肝胆相照！在此，向全体作者致敬！

后 记

尽管我们在编辑出版过程中力求做到完美，令每一位作者满意，但无疑这是奢望。一来由于编者的水平所限，文中错漏依然难以避免。二来由于本书的性质使然，在作品的编排过程中还有着深深的遗憾。比如在作品的编排顺序上，虽然我们尽力做到先后顺序的平衡，但由于采取的是主题章节的排列形式，不可避免地会产生优秀的作品依然会排序靠后的问题。最明显的如《悦读篇》。由于该篇涵盖两种体裁：散文和小说，由此就出现了散文质量不及小说质量的作品，却排在小说的前面。这是一个永远无法调和的矛盾。好在，我相信，绝大多数作者不会在这个问题有过多纠结。毕竟，我们情谊，比起任何外在的形式，要重许多，深许多！

以上絮语，是为记。

毕树志

2018 年 8 月于辽宁盘锦

图书在版编目（ＣＩＰ）数据

大家 / 毕树志主编 . — 长春 : 吉林文史出版社，
2018.8

ISBN 978-7-5472-5390-8

Ⅰ . ①大… Ⅱ . ①毕… Ⅲ . ①中国文学－当代文学－
作品综合集 Ⅳ . ① I217.1

中国版本图书馆 CIP 数据核字 (2018) 第 202820 号

大 家

DA JIA

主　　编 / 毕树志
策划编辑 / 董满强
责任编辑 / 王明智
封面设计 / 陈丽维
出版发行 / 吉林文史出版社
地　　址 / 长春市人民大街 4646 号　　　邮　　编 / 130021
网　　址 / www.jlws.com.cn
电　　话 / 0431—86037501
印　　刷 / 北京市金星印务有限公司
开　　本 / 710mm × 1000mm　　　16 开
字　　数 / 390 千
印　　张 / 20
版　　次 / 2018 年 10 月第 1 版　　　2018 年 10 月第 1 次印刷
书　　号 / ISBN 978-7-5472-5390-8
定　　价 / 58.00 元